Der Trick

Emanuel Bergmann

トリック

エマヌエル・ベルクマン

浅井晶子 訳

CREST BOOKS

Shinchosha

トリック

DER TRICK
by
Emanuel Bergmann

By arrangement through Meike Marx Literary Agency, Japan

Illustration by mamefuk
Design by Shinchosha Book Design Division

1　世界とそのあるべき姿

二十世紀の初頭、ライブル・ゴルデンヒルシュという名の男がプラハに暮らしていた。目立たない謙虚な男で、ラビ（ユダヤ教の律法学者、聖職者、教師）であり、学者でもあり、我々人間を取り巻く秘密を解明することを自らの使命とし、その使命に全身全霊を捧げていた。来る日も来る日も、朝から晩まで、ライブルは卵を温める雌鶏よろしく、トーラー、タルムード、タナハその他の魅惑的な聖典の上に覆いかぶさって過ごしていた。長年の学びと教えの経験から、ライブルは、この世界のありさまについて、おおよその想像がつくようになっていた。なにより、この世界が本来どうあるべきかについて。というのも、晴れ渡った空にも似て明瞭な神の創造と、我々人間がなんとか乗り切らねばならない雨続きの腹立たしい日常とのあいだには、多少の隔たりがあるように思われたからだ。ライブルは生徒たちから高く評価されていた。少なくとも、それほど愚鈍でない生徒たちからは。ライブルの言葉は、蠟燭の光のように実存の闇を照らした。

　ライブルは妻のリフカとともに、モルダウ川近くの貧しい賃貸住宅に住んでいた。一部屋きりの住居には、テーブル、薪ストーブ、流し台、ベッドのほかにはなにもなかった。夫婦はサバト（安息日。ユダヤ教では土曜日）の晩が来ると、必ずベッドをリズミカルにきしませた。それが聖典に記されたユダヤ教徒の義務だからだ。

　各階をつなぐ階段の踊り場には、現代の奇跡があった――水洗便所だ。だがゴルデンヒルシュ夫妻はこの便所を上階に住む男と共同で使わねばならず、そのことに毎日のように腹を立てていた。上階の男はモシェという名の愚か者で、職業は錠前師。不細工な女房と周りじゅうに聞こえる大声で喧嘩ばかりしていた。

　ゴルデンヒルシュ師は、技術の進歩の時代に生きていたが、そんなことにはまったく興味がなかった。新世紀における数々の重大な変化は、彼の人生の片隅をほんのわずかにかすめていくのみだった。数年前、通りのガス灯が電灯に取り替えられたのは、そんな変化のひとつだった。それを悪魔の仕業だと言う者もいれば、社会主義だと考える者もいた。また、川沿いには鋼鉄の軌道が敷かれ、せわしなく火花を散らして路面電車が走るようになった。

　新しい時代の魔法は、こういった姿をしているのだ。

　ライブル・ゴルデンヒルシュには、そのすべてが無意味に思われた。路面電車があろうとなかろうと、人生が艱難辛苦に満ちていることには変わりない。一徹に、謙虚に、ライブルは日常生活を送った。ヨーロッパのユダヤ人が何百年も前からしてきたように。そして、これから何百年もしていくであろうように。ライブルは多くを求めず、その結果、多くを得ることもなかった。

　ライブルの顔は痩せて青白く、黒い鬚に覆われていた。黒く輝く知的な瞳は、周囲の出来事をある程度の不信をもって眺めていた。一日の仕事が終わると、ライブルは愛する妻リフカの傍の枕に頭を埋めた。リフカは、荒れた手と穏やかな視線と栗色の髪を持つ、強く美しい女だった。眠りにさらわれる前のほんの一瞬、ライブルは、部屋の天井を通して夜空を見ることができるような気がすることがあった。そんなときライブルは、風に吹かれる木の葉のように宙に身を任せて漂い、天空へと昇って、この小さな世界を見下ろすのだった。人生がどれほど辛かろうと、日常という薄いヴェールの奥には素晴らしく華麗な世界が広がっている。その世界は、常にライブルを魅了してやまなかった。

「ここに存在していることが、生きていることが、それだけでもう、ひとつの祈りなんだ」というのが、ライブルの口癖だった。

ところが、ここ最近、ライブルは眠れないままじっと暗闇を見つめることが多くなっていた。技術の奇跡の時代には、真の奇跡が起こる余地はないように見える。それがライブルを憂鬱に突き落とすのだった。というのも、ライブル・ゴルデンヒルシュ師は、真の奇跡を必要としていたのだ。

ライブルの人生にはあるものが欠けていた——息子が。無限の時間を、他人の息子たち——そろいもそろって愚か者だ——を教育することに費やしているライブルは、彼らの顔を見るたびに、いつか自身の子供の顔を見ることができる日のことを想像した。だがこれまでのところ、ライブルの祈りは聞き届けられないままだった。他の者たちのところには太陽が昇るというのに、ライブルとリフカのところには昇らない。妻と幾夜努力を重ねても、実りは訪れなかった。こうして時とともに、ベッドがきしむことも少なくなっていった。

＊

戦争が勃発したのは、新世紀が始まってまだ間もないころだった。戦争自体は、なにも珍しいことではない。ときどきどこかで感冒が流行するのと同様、戦争もときに起こるものだ。だが今回は、なにかが違っていた。とはいえ、ライブルとリフカのゴルデンヒルシュ夫妻は、当初はまだなにも気づかずにいた。始まったのは、やがて何百万人もを巻き込むことになる大戦争だった。感冒ではなく、ペストだった。ラビであるライブル・ゴルデンヒルシュの生徒たちは、質問をし始め、師に説明を求めるようになった。そしてライブルは生まれて初めて、答えのわからないなにかに直面することになった。これまでなら、こんな場合には必ず、神が示す常に謎めいた道を追究することができた。だが戦争は神の業などではなく、人間の引き起こしたものだ。ライブルは途方に暮れた。生徒たちの前に口を開けたまま立ち、言葉に詰まった。事実はよくわかっていたが、その奥深くにある意味がつかめなかった。フランツ・フェルディナント大公がサラエヴォにおいて卑劣な手段で殺されたことは、もちろん知っていた。だがサラエヴォなど、世界の中心から遠く離れた、バルカン半島の奥深くの町ではないか。そんなところで誰が誰を撃ち殺したかなどということが、文明社会にとってなんの意味があるというのだ？「非ユダヤ人《ゴイム》たち」はしょっちゅう互いに殺し合っているではないか。いま地球上から大公がひとり減るなり増えるなりしたからといって、いったいなんだというのか？　もちろん、どんな人間の命にも計り知れない価値がある、暴力による人の死は神への冒瀆である云々は、ライブルにもわかっていた。それに、ゴルデンヒルシュ師やその他のプラハ市民が忠誠を誓うべきオーストリア皇帝にしてハンガリー王である陛下の深い嘆きも理解できた。だが正直な話、そんなことが我々下々の者になんの関係がある？

　ところがどうやら、関係は大いにあるようだった。ほんの数か月のうちに、プラハじゅうの通りが不穏な空気に包まれた。老人たちはカフェのなかを歩き回り、こぶしを固め、くしゃくしゃに丸めた新聞を振り回した。誰もが、あちらやこちらの前線での最新の戦況を理解し、整理しようと試みた。ヴァーツラフ広場には女たちが群がり、勇んで戦場へ向かっていった息子や夫、兄弟や父たちの情報を交換した。だが、男たちの大部分が二度と帰ってはこないことをわかっていた者は、ほとんどいなかった。戦場へ赴くには若すぎる者たちは、まるでサッカー選手権の結果かなにかのように、戦傷者と戦死者のリストを読みふけった。敵からは何人？　味方からは何人？　若者たちは闘志満々だった。そしてやがて、彼らもまた戦う機会を与えられることになる。というのも、戦争は何年も猛威をふるい、選り好みせずにあらゆる人間を呑みこんでいったからだ。

ユダヤ人たちをも。

そういうわけで、ある晴れた日、ライブル・ゴルデンヒルシュは老フランツ・ヨーゼフ皇帝陛下の軍隊に召集されることになった。市場から帰ってきたリフカは、猫背で脚もひょろひょろの夫が軍服を着て立っているのを見て、苦い涙を流した。ライブルは住居のなかの唯一の鏡の前に立って、戸惑いもあらわに自身の姿と軍服とを見つめていた。そして、リフカに銃剣を掲げて見せた。

「これで私になにをしろと？」と、ライブルはリフカに尋ねた。

「ロシア野郎を突き刺すのよ」とリフカは答え、新たに溢れる涙をこらえようとしたが、無駄だった。リフカは夫に背を向けて、顔を隠した。

こうしてライブル・ゴルデンヒルシュはプラハを去り、いまだに理解できない戦争へと向かった。それ以来、リフカは夫なしでなんとか暮らしていかねばならなくなった。ところが蓋を開けてみると、それは拍子抜けするほど簡単だった。戸惑いつつもリフカは、夫が家政に関してはまったくの役立たずだったことを悟った。それでも、夫がいなくて寂しかった。あれほど役に立たないなにかに、これほど情熱的に焦がれたことはなかった。

リフカはほぼ毎日のように町を出て、プラハから遠く離れた森へと向かった。バケツ一杯の石炭を持っていき、農家でバターとパンとに交換してもらうのだ。飢えに苦しむよりは、寒さに震えるほうがましだった。

　夏、日が長くなると、この取引は難しくなった。交換できる別のなにかが必要だった。それに、バターはスカートの下に隠しておかねばならなかった。危険はいたるところに潜んでいる。空手で戻ることも多くなった。特に、近くで戦闘が勃発し、すべてが終わるまで森に潜んでいなければならないときには。そんなときには、腿を流れ落ちる溶けたバターの温かな跡以外には、なにひとつ残らないのだった。

　九月のある晩、家に帰ってきたリフカは、錠前師のモシェがアパートの階段に座り込んでいるのに出くわした。モシェは新兵の汚れた軍服を着て泣いていた。大きななりをした男がしくしく泣く姿は、なんとも不思議な眺めだった。巨大な肩は震え、頭は前後にぐらぐら揺れていた。無骨な体からは、苦しみに満ちた低い嗚咽が漏れている。リフカはモシェに歩み寄り、いったいどうしたのかと尋ねた。前線から数日の休暇をもらって家に帰ってくると、妻から離婚を申し渡されたのだと、モシェは語った。妻からはもう長いあいだなんの便りもなかった、手紙の一通も、なにも、と言って、モシェはすすり泣いた。リフカはモシェに同情を覚えた。モシェの妻には以前から好感が持てなかった。あの女なら、モシェをあっさりと捨てても不思議はない。

　リフカはモシェを腕に抱きしめ、慰めた。溶けたバターがいまだに腿にこびりついていた。

＊

　ある晴れた水曜日の朝、ライブル・ゴルデンヒルシュは帰郷した。足を引きずっていたが、それを除けば機嫌は上々だった。ドアが開いたとき、リフカはちょうどシャツを縫っているところだった。目を上げると、夫が戸口に立っていた。すっかり痩せ細って。リフカは針と糸を取り落とし、夫の弱った腕に身を投げた。なんと痩せ細ってしまったことか！　骨の一本一本が感じられるほどだ。ライブルはリフカを、乏しい力の限りきつく抱きしめた。喜びの涙がリフカの頬を流れ落ちた。「いい知らせがあるんだ」と言って、ライブルは銃剣を高く掲げて見せた。「ロシア人のほうが先に私に銃剣を突き刺したんだ。だから私は、ずっと野戦病院で寝ていたよ」

怪我は幸いなことにそれほど深刻なものではなかった。ライブルは太腿の傷をリフカに見せた。そして、もう前線には戻らず、カールスバートのサナトリウムで脚の治療ができるよう、上官が取り計らってくれたのだと話した。この先ずっと足を引きずることになったライブルは、いまや公式に戦傷者だった。ここまで語ると、ライブルは腰を下ろした。リフカがパンを出して、戦争のことを話してほしいと頼んだ。するとライブルの唇の微笑が凍りついた。その目はまるで、リフカの体を突き通してその向こうを見ているかのようだった。それからライブルはリフカの両手を取ると、指先に優しく口づけた。リフカは夫の目のなかを探ったが、そこには暗闇があるばかりだった。ライブルは首を振り、こうしてふたりは、戦争のことは話さないという暗黙の合意を結んだのだった。

それからほんの三週間後、四年におよぶ戦争を経て、ついに平和が訪れた。あらゆる戦争を終わらせるとされた戦争が、終わったのだった。皆が通りに出て祝った。平和が来た、ついに平和が！　だがそれは、夢に見た栄光の勝利なき平和だった。まるで、悪夢から覚めたかのようだった。生き残った者たちは飲み、歌った。まだ生きていることに安堵しながら。皆がわめき、踊り、喜ばしい出来事にはつきものだというわけで、窓ガラスが割られはしたが、一方で国全体に羞恥を伴う倦怠感のようなものが漂っていた。ヨーロッパの民は、戦うこと、殺すこと、死ぬことに倦み疲れていた——少なくとも一時的には。ドイツとロシアでは革命が勃発した。ツァーリとその一族が虐殺された。ドイツ皇帝はちょうど休暇旅行中で、そのまま旅先に留まることに決めた。ボヘミア王国はチェコスロヴァキア共和国となった。すべてがよい知らせだった。だが、リフカがライブルにもたらした知らせに比べれば、ささいなものだった。

「妊娠したの」

リフカの夫はその知らせにすっかり圧倒された。どうしても理解できなかった。いったいどうしてそんなことがあり得る？　確かに、帰郷してからの数夜、ベッドをさんざんきしませはしたが、妊娠の兆候に気づくには、まだ少し早すぎはしないだろうか？　それなのに、リフカの服の下には、すでに小さく膨らみがある。

ライブルは部屋のなかをうろうろと歩き回った。カフタン（ガウン状の長衣。ユダヤ教徒も着用する）が、追い払われた鳩の羽のようにはためく。そのとき、窓から外を眺めていたリフカは、あるひらめきを得た。「ゴイム」が信じているあの物語は、どんなふうだったっけ？　偽物の処女マリアは、夫のヨーゼフになんと言ったのだっけ？

「奇跡」とリフカは叫んだ。

「き……なんだって？」とライブルが尋ねた。

「神様が私たちに奇跡をもたらしてくれたのよ」そう言いながらリフカは目を伏せ、この場にふさわしく敬虔に見えますようにと願った。そして、唇と両手を懸命に震わせた。奇跡には体の震えがつきものだと、おぼろげに記憶していたからだ。

「奇跡？」ライブルは戸惑い、怪しんだ。ラビである自分は、奇跡という分野においてはある種の専門家であると自負していた。その自分には、今回のものは疑わしく思われる。「なんてこった！《オイ・ゲヴァルト》」とライブルは叫んだ。

「ご覧なさいよ」と、リフカは必死で訴えかけた。「私たちが持っているものはなにもかも、神様から授かったものでしょ。なにもかも！　その神様が、奇跡をもたらしてくださったって、少しもおかしくないんじゃない？　あなたがどれほど息子を望んでいたか、神様はご存じだったのよ」

そう、リフカには、お腹の子は息子だと感じられた。リフカはライブルに歩み寄ると、その肩に手を置いた。そして蜂蜜のように甘く、その耳にささやいた。「神様があなたの願いを聞き入れてくださったのよ」

ラビであるライブルは、奇跡だなんだという戯言をいまだに怪しんでいた。それに、腹のなかがなんだか不愉快にうずいていた。

「穢れなき受胎よ」と、まるで専門家のようにリフカが宣言した。

「馬鹿な」とライブルは一蹴した。「受胎っていうのは、どんなときでも穢れたものだ。今回の場合はとりわけ。父親は誰だ？」

「父親は神様よ」リフカは頑固に言い張った。「天使が私に舞い降りたの」

ライブルは戯言を押しやるように両手を振ると、再び部屋のなかをうろうろ歩き回り始めた。夜が来たが、ライブルはこの不思議な出来事の答えには一歩も近づけず、いったん考えるのをやめても罰は当たらないだろうと思った。腸のごろつきは、いまでは雷鳴のような轟きへと成長していた。

「すぐに戻る」とライブルは言った。そして、壁の鉤から便所用の大きな鍵を取ると、部屋を飛び出し、扉を叩き付けるように閉めた。階段を駆け上がり、踊り場にある現代の奇跡へと向かう。

ところが、そこは使用中だった。

数分間、苛々と足踏みしながらもある程度は辛抱強く待ったが、やがて律法学者の冷静さをかなぐり捨てて、ライブルは便所の扉を叩いた。なかから聞こえてきたのは、しわがれ声だった。誰かがゴソゴソと動く音がする。永遠にも思われるほど長いあいだ、暗くて寒い踊り場で待った挙句、ついにドアが開いた。

出てきたのは、上階に住む錠前師モシェだった。モシェは挨拶の言葉らしきなにかをもごもごとつぶやき、大慌てで視線を逸らした。そして逃げるようにライブルの傍らをすり抜け、階段へ向かった。モシェは、その巨体に居心地の悪さを覚えているかのような男だった。服はぼろぼろで、動きはぎこちなく、思考もまた同様だった。人間の姿をしたゴーレム（ユダヤの民間信仰で神秘的な力をもつとされる粘土人形）。ラビはその後ろ姿を見送った。

そのとき、ひらめいた。「ご近所さん！」とライブルは呼びかけた。

「はい？」錠前師はラビを見つめた。ふたりの男のあいだには、これまでずっとある種の反感があった。ラビは錠前師を馬鹿だと思っていたし、錠前師のほうはラビを尊大な世間知らずだと思っていた。ライブルはモシェの目をまっすぐに見つめ、そこになにかを見いだそうとした。なにか、罪のかけらのようなものを。

「訊きたいことがあるんだ」ライブルは用心深くそう切り出した。

モシェはいまだに、無関心な目でライブルを見つめている。いずれにせよ、罪の意識はどこにも見られない。

「その、つまり……」ライブルはそれ以上続けることができなかった。言葉は、砂に染み込む水のように消えていく。

「なんだい？」

ライブルは気を取り直して続けた。「錠前のことなんだが」

「錠前がなにか？」

「開かないんだ」とライブルは言った。「鍵を差し込んで回すんだが、どうにも……」なんとか考えをまとめる。「びくとも動かなくて」

「錠前じゃなくて、鍵のせいかもしれんな」腕のいい技術師が素人と話すときの優越感をにじませて、モシェが言った。

ライブル・ゴルデンヒルシュは、踊り場の暗がりにひとり取り残された。

突然、上階からモシェが呼び掛ける声が聞こえた。「ラビ？　まだそこにいるかい？」

「ああ」ライブルは答えた。

数秒のあいだ、沈黙が訪れた。それから再び、モシェの声が聞こえた。その声は震えていた。

「許してくれ」とモシェは言った。まるで暗闇に吸い込まれたかのような、かすかな声だった。

「許すって、なにを？」

新たな沈黙。やがて、たった一度、しゃくりあげる音が聞こえた。まるで虚無から湧き出てきたかのような、絶望的な音だった。

「あの人が恋しいよ」とモシェは言った。そして、木製の階段を最後まで上ると、部屋のなかに逃げ込み、叩き付けるように扉を閉めた。

ライブルはすっかり混乱していた。

踊り場の丸い窓から、雪の積もった家々の屋根が月光に照らされて輝くさまを眺めた。その光景はあまりに美しく、ひとつの奇跡とさえ言えるほどだった。奇跡を真のものにするのはただ信仰のみであることを、ライブルは思い出さずにいられなかった。

明るく青白い月の前を、雲が横切ろうとしている。ライブルは考えた。もしあの雲が月をすっかり覆い隠してしまったら、それを神からの合図だと見なそう。もしそうなったら、妻の妊娠を奇跡として受け入れよう。

夜空を雲が悠々と漂っていくのを、ライブルは魅入られたように見つめていた。やがて、雲は月を覆い隠した。一瞬、ライブルは完全な暗闇のなかに置かれた。まるで世界の始まりのときのように。

いくらもたたないうちに、雲は再び流れ始め、乳白色の月光がライブルの顔に落ちてきた。緊張が解けた。ライブルはそのまま、寒さに震えながら立ち尽くしていた。突然、自分の感情が底なしの海であるかのように思われた。感謝と愛の波が押し寄せ、ライブルの頬に塩辛い涙をもたらした。

ライブルは深く息を吸って、吐くと、便所の扉を開けた。なかに入って、扉を閉め、ズボンのボタンをはずし、カフタンを持ち上げ、便器に腰かけた。どんな子供も神の贈り物だ、とライブルは考えた。そして、子供を受け入れようと決めた。贈り物にケチをつけるものではない。私に息子ができる。

2　すべての終わり

それからうんと時がたった二十一世紀の初頭、マックス・コーンという名の少年が、新大陸にある天使の町《ロサンジェルス》に暮らしていた。十一歳の誕生日まであと三週間を切ったある日、両親に連れられてベンチュラ・ブルヴァードの日本食レストランへ行ったマックスは、離婚することになったと告げられた。もちろん、両親はすぐに本題を切り出したわけではなかった。その晩の大部分を、ふたりは、まるでなにもかも普段どおりであるかのように振る舞っていた。だがマックスは、なにかがおかしいと感じていた。両親とも、あまりに優しすぎるのだ。最初から疑念はあった。学校で一番仲のいいジョーイ・シャピロが、何か月か前、ほとんど同じ体験をしていたのだ。そのせいで、クラスでジョーイは一種の悲劇的英雄と見なされていた。感心されると同時に、同情される存在だった。ジョーイは悲劇のほろ苦い果汁を味わったのであり、それゆえ四年A組のほかの子供たちよりも、一歩大人に近い存在になったのだ。

当時、ジョーイはマックスに賢明なアドヴァイスをくれた。「外食しようって言ってくるんだ。で、なにが食べたいって訊かれるからな」マックスのほうにずいっと身を乗り出して、ジョーイはそうささやいた。「オレ、ピザって言ったんだ。大間違いだった」

「へえ」とマックスは相槌を打ちながら、こう思った。ピザのどこが間違いなんだろう？

「〈ミッキーズ・ピザ・パレス〉に行ったんだ」

〈ミッキーズ・ピザ・パレス〉なら、マックスも知っている。子供向けのファストフードチェーンで、巨大なピザだけでなく、子供用の遊び場やヴィデオゲームなど、いろいろなものがある店だ。マックスは、次の誕生日のパーティーはあそこでやりたいと思っていた。

「だから？」

「サラミとモッツァレラ大盛りのミドルサイズピザを頼んだ」

「だからなんだよ！」

「そしたらさ、離婚するって言われたんだ。オレの目の前にはピザがあってさ……」

そこまで言うと、ジョーイの口からおかしな音が出た。咳のような音だ。それからジョーイは顔をそむけた。

「もう一生、ピザは食べられない」ジョーイは言った。

マックスはショックを受けた。確かに、両親が離婚することはあるだろう。人生にはそういうことも起きるものだ。けれど、ピザは人生において信頼することのできる数少ないもののひとつだと、マックスは思っていた。しがみつくことができる、頼れる存在だと。

そのときのマックスは、自分の両親は決して離婚などしないと確信していた。ふたりともマックスを愛しているし、お互い愛し合ってもいる。それにたぶん、飼っているウサギのフーゴーのことも愛しているはずだ。フーゴーは白い毛皮とバラ色の鼻を持つかわいらしいウサギで、ほとんどいつもケージのなかにちんまりと座って、ぼんやりと宙を眺めている。愛し合っていればそれで充分。

少なくともマックスにとってはそうだった。ところがやがて、当初は目に入らなかったいろいろなことが、隠された真実を表しているような気がし始めた。たとえば、マムが鼻をすすりながらハンカチを目に押し当てている姿。いつもは丁寧に描かれているマスカラが、ぼんやりとにじんでいる。それに、ダッドが最近あまり家にいないことにも気づいた。仕事から帰ってくるのが遅くなったし、週末にも「用事」があると言って出かけてしまう。それにときどきリヴィングルームのソファで寝ている。一晩中、テレビをつけっ放しにして。マックスには一生許されないだろう贅沢だ。さらに、これまで閉めたことなどなかった部屋のドアすべてが、いまではきちんと閉められるようになった。なにかがおかしいと、マックスは感じていた。

そしてある日、学校から帰って、自転車を無造作に芝生の上に投げ出し、家のなかに駆け込んだマックスは、両親が変にかしこまってソファに座っているのを目にした。まるでマックスを待っていたかのようだった。ふたりはマックスに、不自然な微笑を向けた。

「ご飯を食べにいかないか？」とダッドが言った。その声は、少しばかり明るすぎ、大きすぎた。マックスの頭のなかで、警報が鳴り響いた。「……どこでも好きなところに行こう」とダッドが付け加える声が聞こえた。

「なんなの？」とマックスは訊いた。

「なにが食べたい？」

マックスは一瞬考え、こう答えた。「スシはどうかな？」

両親は不思議そうにマックスを見つめた。

「本当にスシがいいの？」とマムが訊いた。

「うん」とマックスは答えた。生の魚が一生食べられなくなったところで、まったく構わなかった。

こうして三人はスシを食べに出かけた。マックスはマグロとメカジキとウニを注文した。ダッドが、ウニはコーシャ（ユダヤ教の戒律に基づく食の規定）じゃないと言ったが、気にしなかった。どの魚も気持ちが悪くて、吐き気がした。やがて、両親が突然互いの手に触れて、マックスのことをすごく、すごく愛している、マックスにとってはこれからもなにひとつ変わらない、と言ったとき、マックスは赤くなり、こみあげてくる涙と闘わねばならなかった。体が震え始めた。口のなかをぐちゃぐちゃの魚やほかの諸々でいっぱいにしたまま、マックスは何度も何度も自分に言い聞かせた。とにかくピザは、ピザだけは残った、と。

*

ほんのつい最近まで、マックス・コーンの人生は平穏だった。マックスはごく普通の十歳の少年だった。ひょろひょろで、肌は青白く、赤毛はくしゃくしゃ。眼鏡をかけている。この眼鏡は、ある日ダッドが座ったときにうっかり尻に敷いてしまったため、マムが絶縁テープで修理してくれたものだ。マックスは家族とともに、アットウォーター・ヴィレッジにある小さな家に暮らしている。ダッドは「音楽ライセンスの弁護士」――なんのことやらよくわからないが――で、マムはグレンデイル・ブルヴァードで小さな店《ブティック》を経営している。アジアから輸入した家具だとか、ほかにもあれやこれやを売っている店だ。どの家族にもつきものの、おじ、おば、いとこの集団もいる。最も質《たち》が悪いのは、間違いなくバーニーおじさんとハイディおばさんで、いつも喧嘩ばかりしている。それから、おばあちゃんもいる。ノイローゼ気味の厳しい人で、山の向こう側、サン・フェルナンド・ヴァレーの荒野のどこかにある、エンシノという名前のど田舎の村に住んでいる。

マックスの両親がもうすぐ離婚するという知らせは、山火事のようにあっという間に学校中に広まった。特に四年A組に。ジョーイ・シャピロにいたっては、なんとマックスをぎゅっと抱きしめさえしたが、クラスの誰も、ふたりをゲイだとは思わなかった。女の子たちまでもが、マックスをこれまでとは違う目で見るようになった。これまで特になんの付き合いもなかったミリアム・ヒュンという女の子は、休み時間にマックスのところへやってくると、こう言った。

「パパとママのこと、ほんと、残念だったね」

くだらないこと言うなよ、とマックスは思った。とはいえ、ミリアムはただの女だし、理性的であることを期待するほうが間違っている。人間らしい思いやりの心を見せようというミリアムの不器用な努力を、拒絶する気にはなれなかった。そこでマックスはミリアムのお悔やみの言葉をおおらかに受け入れて、こう言った。「まあね。仕方ないよ」

今日から、マックスは男だった。両親の離婚こそが、自分にとっての真のバル・ミツワー（ユダヤ教徒の成人式。男児が十三歳に達した後の安息日に行われる）なのだと、マックスは悟った。子供を男に変えるイニシエーションの儀式なのだと。「レズ」という通称を持つ女性ラビのハナ・グロスマンは、よく「壊れた家族」の話をするが、多くのクラスメイトの家族もそうだということに、マックスは気づいた。

最初のうち、壊れた家族を持つのは快適だった。なにしろ、とりあえずはなにもかも元のままで、変わったことといえば、マムが両親の寝室で寝て、ダッドはリヴィングルームのソファで寝るようになったことくらいだったからだ。だがこれは少々腹立たしい事態でもあった。というのも、リヴィングルームにはテレビがあり、マックスはそれまで、そのテレビを自分の専有物と見なしていたからだ。ところがいまでは、ダッドが四六時中スポーツ番組を見ている。とはいえ、利点もあった。なにしろマックスは、殉教者のマントにくるまれることになったのだから。これまでになかったほどたっぷりと、両親の愛情とコミック本を与えられた。ダッドは新しい『スパイダーマン』と、何冊もある『バットマン』全集を一気に買ってくれた。これまではいつも、マーベル・コミックスかDCコミックスか、どちらかを選ばなければならなかったというのに。ダッドは、人生というのは、下さねばならない決断の連続だ、と言っていた。だが、そんなものはくだらないたわごとだということがはっきりした。人はすべてを手に入れることができる。これが大人になるということか。両親の離婚は、マックスのコミックコレクションにとっては、疑いの余地なく最良の出来事だった。

それでも心の奥底で、マックスは恐れていた。秘密を抱えていたのだ。両親がなぜ離婚することになったのかを、マックスは知っていた――そう、離婚はマックスのせいなのだ！　マムは、離婚の原因は「あのヨガ・インストラクターのクソ女」のせいだと言うが、マックスは真実を知っていた。

それは、あの運命の日本食レストランでの食事より何週間か前のことだった。マックスはその日もまた、ウサギのケージの掃除を命じられていた。マムが何度もしつこく、あのいまいましいウサギを飼いたいと言ったのはマックス自身なのだから、と迫ったのだ。マックスはダッドに、代わりに掃除をしてくれないかと頼んだ。お願い、今日だけ、お願い、お願い。ジョーイ・シャピロと映画に行きたかったからだ。だがダッドはダメだと言った。ふたりは喧嘩になり、癇癪を起こしたマックスがダッドに向かって怒鳴り、そのせいでダッドはますます意固地にダメだと言い続けた。

そういうわけでマックスは、冷房の効いた映画館でポップコーンとチョコレートを頬張る代わりに、ウサギの糞の掃除をする羽目になった。あんまりだ！　ようやく――ぶつぶつ不平と抗議を並べたてながら――ゴミ袋をケージから運び出すと、ダッドがドアの前に立っていて、厳しい目でマックスを見つめていた。「そういう口の利き方をするんじゃない、マックス！」とダッドは言った。

「この家ではそういう態度は許されないぞ。あと一度でもこんな大騒ぎをしたら、フーゴーはよそにやるからな」

マックスは、ウサギの糞を決められたとおりゴミ用のバケツに捨てながら、腹のなかで怒りが煮えたぎるのを感じていた。フーゴーをよそにやる——なんてひどい脅しなんだ！

そのとき、ゴミバケツの横に、一セント硬貨が落ちているのが見えた。おばあちゃんがいつか、一セント硬貨を見つけたら、願い事がかなうと言っていた。硬貨を拾って、目を閉じたまま願い事をするだけで、それが本当になるのだと。ただ、願い事は誰にも話してはならない。

そこでマックスは硬貨を拾うと、めいっぱいきつく目を閉じて、ダッドが消えてなくなりますように、と願った。ただそれだけを。握っていた手を開くと、硬貨は一見なんの害もなさそうに、ちんまりとてのひらに載っていた。そのとき、サン・ガブリエル・マウンテンズのほうから、かすかに雷鳴が聞こえてきた。もうすぐ雨になりそうだ。突然、マックスは罪の意識を感じた。あたりを見まわして、無理やりなにか別の願い事をしようとした。だがもう遅かった。マックスの願い事は、きっともう誰か——もしかして神様？——に聞こえてしまったに違いなかった。

それから何週間かは、なにも起こらなかった。マックスは、もしかしたら悪いことなど起こらないまま、逃げ切ることができるのではないかと考え始めた。あの日本食レストランでの晩までは。あのときマックスは、自分が家族に呪いをかけてしまったことを悟った。ウサギだけは別にして——フーゴーはいまのところ、元気そうだからだ。

当初マックスは、この悲劇を引き起こした自分の責任について、あまり思いつめないようにしようと努めた。そして、両親の離婚でもたらされたメリットを楽しんだ。マムまでもが、マックスにたっぷりとプレゼントをしてくれるようになった。たぶん、プレゼントの量でダッドに勝ちたかったのだろう。

「誕生日には、なんでも好きなものを買ってあげる」とマムは言った。

マックスの愛情を買おうという見え透いた作戦だ。とはいえ、誰にもその人にふさわしい値段というものがある。そしてマックスのそれは、特に高くはなかった。

「なんでもいいの?」

両親がくれるプレゼントのすべて、新しいおもちゃのすべてが、愛情の証明だった。だがその証明は、やがて効果を失った。マックスの人生には、もはや確実なものがなかった。すべてが変わり始めた。そしてマックスは、変化があまり好きではなかった。壊れた家族を持つことは、思ったほどクールではなかった。それどころか、壊れた家族を持つことには、それなりの代償がついてくることがわかった。マックスは悟った。自分はいま、なにか重要なことを学びつつあるのだと。模範とする英雄たち——スパイダーマンとジョーイ・シャピロ——もまた学ばねばならなかった教訓を。それも、つらく厳しい経験を通して。

＊

ハリーとデボラのコーン夫妻にとって、息子に離婚すると告げるのはとてもつらいことだった。特に夫のハリーは、この運命の瞬間を恐れていた。ハリーは私生活においては、いかなる摩擦も避けるようにしている。一方、妻のデボラのほうは、人と衝突することをそれほど恐れてはいなかった。自分は仏教徒だと公言している割に、デボラは争いになると途端に生き生きして見えた。ハリーは妻をいつも、「怒れる仏教徒」と呼んでいた。デボラは、そんな呼び名を愉快だとは思わなかった。そもそもここ最近は、まもなく「元夫」になる男に関しては、ほぼどんなことも愉快だとは思えなくなっていた。ハリーがそこにいるだけで、デボラは激しい怒りにとらわれた。ハリーが家のなかをすり足で歩き回るようすといったら！　かつては魅力的だと思えた夫の特徴が、いまではデボラの怒りの炎を煽る。夫が家を出ていく日が、待ち遠しくてならなかった。

　だが、もちろんマックスの存在がある。夫妻は、マックスのために別れずに暮らし続けようかと考えたことさえあった。より正確に言えば、ハリーのほうがそう考えたのだ。だがデボラの意見は違った。

「出ていってほしい」デボラは断固とした声でそう言ったのだった。夫を罰したいわけではなかった。少なくとも、ただ罰したいだけではなかった。夫の浮気は、デボラを骨の髄まで震撼させた。とにかく夫から離れたかった。もはや姿を見たくなかった。いまや夫は、引きはがすしかない絆創膏のようなものだった。早ければ早いほどいい。

「でも、マックスはどうなる？」ハリーは涙声でそう言った。

「マックスにとっても、あなたがいないほうがずっといい」

　こうしてまた、一から同じことの繰り返しになる。ふたりは、文明人として理性的に話し合おうと心がけてはいたが、対話はほとんどいつもヒステリックな喧嘩に発展するのだった。

「でも、いったいマックスになんて言えばいいんだ？」やがてハリーがそう訊いた。

「マックスには、慎重に話を切り出すべきよ」とアドヴァイスしたのは、この分野に関してすでに経験があるシャピロ夫人だった。「それからもうひとつ。マックスと一緒に、レストランに行くこと」

　デボラは注意深く話を聞いて、うなずき、携帯電話にメモまで打ち込んだ。

そういうわけで、ある晴れた朝、デボラ・コーンはフリーウェイをウッドランド・ヒルズへ向かった。弁護士事務所〈グティエレス・アンド・パートナーズ〉は、三階建てのガラス張りのビルのなかにあった。趣味の悪さの記念碑のようなビルだ。ビルのなかも、趣味の悪さは変わらなかった。受付には、ポーカーをする犬を描いた絵が掛かっている。こんな絵、いったい誰が買うんだろう？デボラはそう思った。やがて、グティエレス弁護士の部屋に呼ばれた。事務所のシニアパートナーにして離婚法の専門家だ。

グティエレス弁護士は、その職業を考えれば不自然なほど陽気な男だった。太っていて、常に楽しそうな愛の処刑人。握手をする手にはほとんど力がこもっていない。

「さて、どのようなご用件で？」

デボラはグティエレス弁護士に事情を説明し、弁護士は頷きつつ、黙ったまま耳を傾けた。ハリーとデボラは、すったもんだの挙句に、いわゆる「当事者間の合意に基づく離婚」をすることに決めたのだった。これはデボラがインターネットで見つけた用語で、簡単に言えば、養育権と財産分与について、離婚裁判以前にあらかじめ合意に達しておくというものだ。話を聞いたグティエレス弁護士は、少しばかり機嫌を損ねたように見えた。おそらく、この離婚に多くの時間を割いて儲けることを考えていたのだろう。

当事者間の合意に基づく離婚は、基本的にはとても簡単です、と弁護士は言った。離婚申請をする際にはデボラが書類を裁判所に提出し、その書類がハリーのところへ回される。当事者どうしが基本条件で合意すれば、離婚申請がロサンジェルス・カウンティーの上位裁判所に提出され、判事が審査を始める。すべてが認められれば、当事者ふたりが書類にサインをして、それでおしまい。

ほんの何週間かで離婚が成立して、ふたりの共同生活に終止符を打てますよ。

結婚式のほうがずっと面倒くさかった、とデボラは考えた。

ハリーにとってもデボラにとっても、ひとつだけはっきりしていることがあった。何年にもおよぶ離婚裁判でマックスを苦しめることだけはしたくない。それに、マックスが両親のどちらかを選ばねばならない事態も避けねばならない。ふたりはすでに、ハリーが家を出た後の事の進め方まで話し合い、合意に達していた。そもそもデボラに言わせれば、ハリーが家を出るのに、あまりに時間がかかりすぎているのだ。平日はデボラが、金曜日から日曜日まではハリーが息子の面倒を見る、というのがふたりの計画だった。金曜日にハリーがマックスを学校まで迎えにいき、月曜日の朝、再び学校まで送っていく。そうすれば、デボラとハリーの接触は最小限で済む。

どちらにとっても大変な時期だった。ハリーは再び酒を飲み始め、デボラは再び煙草を吸い始めた。仕事までもが、徐々に私生活の問題の影響を受け始めた。デボラは、デジタル・コミュニケーションにとりつかれたように没頭する一方、卸売商や顧客との約束を忘れたし、ハリーは遅刻を繰り返し、しかもしょっちゅう二日酔いで出勤した。しばらくのあいだは、同僚たちも見守っていた。ハリーは、自分が同情されていること、女性社員たちから心のこもった配慮を受けていることに気づいた。だが、仕事に集中できず、成績は目に見えて落ちていった。

ふたりとも、人生が自分の手から滑り落ちていくような気がしていた。指のあいだから零れ落ちる砂のように。

3　奇跡

リフカ・ゴルデンヒルシュは、世界を呪っていた。自身を呪い、夫を呪い、なにより自分を妊娠させた天使を呪っていた。リフカはいま、狭い部屋に置いたベッドに横たわっている。夫のライブルが傍らに座り、リフカの手を握っている。愚かな男。

「大丈夫だよ」ライブルは心もとなさそうにそう言って、リフカを撫でる。

リフカの両脚は、二脚の折り畳み椅子に載せられている。ストーブの上には湯の入った鍋が、ベッド脇には清潔な布が置かれている。そして産婆のヘドヴィカがリフカの両脚のあいだに座って、結果を待っている。

リフカは田舎で育った。プルゼニ近郊の小さな村だ。少女のころ、牝牛が子供を産むのを何度となく目にした。それは牝牛にとって非常に苦しい体験で、ときには何日にもわたり、痛みと怒りのうめき声を伴うものだった。いまのリフカには、あの牝牛たちの苦しみがよくわかった。それなのに、なんの役にも立たない馬鹿な夫は、木偶の坊のようにただ座って、妻を撫でるばかりだ。

産婆のヘドヴィカが脚のあいだを覗き込むと、言った。「頭が見えますよ」

リフカはうめいた。

「いきんで」とヘドヴィカが言った。

「さっきからずっと、私がなにをしてると思ってるの？」とリフカは怒鳴った。

ヘドヴィカは若い「非ユダヤ人《ゴティエ》」で、プラハのヨゼフォフ地区の外に暮らしている。町で最高の腕を持つ産婆のひとりとされている。つまり、彼女が取り上げた子供の多くが、生きて生まれてきたということだ。ライブル・ゴルデンヒルシュは、このヘドヴィカを雇うために、毎月こつこつと数枚の硬貨を貯金し続けた。そしていま、そのときが来たというわけだ。始まったばかりの夏は、この地上の新たな住人を歓迎することになるだろう。ヘドヴィカが布でリフカの額を拭くあいだ、ライブルはリフカを撫で続けた。地上の新たな住人は、なかなか登場しなかった。

けれど、ついに生まれてきた。

ヘドヴィカが赤ん坊の脚をつかんで持ち上げ、へその緒を熱した包丁で切断すると、尻をパンと叩いた。

赤ん坊は泣き始めた。空気の籠った暑苦しい部屋の静寂を、金切り声が切り裂いた。ヘドヴィカは、赤ん坊が痛がらないように細心の注意を払って、体を清潔な布で拭いた。

ヘドヴィカが子供を母親に手渡した。「元気な男の子ですよ」と言って。

息子を腕に抱いたリフカは、その姿を一目見て、恋に落ちた。その子は、これまで目にしたどんなものよりも美しかった。

「名前はどうする？」息を切らして、リフカは訊いた。疲れ切っていたが、自分にもこの世界にも満足していた。

「モシェはどうだい？」ライブルが、声にかすかな皮肉をこめて提案した。

「モシェ？」リフカは言った。「どうして、よりによってモシェなの？」

「なんだって？　モシェは気に入らないかい？」ライブルが答えた。「いい名前じゃないか」

「あの錠前師の名前？」不信感をこめて、リフカは訊いた。

「預言者の名前だよ」ライブルは言った。「モーセのことだ」ライブルの視線には、反論を受け付けない意固地ななにかがあった。

リフカは折れた。こうして、赤ん坊はモーゼス・ゴルデンヒルシュと名付けられた。ライブルは、少々飲みすぎたときなどに、ときたま赤ん坊の生まれを問うことはあったものの、ついに子供を持てたことを喜んだ。誰が父親かなど気にしないと、ライブルは自分に言い聞かせた。そして毎晩のように、この奇跡を神に感謝した。

モーゼス・ゴルデンヒルシュ、通称モシェは、小柄で病気ばかりする子供だった。生まれてほんの数か月で、危うく人生に別れを告げそうになった。ストーブの脇に置かれたベッドに寝かされたモシェの肌は、蠟のように真っ白だった。ほとんど動かず、ときおり不幸せそうな声を出すばかり。リフカはベッド脇に座って、息子に歌を歌ってやった。

空のずっとずっと高いところを
鷲が飛んでいく
自由に、悠々と
はるかな声が聞こえるだろうか

だがリフカの歌も、モシェの熱を下げることはできなかった。ついにリフカは心配のあまり、真夜中に家を飛び出して、医者を呼びにいった。ライブルは家に残って息子に付き添った。リフカに、ギンスキーという名の医者を呼びにいくよう言ったのは、ライブルだった。リフカはヨゼフォフ地区から、モルダウ川の対岸へ渡り、さらに丘の上の城まで走りとおした。夜の空気は氷のように冷たく、じめじめしていた。丘の上にたどり着いたときには、額に冷たい汗が貼りついていた。歩道は赤や黄の落ち葉で覆われており、いたるところに木から落ちたマロニエの実が転がっていた。リフカはようやく、フラッチャニの近くにある家を見つけた。空へと聳える城の塔が見え、聖ヴィート大聖堂のガーゴイルからじっと注がれる視線を、肌に感じるような気がした。医者が住んでいるのは、アール・ヌーヴォー様式の美麗な屋敷だった。しつこく扉を叩き続けること数分、髪も服も少しばかり乱れた女中が出てきた。顔は赤く、左手でペチコートの乱れを直している。汗まみれで混乱したリフカの姿を、女中は冷たい目でじろじろと眺めた。

「ギンスキー先生を」リフカは囁くように言った。

「先生はもうお休みです」女中は取りつく島もないそっけなさで言った。

「夫に言われて伺いました」リフカは、夫がただの人ではなく、スタロノヴァ・シナゴーグのラビであることを伝えた。

「ユダヤ人なんですか?」驚いたように女中が訊いた。

「夫は以前、先生に力をお貸ししたことがあるそうです。そうお伝えするようにと言われてきました」そこまで言うと、リフカは哀願した。「お願いします。子供が死にそうなんです」

その言葉が、女中の心を溶かした。「どうぞ、お入りになって」と女中は囁いた。「ここで待っていてください」リフカを屋敷の玄関広間に招き入れると、女中は扉を閉め、階段を駆け上がっていった。

リフカは畏敬の念とともにあたりを見まわした。広間には豪華な内装が施されていた。重たげな置時計が、脅すように時を刻んでいる。コート掛けには高価な毛皮のマントと帽子がかかっている。傘立てからは、マホガニー材のステッキが何本も覗いている。やがて、小柄でずんぐりしたドクター・ギンスキーが、鼻から息を吐きながら、絨毯の敷かれた階段を下りてきた。着ている寝間着の皺を神経質に伸ばしている。顔は赤く、ほとんど禿げ上がった頭頂部を取り囲むように生えているわずかな毛は、雄鶏のとさかのようにぴんと立ち上がっている。眼鏡は曇っている。リフカはふと、この医者と女中とがなにか重要なことをしているところを、自分は邪魔したのではないかと思った。

すがる思いで医者を見つめ、リフカは一歩前に飛び出すと、握手をしようと手を差し出した。

ギンスキーはリフカをじっと見つめ、「申し訳ないが」と言った。「握手はできません。わかってもらえると思いますが、ユダヤ教を信じる人間とは……」そこまで言うと、ギンスキーは困惑したように視線を落とした。

「わかります」とリフカは言い、熱心にうなずいた。この医者の機嫌を損ねかねないことは、なにひとつしたくなかった。数秒間の気まずい沈黙の後、リフカは差し出した手を、ずぶ濡れのスカートでぬぐった。

「私が思いがけないご訪問の栄に浴したのは、いったいどのようなわけでしょう？」ギンスキーは、あからさまな皮肉をこめてそう訊いた。

「子供が病気なんです」

「それで、私がプラハでただ一人の医者だとでも？」ギンスキーは訊いた。

「夫から、先生のところへ伺うようにと言われました。ほかの医者ではなく、先生のところへ」

「それはまたどうしてなのか、お訊きしてもよろしいですかな？」

「私たち……」リフカは一瞬言葉を切ると、唾を呑み込んだ。「私たち、お金がないんです」囁くようにそう言って、リフカはうつむいた。

「ほう？」とギンスキーが言った。「ユダヤ人に金がないと？」

「夫は学者です。財産はほとんどありません」

「ご主人のお名前は？」

「ゴルデンヒルシュです。ライブル・ゴルデンヒルシュ」

ギンスキーは、口を半開きにして突っ立ったまま、しばらく動かなかった。それから眼鏡をはずし、寝間着でレンズを磨くと、こう訊いた。「どうしてそれを早く言わないんです？」

＊

リフカはそれまで、自動車に乗ったことがなかった。息子のことが心配でなかったら、きっと道中を楽しんだことだろう。だがいまの状況では、この種の移動手段は不快でしかなかった。道に開いた穴のひとつひとつを尻に感じたし、エンジンはひどい臭いの煙を排出するし、おまけにリフカとライブルが暮らす賃貸住宅の前に着いてみると、駐車場所を探すのは困難を極めた。リフカは、自動車などという乗り物がこの先普及することはないだろうと確信した。

ギンスキーを先導して、リフカは階段を上った。ギンスキーは激しくあえぎ、二階まで上ったところですでに息も絶え絶えだった。ついに部屋の玄関扉の前まで来たときには、ギンスキーがこのまま心臓発作で倒れるのではないかと、リフカは不安だった。リフカが扉を叩くと、ライブルが出てきた。腕に病気の子供を抱いている。その光景に、リフカは胸を衝かれた。息子の顔が真っ青だったからというだけではない。この小さく寄る辺ない生き物を抱く夫の優しさと愛情が、はっきり目に見えたからでもあった。彼女の子供にこんなふうに優しく愛情深く接する夫は、これまで見たことがなかった。この人の子供でしょ、とリフカは自分を戒めた。

ライブルは目に涙を浮かべていた。リフカは慎重に、夫の手から息子を受け取った。

ギンスキーが部屋に入り、検分するようにあたりを見まわした。ライブルとギンスキーの視線が合った。ふたりとも、わずかに背筋を伸ばした。そして、互いに敬礼をした。

「直れ！」とギンスキーが言った。

「大佐」とライブルが言った。

次の瞬間、リフカの驚きをよそに、ふたりの男は互いの腕に飛び込んだ。そして、長いあいだそのままの姿勢でいた。かなり長いあいだ。言葉にならないなにかが、ふたりのあいだで交わされていた。

それからギンスキーは、子供を診察した。額に触れ、口のなかを覗き、熱を測った。深刻な病気ではないと聞いて、リフカとライブルは胸をなでおろした。ただの発熱。おそらく寒さのせいだろう。リフカの胸のつかえが取れた。戦争の最後の年以来、数多くの子供ばかりか、大人までもが、スペイン風邪で亡くなっていたからだ。だが、モシェは生き延びるだろう。リフカは湯たんぽを用意し、ギンスキーはモシェに薬を与えた。ライブルが数枚の硬貨を支払おうとしたが、ギンスキーは憤慨して断った。やがて子供はベッドで眠り込んだ。

ライブルとギンスキーは、別れ際にも再び抱き合い、互いの頬に口づけた。友人どうしの通常の挨拶だ。だがリフカとて馬鹿ではない。ふたりの男が見つめ合うようすを目の当たりにして、夫と医師とのあいだになにがあったのかを理解した。

ライブルは扉を開けて、ギンスキーを送り出した。そして、ギンスキーが去ってからも、しばらくのあいだそのままの姿勢でそこに立ち、暗闇を見つめていた。

「ライブル？」リフカは問いかけた。

ライブルがゆっくりと振り向いた。「なんだい？」

夫を見つめながら、リフカは身体から力が抜けていくのを感じた。唇が震えた。

「戦争中、なにがあったの？」リフカは小声で尋ねた。

ライブルはリフカに歩み寄り、隣に腰を下ろした。そしてリフカの手を取って、固く握りしめた。

ふたりはそのまま、隙間だらけのごつごつした板張りの床を見つめていた。

「私に戦争のことを訊かないでいてくれたら」優しい声で、ライブルは言った。「私も君に奇跡のことは訊かない」

4　その最大のトリック

ある火曜日の午後、マックス・コーンが学校から帰ると、家の前に引っ越し会社の車が停まっていた。不吉な光景だ。引っ越し会社の車！　もしかして、ついにその日が来てしまったんだろうか？　いたるところに、段ボール箱や家具が積まれている。ウサギのフーゴーがリヴィングルームの隅で体を丸めていた。緊張しているようで、耳がぴくぴく震えている。荷物を運んでいるのは、ふたりの大柄なラティーノだった。ひとりはジーンズに歌手のシャキーラの写真をプリントしたTシャツ姿、もうひとりのほうは、相棒よりも伝統に忠実で、青いオーバーオールにチェック柄のシャツを着ていた。

「ブエノス・ディアス」シャキーラTシャツの男が、マックスにうなずきかけた。書類やファイルが詰め込まれた箱を両手で抱えている。

「どうも」とマックスは言った。自分の声が震えているのがわかった。「パパとママは、どこ？」

「ケ《なに》？」とシャキーラTシャツの男が訊き返した。

「ロス・パドレス《両親》」マックスは言った。「マム・イ《と》・ダッド」

男は困ったようにマックスを見つめると、肩をすくめた。マックスは、男が抱えている段ボール箱に視線を注いだ。書類とファイルは、たぶんダッドのものだ。ダッドは弁護士なので、いつもこういうものに囲まれている。書類はダッドにとって、バットマンにとってのバットモービル同様に欠かせない存在だ。

オーバーオールを着たほうの男が近寄ってきた。段ボール箱をふたつも抱えている。

「隣にいるよ」オーバーオール男は言った。

「おじさんたち、ここでなにしてるの？」マックスは尋ねた。いまや金切り声だった。

「段ボール箱を運んでるんだ」とオーバーオール男が言った。あからさまなメキシコなまりがある。

「もとに戻してよ！」マックスは言った。そのとき、ダッドがキッチンから出てきた。やはり箱を抱えている。髪はぼさぼさで、今日は髭も剃らなかったようだ。シャツのボタンを掛け違えているし、目はガラス玉のよう。その姿を見て、マックスは不安になった。ダッドを見てこんなに恐ろしい思いをしたのは、四歳のとき以来だった。あのときマックスは、裏のテラスを舌でなめてきれいにしようと決め、半分までやり遂げたところだった。ダッドが家の中から素っ裸で走り出てきて、マックスをテラスの床から抱き上げた。実の父親の裸体を見せられるほど、恐ろしいことはない。マックスに駆け寄ってきたときのダッドのペニスは、左右にぶらぶら揺れていた。それは、それまでマックスがあまり意識したことのない体の部分だった。あれ、なんだろう？　マックスはすっかり混乱したものだ。なんだか不吉な感じだな、と思った。

いまのマックスの頭のなかを駆け巡るのも、まさに同じ思いだった。

なんだか不吉な感じ。

ダッドはまるで、深い眠りから目覚めたばかりといった様子だった。これまでずっと霧のなかをさまよってきた挙句、いま初めて光のなかに出て、目をしばたたいているかのようだ。

「ダッド！」マックスは呼びかけ、父に駆け寄った。「あちこちメキシコ人だらけだよ！」

ダッドはマックスと並んで庭に出ると、箱を地面に下ろした。それからふたりは、玄関に続く小さな階段に腰を下ろした。石の階段は、太陽の熱で温まっていた。マックスの耳に、近所で遊ぶ子供たちの声が聞こえてきた。はるかかなたには、雪をかぶったサン・ガブリエル・マウンテンズの頂が見える。よく晴れた明るい日だった。

しばらくのあいだ、ふたりとも無言だった。マックスとダッドは、ただそこに座って、地平線を眺めていた。まるでそこに、ふたりが必死で探し求める答えがあるかのように。

「もう全部話し合ったじゃないか」ついにダッドが言った。

「なにを？」

「今日のこと。引っ越しのこと」

「木曜日って言ったじゃないか」

「火曜だよ」ダッドが言った。「火曜日って言ったはずだ」

日は射しているのに、突然マックスは寒気を感じた。自分が学校へ行っているあいだに、ダッドはこっそり出て行こうとしていたのではないか。そんな気がしてならなかった。ダッドに二度と会えなくなるかもしれないという恐怖にとらわれた。出ていってしまえば、ダッドはマックスのことなど忘れてしまうだろう。涙が込み上げてきた。けれど必死でこらえた。これからどうなるんだろう？

「マックス」ダッドが言った。「これからも、なにも変わらないよ」

そんなのは嘘だと、マックスにはわかっていた。人生の厳しい教えのひとつは、「すべては変わる」というものだ。スパイダーマンもバットマンも、愛する人を失った。そのせいで、スパンデックスのコスチュームに身を包み、夜な夜な悪と闘う人生を送ることになったのだ。普通の人のように、テレビを見て過ごすのではなく。

ダッドがマックスを抱きしめようとした。だが、ダッドに触れられると、体が硬直した。熱に浮かされたように、マックスはこう考えていた。ダッドが出ていくのは僕のせいだ。だから全部元通りにするのも、僕の仕事だ。マックスはきつく目を閉じて、ダッドがどこにも行きませんように、と必死で祈った。心のなかで取引をした。ダッドが消えてなくなりますようにと願ったことを後悔しています。これから一生、毎日ウサギの糞を掃除します。

ダッドが立ち上がった。「マックス、愛してるよ」

「ダッド！」パニックに陥って、マックスは叫んだ。「行かないで！　もう絶対にウサギ小屋の掃除なんて頼まないから！」

「残念ながら、そうはいかないんだ」ダッドが言った。きっとマックスの祈りの力が足りなかったのだ。ダッドが再びマックスを抱きしめようとしたが、マックスは怒りにまかせてダッドを叩いた。ダッドが腕をほどいた。マックスは階段を駆け下りた。だがそれほど遠くまでは行けなかった。段ボール箱のひとつにつまずいて、ばったりと倒れてしまったのだ。箱も倒れて、中身が前庭に散らばった。

「マックス、怪我はないか？」ダッドが訊いた。

マックスは起き上がった。「大丈夫」と、すねた声で言う。

膝が擦り剝けていた。だがマックスは少しも気づかなかった。芝生に散らばっているもののひとつに、目が釘付けになっていた。

それは、厚紙でできたカバーのようなものから半分はみ出た、黒くて平たい円盤だった。それがなんなのかを、マックスは知っていた。ダッドが教えてくれたことがある。マックスが生まれる以前の暗黒時代には、こういうものが存在したのだ。この物体の名前はレコード。カバーの写真が、マックスの目を惹いた。中年の男。頭にターバンを巻いて、トーガ（古代ローマ市民が着用した一枚布の上着）を着ている。巨大な角ぶちの眼鏡をかけていて、額には深い皺が刻まれている。なにかに強烈に集中しているようだ。左手には小さな魔法の杖、右手にかわいい白ウサギを持っている。最初、男の腕の位置が不自然に思われた。だが、どうしてなのかはわからなかった。腕はほとんどトーガに隠れている。そのトーガのすさまじいこと！　こんなに豪華な服は見たことがなかった。誰だかわからないが、この男はエレガンスの代名詞のような存在なのだと、マックスはすぐに悟った。銀のトーガ！　ワオ！　ジェームズ・ボンドよりも格好いい。マックスは、とうに没落した文明の埋もれた宝を発見した考古学者のような気分だった。震える手で、真っ黒な円盤をカバーからすっかり取り出した。大きな黄色い文字で、円盤の真ん中にタイトルが書いてあった。

〈ザバティーニ――その最大のトリック〉

5　鷲と仔羊

　モシェ・ゴルデンヒルシュは病気がちの子供だった。母親は息子を「私の小さな奇跡」と呼び、愛情たっぷりに世話を焼いた。モシェが咳をしたり鼻をかんだりしてばかりなことに、母親は打ちのめされていた。モシェは誰よりも早く風邪を引き、誰よりも遅れて回復した。母リフカは、息子の不安定な健康状態に翻弄されるあまり、自身の体をないがしろにした。リフカの体内を内側からむしばむなにかが、機会をうかがっていたが、そんなことにかまけている暇はなかった。リフカはただモシェのためだけに生きていた。

　モシェは無口で、自身の殻に閉じこもりがちな少年だった。父親にそっくり、とリフカは思った。モシェは何時間でも飽きずに、陽光の降り注ぐモルダウ川の岸辺に座って水面に石を投げたり、草むらに寝転んで雲を見上げたりして過ごした。雲はモシェの白昼夢のなかで、城や騎士に姿を変えるのだった。モシェは幼く、時間はまだなんの意味も持たなかった。人生には形がなく、不安はまだ見知らぬものだった。周りの世界は灰色で単調だったが、モシェの内面の世界は豪華絢爛だった。壁に走る裂け目は、モシェの名前の由来であるモーセが、イスラエルの民を自由へと導く道となった。凍てつく冬の夜に馬が吐く息は、竜の吐く炎となった。ときにモシェは、一日中両親と口をきかないこともあった。決して両親を愛していなかったわけではない。ただときに、たとえ両親とともに食卓についていようと、モシェの心は手が届かないほど遠くにあったのだ。そんなときのモシェは虚空を見つめ、動きは緩慢で機械的になっていく。そして遠くへと旅立っていく。こうして家族は、ともに座っていながら、何千マイルも離れたまま夕食をとるのだった。「あなたは遠くに行っちゃうのね」モシェの母はそんなとき、いつも悲しげに微笑んでそう言った。

*

モシェが八歳になったある日、父とともに食事の時間に家に帰ると、リフカが疲労困憊といった様子で、冷え切ったストーブにもたれかかっていた。床には割れた土鍋の破片とジャガイモが転がっていた。リフカの息は苦しげだった。額には汗が浮いていた。

「大丈夫か?」ライブルが心配げに訊いた。

リフカはうなずき、「元気よ」と答えた。「大丈夫」リフカは大きく息を吸って吐くと、前かがみになって、破片を拾い始めた。

モシェはそんな母を、疑いの目で見た。母が嘘をついているのがわかった。感じるのだ。大丈夫なことなど、なにひとつない。この世界にはひびが入っていて、人の目には映らないことがらや、言葉にはされない真実があるのだ。モシェは安心させてほしくて、父のほうを見た。ライブルは妻の姿をじっと見つめていた。リフカはどこかに激しい痛みを抱えているように見えた。ライブルはリフカのほうに手を伸ばしたが、リフカは苛立たしげにその手を払いのけた。

「もしかして」ライブルは途方に暮れたように言った。「医者に行ったほうがいいんじゃないか？」

「あなたのほうこそ、お医者さんのところに行けばいいんじゃないの」リフカは皮肉な口調でそう言った。


モシェは、ギンスキー医師がかつて自分の命を救ってくれたことを知っていた。生まれたばかりのころだ。それ以来、ギンスキーはゴルデンヒルシュ一家のかかりつけの医師だった。そしてライブルはしょっちゅう、あそこが悪い、ここが痛いと言っては、ギンスキーに診察を頼むのだった。

リフカは箒をつかむと、床に残った破片を掃き集めた。それから一家は夕食をとった。その日はジャガイモと、新鮮な香草入りのフレッシュチーズだった。モシェは母をじっと見つめながら、説明しがたい不安を感じていた。かつての母は、もっとずっと大きく見えた。だがこの数か月、恐ろしくなるほど痩せてしまっている。

リフカは震えていた。

「本当に大丈夫なのか？」ライブルが訊いた。

リフカは泣き出しそうになるのを堪えて、首を振った。ライブルが立ち上がった。慌ただしい動きのせいで、椅子が大きな音を立ててひっくり返った。ライブルは妻に駆け寄り、その体を抱きしめた。モシェは、あんなふうにきつく抱きしめられたら痛いだろうと思ったが、リフカは抵抗しなかった。ライブルは妻を優しくベッドまで連れていき、手を貸して横にならせた。

「ああ。神様」リフカはあえいだ。

「どうしたんだ？」ライブルが訊いた。

「なんでもない」リフカは言って、うめき声を押し殺した。まるで、リフカの体のなかで激しい戦闘が繰り広げられているかのようだった。

「モシェ！」ライブルが呼んだ。「ギンスキー先生を呼んできてくれ」

「だめ！」驚くほど鋭い声で、リフカが言った。

リフカは夫に腕を回して引き寄せた。その顔は汗まみれだった。

「覚えてる？」リフカは囁いた。「あなたが私に結婚を申し込んだときのこと」

ライブルはうなずいた。「野原でだったな。君は野原に仰向けに寝転んでた。ちょうどいまみたいに」

「私のこと、いまでも愛してる？」

「ああ」ライブルは言った。

リフカは夫を信じた。

＊

秋になると、リフカの健康状態は急速に悪化した。どんどん弱っていき、かつてはがっしりしていた体が縮んでいった。朝もなかなか起きられない。しょっちゅう吐き気を催して、モシェがベッド脇に置いた金属製の洗面器に嘔吐した。リフカが全部吐いてしまうと、モシェは洗面器を持って川へ行き、中身を空けて、洗面器を丁寧に洗った。初めのうちは、一日に二、三回の作業だったが、やがて川へ行く回数はどんどん増え、そのうち休む暇もないほどになった。それでもモシェは不平を言わなかった。もっといろいろしてあげられたらいいのにと、心の底から思っていた。自分に母を治す魔法の力があればいいのにと。だが、現実のモシェは無力だった。そして、具合が悪くなればなるほど、リフカは気難しくなっていった。夫と息子がこれからも生き続けることができるという事実に腹が立った。自分には終わりのときが近づいていることを、感じていたからだ。夜が長く、昼は短くなっていった。リフカの人生にとっても。リフカは無表情で窓から外を眺めていた。心は雲で覆われていた。息子は春を見るだろう。だが自分は違う。

やがてリフカは、起き上がることもできないほど弱ってしまった。本人の意思に反して、ライブルがギンスキー医師を呼んだ。部屋に入ってきたギンスキーを、リフカは不信のまなざしで見つめた。ギンスキーはリフカを診察し、できる限りのことをした。だができることは、それほど多くなかった。

ライブルは苦しんだ。まるで死にかけているのはリフカでなく、自分自身であるかのように。リフカはこれまで常に、ライブルの人生の中心に存在していた。リフカはライブルの心臓だった。リフカなしの人生など考えられなかった。まるで、弱っていく妻に連帯の意志を示すかのように、ライブルもまたやせ細っていった。夜もほとんど眠らなかった。リフカが咳をするたびに、ライブルは飛び起きて、なにか必要なものはないかと尋ねた。罪の意識が、ライブルにつきまとっていた。自分は妻を裏切った。家族と自分が従うべき原則とを裏切った。主の目から見れば、自分は罪人だ。そしていま、妻が奪われようとしている。ライブルは多くの時間を祈りにささげたが、その祈りは聞き届けられないまま、虚しく響くのみだった。

ギンスキーは、あれこれの薬を持って、ますます頻繁に訪れるようになった。患者に誠心誠意尽くす、腕のいい医師だった。それはユダヤ教の患者に対しても変わらない。医者とは体のみならず、魂をも扱う者であることを、ギンスキーは知っていた。リフカと語り合い、冗談を言い、部屋の外での出来事について語って聞かせた。レーニンが死んだ、オスマン帝国が解体した、ルツェルナ映画館ではルビッチの新作がかかっている——生者たちの世界は回り続けていた。リフカ・ゴルデンヒルシュが生きていようといまいと。ギンスキーの話はリフカを笑わせた。ライブルにはもうずいぶん前から不可能な偉業だった。死を目前にして、リフカは夫の愛人をどんどん好ましく思うようになった。ギンスキーはリフカのことをひとりの人間として真剣に受け止め、ヨーロッパで起きている政治的な変化についても、喜んで説明してくれた。ヒトラーという名の男がいる。ドイツの新しい国民運動の指導者で、数年前にクーデターを企て、そのせいで刑務所に入った。プラハからスラブ人とボリシェヴィキを一掃して、町に再び自由をもたらすと誓ったのだそうだ。ズデーテン地方出身の一族の出であるギンスキーは、このヒトラーという珍妙な男にすっかり心を奪われていた。特にユダヤ人問題に対するヒトラーの考え方に。その話になると、ゴルデンヒルシュ家にはたびたび気まずい沈黙が訪れた。ギンスキーは、戦争に負けたのも、ハプスブルク帝国が崩壊したのも、ユダヤ人――もちろんゴルデンヒルシュ一家は除いて――の責任だと固く信じていた。ユダヤ人は当時、彼らの毒で全ヨーロッパを解体することに危うく成功しかけた。そしていまでも、水面下で絶え間なく、西洋文明の破壊と共産主義の拡散のために動いているのだという。

ギンスキーという人間は、リフカの目には謎だった。残された短い人生では、もはやその謎を解き明かすことはできないだろう。ギンスキーは頭がよく、人の気持ちがわかる。理解ある有能な医師であり、なにより善き人間だった。だが、ギンスキーの政治的な見解は、とても理解不能だ。ゴルデンヒルシュ一家には愛情深く優しく接する一方、ユダヤ人全般に対しては辛辣なのだから。

「お許しください、親愛なるゴルデンヒルシュ夫人」ギンスキーはそう言う。「あなた方のことを言ってるんじゃないんですから」

「わかってます」リフカはそう言って、この世から消えかけている女性にふさわしく、柔らかに微笑む。

「しかし、残念ながらユダヤ人を全体として見ると……」ギンスキーが先を続けようとする。

そんなとき、リフカはこう言う。「もうそのへんにしておいてください、先生」

「この家の人たちは違いますよ、もちろん」

「もちろん」

「でも、ご存知でしょう、ユダヤ人の国際的な陰謀は……」

そんなときリフカはわざとらしく咳をする。するとギンスキーはリフカの脈と熱を測り、ユダヤ人の国際的な陰謀は、とりあえず忘れられるのだった。ギンスキーの指の優しさに、リフカは毎回新鮮な驚きを覚え、この同じ指でどんなふうに夫を愛撫したのだろうと、考えずにはいられなかった。

「熱は下がりましたよ」とギンスキーが言って、まるで賞賛の拍手を期待するかのように、リフカをじっと見つめる。リフカはうなずき、ギンスキーは再び語り始めるのだった。芸術や音楽や演劇について、「非ユダヤ人たち《ゴイム》」の世界について。そんな話に、リフカは夢中で耳を傾けた。この小柄で奇妙な男が、外の世界をこの家へと持ち込んでくれたことに感謝していた。特に、その世界に別れを告げようとしているいまは、なおさらだった。リフカの夫は、ふたりの会話を、目にかすかな嫉妬の色をにじませながら、じっと聞いていた。

少年モシェは、恐慌に陥る寸前だった。母を失うと考えるのは、自分が死ぬより恐ろしかった。モシェは白分の目を信じることを拒んだ。そして、すべてが元通りになる、母はすぐに回復すると、自分に言い聞かせた。だが心の奥では、それが間違っていることを知っていた。善良にして愛情深い神が、なぜ自分から母を奪ったりできるのか、どうしても理解できなかった。モシェは母の命の代わりに自分の命を差し出しますと、神に訴えた。自身が犠牲に、イサクにとっての雄羊になろうとしたのだ。だが神は聞く耳を持たなかった。神はリフカを欲し、ライブルとモシェには絶望の世界を用意していた。

＊

リフカの病に心を痛める人間は、ほかにもいた。もうひとりのモシェ、すなわち上階に住む錠前師である。彼もまた定期的にリフカを見舞った。やがてリフカはうんざりしてきた。静かに死にたいという望みは、それほど大それたものだろうか？　なぜ皆がそろいもそろって、自分の死の床の傍らにぼんやり立ち尽くさねばならないのだ？　駅のプラットフォームでもあるまいし。

リフカは夫に、ギンスキー医師以外は誰も家に入れないようにと頼んだ。ある晩、錠前師モシェは、したたかに酔っぱらってゴルデンヒルシュ家の部屋の前までやってくると、扉をどんどん叩きながら、リフカの名を呼んだ。ライブルが、話をするために廊下に出た。押し殺した鈍い音が、部屋のなかにまで聞こえてきた。リフカは悲鳴をあげると、息子のモシェに、いったいどうなっているのか見てくるように言った。

モシェが玄関扉まで走っていくと、熊のような大男の錠前師が、ライブルの胴体をかかえて、尻を叩いているところだった。

ライブルの顔は、痛みと恥ずかしさで真っ赤だった。「放せ」とライブルは怒鳴っていた。「この乱暴者、この馬鹿者が」

「あの人に会わせろ！」錠前師がわめいた。

「会わせるものか！」

「愛してるんだ！」錠前師が叫んだ。やがてほかの部屋の扉も開いて、好奇心に駆られた隣人たちが顔を覗かせた。

「おととい来やがれ！」

錠前師はライブルの尻を叩き続け、ライブルは獣のようにうめいた。少年モシェは、ふたりの男を引き離そうとしたが、それは蝿が石を動かそうとするようなものだった。そのとき、声が聞こえた。

「やめて」弱々しい声で言ったのは、リフカだった。戸口にもたれかかるその姿は、かつてのリフカの青ざめた亡霊のようだった。

「リフカ」錠前師が言って、ライブルを放り出した。ライブルは床に落下した。

錠前師がリフカに歩み寄った。少年モシェは、いまにも母がまっぷたつに引き裂かれるのではないかと思った。だが錠前師はリフカのすぐ手前で立ち止まると、両手を掲げた。震えるふたつの巨大な手を。そして錠前師は、その手でリフカの頬をこの上なく優しく撫でた。まるでリフカが陶器でできていて、それを傷つけることを恐れるかのように。

「妻を放せ」ライブルが叫んだ。

リフカは錠前師を見つめ、言った。「この人の言うとおりよ。放さなくちゃ」

「でも……」錠前師は口ごもり、手を引っ込めた。

リフカがその手を取って、撫でながら、「放さなくちゃ」ともう一度言った。

錠前師の巨体から、深い嘆きの声が上がった。リフカの前に跪くと、錠前師は頭をリフカの体に押し付けた。

「行かないでくれ」錠前師は絞り出すように言った。

「私が望んで去っていくとでも思ってるの?」

錠前師はなおもしばらく泣いていたが、やがてゆっくりと落ち着きを取り戻した。リフカを見つめる。その目には、奈落のように深い悲しみがあった。やがて錠前師は立ち上がり、きびすを返すと、階段を上っていった。リフカは薄い寝間着の襟を掻き合わせた。寒気がした。いまの光景を黙ったまま見つめていたライブルとモシェに目を向ける。

「ベッドに入らない?」リフカは言った。

「そうだな」ライブルが言った。

「なんて馬鹿な男」リフカは言った。「あんな大声で」

「あいつはな、便所でもいつもあんな……」ライブルがそう続けようとしたが、リフカは視線で夫を黙らせた。

*

死は、ある冬の朝にやってきた。リフカは落ち着かない眠りから目覚めた。寒気がしたので、湯たんぽを持ってきてほしいと頼んだ。モシェが湯たんぽをベッドに入れてやったが、リフカはまだ震えていた。そして毛布を何枚も頼んだ。それでも寒気はおさまらなかった。それは、近づいてくる死の寒さだった。リフカのなかには、もうぬくもりは残っていなかった。

「モシェ……」弱々しい声で、リフカは呼びかけた。

「なに?」

「お父さんはどこ?」

「家にはいない」モシェは言った。「お酒を飲んでるんだ。〈ゴイム〉のところで。コーシャじゃない場所で。〈ウ・フレクー〉にいるんだよ」

「私が死にそうだっていうのに、お酒を飲んでるの？」リフカは憤慨した。

「うん」とモシェは囁いた。まるで自分を恥じているかのように。「錠前師のおじさんと一緒に」

リフカはあっけにとられたが、やがて気を取り直してモシェに言った。「手を出して」

モシェは言われたとおりにした。

「ぎゅっと抱きしめて」リフカが言った。「寒いの」

モシェは母のベッドによじ登った。そして自分の小さな体を、母の体にぴったりとくっつけ、腕を回して抱きしめた。

「いつか」リフカが言った。「あなたは大人の男になる。そして奥さんをもらうんでしょうね。その人を腕のなかで温めて、安心させてあげるのね」リフカは壁をじっと見つめた。ペンキがはがれ落ちている。一瞬、人生の最後に目にするものがこの醜い壁であることに、怒りを覚えた。

目を閉じると、息子が小さな声で泣いているのが聞こえた。

「遠くに行っちゃうんだね」モシェは言った。

「歌を歌って」リフカは言った。

モシェは恐る恐る、歌を口ずさみ始めた。赤ん坊のころから、母が聴かせてくれていた歌だ。

空のずっとずっと高いところを
鷲が飛んでいく
自由に、悠々と

はるかな声が聞こえるだろうか

その歌を聴くと、リフカの胸は膨らんだ。一緒に歌おうとしたが、囁き声しか出なかった。

嘆きの声、孤独の声
それが死にゆく仔羊の声
不安におののいて

子供のころのリフカは、自分は鷲のほうで、仔羊ではないと思っていた。だがいまでは、以前より多くを知っている。人は皆、仔羊なのだ。

空のずっとずっと高いところを
鷲が飛んでいく
自由に、悠々と
はるかな声が聞こえるだろうか

モシェの歌声はどんどん大きく、力強くなっていった。リフカは、弱った胸が母としての誇りでいっぱいになるのを感じた。この子は私の子、私の命、この世界への私からの贈り物。モシェの指が、リフカの指に絡まっている。息子の体のぬくもりを感じた。それは、リフカがまだ感じることのできる唯一のものだった。目を開けると、夫が戸口に立っていた。あのときのように——九年前、戦争から帰ってきたときのように。夫がリフカのベッドへとやってきた――息は蒸留酒の匂いがする――が、なにも言わなかった。モシェはまだ歌っていた。

どうして私は自由に飛べない？
ああ主よ、苦しみが終わるのはいつ？
ああ主よ、私が自由になれるのはいつ？

歌はそこで終わりだった。モシェが歌い終わったとき、母はもう息をしていなかった。

6　甘い生活

マックスはレコードをそっとカバーに戻すと、ひっくり返して裏面を見た。そこには銀色のトーガを着た男の「最大のトリック」なるものの内容が列挙されていた。「ファキール（イスラム世界において神秘的な修行を行う者）の奇跡」「魔法数」「ヒキガエルの魔法」。そして一番下に、「永遠の愛の魔法」。どうやらこのレコードは、魔法の呪文を解説したもののようだ。「友達や家族をびっくりさせよう！　みんなに魔法をかけよう！」とも書いてある。それを読んだとたん、マックスの頭のなかで、いくつもの小さな歯車が回り始めた。永遠の愛？

「このレコード、もらってもいい？」マックスはダッドに訊いた。

「もちろん」ハリー・コーンはそう言うと、ため息をついて、前庭に散らばった自分の物を拾い集め始めた。

長くはかからなかった。引っ越し業者たちも、すでに最後の段ボール箱を車に積み終わっていた。別れの瞬間が来た。

ダッドから最後の抱擁を受けながら、マックスは頭のなかで熟しつつある計画のことを考えていた。

「バイバイ、ダッド」マックスはつぶやいた。

「ああ、それじゃ……」ダッドが口ごもった。「また連絡するよ。それに、週末にはまた会える」

やるせない絶望の表情で、息子を見つめる。息子に言いたいことはたくさんあった。感情が湧き上がってくる。口を開いたが、また閉じた。感情の波は引いていき、ハリー・コーンは途方に暮れた。

マックスに向かって手を振った。

マックスは手を振り返さなかった。

ハリー・コーンは息子に背を向け、立ち去った。

＊

「ダッドが出ていったよ」翌日、マックスはジョーイ・シャピロに言った。「長くかかったけど」

「うん」とジョーイが言った。

「まあ、そろそろだったからね」マックスはそう付け加えた。

ふたりはトレーを手に、学校の食堂の列に並んでいるところだった。

マックスは鶏のテリヤキと、とうもろこしパンを選んだ。ジョーイはサラダにした。

「炭水化物はやっぱ、さ」とジョーイは言い、マックスはうなずいて、どういう意味だかわかっているふりをした。

ふたりはトレーを手に中庭に出て、一番端のテーブルについた。背後にはシルバーレイクの緩やかな丘陵が広がっている。

マックスはジョーイに、昨日見つけたもののことを語った。あのミステリアスなレコードだ。「いろんな魔法のトリックが入ってるんだ。ザバティーニっていう名前の男の人の」マックスは言った。「そのレコードをかけると……」そこでマックスは咳ばらいをした。なんとなく、ジョーイ・シャピロに愛の魔法の話をするのは気まずかった。

「なんだよ？」

「いや、よくわかんないけど。かけると、なにかが起こるんだよ。魔法とか、魔術とか、そういうやつが」

「でもさ、どうやってかけるんだよ？　そのレコードっていうやつ」ジョーイが訊いた。それこそが、まさに決定的な問いだった。

「わかんない」マックスは肩をすくめた。「マムに訊いてみる」

だがその前にまず、マックスはいくつか情報を集めるつもりだった。

＊

ザバティーニとは誰か？　あのレコードはどこから来たのか？　マックスは、週末に会ったらダッドに訊いてみようと思った。ダッドは、とりあえず——つまり、新しい住まいが見つかるまでは——エンシノにいるおばあちゃんのところに転がり込んでいる。それはつまり、ダッドに会いたいと思ったら、おばあちゃんに耐えなければならないということだ。だが、おばあちゃんは、本当にやっかいな人なのだ。どうやら、「昔のふるさと」で、かつてなにかひどい目に遭ったらしい。子供のころ「キャンプ」から救い出された、だから命を貴重な財産だと、いつなんどき奪われてしまっても不思議ではない特権だと思っている、ということだった。この信条を、おばあちゃんはほぼ毎回、どんな会話にも挟み込んでくる。キャンプのなかでも最悪の場所は、いわゆる「トランク工場」というところらしい。この「トランク工場」についての話ほど、おばあちゃんが好きなものはない。だが家族はもう誰も、その話を聞きたがらない。その筆頭がマックスだった。

「トランク工場に送られたときにね」と、おばあちゃんは語り出す。「列車のなかで、トランクのなかに自由への道を入れた人がいたの。それであたしは……」

「もう、おばあちゃん！」マックスは叫んで、天を仰ぐ。「いま〈スクービー・ドゥー〉を見てるとこなんだから！」

するとおばあちゃんはマックスに暗い視線を投げる。そして、「あたしはなんのためにキャンプを生き延びたんだろうねえ？」と、おおげさに問いかけてみせるのだ。

キャンプを生き延びた経験なら、マックスにもあった。レドンドビーチでの、イザヤ・シナゴーグのサマーキャンプだ。つらいハイキングをしたり、チューターたちが夜な夜なキャンプファイアーを囲んでキャット・スティーヴンスの歌をギターで演奏するのに耳を傾けることを強要された。それをチューターたちは、「魂のためのマッツァー（酵母の入っていないパン）スープ」と呼んでいた。

だがおばあちゃんは、自分のキャンプのほうがずっと居心地が悪かったことをほのめかさずにはいない。それは「死《デス》のキャンプ」だったということだが、これは、〈スター・ウォーズ〉に出てくる「デス・スター」とはなんの関係もないことがわかった。マックスが訪ねていったある土曜日の午後、おばあちゃんはレモネードを作って、そのキャンプの意味と目的がなんだったのかを説明してくれたのだ。「あたしたちをそこに連れてったのはね、殺すためだったんだよ」おばあちゃんはそう言って、キッチンテーブルの汚れを拭った。暑い夏の日だったが、マックスは急に寒気を感じた。

「トランク工場も？」

「特にトランク工場が、だよ」

マックスは、塵一つなく片付いたキッチンに置かれた合板テーブルについていた。足はリノリウムの床にほとんど届かず、甘いレモネードを飲みながら、窓から庭を眺めていた。そこには一本のレモンの木がある。レモネードの材料はその木から来た。夏の風を受けて、かすかに枝が揺れていた。

それからマックスは、手に持ったグラスを見つめた。レモンの種が一つ、表面に浮いている。

おばあちゃんは身動き一つせず、向かいに座っていた。

「おばあちゃん？」マックスは尋ねた。

答えはなかった。マックスはおばあちゃんの手を握った。ほんの一メートル離れているだけなのに、おばあちゃんはまるで別の世界にいるかのようだった。歳を取った人たちには目には見えない傷があることを、マックスは悟った。

＊

おばあちゃんの二人目の夫であるヘルマン——実のおじいちゃん同様、やはり「おじいちゃん」と呼ばれていた——は、何年か前に亡くなった。マックスにはほとんど興味のないことだった。死んだ人間はずっと死んだままだということを、まだ理解していなかったからだ。それに、ボケていたおじいちゃんは、マックスにとってそれほど重要な人物ではなかった。おじいちゃんは、マックスの人生においては端役でしかなかった。なにしろ、ダッドの本当のお父さんでさえないのだ。お葬式のことも、マックスはぼんやりとしか憶えていない。いまでも思い出せるのは、それがシナゴーグで過ごした不愉快な一日だったということくらいだ。とはいえ、シナゴーグで過ごす日はいつも不愉快ではある。それから、お葬式の最後に、四角い木の箱が、地面に掘られた穴に降りていったことも憶えている。その後、なにか気色の悪いものを食べて、たくさんの大人がマックスの頬をつねった。

けれど、おじいちゃんが死んで、おばあちゃんはすっかり変わった。新しい金縁の眼鏡を買って、高く結った髪を青く染め、ぎらぎらした色合いのド派手なジョギングスーツを着るようになった。ジョギングなんて決してしないというのに。それから、メキシコ料理の教室に通い出し、トーフのタマレだとか、コーシャなエンチラーダといった実験作品を、家族に無理やり食べさせるようになった。おまけに、おばあちゃんには情事まであった。「情事」は、マックスがいまではよく理解するようになった言葉だ。おばあちゃんは、「ポジティブに生きるシニア」のための講座にかたっぱしから申し込みをして、六十歳以上世代の女神になったのだ。

ダッドが一緒に暮らすようになったいまでは、おばあちゃんは普段よりさらに張り詰めていた。以前はきっちりと片付いた「老女の生息空間」だった家には、いまでは息子ハリーの書類やファイルやペンが散らばっている。ふたつの世界が、激しくぶつかり合っていた。マックスはこれまでも、おばあちゃんの家はなんだか古臭くて趣味が悪いと思っていた。だがダッドのガラクタが加わって、家は一層おぞましくなっていた。

土曜日、マックスは、ダッド、おばあちゃん、バーニーおじさんにハイディおばさんの五人で、タイ料理を食べに出かけた。おばあちゃんはハイディおばさんのことが好きではなく、いつも単に

「気取り屋」と呼んでいた。バーニーおじさんとハイディおばさんの子供であり、マックスのいとこにあたる、しつけの悪いエスター、マイク、ルーカスの三人は、幸いなことに一緒ではなかった。世界中の皆が、マックスはこのいとこたちと遊ぶのが大好きだと思っているが、実はマックスにとって、それ以上に嫌なことはなかった。そろいもそろってぽっちゃりした三人のいとこは、マックスには頭がいかれているとしか思えず、できる限り接触を避けるようにしている。戦争を避けたい隣国どうしのように。

〈パタヤ・ベイ〉は、バーバンクのヴィクトリー・ブルヴァードにあるミニ・ショッピングセンター内の、どこかみすぼらしい雰囲気の小さなレストランだ。入ってすぐ左手には巨大な水槽があり、店内の壁紙は、楽園のごとき熱帯のビーチのパノラマ写真だ。窓際にはプラスティック製の植物が飾ってある。水槽のなかにいる魚はたった一匹。八歳のコロソマで、名前はプミポン、怪物のように巨大な、どこか哀れを誘う魚だ。プミポンは空っぽの水槽にひとりきりで、とても寂しいに違いないと、マックスは思っていた。水槽の上、カラオケマシンの隣には、タイの国王夫妻の額入り写真が掛かっている。なんと、国王の名前もプミポンというらしい。マックスには、この魚が亡命中の王様に見えてしかたがなかった。

「このカレーにはエビのペーストが入ってる?」ハイディおばさんが、メニューのなかの一行を指さしながら、ウェイトレスに尋ねた。

ウェイトレスは微笑みながらうなずいた。

「エビのペースト」ハイディおばさんは、怒ったような声で言った。

「はい」ウェイトレスが、少し困ったように答えた。

「エビのペーストは食べられないんだ」バーニーおじさんが説明した。「エビペースト、ダメ、わかる?」

ダッドの兄であるバーニーは、風変りな男だ。お腹がまん丸で、しかもそれを自慢にしている。家に帰ると、ハイディおばさんの抗議も気にかけず、さっさと服を脱いで、絹のキモノを着る。そして、大きなお腹をキモノからはみ出させて、冷蔵庫から缶ビールを取り出す。

「はい」とウェイトレスが言った。「エピペースト、ダメ」

「ダメ」ハイディおばさんが言った。「ダメなの」

「はい」ウェイトレスが言った。「ダメ」

そしてウェイトレスはきびすを返すと、立ち去った。ハイディおばさんがなにを訴えているか、まったく理解できなかったようだ。ほとんどの人がそうだ。マックスはダッドのほうを見て、いまこそ質問をするときだと決意した。

「ダッド」マックスは切り出した。「このあいだ僕が見つけたレコードだけど……」

「うん?」ダッドは言って、水を一口飲んだ。

「どこで貰ったの?」

若いころ、「大ザバティーニ」はかなり有名な舞台奇術師だったのだと、ダッドは語った。

「昔はよくラジオにも出てたな」バーニーおじさんが割って入った。バーニーとハリーの兄弟がまだ幼かった一九七〇年代、ザバティーニはテレビへの進出を果たしたのだという。

ダッドがうなずいた。「いつも〈トゥナイト・ショー〉で見てたんだ」

「未来を予言したんだぞ。それに、人の心を読むこともできた」バーニーおじさんが言った。

「いかさま師だよ」おばあちゃんが割って入った。そして箸でマックスを指した。「お父さんとおじさんは、そりゃもう夢中でね。お父さんなんて、バル・ミツワーにあの男を呼ぶんだって言い張って」

「それでどうなったの?」マックスは訊いた。

「このあたしが、息子のバル・ミツワーにあんないかさま師を呼ぶとでも思うかい? あたしをどれだけ間抜けだと思ってんの?」

「ザバティーニに手紙を書いたんだ」感傷的な声で、ダッドが言った。「でも来てくれなかった」

「死んだおじいちゃんが、代わりにレコードを買ってやったんだよ。あんなくだらないもの。お金をドブに捨てるようなもんなのにねえ」

おばあちゃんは、注文したアイスティーを一口飲んだ。そして、顔をしかめて首を振った。「キャンプの飲み物みたいな味だ」

「キャンプにアイスティーがあったの?」マックスは訊いた。

「ないよ」おばあちゃんが言った。「あのね、あたしがトランク工場に着いたときに……」

「また始まった」ダッドが天を仰いだ。

残りの家族も皆、わざとらしくうめき声をあげた。おばあちゃんに向かってうめき声をあげることは、家族が一致団結して取り組む数少ない活動のひとつだ。

「おばあちゃんは聴いたことあるの?」マックスは尋ねた。「あのレコード」

「あんなろくでもないものを、あたしが聴かなきゃならないのかい?」おばあちゃんは首を振って、咳ばらいをした。

ウェイトレスが料理を運んできた。ユダヤ教に改宗したせいで、生まれたときからユダヤ教徒である家族の皆より信心深いハイディおばさんは、料理にエビペーストが入っていないか、もう一度確認しようと思ったらしく、ウェイトレスを質問攻めにして、材料をひとつひとつ列挙させた。バーニーおじさんが手をひらひらとそっけなく振って、尋問を終わらせた。妻のハイディおばさんは知る必要のないことだが、おじさんはときどき、おばさんに隠れてエビを食べている。ときには車エビまで。おばさんにばれないことが、神様にばれるはずがないというわけだ。

　おばあちゃんもまた、「気取り屋」ハイディがまたしても公共の場で大騒ぎすることに腹を立てた。そしていつものように、その怒りを長男のバーニーおじさんに向けた。

「まっすぐ座りなさい」おばあちゃんはバーニーおじさんに言った。「まったく、三十九歳にもなって、まっすぐ座ることもできないのかい？　あたしはなんのためにキャンプを生き延びたんだろうねえ？」

　バーニーおじさんはため息をつき、自分の殻に閉じこもったように見えた。

「レコードにはなにが入ってるの？」マックスは話題を戻した。

「大ザバティーニが、魔法の呪文をひとつひとつ説明してるんだ。説明どおりにやっていくと、魔法が使えるようになる」ダッドが言って、いたずらっ子のようにウィンクをした。

「ほんと？」マックスは興奮した。

「嘘だよ」おばあちゃんが言った。「全部くだらないたわごと」

　マックスは、すがる思いでダッドを見つめた。「ダッド？」

　ダッドは答えず、ただしょんぼりと肩をすくめただけだった。ハイディおばさんが手を振ってウェイトレスを呼んだ。カレーにエビペーストが入っていたと文句を言うためだ。

　おばさんは、食べればわかるのだ。

＊

週末はまるで拷問だった。ダッドとおばあちゃんは喧嘩ばかりしていた。おまけにマックスは、以前おじいちゃんが使っていた部屋で寝なくてはならなかった。それは家の裏に増築された部屋で、コンクリートのテラスと、底に腐った落ち葉が溜まった空っぽのプールが見渡せる。夜にはアライグマがその落ち葉を踏んで歩き回り、大きな音を立ててゴミ袋から引っ張り出した残飯を、プールの底の小さくて臭い水たまりに置いていく。おじいちゃんの部屋の壁には合板が張ってあり、一枚の絵が掛かっている。絵に描かれているのは、髭を生やした厳しい目つきの老人で、すべてを見透かすようなその視線が、部屋のどこにいてもマックスを追いかけてくるような気がする。おまけに、部屋に置いてあるベッドには鳥肌が立つ。おじいちゃんはこのベッドで息を引き取ったのだ。「朝早くに、あたしが見つけたんだよ」しばらく前、おばあちゃんは目に涙を溜めて、マックスにそう語った。おじいちゃんとおばあちゃんが、もう何年も前から別々の部屋で寝ていたことは、マックスも知っていた。おじいちゃんは生きていたころ、いびきがそれはひどかったのだ。「心臓が停まっちゃったんだ」おばあちゃんはそう続けた。「腸もね。ものすごい量、ベッドにおもらししちゃって。そういうもんなんだよ」

死人がうんちをしたベッドで眠らなければならないなんて、気持ちが悪いにもほどがある。できればいますぐにでも、マムのいるアットウォーター・ヴィレッジの家へ、文明の地へ帰りたかった。自分の部屋へ、忠実な相棒であるウサギのフーゴーのもとへ、そしてなにより、コミックコレクションのもとへ。

おばあちゃんの一番おかしな点は、ほとんどいつも、もうとうに生きていない人の話ばかりすることだった。おばあちゃんの人生では、死んだ人たちのほうが、生きている人たちよりもずっと大きな場所を占めていた。おばあちゃんはいつも、戦争中に死んだあれやこれやの親戚のことを、うだうだと話す。その絶滅した家族のメンバーにマックスは会ったことがないという事実を、おばあちゃんがいつもわかっているとは思えず、マックスは混乱する。おばあちゃんは、いろいろな名前や場所が、マックスにとってもなんらかの意味のあるものだと思い込んでいる。だが、おばあちゃんのぐだぐだ話は、マックスには空っぽのプールのコンクリート底に溜まった、しおれた落ち葉ほども興味がない。おばあちゃんの話に出てくる人は、誰ひとりもう生きていない。お墓さえない。彼らはもう、孤独な老女が語る物語に過ぎず、その老女がいつの日かこの地上を去れば、その人たちもまた完全に忘れ去られ、時の流れのなかで永遠に色あせていくことになる。まるで彼らが生きていたことなど、なかったかのように。マックスにとっては、祖母は最初からずっと老人だった。若かったころがあるなんて、とても想像できなかった。だが、そんな時代もあったのだ。おばあちゃんはかつて、ローズル・フェルトマンという名の少女だった。最初から皺くちゃで腰が曲がっていたわけではなく、かつては夢や不安を、未来を持っていた。だがその未来は、いまではとうに過去のものだった。

おばあちゃんはときどき、本や黄ばんだ白黒写真を見せてくる。マックスはちらりと興味のない視線を投げるだけだ。だが、一枚の写真のことは、いまでもよく憶えている。第二次世界大戦についての本に載っていた写真だ。目の粗い写真だったが、山積みになった人間の体が写っているのはわかった。体はどれも裸で、白っぽく、乱雑に積み上げられていた。四十人か五十人だろうか。折れ曲がった人形のような、奇妙な姿勢だった。その体の山の横に、軍服を着た男がひとり立っていた。野獣を仕留めた狩人のように誇らしげな笑みを浮かべて、地面に突いた銃に両手を載せて立っていた。それは、その狩人が家族に送ったスナップショットだった。裏面に手書きされた家族へのあいさつの言葉も、写真の横に印刷されていた。ドイツ語だよ、と言って、おばあちゃんが翻訳してくれた。

「いとしい君へ。子供たちにキスを。君たちみんなに心からのキスを。僕たちはここで、甘い生活を送っているよ」

マックスは、マックス自身の甘い生活に戻るのが待ちきれなかった。おばあちゃんの家が不気味だからというだけではない。自宅の部屋には大ザバティーニの魔法の呪文が待っていると、わかっているからでもあった。

7　残りのすべて

リフカ・ゴルデンヒルシュは、スタロノヴァ・シナゴーグの隣にある古いユダヤ人墓地の、細長い墓に埋葬された。少年モシェは泣き続けた。頬の涙が凍り付くほど寒い日だった。父ライブルが息子を抱き寄せ、ふたりは抱き合ったまま、互いを慰め合った。慰めになることなど、ほとんどなかったとはいえ。皆が服喪者の祈りであるカディーシュを唱えた。

「天からの豊かな平和と命とが、我々の上と全イスラエルの上に降り注ぎますように。アーメン」

すべてはほんの数分で終わった。参列者たちは黙ったまま、その場を離れた。あまりに静かなので、モシェは、皆が凍り付いた地面に足を触れずに歩いているのではないかと思ったほどだ。その数分後、残ったのは土のなかのリフカ・ゴルデンヒルシュただひとりとなったとき、錠前師が、まるで散々殴られた後の犬のように恐る恐る近づいてきたのを、見た人はいなかった。錠前師は、墓に石をひとつ置いた。その頬にもまた、凍った水滴が貼り付いていた。

埋葬式の後、参列者たちは〈ジルバーマン〉へ向かった。パジージュスカー通りにあるコーシャのレストランで、事情通たちからは「プラハの恐怖」と呼ばれている。食事は恐ろしいほどまずく、給仕は話にならないほどひどい。ここを訪れるのは、マゾ行為にも等しかった。だがモシェには、そんなことはどうでもよかった。いずれにせよ、なにか食べられる状態ではなかった。ライブルとほかの参列者たちは大きな木のテーブルについて、陰気な目でぼんやりと虚空を見つめていた。そもそも、言うべきことなどなかった。ひとつの命が生き終わった。この世界から人がひとり減った。それについて、言うべき言葉などない。紫煙がレストラン内をもうもうと漂い、黄ばんだガラス窓の前を流れていく。ライブルは酔っていた。近頃のライブルは、いつでも酔っていた。モシェもまた、ほろ酔いだった。

埋葬の前の晩、ライブルは息子に、初めてほんのちょっぴり蒸留酒を飲ませたのだった。透明な液体はモシェの喉を焼いたが、父は喉が焼けることなど気にしていないようだった。ライブルは、まるでそれが水であるかのように、酒を飲み続けた。いまでは酒はライブルにとって、信頼できる相棒となっていた。

*

母を失ったという事実は、モシェの胸に石のように重く沈み込んだ。母の死以後の時間は、かすんだまま目の前を通り過ぎていくばかりだった。ほとんど眠らず、集中もできず、周りのすべてがヴェールの向こうにあるかのようだった。数か月たってようやく、なんとかまた毎日を楽しもうと努力を始めた。だが実際、かなりの努力が必要だった。ほかの子供たちと遊びながら、笑っているふりをした。まるで自分がまだ陽気になれるかのように。すべてにおいてそうだった。モシェは生きるのではなく、ただ生きているふりをしていた。

だが、それでも地球は回り続ける。冬が過ぎて春になり、春が過ぎて夏になり、やがて秋がやってきた。モシェは九歳だった。幻のような毎日を送っていた。起床し、食べ、体を洗い、服を着て、階段の踊り場にある水洗便所へ行く。通りで友達に会い、一緒に「学び舎」へ行く。父がラビとして教えているスタロノヴァ・シナゴーグへ。

ライブル・ゴルデンヒルシュは、彼のシナゴーグとその歴史に大いなる誇りを持っており、自分を偉大なる宝の番人だと考えていた。とはいえ、よくよく見てみれば、その宝はそれほど大したものではなかった。シナゴーグは古く、崩壊しかけている。内部の壁は、時間と幾千もの蠟燭の煤で黒ずみ、曲がった窓はもはや窓枠にきっちり収まらない。そしてかび臭い。

昼間、「学び舎」で教えているあいだは、ライブルの頭は明晰で、心は温かかった。だが夜、酒を飲むと、ライブルはリフカを失った悲しみと、さらには怒りまでをも、モシェにぶつけた。酔った頭のなかで、この世界の理不尽への怒りが煮えたぎり、毒となってモシェへと注がれるのだった。モシェは、なにが起きているのかさっぱりわからなかった。

リフカが死ぬ前、父と息子は親密な絆で結ばれていた。だが絶望は犠牲を求める。ライブルの態度は予測がつかなくなった。ときに砂糖のように甘く、ときにマーロールのように苦い。マーロールとは、過ぎ越しの祭りの際に、古代エジプトでの苦難のときに思いを馳せながら無理やり飲み込まねばならない気持ちの悪い香味野菜だ。夜に酒場から帰ってくる父がどんな父なのか、めそめそした父か、悪意に満ちた父か、モシェには予測がつかなかった。父はモシェを腕に抱きしめるときもあれば、ぎこちない動きで殴りかかってくることもあった。だがたいていの場合は酔いが回りすぎていて、モシェにひどい痛みを与えることはなかった。だが、だからといって慰めにはならない。モシェが感じるのは、体の痛みではなかった。モシェは心のなかで、どんどん父から距離を取るようになった。

その距離を感じ取ったライブルは、深く嘆いた。モシェは、この世界でライブルに唯一残されたものだ。だがそのモシェが、時がたつにつれて、水平線を渡っていく船に似て見えるようになっていく。遠く、おぼろげで、手の届かない存在に。

＊

ある秋の日の午後、いまではすっかり珍しくなった父性愛に突如とりつかれ、ライブルは息子を連れて、シナゴーグのギシギシときしむ木の階段を上り、屋根裏へ向かった。モシェ少年は少しばかり憂鬱な気分で、薄暗がりに立った。あたりには何世紀分もの埃が積もっていた。

「ここに、ラビのレーヴ師がゴーレムを隠していたんだ」ライブルは言った。その瞳は澄んでいて、息にも酒臭さはなかった。今日はまだ飲んでいないのだ。

「何を隠してたって？」モシェは訊いた。

ライブルは身振りで、息子に腰を下ろすよう伝えた。そして自分も息子と並んで木の床に腰を下ろすと、ゴーレムの物語を語って聞かせた。ゴーレムとは神話に出てくる泥人形で、レーヴというラビが造った。レーヴはこの人形で、プラハのユダヤ人を守ろうとしたのだ。人間になることを熱望する愚かな生き物で。

「あなたの目は、わたしが生まれるようすを見ました。あなたの書には、すでにすべてが記されていました。我が日々は、まだ存在もしないうちから、すでに出来上がっていたのです」

「え？」

「授業をちゃんと聞いていなかったのか？」ライブルは、わざとらしく怒ったふりをして尋ねた。

「それ、聖典に載ってる言葉？」モシェは訊いた。当てずっぽうだった。

ライブルはうなずいた。息子がタナハ（ユダヤ教の聖典）秘儀にまったく興味を示さないことを目の当たりにするたびに、心配が募った。何千年も受け継がれてきた知は、モシェのかたくなな頭から、水のように零れ落ちてしまう。「詩篇一三九篇一六節」ライブルは言った。

モシェもまたうなずきながら、必死であくびを噛み殺した。屋根裏は居心地が悪かった。それに退屈だった。外では太陽が輝いている。晴天の日など、今年中にあと何日あるだろう？　モシェは外に出て、友達と遊びたかった。人生を楽しんでいるふりをしたかった。

ライブルが立ち上がり、肌理の粗い布に包まれた大きな箱に歩み寄った。そして、芝居がかったしぐさで布を引きはがした。

それは、モシェの記憶に永遠に刻み付けられることになるしぐさだった。ライブルは軽くお辞儀をすると、大きく半円を描いて手を振りかぶり、期待をもたせるように伸ばした後、袖の乱れを整え、しっかりと、だが優しく布に触れ、稲妻のように素早く手首を返した。そして盛り上がりの最高潮で、遠い雷鳴のような音とともに布を大きく翻した。舞い上がった埃が、屋根窓から射しこむ太陽の光にとらえられて、無数のダイヤモンドのように輝いた。

ライブルが予見していたわけではない。だがその身振りは、この先の人生でモシェが歩くことになる複雑に錯綜した道のりに、深い影響を与えることになる。少年モシェは、とりつかれたように木の箱を見つめた。そっと優しく、ライブルが蓋を持ち上げた。

「なにが見える？」ライブルは息子に訊いた。

モシェは箱に近寄り、爪先立ちになると、中の暗闇を覗き込んだ。

「なにも」

「本当に？」

モシェはもう一度覗き込んだ。箱の底に、茶色っぽいなにかのかけらが見えた。

「あなたの目は、わたしが生まれるようすを見ました」詩篇の言葉を、ライブルは繰り返した。

「これは、人間の素材を指しているんだ。この箱には、ゴーレムが横たわっていたんだよ。ゴーレムの存在で今も残っているのは、土のかけらだけだ」

モシェはうなずいた。

ライブルは続けた。「ヘブライ語で〈形のない塊、素材〉を意味する言葉が、〈ゴルム〉だ」

モシェは再びうなずいた。

「五三四〇年のある日、レーヴ師とふたりの助手が――当時のラビは、いまよりも少し給料がよかったから、助手を雇えたんだな――モルダウ川の岸辺に行った。そこで、泥のなかに人間の輪郭を描いた。それから顔を造り、胴体を造り、手足を造った。出来上がったゴーレムの周りを、レーヴ師が七周した。すると泥人形は光り出した。炎のように真っ赤に。湯気が立ち昇って、ゴーレムから髪と、髭と、爪までが生えてきた」

ライブルは息子の手を取って、包み込んだ。そして夢見るような瞳で続けた。「それから神は言った。我々の姿をもとにし、我々に似せて、人を造ろう……こうして神は、己の姿をもとにして人を造った……永遠なる神は、土の塵から人を造った」

モシェは魔法にかかったように、父を見つめ続けた。

ライブルは微笑んで、言った。「そしてゴーレムは目を開け、驚きをもって世界を見つめた」ここでライブルは咳ばらいをした。

　モシェはもう一度爪先立ちになると、箱のなかを覗いてみた。今度は先ほどよりずっと長いあいだ。

「なにが見える？」とライブルが訊いた。

「なにもかも」とモシェは言った。

8　永遠の愛

マックスはそっとガレージのドアを開けると、薄暗がりを覗き込んだ。ダッドとマムはガレージに、車ではなく、古いがらくたを置いている。マックスは五歳のとき、ここでトカゲを見たことがあった。マックスだけでなく、トカゲにとってもこの出会いは恐ろしい体験だったことを、もちろんマックスは知る由もない。そのトカゲは、割れた鏡の上に鎮座していた。灰色の先史時代の生き物だ。マックスとトカゲは、西部劇に出てくるふたりのガンマンのようににらみ合った。やがて、トカゲは向きを変えると、稲妻のように素早く姿を消した。そのとき以来、ガレージはマックスにとって、暗くて秘密に満ちた、少しばかり恐ろしい場所だった。だが、秘密に満ちたあらゆるものがそうであるように、ガレージもまた、ある種の魅力でマックスを惹きつけた。隅に置かれた家具は、埃っぽい白い布で覆われている。いたるところに、なにが入っているか見当もつかない箱が置かれている。ガレージはマックスを呼び、誘い、秘密を暴いてみせろと挑発している。死ぬほどの勇気を奮い起こして、マックスはガレージに足を踏み入れた。アレを見つけなくてはならない。

その日の朝、マックスはマムにレコードを見せて、「ダッドのだよ」と言った。「引っ越しのときに見つけたんだ」

だがマムは、マックスのこの世紀の発見に、それほど強い印象を受けたふうでもなかった。「それで？」と言って、煙草を灰皿で押し潰す。

「これ・ダッドの・レコード・なんだよ！」マックスは、頭の悪い人間に天地創造を説明するみたいに、一語一語を区切って言い直した。ダッドが出ていってから、マムは変わった。それも、決して良い変わり方ではない。熱に浮かされたみたいに家中を飛び回って掃除や片づけをしているか、ただぼんやりと座って宙を見つめているかのどちらかだ。マックスには、どちらも気に入らなかった。そして、この状況を変えるためになにかしようと、堅く決意していた。

だが、それにはあの太古の物体が必要なのだ。ダッドとマムが「レコードプレイヤー」と呼んでいる機械が。マムは、レコードプレイヤーはガレージの、おばあちゃんの古いソファの後ろにあると言った。だが、そこを見てもなにもなかった。今日のマックスは、幸いなことに、動物界の代表者と出会うことはなかった。それでも、少し神経質になっていた。ガレージのなかをうろうろして、いくつもの箱の中身をかき回し、あらゆるものを引っ張り出した。壊れた額縁、古いプレイモービル、灰皿、黄ばんだ紙。家庭生活の遺物たちだ。ガレージのドア上方の隙間から、太陽の光が一筋射しこみ、床に明るい線を描いている。なにものも、マックスを使命から引き離すことはできない。トカゲへの恐怖心でさえ。マックスはすべてを試みた。あらゆる箱のなかを覗き、あらゆる家具の下に潜り込んだ。

そしてついに、見つけた。〈ボックス・ブロス〉という文字のある引っ越し用段ボール箱のなか、古いブラウスと、おまけに——気持ち悪い！——マムのブラジャーの下に。レコードプレイヤーは大きくて不格好な物体で、真ん中に円形の台のようなものがあり、横には細い金属製の棒が取りつけられていた。小型ロボットの腕のようだ。胴体脇に〈ダイナヴォックス〉と書かれた銀色のプレートがあった。

マックスは細心の注意を払ってレコードプレイヤーをガレージから持ち出し、キッチンのカウンターに置いた。

それを見たマムは、驚いた目になった。「あら、また古いものを見つけてきたわね」と言ったマムの声は、どこか変だった。マムは肘まで届く黄色いゴム手袋をはめて、エプロンをしていた。一日中、大掃除をしていて、家中のあらゆる物や場所の表面を、とりつかれたように磨いているところだ。洗剤入りの水が入ったバケツにスポンジをぽちゃんと落とすと、マムはゆっくりとレコードプレイヤーに近づいた。「あなたのお父さんと一緒に、いつもこれで音楽を聴いてたのよ」

マックスは苛立った。最近のマムは、ダッドのことを「あなたのお父さん」としか呼ばない。まるで他人みたいに。

マムはマックスを手伝ってレコードプレイヤーの埃をはらうと、誕生日のプレゼントにこれが欲しいのか、と尋ねた。十一歳の誕生日まであと二週間もないけど、と。

「まさか!」マックスは言った。「誕生日にはちゃんとした本物のプレゼントが欲しいよ」

レコードプレイヤーには、電源スイッチと、音量を調節する丸いつまみが付いていた。昔の人がこんなにバカでかくて不便そうなものを本当に使っていたなんて、とても信じられなかった。マックスは重い機械を子供部屋に運び込んだ。実験の決定的瞬間には、誰にも邪魔されない完全な静寂が必要だからだ。

マムは少し面白がるような顔で、そんなマックスを見送った。それから向きを変えると、スポンジをバケツから拾い上げ、再び磨き仕事に没頭し始めた。

＊

ついにすべての準備が整った。マックスは子供部屋のドアを閉めると、壁の棚からレコードを取り出し、カーテンを引いた。コンセントをプラグに差し込んで、レコードプレイヤーの電源を入れる。それから、指の先で慎重にレコードをジャケットから取り出し、プレイヤーの台の上に置いた。レコードが回り始めた。よし。そっと針を落とすと、パチパチという音が聞こえてきた。と思うと、突然、大ザバティーニの声が部屋いっぱいに響き渡った。その話し方には、おばあちゃんと古い白黒映画のドラキュラを思い出させるなまりがあった。

「紳士淑女の皆様方、よい子の坊ちゃん嬢ちゃんたち」ガラガラ声がそう言った。「こちらは大ザバティーニ……」

うまく行った！　初めて文明に出会った未開の民になった気分だ。「このレコードで皆さんは聞きます、効果バツグンの魔法、みなさんの人生をもっといいものにします。もしダメならお金返します」マックスは目を閉じた。「ザバティーニの魔法、すべてをかなえます」ザバティーニは続けた。「お金が欲しい？　丈夫な体が欲しい？　まともな理性がほしい？　幸せ？　それとも永遠の愛？」

ここで、マックスは再び目を開けた。ザバティーニは、「愛」という言葉をとても長く伸ばして発音した。特に「あ」の音を。その言葉は、「うぁあああい」と聞こえた。

だがそこで、マックスはイライラしてきた。レコードのジャケットに目をやって、愛の魔法が説明されるのはどのあたりかを確認する。最後の呪文だ。よし。マックスは針を持ち上げると、レコードのかなり内側のほうへと移動させ、再びそっと下ろした。しばらくのあいだ、ザバティーニは数の魔法とやらについて、なにやらまくしたてていたが、やがてついにこう言った。

「次の呪文は、おそらく世界で一番強力な魔法、いいですか？　愛の魔法！」

大ザバティーニの言葉を追うのは、決して楽ではなかった。ザバティーニのなまりは、しゃべればしゃべるほどきつくなっていった。それでも、これだけはわかった——この呪文の意味と目的は、ふたりの人間が互いに恋に落ちるようにすることなのだ。「この魔法で、ふたりの人間、永遠にもっとぴったり一緒になります」

もしこの呪文が効果を発揮すれば、ダッドは家に戻ってくるだろうし、マムもついに掃除をやめて、離婚は取り消されるだろう。そうなればすべて元通りだ。いまこそ、魔法の呪文をひとことも聞き逃さないよう、耳を澄まさなくてはならない。ザバティーニはもごもごした鼻声で、「るぉおそく」に火をつけるようにと指示を出した。よし。簡単だ。マックスはレコードを止めると、ドアを開けて、キッチンへ行った。

マムは冷蔵庫の前に立って、うかつにも買ってしまった芽キャベツでなにを作ればいいかと考えているところだった。

「お買い得だったのよ」と、マックスに説明する。「芽キャベツ、好きだよね？」

マックスは肩をすくめた。小さいころ一度芽キャベツを食べてみて、すぐに戻してしまったことがあった。そう、芽キャベツはあまり好きではない。よその家のお母さんなら、子供が好きなものと好きでないものをちゃんとわかっているのに。ふとそんなふうに思った。ときどきマックスはこの家のなかで、他人になったような気がする。

「ろうそくがいるんだけど」と言った。

「どうして？」

「うん、別に」

マックスはキッチンの引き出しをかき回して、ついに〈イケア〉の小さなろうそくを見つけた。そこで、きびすを返して部屋へ戻った。もうすぐダッドが戻ってくる、そうすれば、芽キャベツのことなんて大昔の話になる。

「でも、気を付けるのよ、マックス！」マムが背後で呼びかけた。「ほかのものに火をつけないようにね！」

マックスは部屋のドアを乱暴に閉めると、ろうそくを勉強机の上に、レコードプレイヤーと並べて置いた。

そして改めて、レコードプレイヤーのスイッチを入れた。

「さて、ついに……」ザバティーニの声が響き渡る。「……呪文です！　うぇいうぇんの、うぁあああい、の呪文！」

マックスは息を詰め、耳を澄ました。学校の授業みたいに、ノートを取ったほうがいいかもしれない。リュックサックからノートとボールペンを取り出す。

「うぇいうぇんの、うぁあああい、の呪文！」ザバティーニが繰り返した。

マックスはボールペンを握りしめた。準備は万端。ろうそくには灯がともり、ゆらゆら揺れている。閉じたカーテンからは、光はほとんど入ってこない。部屋の反対側の隅に置かれたケージのなかでニンジンを食べているウサギのフーゴーまでもが、耳をぴんと立てた。

「うぇいうぇんの、うぁあああい、の呪文！」

わかったから、とマックスは思った。そこはもうわかったから。お願いだから、先へ進んで。

「うぇいうぇんの、うぁあああい、の呪文！」

変だ、とマックスは思った。どうして先へ進まないんだろう？　どうなってるんだろう？

「うぇいうぇんの、うぁああああい、の呪文！」

マックスはレコードを見つめた。すると、針がある特定の位置に来た瞬間、目に見えないほどわずかながら、後戻りするのに気付いた。マックスはプレイヤーの電源を切り、改めて入れなおした。だが針はやはり飛ぶ。マックスは針を持ち上げ、飛ぶ位置よりも少しだけ内側に置いた。

「イストガエ・ガタル・コジャスト！」声は突然そう言った。「ありがとう、紳士淑女の皆様方、よい子の坊ちゃん嬢ちゃんたち。ではおやすみなさい！」

行き過ぎだ。呪文の箇所を飛ばしてしまった。マックスはさらに何度か、針をそれぞれ違う場所に置いて試してみた。だが針はまるで落ち着きのない生き物のようで、早すぎるか、遅すぎる箇所しか再生しない。針は震え、揺れたが、肝心なことだけはしようとしなかった。つまり、愛の呪文をきちんと再生することだけは。信じられない――石器時代の人たちがこんな間抜けな機械を大真面目で使っていたなんて。

マックスはレコードをそっとプレイヤーから降ろすと、勉強机の電灯をつけて、表面をよく検分してみた。

一筋の傷があった。愛の魔法は破壊されてしまったのだ。

＊

夕食のあいだじゅう、マックスは不機嫌で、物思いに沈んでいた。マムが元気づけようとしたが、マックスはぼんやりと座ったまま、なにも食べず、ただ芽キャベツとジャガイモを何度も何度もフォークで突き刺すばかりだった。まるでこの世界からあらゆる色が消えてしまったかのようだった。かつてのマックスは、自分が生まれる以前は灰色の先史時代で、世界は白黒だったのだと信じていた。そう考えるようになったのは、テレビで見た古い白黒映画のせいだ。六歳になるまで、自分の誕生こそが世界に色彩をもたらしたのだと、堅く信じていた。もちろん、色がついているほうが、なにもかもぐっと華やかで喜ばしい。いま、ダイニングルームの天井からのぎらぎらした照明のもと、周りの世界は白黒に見えた。味気なく、退屈に。

「ねえ、大丈夫?」マムが訊いた。

大丈夫じゃない! マックスはそう怒鳴りたかった。いったいなにが大丈夫なんだよ? ダッドはどこだよ?

だがマックスはそうは言わず、ただふてくされて「うん」と答えただけだった。そして、左手で頬杖を突いたまま、右手に持ったフォークで芽キャベツを皿の端に追いやった。

「でも、なにかあったでしょ」デボラはそう言って、息子を見つめた。息子が自分になにか隠していることはわかる。ここ数日、マックスの機嫌はとても悪く、傍にいて耐え難いほどだ。それに、夜よく寝られないようで、朝もなかなか起きてこない。デボラは心配だった。ついこのあいだまでは、マックスは驚くほどうまく状況に対処していると思っていたのに。ハリーが家を出ていったときでさえ、それほど悲しんでいるようには見えなかった。デボラは、どうやら息子を不誠実な父親の影響から守ることができたようだ、と自分を誇りに思っていたのだ。

「お父さんと話したの?」デボラは尋ねた。

マックスはうなずいた。

「私のこと、なにか言ってた？」

「ううん」マックスは不機嫌に答えた。

なにかがあったはずだ――デボラはそう確信していた。おそらく、あのろくでなしのハリーが、息子を母親に敵対させようとしているのだろう。デボラは煙草に火をつけた。夫と別れた当初は、この悪習を息子には見せないようにしようと頑張った。息子の悪い手本にならないようにと、こっそり外で吸った。だがいまでは、もうどうでもよかった。自分が堕落しつつあることは、自分でもわかっていた。だが、歯を食いしばるだけの力は、もう残っていなかった。煙草の誘惑に逆らうこともできなければ、自分でない誰かのふりをすることもできない。健康で傷ひとつない人間を演じることは。そう、デボラは傷ついていた。そして、それがほかの人間の目に見えようが見えまいが、どうでもよかった。少なくとも私は自分に正直に生きている、とデボラは自分に言い聞かせた。もう私の人生に嘘の入る隙はない。デボラは天井に向かって煙を吐いた。そして、マックスの態度は、この一連の辛い出来事に対する遅れてきた反応の一種なのだ、と考えた。胸が痛んだ。母親と一緒のいまの暮らしがどれほど幸せか、マックスはわかっていない。ここ数日は反抗的か、嫌味を言うかのどちらかだ。まるですべてが母親のせいだと言わんばかりに。

デボラは、自分が母親失格のような気がした。

＊

翌日、マックスは学校でも授業に身が入らなかった。親友のジョーイ・シャピロまでもが、心配して尋ねた。

「おい、親友、どうしたんだよ？」

ジョーイとマックスは、ミリアム・ヒュンと一緒に食堂のテーブルについていた。

マックスはただ力なく肩をすくめただけだった。「別に」

悩みを打ち明ける気にはなれなかった。ましてや、馬鹿馬鹿しいレコードのことなど話せない。そもそも、なにひとつ話したくなかった。どうせ無意味だ。

だがジョーイはしつこく食い下がり、結局マックスはすべてを打ち明けることになった。ジョーイとミリアムに、レコードのこと、魔法の呪文のこと、レコードについていた恐ろしい傷のことを話した。

「レコードかけただけでダッドが戻ってくるなんて、本気で信じてたのか？」ジョーイが訊いた。こみあげてくる笑いを押し殺すことができないようだ。ジョーイはマックスより半年早く生まれた。それはつまり、ジョーイはなんでも知っていて、マックスはなにも知らないということだ。

「バカじゃないのか」とジョーイは言った。「いい加減に大人になれよ。そんなのうまく行くわけないだろ」

「うるさいな」と言ったのは、ミリアム・ヒュンだった。

「でも、ほんとにこいつ、バカみたいじゃないか」ジョーイが言い張った。

「バカはあんたでしょ」ミリアムが言った。

ミリアムが助け舟を出してくれたことが、マックスにはうれしかった。それでも、実はジョーイの言うとおりなのではないかという気がして、不安だった。本当に、なにもかもバカみたいなのかもしれない。もしかして、自分はバカなのかも。

＊

最近のデボラは、腫れ物に触るように息子に接している。特に、いまのように息子の機嫌が悪いときには。息子はときどき父親そっくりだ。そう気づいて、デボラは打ちのめされた。

子供ができたとわかった日のことは、いまもよく憶えている。生理が来なくて、パニックに陥った。ハリーもデボラもまだ若すぎたし、知り合ったばかりの時期だった。ふたりは一緒にドラッグストアまで車を走らせ、妊娠検査用のスティックを買った。細い線が青く染まれば、問題なしだ。だが線は赤かった。デボラはショックで呆然とした。ハリーが居酒屋まで連れていってくれて、ビールを一杯おごってくれた。だが一杯では済まなかった。

「どうしてこんなことになっちゃったんだろ？」とデボラは言った。

「セックスしたからだろ」

「冗談はやめて。ゴムが破れたのかも」

「君はピルを飲んでるんじゃなかったのか」ハリーが答えた。

さんざん迷った挙句、ふたりは中絶を決意した。辛い決断で、ふたりとも落ち込んだ。ふたりでロサンジェルス・ダウンタウンの工業地区にある専門クリニックへ向かった。だが、駐車場より先へは進めなかった。車から降りもせず、エンジンの音を聞きながら、ふたりは目を見合わせた。やがてデボラが、いたずらっ子のようににやりと笑い、ハリーがギアをバックに入れた。そしてふたりはそこから、犯行直後の銀行強盗のように、一目散に走り去ったのだった。

あれから約十年後のいま、ハリーのベッドでの酔っぱらった一夜の結果が、テーブルの向かいにふてくされて座り、夕食をとるのを拒んでいる。

電話が鳴った。デボラは受話器を取った。マックスには、デボラが小声で話すのが聞こえた。デボラが戻ってくると、マックスは誰からの電話だったのかと尋ねた。

「ご飯を食べなさいって言ったでしょ」

「誰からだったの?」

デボラはため息をつくと、言った。「グティエレス先生からよ」

グティエレス先生というのが母の離婚を担当する弁護士であることを、マックスは知っていた。

「なんの用事だったの?」

「あなたには関係ないことよ」デボラが言った。

「関係あるに決まってるだろ!」

「あなたにとっては、なにひとつ変わらないんだから」わざとらしい微笑みを浮かべて、デボラは言った。

その言葉を、マックスはもう耳にタコができるほど聞かされていた。

やがてデボラは口調を変えて、小声でこう付け加えた。「ただの書類の話。サインしなきゃいけないんだって。だから、来週事務所に来てほしいって」

ただの書類! マックスはありったけの軽蔑を込めて、頭のなかでそう繰り返した。突然、パニックに襲われるのを感じた。息ができない。「マムなんか大嫌いだ!」マックスは叫んだ。

数秒とたたないうちに、デボラとマックスは血で血を洗う激しい喧嘩に突入していた。デボラはマックスを怒鳴りつけ、マックスも怒鳴り返し、マムなんて死んじゃえ、と叫んだ。

「あらそう?」デボラが言い返した。「それはこっちの台詞よ。あのとき中絶してればよかった。

そうすればこんな目に遭わずにすんだのに」

マックスは、こみあげてきた涙を勇敢に飲み込むと、足音荒く自分の部屋へ駆け込んで、叩きつけるようにドアを閉めた。

そしてベッドに身を投げて、天井に貼られたスパイダーマンのポスターを長いあいだ見つめていた。

やがてマックスは壁際の棚に歩み寄り、扉を開けた。なかには例のレコードが置いてある。マックスはレコードのジャケットを見つめながら、じっくりと考えた。突然、閃きの瞬間が訪れた。自分のなすべきことがわかった。

大ザバティーニを捜そう。

家族を救えるのは、大ザバティーニだけだ。

9 秘密

　十五歳になったある日、モシェ・ゴルデンヒルシュが「学び舎」から帰ると、錠前師モシェが部屋の前で微動だにせず待ち構えていた。

「なんの用ですか？」モシェは尋ねた。この男は信用できないと、父からしょっちゅう言われていた。

「会いたかったんだ」と錠前師が言った。

「どうして？」

「見せたいものがあるんだ。来てくれ」

　怪しいと思ったが、結局好奇心には勝てなかった。モシェはいったん部屋に入り、革の学生鞄を置くと、錠前師が待つ廊下に戻った。錠前師は足元が少しばかりおぼつかないようで、体からはビールの匂いを発散させていた。

　錠前師が手を差し出したので、モシェは戸惑った。一瞬ためらったが、結局その手を取った。そして、ふたりの手があまりにしっくりなじむことに驚いた。モシェが触れるやいなや、大男は少しばかり背筋を伸ばしたように見えた。ふたりは通りへ出た。六月の涼しい日だった。

「どこへ行くんですか？」モシェは訊いた。

「どこまでも」という謎めいた答えが返ってきた。不安そうなモシェの目を見て、錠前師はこう付け加えた。「心配するな」

モシェは錠前師を信じた。自分でもなぜだかわからないままに。ふたりはヨゼフォフ地区を出て、錠前師の作業場があるヴィシェフラットまで歩いた。作業場とは、埃っぽい一部屋きりの空間に過ぎなかった。目の前の通りを辻馬車がひっきりなしに通り過ぎていく。ときには自動車も、排気ガスの雲を引きずりながら走っていく。作業場の窓は、煤と煙で灰色に曇っていた。モシェは好奇心を刺激されて、あたりを見まわした。いたるところにさまざまな種類の錠前があり、謎めいた道具の数々が、薄暗い光を受けて鈍く輝いている。錠前師は鞄にいくつか物を詰めると、言った。「行こう」

ふたりは何時間もプラハじゅうを歩きまわった。川沿いを進み、カレル橋を渡ると、あとはひたすらまっすぐ歩き続けた。錠前師はモシェに、町中の扉に自分が取り付けた錠前を、ひとつひとつ見せていった。大きな錠前、小さな錠前、簡素な錠前、飾りのたくさんついた錠前。

「どの錠前も、鋼でできたひとつの謎さ」と、大男はモシェに言った。

ふたりは通りから通りへと、きびきびと進んだ。坂を上り、坂を下った。だがどちらも、息を切らすことはなかった。

モシェは静かに座って、大男がどんどん酔っぱらっていくのを見つめていた。錠前師が一杯、ときには二杯飲むあいだ、何度もビアホールに立ち寄った。父と同じだ。おかしなことに、大人は酒なしでは生きていけないようだ。

ようやく、ふたりが暮らすヨゼフォフ地区にある賃貸住宅に戻ってきた。錠前師が建物の扉を開け、ふたりは階段を上った。ゴルデンヒルシュ家の部屋の前まで来ると、錠前師はモシェの髪をくしゃくしゃと撫で、驚くほど優しい声で言った。「いい子だな」

モシェは、なんと答えていいのかわからなかった。錠前師も足元に視線を落としたままだった。太い指で持った作業用の帽子を、神経質そうにこねくり回している。

古い物語のなかの、乙女に結婚を申し込む騎士みたいだ、とモシェは思った。

「もしよかったら」ためらいがちに、錠前師が訊いた。「俺と一緒に、サーカスに行かないか？」

やはりためらいがちに、モシェはうなずいた。サーカスには一度も行ったことがなかった。そんな罪深い場所に、父が連れていってくれるはずもなかった。好奇心を刺激され、胸が高鳴るのを感じた。大人が自分に対してこれほどわかりやすく好意を示すことが、なんとなく不気味ではあったが。

「よし」錠前師が言った。「サーカスに行こう。お前と俺とで」そして、ぎこちなく微笑んだ。「近いうちにな」

＊

リフカの死以来、ライブル・ゴルデンヒルシュは、酒ばかりではなく、以前と同じように聖典にも慰めを求めていた。だがどちらも、満足のいく答えはくれなかった。ライブルはぐらぐらと揺れていた。心も体も。だが息子のことは、自分自身のよりよい分身にしたいと思っていた。望みがかなうなら、モシェにも自分のように律法学者になってほしかった。だがモシェはそんなことは考えてもおらず、本当のところ、才能にも乏しかった。

「学び舎」でモシェが、たとえば黒板にヘブライ語の文字を間違って書くといった失敗をするたびに、ライブルは鞭をつかんだ。ライブルは厳しい教師だった。

「どちらの手にする？」と訊く。

だいたいいつも、モシェは左手を差し出す。右手よりも使う頻度が低いからだ。手を差し出した途端、鞭はうなりをあげ、柔らかな肌に、痛みとともに打ち下ろされる。痛みは、まるで溶けた炎のようにモシェの腕を駆け抜け、体と心とを覆いつくし、目に涙を溢れさせるのだった。

＊

ある日の午後、またしてもひりひり痛む手とともに「学び舎」から戻ると、錠前師がゴルデンヒルシュ家の部屋の前の階段に座っていた。モシェは革の学生鞄を下ろして、期待に満ちた目で錠前師を見つめた。

錠前師はにやりと笑って、色鮮やかな印刷を施した四角い紙切れを二枚、宙に掲げて見せた。

「なんだかわかるか？」

モシェは首を振った。

「来いよ」錠前師はそう言って、モシェに紙切れを差し出した。

そこにはこう書いてあった。「**魔法のサーカス**。驚きの体験をあなたに！　プログラム——驚異の**半月男**！　魔法と秘密の一晩！　一人分入場券」

錠前師がモシェに語ったところによれば、それはラクダの糞を踏むのではないかと心配しなければならないような普通のサーカスではないとのことだった。「魔法のサーカス」は「魔術レヴュー」

とも呼ばれ、曲芸師や動物やピエロが演じるわずかな演目は、大トリとなる演目を盛り上げるために観客の神経を刺激する前座に過ぎない。その大トリが「半月男」だ。こういったレヴューは、ヨーロッパ大陸の最新流行なのだということだった。

「ハリー・フーディーニっていう名前を、聞いたことがあるか？」錠前師は尋ねた。

モシェは黙ったまま首を振った。

「フーディーニは世界一の偉大な奇術師だ。脱出王で、どこからでも脱出するんだ。どこに閉じ込められようと、どんなふうに縛られようと、必ず脱出する。それだけじゃない」ここで錠前師はにやりと笑った。「法律からも逃げ出すことができる。それに、フーディーニが破れない錠前はない」専門家としての感嘆の念をにじませながら、錠前師は付け加えた。「錠は破られるためにあるんだってことをわかってた数少ない人間のひとりだ。本当に悪魔の申し子みたいな男だったんだ！」

「だった？」モシェは訊き返した。

「ああ」錠前師は答えた。「フーディーニでも逃げ出せない場所がひとつだけあったんだ」

モシェはうなずき、「ママと同じだね」と言った。

錠前師は一瞬、憂いを帯びた表情になり、顔をそむけた。それからモシェに向き直ると、魔法のサーカスの座長であり、司会者でもある「半月男」も、やはり有名な奇術師なのだと言った。男爵なんだ！　退役軍人で、前の戦争でも戦ったんだ！

通りは濡れており、空では灰色の雨雲が、すぐにでも次の雨を降らそうと機会をうかがっていた。空気はきりりと澄んでいて、まもなくやってくる雨の匂いを含んでいた。プラハの空は、濁った刃のような色だった。モシェには、川まで下っていく道のりで目にするすべてが、灰色と茶色の陰を帯びているように思われた。

だが、サーカスが催されるテントだけは別だった。テント自体は、少々傷んだ軍用テントに過ぎず、ぞんざいに繕われ、さらに黄色い星形の布が飾りとしてあちこちに縫い付けてあった。それでも夜の闇のなか、テントは温かく輝いて見えた。たくさんのランタンの赤みがかった金色の光が、水たまりに反射していた。

火事になったらどうするんだろう？ モシェは唐突にそう思った。一瞬、説明しがたい不安にとらわれた。だがモシェ・ゴルデンヒルシュにとって、不安に襲われるのは決して珍しいことではなかった。おまけに、いまは禁じられたことをしている最中なのだ。少なくとも、父の知らないことを。それだけでも、不安になる理由としてはじゅうぶんだ。モシェは懸命に、呼吸を落ち着かせた。とはいえ、なんと驚くべきものが多いことか！ テントの裏に輪を作って並べられたロマの箱馬車（住居にもなっている、屋根がつくりつけの馬車）！ 箱馬車のなかへと続く数段の木の階段の上に敷かれた擦り切れた赤い絨毯、湿ったおがくずの匂い。気づくとモシェと錠前師は、テントの入口へとおしゃべりしながら向かう人混みのなかにいた。観客のほとんどは、粗末な上着に染みだらけのシャツを着た労働者だった。だが、制服を着た警官もいれば、帽子やスカーフを身につけ、ときには鼻眼鏡をかけた富裕な市民階級の姿もちらほら目に入った。

テントのなかで大勢の「ゴイム」に囲まれて、モシェは当初、少しばかり居心地の悪い思いをした。なかには、ユダヤ人の少年とその同伴者に対して敵意のこもった視線を投げつける者もいた。モシェと錠前師は、指定された座席についた。それは一番安い席で、サーカスが行われる中央の舞台からは遠く離れた最上段にあった。錠前師は裕福な男ではないし、魔法にもそれなりの値段があるのだ。

だが、安い席からでも、モシェは目にするものすべてに魅了された。曲芸師たちが入場する入口の上方にはバルコニーが設えられており、そこで四人の音楽隊員が、調子の狂った楽器で流行歌を演奏していた。ようやくすべての観客が席につき、興奮したささやきを交わし始めると、楽隊はファンファーレを演奏し始めた。そして赤いカーテンが開き、その男が出てきた。

　悠々と自信に満ちて、男はスポットライトのなかへと歩み出た。

「こんばんは、紳士淑女の皆様方《メダム・エ・メシュー》」その声は深く、朗々としていた。「ようこそお越しくださいました」ここで男は、観客を招きよせるように腕を大きく回すと、シルクハットを脱いで、深々とお辞儀をした。男は背が高く、巨大な太鼓腹にもかかわらず、若々しく優雅に見えた。金髪はポマードで後ろになでつけてある。フロックコートを着て、肩から斜めに飾り帯をかけている。白い手袋をはめた手に、銀色の握りの付いた大きな黒いステッキを持っていた。モシェをなにより感嘆させたのは、男の顔だった。左半分はごく普通の顔だ。だが右半分は、半月形の真鍮の仮面で覆われている。モシェはもう男から目をそらすことができなかった。男の登場の仕方すべてに感動を覚えた。それは、おそらくは誰にも理解できないであろう感動だった。最も理解できないのは、錠前師だろう。

　というのも、そのときモシェは、自分の未来を見ていたのだ。

「世界一のめくるめく舞台へようこそ」男が言った。「皆さん、ここからは、もうなにひとつ信用なさいませんように。皆さんの目は、皆さんを欺きます。これからここでご覧になるすべては、真実に見えます。けれどなにひとつ、真実ではないのです」それから男は軽くお辞儀をすると、こう言った。「わたくしは半月男と呼ばれております」

　観客席からざわめきが起きた。

　男は両手を伸ばした。すると男の袖口から、二羽の小さなカナリアが飛び出てきた。カナリアはさえずりながらバタバタと飛び回っていたが、やがてテントの頂上へと羽ばたいていった。観客席は静まり返っていた。聞こえるのは、くすくす笑う数人の少女たちの声のみだった。やがて、ためらいがちな拍手がぱらぱらと起こった。半月男は再びお辞儀をした。拍手はどんどん大きくなり、半月男が頭を上げると、その半分の顔に半分の笑顔が見えた。たったいまが決定的な瞬間だったのだと、モシェは即座に理解した。半月男が最初に口上を述べたときには、観客はまだ他人だった。ところがそこで、半月男は何もないところからいきなり鳥を出して見せた。その瞬間、観客全員が半月男の共犯者となったのだ。あれこそが、観客のひとりひとりがこの見世物を受け入れるかどうかを決める瞬間だったのだ。そして観客は受け入れた。一人残らず。拍手はなかなかやまず、観客はいまや突然、半月男の友人、子供、愛人、熱狂する見物人となっていた。モシェは突然、自分にも熱狂してくれる観客がいればいいのにと思った。

錠前師のほうに身をかがめて、モシェは言った。「あの人、どうして仮面をつけてるの？」

錠前師は肩をすくめた。「戦争で傷を負ったって聞いたがな」

モシェは、問いかけるように錠前師を見つめ続けた。

「敵にやられたんだ」錠前師が説明した。「化学兵器を使ったらしい。とんでもない新兵器だ。顔を溶かしちまうガスがあるんだ」

「でも、ガスなんてただの匂いじゃないか」モシェは囁いた。

「それだけじゃない」錠前師はモシェのほうに体を寄せて、囁き返した。「俺はこの目で見たんだ。あいつらの肌も、筋肉も、とても……」ここで錠前師は口をつぐみ、首を振った。まるで悪夢を振り払うかのように。そして、無理やり笑顔を作った。「舞台を楽しもうじゃないか。な？」

「半月男もそういう目に遭ったのかな？」

錠前師はモシェの腕を優しく撫でた。「とにかく舞台をよく見てろ」そう言うと、座席にもたれかかった。

*

舞台はすさまじく魅力的だった。しかも、半月男の助手が、長い黒髪を持つ若く美しい女性だったから、なおさらだった。その助手を、半月男はペルシアのアリアナ姫と呼んでいた。ライオンの調教師と、アクロバットの出し物が終わると、いよいよアリアナ姫が登場し、大きな旅行用トランクのなかに入った。これまでずっと舞台の隅に置かれていたが、誰の注意も引かなかったトランクだ。半月男がトランクの蓋を閉め、ステッキの銀の握りをつかんで引っ張った。突然、ステッキと思われていた鞘から、剣が抜かれた。半月男は剣を高く掲げ、照明を受けてぎらぎら輝く刃を観客に見せた。それから絹紐を取り出すと、それを剣で真っ二つに切り、刃が鋭いことを証明した。その後、半月男は飾り帯のずれを直すと、フェンシングの構えを取った。ほんの一瞬その姿勢を保った後、前に飛び出し、剣をトランクの真ん中に突き立てた。観客の悲鳴が響き渡った。ご婦人たちのなかには、失神寸前の者もいた。だが半月男は、不安に駆られた観客を尊大な身振りで落ち着かせた。そしてトランクに歩み寄ると、蓋を開いた。

トランクは空だった。

そこにはなにもなかった。血もなければ、アリアナ姫もいない。モシェの目に映ったのは、トランクの内部に張られた布だけだった。モシェは麻酔にかかったかのように固まっていた。やがて半月男は再びトランクの蓋を閉め、目を閉じると、口のなかでなにやらつぶやいた。祈ってるのかもしれない、とモシェは思った。半月男が再びトランクを開けると、傷ひとつないアリアナ姫が出てきた。興奮のあまりめまいがした。モシェは観客の誰よりも激しく手を叩いた。あまりに大きな拍手だったので、その音がアリアナ姫の耳にまで届いたのかもしれない。というのも、姫は首をわずかに回したのだ。その瞬間モシェは、姫の視線が自分の顔をかすめていったような気がした。モシェは赤くなり、拍手をやめた。

なんて世界だ、とモシェは思った。きれいな女の人が旅行鞄から出てくるなんて！

アリアナ姫は、謎の方法で消えたり、やはり謎の方法で再び現れたりできるだけでなく、非常に素早く着替えることもできるようだった。舞台に出てくるたびに、異なる衣装を着ていた。錦織の衣装、絹の衣装、羽根の付いた衣装、スパンコールの付いた衣装――モシェにはどの衣装も、前の衣装よりさらに華やかで、さらに美しく思われた。

半月男はウサギを出して見せ、鳩を消して見せ、カードや硬貨をひとりでに動かして見せた。モシェの熱狂は冷める暇もなかった。突然、父が常々言うことは正しかったのだと悟った――トーラー（ユダヤ教の聖典である旧約聖書の最初の五つの書）にある奇跡も、カバラ（ユダヤ教の伝統に基づく神秘主義思想）の神秘も、すべては現実なのだ。

やがて、魔法と奇跡のめくるめく二時間が過ぎた後、ついに一番の目玉、観客にとっての止めの一撃がやってきた。

「さて、紳士淑女の皆様方、坊ちゃん嬢ちゃんたち」半月男が言った。「今宵最後の魔法です。お客様のなかからどなたかひとり、お手伝いをしてくださる方はいらっしゃいませんか」

モシェは飛び上がり、まっすぐ手を挙げた。「僕がやります！」モシェは叫んだ。「僕にやらせてください！」観客たちがモシェを振り返り、笑い声をあげた。「ユダヤ人か」と彼らはささやき合った。「ユダヤ人なんかを入場させていいのか？」

観客席からは、ほかにもいくつかの手が挙がった。だが半月男は、誰を採用するかすでに決めたようだった。

「君！」そう言って、半月男はモシェを指した。「そう、そこの君だ！　こっちへ来たまえ、ユダヤの坊主！」

モシェは転がるように通路を駆け下りた。あまりの勢いにキッパ（ユダヤ教徒の男性が被る小さな円形の帽子）を落としそうになり、左手で押さえなければならないほどだった。観客席から笑い声が上がった。モシェが舞台にたどり着くと、半月男は椅子に座るように指示した。そして観客席のほうを向いた。半月男の声が、サーカスのテントに響き渡った。

「紳士淑女の皆様方、この世は魔法の場所です！　我ら人間を、心のなかでまどろむ夢と隔てるものは、一枚の薄いヴェールに過ぎません。さあ、とくとご覧あれ！」

半月男は横に目をやり、苛立たしげに手を振って、助手のアリアナ姫を呼び寄せた。姫は今度は、白い絹の流れるようなドレスを着ていた。肌は真っ白で、瞳は灰色がかった緑だ。アリアナ姫は、赤いソファに横たわった。そして、まるで失神したご婦人のように、手を額に当てた。ドレスがまくれ上がって、美しい脚がちらりと見えた。モシェは息を呑んだ。観客席にざわめきが走る。

半月男はモシェに、よく集中するようにと命じた。魔法を完成させるためには、モシェの魂の力が必要なのだと。モシェは真剣にうなずき、視線をまっすぐにアリアナ姫へと向けた。思考をすべて姫に注ごうと試みた。半月男がステッキを持ち上げて、アリアナ姫の体から半メートルほど上で、その爪先から頭までをなぞるように動かした。楽隊が暗く不気味な音楽を演奏し始めた。

やがて、アリアナ姫の体が浮き始めた。体は徐々に持ち上がっていき、横たわった姿勢のまま、宙で静止した。白いドレスと黒い髪が流れ落ちる。それは、モシェがこれまで見たなかで最も美しい光景だった。突然、まるで自分までもが目に見えない波にさらわれて、宙に浮いているような気がした。愛の波にさらわれて。モシェは恋に落ちた。サーカスの匂いに、おがくずに、湿った木材とすえた汗の匂いとに。スポットライトの輝きに、観客の拍手に、そしてなにより、ペルシアのアリアナ姫に。

モシェはとりつかれたように姫を見つめ続けた。自分の目が見ているものが、とても理解できなかった。

半月男がやってきて、モシェの前に膝を突き、目線を合わせた。そしてアリアナ姫を指さすと、こう訊いた。「なにが見える?」

モシェは言った。「浮いています」

「これがトリックだと思うか?」

モシェは首を振った。「思いません。本当に浮いています」

幾人かの笑い声が響いた。半月男は片方の口角を上げてにやりと笑った。仮面に隠されていないほうの目が、モシェをじっと見据えていた。もう片方の目は、真鍮の仮面の陰になっている。それから半月男は観客席に向きなおると、こう叫んだ。「ご覧のとおりです、紳士淑女の皆様方! 姫は浮いています!」

怒濤のような拍手が押し寄せた。観客の興奮は、テントをも揺るがすほどだった。

半月男はモシェのほうを振り返り、言った。「姫にお別れのキスをしたいか?」

モシェは戸惑って、半月男を見つめた。

半月男は、うながすようにモシェにうなずきかけた。そして「さあ」と言った。「頰にだぞ、坊主」

モシェはためらいがちに、これまで座っていた椅子の上に乗ると、目を閉じている姫のほうに身を乗り出した。最初に、恐る恐る姫の手に触れた。いまにも姫の体が地面に落ちるのではないかと不安だった。モシェは少しばかり震えていた。神の前で人が震えるように。

姫の手が、この世でなにより貴重なものに思われた。真っ白で、指は長く優雅で、爪は赤く塗られている。まるで、宝物を見つけたような気分だった。残りの人生を、ずっとここに立ったまま過ごしたかった。姫の手を取り、その横顔を見つめて過ごしたかった。

「なにをしてる?」半月男が訊いた。「なにをぐずぐずしてるんだ。キスをしろ」

モシェはその指示を誤解した。姫のほうにかがみこみ、頬ではなく、唇にキスをした。面白がった観客の笑い声が押し寄せてきた。半月男は突然、不機嫌な目つきになった。だがモシェには、姫が微笑んだという確信があった。ほんの一瞬ではあっても。椅子から飛び降りたモシェは、ふいに訪れたひらめきに従って、お辞儀をした。観客たちが歓声をあげ、手を叩いた。半月男は苦笑いしながら、改めてモシェの手を取ると、舞台の端へと連れていった。そしてふたりはもう一度一緒にお辞儀をした。それから半月男はモシェの手を離し、別れを告げた。

モシェは舞台を降りた。そしてその瞬間もう、照明と拍手が恋しくなった。まるで、美しい夢から覚め、突然、隙間風の吹く寒い部屋に戻ったような気分だった。観客の視線という温かな幻想は消え去り、現実世界が改めてモシェを迎え入れた。

*

その晩遅く、忍び足で家へ帰ると、父はまだ起きて待っていた。心配げで苦しそうな顔で、台所のテーブルの前に座っていた。

「どこに行ってた？」父はモシェを怒鳴りつけた。

モシェは気まずい思いでうつむいた。「ちょっと……ちょっと出かけてただけだよ」しどろもどろだった。

「出かけてただと？」ライブルが訊いた。「どこへ出かけてた？　どうして出かけてた？　心配で倒れるかと思ったぞ！」

モシェは、錠前師と一緒にサーカスを観にいったのだという事実を、少しずつ告白させられていった。これほど怒り狂う父の姿は、見たことがなかった。ふたりは激しい喧嘩になり、その晩は結局、ライブルが息子にかつてないほど厳しい折檻を加えて終わった。

叩かれた尻の痛みがあまりにひどく、モシェは横向きでなければ寝られないほどだった。その夜、ストーブ脇のベッドに眠れないまま横たわるモシェのなかで、ひとつの決意が生まれ、熟し始めた。

＊

その後の数週間、ライブルとモシェのあいだの反目は、ますます大きくなっていった。表面的には穏やかな日常の下に、もう長いあいだどれほどの敵意が隠れていたかを、モシェはいまになってようやく悟った。

ある日の午後、ライブルがまだシナゴーグにいるあいだに、モシェは数少ない持ち物をリュックサックに詰め込み、わずかな食料と、ポケットナイフ、身分証明書とともに、父と暮らした家を出た。まずは墓地に向かった。母の墓へ。そして冷たい墓石を指先で撫でながら、これから自分がしようとしていることを母が許してくれるよう祈った。やがて、重苦しい、だが解き放たれたような気持ちで、モシェはきびすを返し、川へと向かった。

テントはなくなっていた。サーカスは町を去り、曲芸師も道化も奇術師も、すでに姿を消していた。残ったのは、圧し潰された茶色い草と、割れた瓶やゴミばかりだった。冷たい風がうなりをあげてあたりの小道を吹き抜け、ぼろぼろに破れたプログラムが宙を舞っていた。モシェは夢のなかをさまようかのように、空っぽの広場を歩き回った。そこは、まるで砂漠のように寂しく生気のない場所に感じられた。

そのとき突然、色とりどりのポスターを貼り付けた広告塔が目に飛び込んできた。モシェは駆け寄ると、広告塔をぐるりと一周した。すると、やはりあった——魔法のサーカスのポスターが。それは汚れ、半ば剝がれかけて、風にはためいていた。半月男の微笑みが顎のところで破れており、それが彼の顔にどこか悪魔的な印象を与えていた。

モシェはポスターを広告塔からすっかり剝がすと、近くの新聞売り場へ向かった。毛織のショールで顔のほとんどを覆った太った老女が、申し訳程度に明かりを灯した小屋のなかに座って、新聞を読んでいた。モシェは老女に歩み寄ると、ポスターを見せた。

「このサーカスがどこへ行ったか知ってますか?」モシェは尋ねた。

老女は顔を上げると、ポスターを一瞥し、ゆっくりとうなずいた。

10　捜索

八時少し前、マックスはハリウッド・ブルヴァードとチェロキー・アヴェニューの角にたどり着いた。あたりはすでに暗くなっていた。秋の小雨が、ロサンジェルスの通りを濡らしている。マムとの喧嘩の後、マックスは窓から家を抜け出して、バス停へと向かったのだった。計画は単純かつ大胆なものだった。

法的に言えば、マックスはいまや失踪者だった。逃亡者だ。たぶんもう警察に、いや、ことによるとFBIに行方を追われているだろう。マムは心配するだろう。だが、いまはそんなことに構っていられるときではない。ザバティーニを見つけなくてはならない。なにがあろうと。もちろん、ザバティーニがまだ生きていればの話だ。もしもう生きていなかったら……ああ、神様。マックスは、とてもその先を考える気にはなれなかった。

一八一番のバスに乗って東へ向かい、終点で降りた。常に〈キャッツ〉しかかかっていない、俗っぽい飾りのついた巨大な劇場の前だ。二年前、一度ミュージカルを見てみたいと思い立ったマックスは、渋る両親に頼み込んで、なんとか連れていってもらったことがあった。だが、結果はひどい失望だった。舞台の上を飛び回っていたのはかわいい子猫ではなく、きらきら光るスパンデックスの衣装を着て、奇妙な化粧をした巨乳のダンサーたちだったのだ。あんなものを誰が見たいと思うんだろう？　タイトルに〈キャッツ〉とあるからには猫がいるのだろうと思うのは、期待しすぎだったのだろうか？　それは子供時代の最初の失望ではなかったし、おそらく最後でもないだろう。マックスは、こういった冒険のすべてが無駄にならないことを願っていた。オレンジ色のバスのドアが、なじみのプシューという音とともに開くと、マックスはバスを降り、西へと向かった。どこへ行けばいいのかは、よくわかっていた。

〈ハリウッド・マジック・ショップ〉は、ブルヴァードの南側にある、どこかうらぶれた感じの店だ。ショーウィンドーには実物大のダース・ベイダーの衣装が飾ってあり、入口の上のネオンサインは、もう灯っていない。ガラスドアを開けると、ピーッと電子音がした。発情期の猫の唸り声のような、どこか怪しい響きだった。

恐る恐る、マックスは店に足を踏み入れた。なかには明るい照明が灯っていた。天井に蛍光管が取り付けられているのだ。その店は実質的には、両側にガラス棚を置いただけの細長い空間に過ぎなかった。子供用の魔法セット、拘束服、腹話術の人形――特に人気があるらしいのは、タキシードを着た猿だ――、ウサギのぬいぐるみ付きのシルクハット、ウサギのぬいぐるみ抜きのシルクハット、魔女が空を飛ぶホウキ、そしてマジシャンやマジックのトリックについての無数の本やDVD。壁には、一世を風靡した有名な舞台マジシャンの古い黄ばんだポスターが貼りつけてある。ハワード・サーストン、ハリー・ブラックストーン・シニア、ダイ・ヴァーノン、シャドウ・マスター……ほかにも山ほどいる。ある棚の前で、高価なデザイナーズブランドに身を包んだ若い日本人のカップルが、目の形を歪んで見せるプラスティックの眼鏡をかけてみては、くすくす笑っていた。男のほうが新しい眼鏡をかけるたびに、女のほうが笑って手を叩く。

マックスはほぼトランス状態で店のなかを歩き回った。これほどカッコいい物をこれほど大量に見るのは初めてだった。カウンターの前に、黒いズボンと黒いハイネックセーターを着た五十代半ばの太った男が立っていた。頭は丸刈りで、薄い口髭を生やしている。ちょうど、そろってギラギラした派手なジョギングウェアを着た年配の黒人夫婦に、カードのトリックを披露しているところだ。夫のほうは、コーラの紙コップから中身をストローですすっている。妻のほうは、あちらへ、こちらへと飛びまわるかのようなカードたちを夢中で見つめている。マックスは夫婦の横に陣取った。そうすれば、なにが繰り広げられているのか、ちらりとでも見ることができるかもしれないと期待して。

「これは、ダイヤのエースだ」丸刈りの男が言って、一枚のカードを掲げた。夫婦は厳かな面持ちでうなずいた。それから丸刈りはそのカードを伏せて、緑のビロード布の上に置いた。そして、指でカードをつついた。「それとも、違ったかな?」芝居がかった調子で、丸刈りは尋ねた。夫婦が首を振り、夫のほうはにやりと笑った。丸刈りは伏せたカードを再び手に取って、掲げて見せた。ダイヤのクイーンだった。夫婦は驚きで目を丸くした。それから夫婦は、丸刈りにさらにいくつかのトリックを披露させると、カードセットを買って、店を後にした。

丸刈りがマックスのほうを向いた。「なにか探してるのか?」心地よい低い声だった。

マックスはおずおずとうなずいた。「人を捜してるんだけど」

「誰を?」

マックスはリュックサックを開くと、レコードを取り出し、丸刈りに見せた。丸刈りはレコードを受け取ると、短く口笛を吹いた。どうやら感銘を受けたようだ。男のレコードの扱いは、まるでそれが聖遺物ででもあるかのように、慎重きわまりなかった。「ザバティーニじゃないか」丸刈りは言った。「こんなもの、もう長い間見てなかったな」

「ザバティーニを知ってるの？」

「一度会ったことがある。もうずっと昔の話だ」丸刈りは言って、マックスに手を差し出した。「俺はルイス。でもワッキーと呼んでくれていいよ」

「ワッキー？」

「昔、ピエロだったんだ」ルイスは言った。「ピエロのワッキー。その後、マジシャンになった。かなりの変身さ。俺はもうワッキーじゃないって、客に何度も説明しなきゃならなかった。でも、ワッキーって名前からは結局逃げられなかった」ワッキーはため息をついた。「だから、俺はワッキーだ」しょんぼりと言う。「一度ピエロになったら、一生ピエロなんだ」

「この店、ワッキーの？」

ワッキーはうなずき、「ああ」と答えた。「三十年以上やってる」ワッキーはハリウッド・ブルヴァードのほうを指した。「ザバティーニは昔、いつも〈キャッスル〉に出てた」

「キャッスル？」マックスは訊いた。

ルイスはうなずいた。「ハリウッド・ヒルズの上だ。ここからは見えない。でもあるんだ。この町で、いやで、この人、カリフォルニアじゅうで一番大きいマジック・キャバレーだ」

「、この人、このザバティーニは……」マックスは用心深く話を先へ進めた。

「うん？」

「この人、すごかった？」

ルイスはその質問について一瞬考え、すぐに答えた。「いや、それほどでもなかった」

「そうなの？」大ザバティーニなどという名前を持っているからには、魔法の分野では巨匠なのだろうと、マックスは思っていた。

「いや、特に才能があるわけじゃなかった。すごく有名だった時期もあるんだがな。六〇年代か、七〇年代だ。テレビに出た最初のマジシャンのひとりだ。だけど、言ってることが誰にも理解できなかった。あのなまりだからな……」

マックスはうなずいた。そう、なまり。確かにあれは問題だ。

「どこから来たの？」マックスは尋ねた。

ルイスは肩をすくめた。「知らんな。どこか遠くだよ。東ヨーロッパとか、そんな感じだろ。戦争の後にこっちに来たんだ。でも、楽じゃなかった。あのなまりに、あの腕じゃあな。腕のせいでできないマジックがたくさんあったよ。たとえばコインのマジックとか」

「腕って？」

「うん、左腕がねじれてて、うまく動かせなかったんだ」

「で、本当にすごいマジシャンじゃなかったの？」マックスは信じられない思いで訊いた。

ワッキーは再び肩をすくめた。「悪くはなかったよ」

「でもこのレコードには、すごい力があるって書いてあるよ」

「それはどこにでも書いてある」

「未来を読めるんだ」

「誰にでも読める。ザバティーニはメンタリストだったんだ」

「え？」

「人の心を読む人間のことだ」ワッキーは舞台でマジシャンがするように手を大きく回すと、入口脇の棚を指した。「なにが見えるか言ってみてくれ」

マックスはワッキーの手が指すほうに目を向け、また振り返った。「いろんなおもちゃ」

「そのとおり」ワッキーは言った。「おもちゃだ」それからワッキーは、ふたりの目の前の棚を指した。「ここにはなにが見える？」

マックスは前かがみになって、ガラスのなかを覗きこんだ。見えたのは、何枚かのコインと小さな木箱だった。姿勢を戻すと、マックスは言った。「いろんなもの」

「もの、ね」ワッキーは軽蔑したように言った。それから、さきほどの年配の夫婦の前で使っていた秘密めかした声を出した。「ここにあるのは、ただの〈もの〉じゃない。メンタリストの道具だ」

マックスは驚いて、ワッキーことルイスを見つめ、何度もまばたきをした。突然、ルイスの姿がなんだかにじんで見えるのだ。だがそのとき、眼鏡が曇っているのだと気づいた。マックスは眼鏡をはずすと、シャツで拭いた。

「入ってすぐのところには、おもちゃしか置いてない」ルイスが言った。「馬鹿馬鹿しい子供だましさ」ここで馬鹿にしたように手を振って見せる。「ところがだ、店の奥に近づくほど、本物が増えてくる！　一歩進むごとに、未知の世界への戸口が近づくってわけだ。そして、俺たちがいまいるのが、その戸口だ」

マックスは再び眼鏡をかけると、「うん……」と言ったが、なんだかよくわからなかった。

「見た目はたいしたことがなさそうだが、メンタリズムっていうのは……マジックの王様だ」

「そのメンタリストって、要するになにをする人なの？」マックスは尋ねた。

ルイスがマックスをじっと見つめた。「なにか野菜を思い浮かべろ」

「え？」

「野菜だ」ルイスが言った。「集中して、なにかひとつ、野菜を思い浮かべろ。野菜ならなんでもいい。でも、なにを思い浮かべてるか、俺には言うな」

マックスは気持ちを集中させた。ひとりでに頭に浮かんできたのはニンジンだった。そこでマックスは、ルイスにうなずいた。

ルイスがマックスをじっと見つめた。その視線は、まるでマックスの体を貫くかのようだった。

それからルイスは、一枚の黄色いメモ用紙を取り出すと、そこになにか書きつけた。「君が思い浮かべた野菜はこれか？」そう言って、ルイスはマックスにメモ用紙を差し出した。

そこにはこう書いてあった。「ニンジン」

マックスは驚愕の叫び声をあげた。「どうしてわかったの？」戸惑いながらそう訊く。

「これだよ」ルイスが言って、二本の指で自分のこめかみをつついた。「これがメンタリストの技。メンタリストっていうのは、心の魔術師なんだ。魂の秘密を解き明かす。メンタリストは予言者で、読心術師で、催眠術師でもある。偉大なメンタリストは、周りから恐れられる。無理もないよな、だって人の考えを操ったり、人の心を読んだりできるんだから」

まさにそういう人を探してるんだ、とマックスは思った。「じゃあ、ザバティーニもそういうメンタリストだったの？」

「そうだ」とルイスは言った。「ザバティーニは……」そこで一瞬言葉を切ると、「うん、まあ、最も偉大なメンタリストってわけじゃなかった」そして意を決したように、厳かな声でこう宣言した。「大ザバティーニは、世界で最も平凡なマジシャンだ」

やっぱりなんだかすごい人なんだ、とマックスは思った。「どこに行けば会えるか、知ってる？」

ルイスは首を振った。「知らんな。だいたい、まだ生きてるのか？」そこでため息をつくと、腕時計に目を落とした。「悪いんだが、そろそろ店を閉めないと」

ルイスがトレンチコートを羽織り、棚の鍵をかけて回るのを、マックスは切ない思いで見つめた。ルイスが片づけを終えると、ふたりは一緒に湿った夜の通りに出た。ルイスは店のシャッターを下ろし、鍵をかけた。雨は激しくなっていた。この後どうすればいいのか、マックスにはまったくわからなかった。ルイスに別れを告げると、店に背を向けた。これからどこへ行こう？　捜索は始まったばかりだというのに、あっけなく終わってしまった。マックスは肩を落として、通りをとぼとぼと歩いた。そのとき突然、背後で重い足音が聞こえた。

「待てよ！」呼びかけたのはルイスだった。「ちょっと待て！」

マックスは振り返った。「なに？」

「俺が君ならだがな」とルイスは言った。「老人ホームを当たってみるな」

「でも、どのホーム？」マックスは訊いた。「すごくたくさんあるじゃん」

「確かに」ルイスも困惑しているようだった。「だけど、とにかく安いホームだと思う。ザバティーニはそんなに金持ちじゃなかったからな」

突然、ルイスの表情が晴れた。

「そうだ！　キング・デイヴィッドを当たってみろ！」

「え？」

「フェアファックス・アヴェニューだ」ルイスが言った。「〈キング・デイヴィッド・シニアハイム〉。年取った俳優なんかがたくさん住んでる」ルイスは鞄をかき回して、先ほど「ニンジン」と書いたメモ用紙を取り出した。その裏側に、「ザバティーニ」と書き、「キング・デイヴィッド、フェアファックス・アヴェニュー」と付け加える。

「幸運を祈るよ」そう言いながら、ルイスはマックスにメモ用紙を差し出した。

「ありがとう」

ルイスは立ち去り、すぐに霧深い十月の夜に呑み込まれていった。ハリウッド・ブルヴァードのあらゆる光と壊れた夢が、暗闇のなかで輝いていた。

11　ペルシアの姫

　ドレスデン郊外の祝祭広場で、モシェはついにサーカスに追いついた。まるで永遠に旅をしていたような気分だった。疲労困憊しており、足にはマメができ、節々が痛んだ。家からこれほど遠く離れたことはなかった。

　旅の途中で、ひとつだけはっきりしたことがあった。田舎暮らしは性に合わない。モシェは都会の人間だった。足の下に敷石があり、周りには人間がいる場所が、一番落ち着けた。だだっ広い田舎には、価値あるものはなにもない。あるのはただ、すさまじい寒暖差と、森の地面を泥沼へと変える土砂降りの雨だけ。なにより水洗便所が圧倒的に少ない。モシェは何日か、モルダウ川沿いに歩いた。そしてあらゆる宿屋や料理屋や農家を一軒一軒訪ねては、移動サーカスが通らなかったかと訊いてまわった。とても親切で、ときにはモシェに食べ物をくれたり、寝る場所を貸してくれたりする人もいた。だが、右肩越しに唾を吐いて、モシェを追い払う人もいた。ムニエルニークという小さな町で、モシェはついにパン屋のおかみさんから、魔法のサーカスが町に来ていたこと、その後ドレスデンへと向かったことを聞いた。

ボヘミア地方を横切る旅の途中、モシェはロマの一行に出会い、彼らの開けっぴろげな陽気さと連帯意識に感銘を受けた。一行は質素な食事をモシェに分けてくれて、夜には動物たちの横で寝かせてくれた。晩になると、彼らは焚火をして、グラーシュを食べ、グロッグを飲んだ。歯がぼろぼろになったひとりの老人が、フィドルで鳥肌が立つほど気色の悪い引っかき音を出した。するとロマたちは陶酔状態に陥り、目に涙を浮かべるのだった。モシェは恐ろしいほど孤独だった。自分を置いて逝ってしまった母が恋しかった。そして、自分が置き去りにしてきた父のことも恋しかった。その夜のモシェのなによりの願いは、プラハの家に帰ることだった。

＊

数日後、ドイツのザクセン地方と境を接するフレンスコに着いた。エルベ川沿いの平原地方の美しさは、モシェを陶酔へと誘った。木々は緑に茂り、陽光が穏やかな川面に反射していた。国境検問所は、検問所とは名ばかりの粗末な小屋で、埃っぽい小道の先には一本の遮断棒があるのみだった。小道沿いには、宿屋を兼ねた料理屋が一軒あった。右手には、線路と小さな駅が見えた。退屈そうに遮断棒にもたれたドイツの国境警備兵たちは、モシェを入国させてくれなかった。モシェが有効な旅券を持っていないから、というのが理由だった。モシェの身分証明書には「イスラエル民族」と記されている。それゆえモシェがドイツ領内に足を踏み入れようと思ったら、特別な許可証が必要になるのだという。もしモシェがズデーテン地方のドイツ民族なら、話はまったく違うということだった。モシェは、入国を拒んだことで気まずい思いをしているように見える国境警備兵たちに丁寧に礼を言うと、小道を引き返した。そして料理屋に足を踏み入れた。とたんに、酒盛り客たちの紫煙と喧騒に包み込まれた。

　暖炉脇に置かれた細長いベンチに、狭い空き席を見つけた。同じテーブルについていたのはブラティスラヴァから来たふたりの左官で、定期的にプラハやワルシャワやドレスデンへ仕事を探しに行くのだと、モシェに語った。ふたりは簡素な作業服を着ており、顔を縦横無尽に走る深い皺と爪には、レンガの屑が溜まっていた。ぼさぼさの白髪頭の小柄でぽっちゃりした一方の男が、酔っぱらった勢いでモシェの肩に腕を回し、「稲妻がタトラの上を走り去り」（スロヴァキアの国歌。当時はチェコスロヴァキア共和国国歌の一部だった）を歌い出した。モシェも旋律は知っていた。「ゴイム」が行く〈ウ・フレクー〉やほかのビアホールで、聴いたことがあったのだ。スロヴァキア語はわからなかったので、ヘブライ語で一緒に歌った。左官ふたりは彼らの国歌を歌い、モシェはそこに「ハティクヴァ」（シオニズム賛歌。現在はイスラエル国歌）の旋律をうまく紛れ込ませた。料理屋の親父が、ビアグラスをいっぱいに載せた盆を運んできて、モシェに飲み物の注文を訊いたが、モシェはただ礼儀正しく微笑んで、肩をすくめた。金がない。ところが、痩せて背が高いもうひとりの左官は、そんな言い逃れを許さなかった。「俺のおごりだ」あまりうまくないドイツ語で、左官は親父にそう言った。

「それで、なにをおごるんだい？」親父が訊いた。

　モシェはラーデベルガーというビールに決めた。親父によれば、このすぐ近く、ドレスデン郊外で醸造されるビールだということだった。

「食事はしないのかい？」親父の声には、不信感が滲んでいた。まるで、自分の作る料理を拒むなんて侮辱だと言わんばかりだ。だがモシェは首を振った。ボヘミア人がどういう人たちかはよく知っていたし、きっとドイツの「ゴイム」もそれほど違わないだろうと思った。彼らはなにもかも食べるのだ――豚さえも。「ゴイム」のソーセージのなかには「血のソーセージ」という名前のものまである。気色悪い。だがモシェは空腹だった。そして、のっぽの左官が、辛子を塗ってチーズを載せた黒パンくらいは食べろと熱心に勧めた。酔っぱらったスロヴァキア人ふたりは、歌いながら体を揺らした。そのせいでモシェは船酔いになりかけ、やがてキッパが頭から落ちた。

小柄でぽっちゃりしたほうの左官がそれを拾い上げ、驚いたように見つめた。

「なんだこりゃ？」と左官は言った。

モシェは顔が赤くなるのを感じた。「僕の帽子です」そうつぶやいて、顔をそむけた。

「こんな帽子をかぶってるのは、ユダヤ人だけだぞ」もうひとりの左官が言った。「お前、まさかユダヤ人じゃないだろ？」

「ユダヤ人です」モシェは口ごもった。「残念ながら」

新たに知った驚愕の事実に、左官たちは言葉を失ったようだった。とはいえ、モシェがユダヤ人以外の何者でもないことは、酔っていない人間には一目瞭然のはずだった。なにしろ正統派ユダヤ人の黒いカフタンを着て、キッパをかぶり、もみあげを伸ばしているのだから。だが、そのあたりの秘密が酔っぱらいに明らかになるには、時間がかかるのだ。一瞬、当惑の沈黙が広がった。それから、小柄なほうの左官がキッパを暖炉へ放り込むと、「はん！」と言った。

「はん！」ともうひとりの左官も同調した。

モシェは、自分のキッパが燃えていくのを見つめていた。自分のなかのなにかが、炎のなかで花開いていくような気分だった。

「これでお前はもうユダヤ人じゃない」小柄なほうが言った。「ユダヤ人なんてクソだからな。だけどお前は、俺たちの仲間だ」そしてビアグラスを掲げた。「乾杯！」

「乾杯！」のっぽも叫んだ。

恐る恐る、モシェはグラスを持ち上げた。もしかしたら、本当にユダヤ人でないほうがいいのかもしれない。クソでいたい人間なんていうるだろうか？

「乾杯！」モシェは叫んだ。これまでとは違う人間になろうと、決意を固めた。新しい人間になろうと。もはやイスラエルの民ではいたくない。もう、役所であれこれの書類を手に入れるために、延々と列に並ぶのはいやだ。もうあれこれ請願するのはごめんだ。これからは豚の血だって飲む。今日から自分は「ゴイ《非ユダヤ人》」だ！

それから何時間も酒盛りを続けた後、「ゴイ」のモシェは、千鳥足で料理屋の裏の森へ入って、用を足した。それから地面に座り込み、苔に覆われた木の幹にもたれて、星空を見上げた。世界は限りなく大きく、希望に満ちているように思われた。モシェは目を閉じ、眠り込んだ。

＊

翌朝目覚めると、ひどい二日酔いだった。容赦なく照りつける太陽の光が、目に痛かった。モシェは立ち上がり、よろよろと料理屋に向かった。ところが、扉も窓も閉まっていた。すべてが静まり返っていた。

モシェはまず汲み取り式便所を探し出し、水の入った桶へふらふらと歩み寄った。喉がからからだった。水に映った自分の顔を見ると、昨夜の記憶がよみがえってきた。モシェのキッパを燃やした、酔った左官ふたり。突然、父の顔が水面に浮かび、胸が刺されるように痛んだ。父が恋しくてならなかった。モシェの目に涙が溢れ、水に浮かんだ像が滲んだ。もうユダヤ人ではないと決意したことを思いだした。リュックサックからポケットナイフを取り出すと、もみあげを切り落とした。そして黒いカフタンを脱いだ。下には擦り切れたズボンと白いシャツを着ている。再び水に自分の姿を映してみたが、いまだにユダヤ人に見える気がした。おそらく、一夜にして振り払うことのできるものではないのだろう。

モシェは歩き出した。国境を通ることが許されないのなら、森を抜けていくつもりだった。午後にはチェコスロヴァキアを後にして、ザクセンの森の奥深くにいた。突然、男の声がした。

「神様がお守りくださいますように！」

「誰？　なに？」モシェは驚いて飛び上がった。あたりを見まわしたが、誰もいない。

「ここだ、上だよ」呼びかける声がして見上げると、ハンノキの枝のあいだに、ひとりの男がいた。緑色の布でできた上下揃いの服を着て、つばに髭剃りブラシのようなものをくっつけた、やはり緑色の帽子をかぶっている。森番だ。見張り台から木のはしごで降りてきた森番は、肩から銃をぶら下げたまま、モシェに手を差し出した。モシェはそっとその手を握った。初めての経験だった。普通、「ゴイム」はモシェに触れようとしないからだ。

「どこへ行く？」森番が訊いた。

「ドレスデンへ」モシェは答えた。森番は親切に道を教え、少しばかり水を分けてくれたうえで、モシェを見送った。

暗闇が降りてきたころ、モシェは魔法のサーカスを見つけた。星を縫い付けた粗布のテントは、大きな祝祭広場にあった。なかから明るい光と拍手とが漏れてくる。だが今日のモシェは、入場券を持っていなかった。モシェはサーカスの箱馬車や、ロバや馬、それに藁を積んだ巨大な荷車の横を通り過ぎ、テントの裏に回った。そして、テントにそっと近づいていった。歓声や大きな拍手の音が聞こえた。深く息を吸って吐くと、モシェは地面に膝を突き、そっとテントの布をめくりあげた。

そこはちょうど、舞台の真後ろだった。楽隊のバルコニー下にある曲芸師たちの出入口のすぐ近くだ。

半月男の背中が見えた。その姿は、誘うように輝く照明のなかで、黒い影になっていた。そして、ペルシアの姫の姿もあった。宙に浮いている。観客席から舞台に呼び出された少年が、姫の周りを回って、このあり得ない現象を理解しようとしている。こんなふうに宙に浮くなんて、いったいどうなっているんだろう？　その少年の表情は、ついこのあいだのモシェのそれと同じに違いない。モシェは、胸に嫉妬の刺を感じた。モシェがじっと見つめるなか、少年は姫に口づけ、再び観客席に姿を消した。割れんばかりの拍手が起こった。

その日のショーはそこで終わり、明かりが消えた。一瞬、なにも見えなくなった。だが突如、ペルシアの姫が足早に近づいてくるのが目に入った。モシェは荒い息を吐くと、握りしめていたテントの裾を取り落とした。呆然と、途方に暮れて、モシェはあたりを見まわした。だが、隠れるにはもう遅すぎた。後ろから肩をつつかれたと思うと、目の前に姫の顔があった。

姫はモシェをじっと見つめた。その美しさに、モシェは天にも昇る心地だった。姫の瞳は情熱的に輝き、黒い髪は肩の上で波打っている。モシェが想像してきた「お姫様」の姿そのものだった。

「あんた誰さ？」姫がモシェを怒鳴りつけた。その声に、モシェは再びこの地上に引き戻された。

「僕……僕……」言葉がうまく出てこなかった。

姫は自分の髪をつかむと、モシェに言葉を続ける間も与えず、その髪を頭からすっぽりと外した。モシェは驚愕した。かつらの下にあったのは短い金髪で、汗と白粉にまみれ、あらゆる方向に跳ねていた。

「会ったことあるよね」姫が言った。

モシェはうなずいた。その声、その抑揚――これまで聞いたこともないドイツ語だった。ペルシアの姫が、実はベルリンの路上で育ったこと、それゆえその言葉には、ベルリンという街の猥雑さと繊細さ、苦みと皮肉とが混ざり合っていることを、モシェはもちろんまだ知らなかった。姫が話すドイツ語の響きを、モシェはすぐに好きになった。

「あんたあのユダヤのチビだろ」突然、姫が言った。「プラハの。あたしにキスした。でしょ？こんなとこでなにしてんの？」

モシェは首を振った。「ユダヤのチビじゃないよ」

「でもユダヤのチビに見える」

「もう違うんだ」モシェは言った。「いまは、普通なんだ」

「ほんとに？」姫は言った。「ふうん、そいじゃ、ズボン下ろしてみなよ。で、どれくらい普通なのか見せてみな」

モシェは真っ赤になって、一歩後ずさった。姫が笑い声をあげた。粗野で開けっぴろげな明るい声だった。それから姫はモシェに背を向けると、急ぎ足で箱馬車のほうへ向かった。モシェは、木の階段を上る姫の後ろ姿を見送った。姫は、高貴さや優雅さをすっかり体からふるい落としていた。まるで、かつらをかぶっていないときには、まったくの別人であるかのように。

モシェは混乱したが、同時に魅了されてもいた。姫が振り向き、モシェを見つめた。

そして、ドレスのなかに手を入れると、煙草をひと箱取り出した。箱馬車の扉口でマッチを擦り、煙草に近づけて、深く吸い込み、鼻の穴から煙を吐いた。姫の視線はからかうように楽し気に、モシェを上から下まで眺めまわした。

「ねえ、来ないの？」姫が訊いた。

「ズボン、はいたままでいい？」モシェは訊いた。

「当たり前じゃん」姫が言った。「じゃなかったら殴るよ」

12　メンタリスト

フェアファックス・アヴェニューにあるキング・デイヴィッド・シニアハイムは、一九六〇年代に建てられた。そして、そのことがすぐにわかる建物だった。マックスが入口のガラス扉を開けると、そこは真鍮とインド更紗とで内装されたロビーだった。マックスは口をぽかんと開けて、あたりを見回した。まさに陳腐さの宮殿と呼ぶべき場所だった。壁には、サイン入りの黄ばんだ白黒写真がたくさん貼ってある。おそらく、もうとうに亡くなったラウンジ歌手や西部劇俳優だろう。フラッシュのせいで、どの顔も白くのっぺりして見える。きっと昔ここに住んでいた人たちなのだろうと、マックスは思った。入口脇には深紅のスエード革のソファが置いてあり、その隣には車椅子が何台か折りたたまれてあった。「故障中」と書いた一枚の紙がセロテープで貼り付けてある。天井からはブロンズ製のシャンデリアがぶら下がっている。消毒液のどこか甘ったるい臭いが鼻をつく。キング・デイヴィッド・シニアハイムは、老いて誰からも求められなくなった人間たちの終着駅だった。マックスは、すでに外の通りから、花柄のエプロンをしてゾンビのようにそろりそろりと歩く、すさまじく高齢のふたりの女性の姿を見ていた。ハイムの入口には、去年のハヌカ祭り

（ユダヤ教の年中行事）のデコレーションが掛かっている。憂鬱な光景だ。

年寄りのことを好きな人なんているだろうか？　マックスは思った。マックスの経験では、年寄りというのは涙もろくて、変な匂いがする。たとえばヘルマンおじいちゃんのように。おじいちゃんの無精ひげの生えた皺だらけの頬にキスしなくてはならなかったときのことを、マックスはいまでもよく憶えていた。気持ちが悪かった。

ロビーの反対側には受付があり、看護師がひとり退屈そうに座って、マニキュアを塗っていた。二十代後半に見える。たぶん夜勤の看護師だろう。マックスはリュックサックの肩ひもをぐっと引っ張ると、おずおずと看護師に近づいた。ルイスがくれたメモ用紙を握りしめて。受付の前で立ち止まる。

看護師は爪に息を吹きかけてから、言った。「なに？」

「すみません」マックスは言った。「お願いがあって。人を捜してるんですけど」

看護師は、手をひらひらと振って爪を乾かしながら、「それで？」とそっけなく言った。

「ザバティーニっていう名前の男の人なんですけど」

「ここにはいない」看護師は言った。

マックスはショックを受けて、看護師を見つめた。「ほんとに？」と訊いてみる。「もしかして、本当の名前は違うかもしれないんだけど。マジシャンなんです」

「へえ」看護師はそう言って、マニキュアを塗っていないほうの手でインタホンのボタンを押した。

「所長、ちょっと来てくれますか？」

それから看護師は、マックスのことをすっかり無視して、再び爪に没頭し始めた。マックスは受付の前に、黙ったままぽつんと立ち尽くしていた。居心地が悪かった。

カウンターに、一枚の紙をはさんだクリップファイルがあるのが目に入った。それは訪問記録で、ここを訪れる人が名前と住所を書き入れるものだった。誰が来て、誰が帰ったか、ハイムの人たちが把握できるように。マックスは規則を重んじる人間なので、やはりそこに名前と住所を書き入れた。それからペンを置くと、

ついに、太った男が現れた。口髭を生やし、ボーダー柄のシャツを着て、その上にもはやあまり清潔とはいえない白衣を羽織っている。手にはサンドウィッチを持っている。

「急ぎなのか？」サンドウィッチを咀嚼しながら、男が訊いた。

看護師は頭をマックスのほうに動かした。「この子が、人を捜してるって言うんです」

太った男は、敵意を隠そうともせずにマックスを見つめた。

「マジシャンです」

「は？」男が訊いた。

マックスは男にメモ用紙を差し出した。「ほら、これ読んでください」

男はメモ用紙を受け取って、一瞥した。「〈ニンジン〉って書いてある」

「裏です」

男はメモを裏返して、目を走らせた。それから肩をすくめた。

「ここにはザバティーニなんて人はおらんよ」

「だから、さっきも言ったけど、ザバティーニっていうのは、芸名かもしれないんです。メンタリストです。人の心を読む人。左の腕がなんか不自由で。それで、ここに来れば……」

ここに来ればなんだと言うのだろう？　マックスは、なんだか自分が藁の山のなかから一本の針を探しているかのような気がした。ザバティーニがよりによってここにいるなんてことが、本当に

あるだろうか？　もしかしたらもうロサンジェルスにさえいないかもしれない。どこか別の町に引っ越したかもしれない。死んでいるかもしれない。

ところが驚いたことに、太った男は眉を上げて、「腕が不自由？」と訊いた。そして、ドアのところまで歩いていくと、マックスを奥へ通してくれた。「112号室に行ってみろ。でも、あのじいさんは人の心なんて読まないぞ。読むのはポルノ雑誌だけだ」

＊

マックスは礼を言うと、短い廊下を進んだ。廊下を抜けると中庭があり、そこを囲むように、シニアハイムの部屋とバンガローが並んでいた。つまり、入居者は皆、自室の窓から中庭の中央にあるプールを眺められるというわけだ。中庭にはヤシとバナナの木が生い茂っていた。隅には噴水があって、誰にも顧みられないまま、ぶくぶくと水を噴いている。

マックスは、ドアに112という数字が付いた小さなバンガローに歩み寄った。ノックした。待った。もう一度ノックした。返事はない。あたりを見まわしてみる。熱帯の中庭にいるのは、マックスひとりだった。聞こえるのは噴水の水音ばかり。マックスはバンガローの窓に歩み寄って、なかを覗いてみた。キッチンの床の上に、歳を取った男のものらしい脚が見えた。ほかは見えない。ただ脚だけが床に転がっている。肌はしなびて白く、青い血管に覆われている。白い木綿のショートパンツをはいているらしい。力ない足には、青いビニールのサンダルが引っかかっている。体の残りの部分は、壁に隠れて見えない。マックスは不安になった。ロビーにいるさっきの太った男か看護師かを呼びにいくべきだろうかと考えた。でも、そんな時間があるだろうか？　もしも緊急事態だったら？　なにか深刻な事件だったら？　ドアを蹴破るべきかもしれない。だがそんなことをしたら、あの太った男と看護師は喜ばないだろう。

もしかしたら、バンガローのなかのあの人は、寝ているだけなのかもしれない。長い一日の終わりに、少しうとうとしているのかも。

でも、床の上で？

そのとき、マックスはガスの匂いに気づいた。

力いっぱい大きな音でドアを叩き、「すみません！」と叫んだ。「すみません！」

床に転がった男は、動かなかった。マックスは向きを変え、リュックサックをつかむと、ロビーへ走った。看護師は姿を消していた。カウンターの上にある呼び鈴をそっと押してみた。明るい音が一回だけ短く響いて、静寂のなかに消えていった。

なにも起こらない。

マックスはバンガロー112へ駆け戻った。どうしよう、と考える。やっぱりドアを蹴破るべきかもしれない。映画ではよくある場面だが、現実には見たことがなかった。マックスは助走をつけて、右肩からドアにぶつかっていった。すぐに、鋭い痛みが襲ってきた。自分はへなちょこすぎるのだ。プールの横にプラスティック製の椅子があるのが目に入り、それを持ってきた。そして頭の上に振りかぶると、ドアに叩きつけた。だが、それでもまだ思ったような結果は得られなかった。

マックスは椅子をどけると、ドアを蹴り始めた。

「おい」誰かの声がした。「なにしてるんだ？」

マックスは振り向いた。背後に、白衣を着たさっきの太った男が立っていて、マックスをにらみつけていた。

「この匂い、わかるでしょ？」マックスは訊いた。

「親はどこにいる？」

「ガスの匂いがしない？」マックスは言った。そしてもう一度、ドアに体当たりした。すると意外なことに、ドアが外れた。一瞬マックスは宙に浮いた。まるで宇宙飛行士か、アニメの〈コヨーテラグタイムショー〉のように。そして、大音響とともに床に叩きつけられた。

「ドアは弁償してもらうぞ」太った男が言った。

「あそこ！」マックスは、床に伸びたまま動かない脚を指さした。

「モシェ！」太った男が叫んで、野牛のようにバンガローのなかに突進した。「起きろ！　モシェ！」

＊

プラハ出身で、ライブルとリフカの息子、もしかしたら上階に住む錠前師の息子かもしれないモシェ・ゴルデンヒルシュは、人生のどこかで、〈ゴルデンヒルシュ〉ではなく〈ザバティーニ〉となったほうがいいというひらめきを得た。ザバティーニとなり、ゴルデンヒルシュを捨てるには、かなりの努力が必要だった。だがその努力は、報われたとは言い難かった。いまこの瞬間、大ザバティーニは絨毯の上に横たわっていた。死んだも同然で。そして、その状態を楽しんでいた。あらゆるものの上空を漂っているかのようだった。フェアファックス・アヴェニューのシニアハイム、中古品店、コーシャのデリカテッセンの上を。モシェはシニアハイムの中庭を見下ろし、うっとりするほどの平安を感じていた。キング・デイヴィッド・シニアハイムの所長である太りすぎのロニーが、ザバティーニの死んだ体を四苦八苦しながらバンガローから引きずり出す様子を、どこか意地悪な気持ちで見つめていた。小さな男の子が、ロニーを手伝っているようだ。鼻たれ小僧だ、とザバティーニは思った。でも、そんなことはどうでもいい。もうすべて自分には関係のないことだ。自由になったのだ。

シニアハイムから離れて、暗い夜空を漂い、去っていこうと思った。ところが、それほど遠くまでは行けなかった。というのも、突然、誰かに足首をつかまれて、引きずり下ろされるのを感じたのだ。ザバティーニは、ドキュメント番組でペンギンがよくやるように、腕を振り回した。だが、無駄だった。ペンギンだって、翼を振り回しても無駄だ。空を飛べない鳥なのだから。

ザバティーニも同じだった。

突然、あたりが真っ暗になった。

＊

バンガローはキッチンと寝室から成り立っていた。老人は意識を失ったとき、まさにキッチンと寝室の境目にいたに違いなかった。マックスの手を借りて、太った男はなんとか老人をバンガローの外へと引きずり出した。マックスは老人の傍に残り、ロニー――というのが太った男の名前だった――がもう一度なかへ戻って、スパナでガス管を塞いだ。

老人はうめいていた。ゆうに八十歳は超えていそうだ。もしかしたら昔はハンサムだったのかもしれないが、いまとなっては年齢がすべてを破壊していた。頭はほぼ禿げ上がり、頬は垂れ下がり、眉毛はもじゃもじゃで、鼻はジャガイモのようだ。失望続きの歳月が刻まれた、哀しい顔だった。

黒い角ぶち眼鏡が、まだ右の耳からぶら下がっている。色あせたアロハシャツを着て、小さなダビデの星が付いた金の鎖を首に下げている。左腕は変形して捻じ曲がっていた。まるで木の幹から飛び出した瘤だらけの枝のように。

この腕！　マックスは思った。心臓がとくんと跳ねた。きっとこの人だ！

ロニーとマックスは、意識を失っている老人を、プールサイドの隅に置かれたデッキチェアに横たえた。

「モシェ！」ロニーが怒鳴った。「目を覚ませ！」

だが老人が目を覚ます気配はまったくなかった。

「起こさないと」マックスは言った。「ビンタしてみてよ」

「お前がしろ」ロニーが言った。「だいたい、お前の友達なんだろ。俺のじゃない」

ロニーはこの老人がそれほど好きではなかった。もう長いあいだ部屋代を滞納している。

「僕が？」マックスは言った。「会ったこともない人なのに」

「人を殴ったことがないのか？」

マックスは一年生のとき、大きな眼鏡をかけたチビのウィリー・ブルームフィールドを殴ったことがあった。ウィリーは担任のウォルフ先生のところへ駆けていって、言いつけた。だがあれは数に入らない。ウィリーはうすのろだからだ。

そこでマックスは首を振った。

「簡単だ、見てろ」ロニーが実演して見せた。大音響のビンタで、老人の体が人形のようにガクンと揺れた。

「こうするんだ」ロニーが言った。

「オーケイ」マックスはそう言って、指先でそっと老人の頬を撫でた。

「そうじゃない」ロニーが言った。「もっと強く」

「肩が痛いんだよ」マックスは言い訳をした。

「景気よくやるんだ」ロニーが言った。「俺は水を取ってくる。すぐに戻る」

マックスは、ドタドタとロビーのほうへ戻っていくロニーの後ろ姿を見送った。なんだか満足気なドタドタ歩きだった。きっとロニーは、良心にやましいところのない男なのだろう。ドタドタ歩けるのは幸せな人だけだ、とマックスは思った。それから、デッキチェアから一歩退いた。何か月か前にテレビで見た〈燃えよ！　カンフー〉という古い連続ドラマのことを思いだしたのだ。そのドラマでデヴィッド・キャラダインは、暴力を振るわなければならない状況になると、まずは神経を集中させてから、これ以上ないほど正確に攻撃を繰り出していた。マックスは目を閉じると、深く息を吸い込んだ。それから息を吐き、あらん限りの力で老人を殴った。耳からぶら下がっていた眼鏡が飛んで、ポチャンというかすかな音とともにプールに落ちた。

「あああああああ！」突然、老人が失望の叫びをあげた。

老人はぱっちりと目を開くと、マックスを見つめた。深く混乱し、絶望しているようだった。

マックスは、次のビンタに向けて手を振り上げたまま、硬直した。

どうしよう、と思った。

咳ばらいをすると、振り上げた手を下ろして、気まずい思いのままTシャツをあちこちつまんだ。

老人のたるんだ右頬が、赤く腫れあがっていた。だが本人は、ここがどこだかわからないといった様子で、あたりを見まわしている。やがて老人はつぶやいた。「愛してる」

そして両手で顔を覆うと、泣き出した。

マックスは老人の傍らに膝を突いて、その捻じ曲がった肩に腕を回すと、「僕……」と言った。

「僕も愛してる」

老人が顔を上げ、信じられないと言いたげな軽蔑の表情でマックスを見つめた。「お前のこと違う！」

「僕が助けてあげたんだけど……」マックスは思い切って言った。

老人は腕を振り回した。「それ、ミツワー（ユダヤ教の戒律）か？　助けてほしいと私言ったか？　これ人生か？　あ？」

「でもガスが……」

「死にたかった！」老人が嘆いた。「クソだから、人生！」

「ごめんなさい」

「私死ぃぃぃぃぃぬの、ほっといてほしかった！」

「次は気をつける」マックスは言った。レコードで聞いたのとまったく同じなまりだ、と思いながら。

老人はデッキチェアの上で前かがみになり、なにかを考え込むように、ひびの入ったコンクリート床をじっと見つめていた。

マックスはそっと立ち上がった。「あの、大ザバティーニさん？」と訊いてみた。

「口、閉じる。べらべらしゃべってばかり！」老人が言った。

マックスはおとなしく従った。こうしてふたりはしばらくのあいだ、それぞれの物思いに沈んでいた。そしてふたりのうちどちらも、ロニーが水の入ったバケツを持って背後から近づいてくるのに気づかなかった。

ザバーッという音が聞こえて、マックスが目を上げると、老人がびしょ濡れになっていた。情けない顔をして、再びデッキチェアにもたれかかっている。濡れたアロハシャツを見つめた後、老人は、わずかに残った髪を顔から引きはがした。

ロニーがバケツを床に落とし、大きな音が響いた。「すまん」

老人は非難がましい目つきでロニーをにらんだ。「私のこと殴ったね」

ロニーがマックスを指さした。「こいつだよ！」

「その後、溺れさせようとした！」老人の声が甲高くなった。

「あんた、気を失ってたもんだから」途方に暮れた様子で、ロニーが言った。

老人は腕を一振りすると、「まあいいよ」とうなるように言った。そして、見るからに億劫そうにデッキチェアから立ち上がると、足を引きずりながらバンガローのほうへ戻っていった。

「で、どうしてドア壊れてる？」老人が訊いた。

「あ、えっと……」マックスは口ごもった。だが老人は、ただ疲れたように手を振っただけだった。

その拍子に、手から水が飛び散った。マックスは開きかけた口を閉じた。

「まあいい」老人が言った。「もう全部どうでもいい」

「部屋、ガスがいっぱいだよ」マックスは言った。

「だからなに？」老人はそう言うと、壊れたドアを用心深くまたいだ。「パンケーキの時間なったら、起こして」ロニーにそう言うと、ズボンのポケットから心臓の薬を取り出した。なんだかんだ言っても、心臓発作は起こしたくないのだ。

13　芸術家

アリアナ姫の本当の名前はユリア・クラインで、ペルシアではなく、ベルリンのシュパンダウ地区の出身だった。半月男と知り合ったのは、ベルリンで最も有名なレヴュー劇場のひとつである、フリードリヒ通りのヴィンターガルテン劇場でのことだった。

ヴィンターガルテン劇場は、セントラルホテルの一階にある。ユリアは、働いている店での仕事が終わった後、しょっちゅう入口の壮麗な石柱の前に立って、夜を過ごした。制服姿のボーイが馬車や自動車のドアを開けて恭しく待つ前に、ベルリン上流社会の紳士淑女たちが降り立つ。淑女たちはミンクの毛皮をまとい、孔雀の羽根を飾った大胆な形の帽子をかぶっている。そして、燕尾服を着た紳士たちと腕を組んで、しゃなりしゃなりと豪華絢爛な両開きの扉を通り、暗闇のなかへ消えていく。ユリアはただそこに立って、そんな光景をじっと見つめていた。劇場のなかから漏れてくる暖かな空気が感じられる。笑い声や音楽が耳に入ってくる。煙草の匂いさえ嗅げるような気がする。ユリアは、一度でいいから自分もあの煌びやかな世界に足を踏み入れてみたいと夢見ていた。雨と寒さから逃れたいだけではない。自分の人生のすべてから逃れたかった。何度も何度も、ユリアはホテルの前に貼り出されているプログラムを読んだ。パロディ！　ジャズ！　奇術！　ついにある晩、ユリアは友人のベアーテからサイズの合わないドレスを借りて、劇場に足を踏み入れた。

　ヴィンターガルテン劇場は薄暗く、煙が充満していた。タキシード姿の給仕たちが、せかせかと苛立たしげに食堂を行ったり来たりしていた。誰もが誰かにぶつかり、誰もが礼儀知らずだった。なんといっても、ここはベルリンなのだ。踵の高い靴に慣れていないユリアは、テーブルの脚に足指をぶつけた。巨大な盆を持った小太りの給仕が、あきれたように天井を仰ぎ、苛立たしそうに歯ぎしりしながら、ユリアを一番奥の席に案内した。そこからでは、舞台はほとんど見えなかった。小さなランプに照らされたテーブルには相席のカップルがいて、彼らの体が視界をふさいでいた。舞台の手前にあるオーケストラボックスでは、小編成の楽団が最新の流行歌を演奏していた。〈イエス、ウィ・ハブ・ノー・バナナ〉。演奏している男たちの肌が黒いのを見て、ユリアは仰天した。両親と暮らす集合住宅の地下室にある石炭の山を思い出した。毎日のようにバケツを持ってその地下室へ降りていき、母が台所のかまどにくべる石炭を運ぶのが、ユリアの仕事だった。そうしなければ、家は凍えるほど寒いままだ。あの人たち、本当に人間なんだろうか？　アフリカ人って、あいうふうなの？　いや、そんなはずはない。アフリカ人というのは、ぺちゃんこの鼻に骨を刺しているはずだ――ユリアは、ヴィルヘルム・ブッシュ（ドイツの風刺画家。一八三二―一九〇八）の本でそのことを知っていた。もしかして、あの音楽家たちは、アメリカから来たのかもしれない。謎めいた国アメリカ。最新の音楽も、フォードの自動車も、ラッキー・ストライクも、コカ・コーラなる名前の黒い炭酸飲料も、すべてアメリカから来た。だから、石炭のように見える人たちも、やはりアメリカから来たのかもしれない。アメリカというのは、きっと風変わりな国に違いない。

　流行歌が何曲か演奏された後、赤いカーテンが開いて、ショーの司会者が舞台に出てきた。そしてマイクをつかむ。小柄で痩せた男で、髪をポマードで撫でつけている。

「紳士淑女の皆様方」男はマイクに向かって語り始めた。マイクが耳障りな雑音を放った。「ヴィンターガルテンへようこそお越しくださいました。皆様を心より歓迎申し上げ、魔術と神秘の一晩をお約束させていただきまして……」

こういった調子で、男はなおしばらく話し続けた後、「大クレーガー」の登場を告げた。「これから登場いたしますこの紳士が、皆様の人生を永遠に変えることを、お約束いたします」

ユリアにとって、その言葉は誇張でもなんでもなかった。その男は、本当にユリアの人生を変えることになったからだ。だがその晩ユリアが見たのは、偉大なものでも、大きな変化を予想させるものでもなかった。クレーガーという男が、超満員とはいえない観客の前に登場し、どちらかといえば軽蔑に近い反応で迎えられた。それでもクレーガーは落ち着きを失わなかった。控えめにお辞儀をし、笑みを絶やさなかった。クレーガーのどこから見ても不器用な舞台のなにかが、ユリアに好感を抱かせた。胸に母性本能が湧き上がり、ユリアは即座に、この男には自分の手助けが必要だと確信した。

ユリアは毎晩劇場に通いつめ、大クレーガーの出し物を見物して、店の売り子をして稼ぐわずかな金をはたいた。計画があった。

ある晩、特に散々な出来栄えの舞台を見た後、ユリアは勇気を振り絞って、ついにクレーガーの楽屋を訪れることにした。狭い廊下を歩いていくと、石炭人間たちとすれ違った。彼らはちょうど顔を洗っているところだった。黒い化粧が落ちて、洗面台に流れ込んでいた。その下の肌は、象牙のように真っ白だった。ユリアは彼らに、大クレーガーの楽屋はどこかと尋ねた。楽隊員のひとりが、親指で背後を指した。

「あっちだ」ベルリンなまりだった。

奇跡に終わりはないのだろうか？

ユリアは楽屋の扉を叩いた。こうして、すべてが始まった。

「どうぞ」クレーガーが言った。

ユリアはおずおずとなかに入り、女子校で習ったとおりに膝を折って挨拶した。

「なんの用だ？」大クレーガーことルーディ・クレーガーが訊いた。

クレーガーはユリアではなく、鏡に映る自分の姿を見つめていた。ちょうど化粧を落とすところだった。ユリアは、どう切り出していいのかわからなかった。なにを言えばいいのだろう？　家が嫌いで、どこか別の場所へ行きたいと思っていること？　まさか。だがユリアは、男がたいていの場合は自分に魅力を感じること、そして、こういう状況では口を閉じているのが最善の策であることを、よく知ってもいた。口数が少なければ少ないほど、望むものが手に入る可能性は大きくなる。今回もその作戦が功を奏した。

その夜のうちに、クレーガーはユリアを食事に連れ出した。シャンパンとロブスター――分割払いではあったが。ユリアは魔法をかけられたような心地だった。そして、クレーガーにもやはり魔法をかけるために、全力を傾けた。なにしろ、自らのよりよい人生への入場券と見なした男なのだ。

ほろ酔いのユリアは、クレーガーに家族のことを語った。父は大戦をヴェルダンで戦い、いまは工場で働いている。酒を飲み、ユリアが赤面するような卑猥な罵り言葉をしょっちゅう吐く。自分が考える規律を、徹底的に押し通す。娘のユリアに対しても、ときに手が出る。一度、父が汚物を寝室の壁に塗りたくり、あたりかまわず投げ散らかしたことまで、クレーガーに打ち明けた。誰もがユリアの父のことを頭がおかしいと思っていたが、それは間違いだった。家族の誰ひとり、汚物を投げつけるという行為が、二十世紀のさまざまな出来事に対する完全に理性的な反応であるという考えには至らなかっただけなのだ。

たいていの人と同様、ユリアもまた、政治にも汚物にも特に関心はなかった。ユリアの関心のすべては、現在のちっぽけで救いのない世界から抜け出すことに向けられていた。ユリアはクレーガーに、家を出たい、奇術師には助手が必要なはずだと訴えた。その晩、ふたりはブランデンブルク門の上空にまたたく星々のもとでキスをした。

それから五日たらずで、ルーディ・クレーガーとユリア・クラインは、それまでの人生と名前とを捨てた。ふたりは新たな自分像を創り出した。フォン・クレーガー男爵――伝説的な〈半月男〉――と、ペルシアのアリアナ姫を。〈半月男〉はユリアの発案だった。ルーディが戦争を戦った退役兵であること、退役兵の多くは顔に傷を負っていることを、ユリアは知っていた。それを利用しない手があるだろうか？　ユリアは、仮装用の小道具を扱う店で、ヴェネツィア産のカーニバル用仮面を見つけた。真鍮でできた半月形の仮面だ。そのときからクレーガーは、悲劇的な過去を持った貴族になりすますことになった。敵の卑劣な武器で顔に生涯消えない傷を負ったルドルフ・フォン・クレーガー男爵に。

クレーガーは、偉大なヨーロッパの舞台奇術師の伝統を重んじていた。バルトロメオ・ボスコ、マスケリン一家、ジャン・ウジェーヌ・ロベール＝ウーダン。クレーガーに導かれ、ユリアは息を詰めて真剣に奇術の歴史を学んだ。そして後には、やはりクレーガーに導かれ、息を詰めて真剣に彼のベッドに入った。それは、ヴィンターガルテン劇場でのふたりの出会いからほんの一、二週間後の出来事だった。クレーガーはユリアの初めての男だった。夢のなかでは、この瞬間はユリアにとって非常に大きな意味を持っていた。だが現実の人生では、それはどちらかといえばつまらない、少しばかり不快な経験でしかなかった。

これだけ？　とユリアは思った。あたしたち、愛し合ってるってこと？

それは始まったと思ったら、もう終わっていた。ユリアは立ち上がり、宿泊中の小さなホテルのビデで、用心深く体を洗った。

ベッドのなかでは、クレーガーは魔術師とは程遠かった。だがユリアにとっては、どんどん正気を失っていく父と、苦しむ母とひとつ屋根の下に暮らすよりは、はるかにましだった。とはいえ、クレーガーの癇癪には、絶え間なく悩まされることになった。クレーガーは仔羊のようにおとなしいかと思うと、次の瞬間には、ほんのささいなことで激怒した。本物の芸術家！

ユリアとクレーガーはふたりで、奇術トリックのうまい段取りを考え、何百回と舞台で実演することで、どんどん磨きこんでいった。徐々に、観客に受ける演目が出来上がっていった。ふたりはヴィンターガルテン劇場のほかにも、ベルリン市内や郊外のさまざまな舞台に出演するようになった。そして、金がじゅうぶん貯まると、古い軍用テントを買い、丁寧に繕って、サーカスのテントへと変身させた。こうして「魔法のサーカス」が生まれた。ふたりは音楽家、曲芸師、猛獣使いをそれぞれ少人数ずつ集めた。クレーガーの演目にそれらしい体裁を整えるために。そして一行は旅興行に出た。それは、ユリアの人生における至福の経験だった。一行はガリツィア、旧ルテニア（現在のウクライナ西端）、ハンガリー、チェコスロヴァキアを旅した。

そしてあるとき突然、モシェ・ゴルデンヒルシュが現れ、眠れる姫を口づけで目覚めさせたのだった。

＊

いま、十五歳という繊細な年ごろのモシェは、ユリア・クラインのサーカスの箱馬車のなかで、蒸留酒入りのお茶を飲んでいた。ユリアのそばにいられて、天にも昇る心地だった。ただ、モシェ本人は知る由もないことだったが、この状況は実は幸せとはなんの関係もなかった。ユリアは、この少年が自分に夢中であることを見抜いていた。ユリア自身はちょうど十八歳で、男たちからの視線を大いに楽しみつつも、自分にはふさわしくないと言っては次々に振っていた。だが、モシェのことを振ろうとは思わなかった。そう、モシェは天からの贈り物だった。というのも、ユリアはこの魔法のサーカスにおいて、ある仕事をペストのごとく忌み嫌っていたのだ――馬の糞を掃除する仕事を。その仕事には、終わりがないように思われた。人間と馬は、絶え間なく汚物を排出する。そして、サーカス内ではユリア以外の皆が「高度な訓練を受けた専門家」であり、その能力と経験は、馬糞の掃除などよりずっと高級な仕事に費やされるべきものだったので、この不愉快な仕事は常にユリアに押し付けられていた。そこに登場したのがモシェだ。そういうわけでユリアは、もぎりのアルント夫人と共同で使っているこの箱馬車のなかで、モシェが、自分は歓迎されている、居心地がいいと感じてくれるよう、全力を尽くした。それほどの説得力は必要なかった。少年はユリアの足もとに跪かんばかりだったからだ。

「きっと素晴らしい生活なんだろうな」ユリアがサーカスについていくつか美しい嘘を吹き込んでやると、少年は畏敬の念もあらわにそう言った。

「ここでは毎日が冒険だよ」ユリアはそう答え、それがたいていの場合どんな冒険なのかには、賢明にも言及しなかった。

ユリアは灰色がかった緑色の瞳を持つ、まさに古典的な美女だった。モシェは、その瞳に溺れるのではないかと怖くなった。お茶のカップを口もとから離すと、視線を落として、足元の床板を見つめた。ユリアには、これからなにが起こるか、はっきりとわかった。

ストーブでは火がパチパチとはぜ、狭い箱馬車は心地よく暖まっていた。箱馬車のなかは、鍋やフライパンや、日常生活に必要なあれこれでいっぱいだった。モシェはあたりを見回した。ユリアの化粧台、棚にぶら下がったユリアの衣装、仮面や小道具、夜にユリアとアルント夫人のベッドとして使われる藁の袋、鏡の横に貼られた色鮮やかなプログラム。一言で言えば、モシェは感動していた。

「あの、僕もこのサーカスに入れてもらえないかな？」モシェはおずおずと尋ねた。

ユリアはモシェから視線をそらした。ここで大喜びしているように見えないことが肝心だ。

「わかんない」囁くように、ユリアは答えた。「座長に訊いてみないと」

*

座長のフォン・クレーガーは、サーカス団員たちとともに、空っぽの舞台の真ん中にいた。不満があった。トリックのひとつがうまくいかなかったのだ。今日、アリアナ姫が旅行用トランクから出た瞬間、観客たちは笑い声をあげた。それはつまり、トランクを誂えたコンラディ＝ホルスター（ドイツの奇術師。一八七〇—一九四四。一九〇四年にベルリンに奇術道具の店を出した）の店がへまをやらかしたか、トランクの置かれた位置が間違っていて、一部の観客に見えてはいけないものが見えてしまったかのどちらかだったが、前者の可能性は限りなく低い。ユリアとモシェが現れたとき、フォン・クレーガーはちょうど、集まった団員たちを叱り飛ばそうとしていた。

「あんた！」ユリアはハスキーな声で呼びかけた。この声を出すと、半月男はいつも欲望で狂わんばかりになる。モシェもまた、その声に狂わんばかりになった。ユリアの体は、ダンサーのように優雅ですらりとしていた。実際にはダンサーどころか、運動音痴だったのだが。短く切り揃えた金髪はいまだにもじゃもじゃで、そのせいでどこかいたずらっ子のように見えた。着ているのは、作戦として念入りに選んだ、胸を強調する白いスリップだった。とはいえ、足元はゴム長靴だ。サーカスでの生活はピクニックではない。なにを踏むかわかったものではないのだ。汗と化粧と白粉は事前に洗い流して、煽情的なポーズで煙草を吸って見せた。

「あんた」もう一度呼びかける。

フォン・クレーガーが振り向き、ユリアを見つめた。「観客にお前が見えちまったんだ。トランクのなかで」

ユリアは興味がなさそうに肩をすくめた。「あたしは全部いつものとおりやったよ」

「わかってるよ、お前」フォン・クレーガー男爵は猫なで声を出した。「お前のせいじゃない」近くで見ると、フォン・クレーガーの仮面は不気味に光っていた。白い化粧が汗と混じり合って顔を流れ落ちている。半月男はそのときようやくモシェに気づいた。

「誰だ？」と訊く。

ユリアはモシェの肩をつかんで、フォン・クレーガーのほうへ押し出した。「あたしが見つけたの。テントの後ろに隠れてたんだ。サーカスに入りたいってさ」

男爵がモシェを見つめた。男爵の体からは、饐えた汗と新鮮な蒸留酒の匂いがした。

モシェはこの男が怖かった。息が苦しくなった。

「お前、誰だ?」

「師匠!」モシェは叫んだ。「僕、父を捨ててきました。この魔法のサーカスに入れてもらうために」

「ユダヤ人か?」

「前はそうでした……」声が震えた。

だがフォン・クレーガーは、興味がなさそうに手を振った。「説明はいらん。ここはサーカスだ。俺たちはみんな同じだ」

そんな言葉を、モシェはそれまで聞いたことがなかった。「ほんとに?」

「ああ、本当だ。糞掬いができるか?」

「僕が?」

「ああ、お前だ。ここにほかに誰かいるか?」

「本当に男爵なんですか?」モシェはおずおずと尋ねた。

「劇場では誰もが貴族だ」フォン・クレーガーが答えた。「俺たちは芸術家だ。芸術より貴いものはない」

確かに筋は通ってる、とモシェは思った。

「ホルスト!」フォン・クレーガーが呼びかけると、観客席の床を箒で掃いていた老人が目を上げた。「この坊主が、お前が誰だか知りたいそうだ!」

「芸術家だよ」ホルストという名の老人は、割れた声でそう答えた。そして掃除を再開した。

「ほらな?」男爵が言った。「床を掃いている男も芸術家だ。ここでは誰もが芸術家なんだ」

モシェは興奮を抑えられなかった。「僕も芸術家になりたいです！」と言った。
フォン・クレーガーは微笑むと、モシェにスコップを差し出した。
「ようこそ、巨匠」と言って。

14　千の光

マックス・コーンと老人は、フェアファックス・アヴェニューにある〈キャンターズ・デリ〉の隅のテーブル席で、ローストビーフ・サンドウィッチとフライドポテトとパンケーキを前に座っていた。夜の十時を過ぎていたが、キャンターズはいつものように賑わっていた。店内の照明は黄色とオレンジ色で、その光のもとで見ると、老人の皺だらけの顔は不気味以外のなにものでもなかった。椅子には茶色い合成皮革が張られている。ベージュ色のテーブルの上には、料理の山と、マスタードとケチャップの瓶。ほかの客たちの声の向こうから、厨房でコックやウェイターたちが鍋や皿を扱う音が聞こえてくる。

マックスはコーラを飲んでいた。老人はサンドウィッチからタマネギをつまみ出しては、テーブルの上の皿の横に置いている。そして、不機嫌に首を振った。

「タマネギ食べると、おなら出る」と、ぶつぶつ言う。

「へえ」とマックスは言った。

「タマネギ」老人は悲し気に繰り返した。「どこもかしこもタマネギだらけ」

マックスはコーラに挿したストローを音を立てて吸い上げた。「ねえ、マジシャンなの?」

だが老人はその質問を無視して、サンドウィッチの上のライ麦パンを持ち上げ、中身を疑り深く検分している。黄色いエプロンを付けた年寄りのウェイトレスが、足を引きずりながらふたりのテーブルへやってくると、わざとらしくため息をついた。ウェイトレスの髪は、口紅と同じ明るい赤に染められている。目元には青いマスカラを塗っていて、巨大な胸がぶらんと垂れ下がっている。ウェイトレスは左手をテーブルに突いて体を支えると、右手でエプロンのポケットを探り、ペンとメモ用紙を引っ張り出した。

「腰がね」と、ウェイトレスは言った。「なかなか良くならなくてさ」

「どうして私のサンドウィッチにタマネギ入る?」老人が訊いた。「どうしてそんなクソッタレするる?」

「やかましい!」ウェイトレスが老人を怒鳴りつけた。「この店には子供だっているんだからね!」それから猫なで声で、続けた。「お客様、ほかにご注文は?」

「どうして人間って、すべてにタマネギ入れる?」老人はどうやら、おとなしく引き下がるつもりはないようだった。

「みんなタマネギが好きなの。普通の人はね。コーヒー飲むの、どうするの?」

「コーヒー?」老人は憤慨したように言った。「私、一晩中起きてろと?」

「訊いただけじゃない」ウェイトレスが言った。

どうしてこのウェイトレスがこれほど落ち着いていられるのか、マックスにはわからなかった。マックスにとっては、この老人の振る舞いは恥ずかしくてたまらなかった。だがここキャンターズでは、どうやらこれが通常のやりとりらしい。

「コーヒーなんて！」老人は軽蔑するように吐き捨てた。「ふん、あっち行け！」

ウェイトレスは伝票をテーブルに置くと、立ち去った。

マックスはもう一度質問してみた。「ねえ、マジシャンなの？」

老人は首を振った。「いや」

マックスは不安になった。間違った人をつかまえてしまったのだろうか？　ピエロのワッキーの名で知られたルイスが言っていた、不自由な腕というのはなんだったんだろう？

「ハリウッド・マジック・ショップって知ってる？　ルイスっていう人の店なんだけど」なんの反応もないので、マックスはこう付け加えた。「ルイスもメンタリストなんだ。僕になにか野菜を思い浮かべろって言ってね……」

「またくだらないおしゃべり！」老人が大声で怒鳴った。「黙れいい加減！」

「じゃあ、本当にマジシャンじゃないの？」

「私のこと見る！　マジシャンに見えるか？　年寄りだろ！　死にたいんだ！　それなのに助けるなんて！」

マックスはリュックサックを開けて、レコードを取り出した。「これ、そっくりなんだけど」

老人はレコードにはほとんど関心を払わず、フォークでパンケーキを掬い取ると、口に入れた。やがて、くちゃくちゃと音を立てて嚙みながら、不本意そうに認めた。「そう、それ、私」

「じゃあやっぱりマジシャンなんだ！」

老人は首を振った。「違う、私、マジシャンだった。もう引退した。はい、この話おしまい」

「あのね」マックスは切り出した。「僕、悩みがあるんだ。それで、助けてもらえないかと思って」

「私、助けない」

「ダッドとマムのことなんだけど」マックスは老人の言葉に構わず続けた。「離婚するって言うんだ」

「いいじゃないか」ザバティーニが言った。「どうして離婚、すごくお金かかるかわかるか？」

マックスは首を振った。

「それだけの価値あるから」ザバティーニはにやりと笑って言った。

ザバティーニの口のなかの、ぐちゃぐちゃになったパンケーキが見えた。どうやらこの対話は、マックスが望んだのとは違う方向へ向かっているようだ。

「でも僕は、離婚してほしくないと思ってるんだ」

「私は、私のクソが黄金の匂いするといいと思ってる」

最後にもう一度だけ、マックスは試してみることにした。「このレコードに、魔法の呪文があるでしょ。永遠の愛の。それを聞いて、それから……使おうと思ったんだ。だけど、レコードが壊れてて。だから、思ったんだけど……もしかして……」ここでマックスは口をつぐんだ。それから思い切って言った。「もしかして、魔法の呪文か、なんかそういうやつを、僕に聞かせてくれないかなって。ダッドとマムがまた愛し合うようになって、ダッドが家に戻ってくるように」

ザバティーニはマックスをまじまじと見つめた。それからフォークでマックスを指すと、言った。

「そんなくだらない話、聞いたことない」

マックスは赤くなり、黙り込んだ。涙を懸命にこらえる。

すると、ザバティーニが言った。「ニンジン」

「へ？」

「お前が思い浮かべた野菜、ニンジン、そうだろ？」

マックスはこっそりと目から涙の滴を拭った。「どうしてわかるの？」

「みんなそう。いつもニンジン。最初に思い浮かべるの、ニンジン。どうしてか知らない。古いトリック」

マックスは感心してうなずいた。そしてザバティーニは、軽くお辞儀をして見せた。その顔を微笑みがかすめ、その瞬間、老人は何年も若返り、もういままでのように不愛想にも見えなくなった。

「ねえ、ザバティーニさんの話をしてよ」この機会をうまく利用しようと考えたマックスは、言った。「どうやってここまで来たの？」

ザバティーニは戸惑ったようにマックスを見つめた。「歩いて。腹が減ってたから」

「違うよ、キャンターズのことじゃなくて」マックスは言った。「アメリカのこと」

「ああ」ザバティーニが言った。「合衆国軍《USアーミー》と一緒に来た」

「兵隊だったの？」

「違う」ザバティーニは首を振った。「囚人だった」

マックスはショックを受けた。「なにか悪いことしたの？　ギャングスターだったとか？」

「なに言ってる」ザバティーニはマックスの問いをそっけなく一蹴した。「私、ユダヤ人だった」

「僕もだよ！」ザバティーニとの共通点が見つかって、マックスは大喜びだった。

「昔は」ザバティーニが続けた。「ユダヤ人なの、悪いことだった」

マックスはうなずいた。似たようなことは、おばあちゃんからも聞いたことがある。

ザバティーニは解放の日のことを語った。一九四五年一月二十七日、決して忘れられない日だ。ザバティーニは、ほかの無数の人々と同様、強制収容所に入れられていた。当時はまだ若く、働くことができた。生き延びることができたのは、そのおかげにほかならなかった。もちろん、かなりの強運だったことも確かだ。

「それから、赤軍来た」ザバティーニはそう言って、もう一口パンケーキを食べた。

「それ誰？」

「誰？　ロシア人決まってる！」ザバティーニが怒鳴った。

戦争の末期、ザバティーニは赤痢にかかり、すっかり弱って収容所のバラックに横たわっていた。重症の下痢で、死が近づいてくるのを感じていた。遅くとも翌朝の点呼に出られなかった時点で、おしまいだろう。犬のように撃ち殺されるだろう。ところが、もう点呼は行われなかった。ザバティーニはバラックに横たわり、高熱で震えながら、すすり泣いていた。ふと目を上げると、見慣れない軍服を着た男が目の前にいた。

「その男、中国人みたいに見えた」とザバティーニは言った。

「中国人？」マックスは訊いた。「ロシア人じゃなかったの？」

「ロシア人だった」ザバティーニが言った。「ていうか、ソ連の国民。モンゴルとかその辺の人。〈新しい人間〉ってやつ。ロシア、すごく大きい国」

マックスはうなずいた。

ザバティーニの脳裏に、再びすべてが鮮やかに蘇った。悪臭たちこめるバラック、木の寝板、ザバティーニにウィンクをした軍服姿の大男。男が言ったのは、ただ一言だった。「トヴァリシチ」

「どういう意味？」

「ロシア語」ザバティーニが説明した。「意味は〈友達〉」

その瞬間、ザバティーニは助かったことを悟った。それまで感じたことがないほどの幸福感が、体じゅうを駆け巡った。ロシア人たちはザバティーニを野戦病院へと移送し、薬だけでなく、スープまで与えてくれた。ほんの数日で、ザバティーニはまた体力を取り戻した。それから数週間、DPキャンプ（強制収容所の被収容者や戦争によってそれまでの居住地を追われた人のための一時的な収容所）で過ごした後、西へ向かって出発した。長く厳しい旅だった。ドイツは瓦礫の山と化していた。

ハノーファー近郊で、ひとりの男が首を吊られて木からぶら下がっていた。その眺めには吐き気を催したが、それでもザバティーニは死者をよく見ずにはいられなかった。男はどうやら、もう数日前から木にぶら下がっているようだった。その男を見て、ザバティーニは驚愕で倒れそうになった。すでにカラスに目玉をくり抜かれていたとはいえ、男の顔を見分けることはできた。

そのとき、背後で声が聞こえた。

「その男を知っているのですか《ユー・ノウ・ヒム》？」

ザバティーニは振り向いた。目の前にいたのは、米軍の少佐だった。ちょうどズボンの前を留めているところだ。数メートル先にジープが停まっている。どうやら立小便をしていたらしい。ジープにはさらにふたりの兵士がいて、一本の煙草を分け合っていた。

ザバティーニはうなずいた。吐き気と闘わなければならなかった。死体からは強い腐臭が漂ってくる。

「誰ですか《フー・イズ・ヒー》？」少佐が訊いた。

「警部です《ア・ポリスマン》」ザバティーニは答えた。

「警察官？」

ザバティーニはうなずいた。

「ナチですか《ア・ナチ》？」少佐が訊いた。

ザバティーニは確信が持てないままうなずいた。そう、厳密に言えば、この男はナチだった。厳密に言えば。ザバティーニは目をそらした。死体の眺めは、果てしない悲しみをもたらした。ザバティーニはこの男が好きだった。

「男の名前は？」《ホワット・ワズ・ヒズ・ネーム》

「エーリヒ・ライトナー。私はこの人が殺人犯を捕まえる手助けをしたことがあります」

「あなたも警察官ですか？」《ユー・アー・ア・ポリスマン・トゥー》少佐が訊いた。

ザバティーニは首を振った。「私はメンタリストです」

「なに？」《ア・ホワット》少佐が訊いた。

ザバティーニは、自分が人の心を読むという神秘的な能力を持っていることを少佐に説明した。少佐は信じようとしなかった。

「紙はありますか？」ザバティーニは訊いた。「それから、ペンは？」

「もちろん」《シュア》少佐は言った。

「では、なにか野菜を思い浮かべてください。どんな野菜でも構いません。その野菜の名前を紙に書いて……」

＊

会話は徐々に弾んできた。ザバティーニは、これまでの人生におけるさまざまなエピソードをとうとうと語って聞かせた。老人にとって、過去を語る以上の楽しみはない。マックスはそれをよく知っていた。年寄りは過去に生きている。残り少ない未来に待っているものといえば、歩行器や差し込み便器、痛風くらいのものだからだ。

ザバティーニはマックスに、アメリカに渡ってきた経緯を語った。

「フォーマン少佐、とても私の力になってくれた」そう話しながら、パンケーキをもう一切れ口に入れた。視線がうっとりと宙に漂う。ザバティーニは自慢げに言った。「戦争の後、私、合衆国軍の大佐になった！　軍服だって持ってた。とってもカッコいい。とっても緑色」

マックスは感銘を受けて、「すごいね」と言った。「で、軍隊でなにしてたの？」

「共産主義者探し出した」

「なに？」

「共産主義者。奴ら見つけるのが仕事だった」

「共産主義者ってなに？」

「共産主義者は、よりよい未来を夢見る人のこと」

マックスは頭を掻いた。「よくわかんない」

「私もわからない。でも、禁止されてる」

「よりよい未来が？」

「共産主義が」

ザバティーニは説明した。フォーマン少佐と出会った後、ドイツ駐在の合衆国軍で読心術師として働いたこと。共産主義の工作員をあぶりだす任務を負っていたこと。代価として軍服と階級、固定給、そして――これがなにより肝心なことだった――アメリカ合衆国の市民権を得たこと。

一九四八年、ザバティーニはニューヨークへ渡った。

「とても言葉で言えない」ザバティーニはマックスにそう言った。「自由の女神像、初めて見たときの気持ち。私、ハンブルクから渡ってきた。船で。ニューヨークに着いたとき、真っ暗だった。

とっても寒くて、とっても風が強かった。それに雨！　でも私たちみんな、年寄りも若者も、病人も健康な人も、みんなデッキに上った。女神像見るために」

ザバティーニは眼鏡をはずすと、ナプキンでレンズを拭いた。

「素晴らしかった！　マンハッタン、暗闇のなかのダイヤモンドみたい。何千もの光が、霧のなかで輝いて。それに女神像……まるで、約束してくれるみたいだった」

「なにを？」

ザバティーニは肩をすくめた。「よりよい未来」

「じゃあ、自由の女神像も共産主義者なの？」マックスは訊いた。

ザバティーニは首を振った。「違う違う、そうじゃない。私、女神像見たとき、ただこう思っただけ——これからは、もうちょっとたくさん自由があるぞ、それにもうちょっとナチが少ないぞ」

ザバティーニはそこで口を閉じた。まるで過去が目の前にあるかのように。まるで、覚めたくない夢のなかにいるかのように。それからザバティーニはマックスに、〈プロジェクト・MK—ウルトラ〉に参加することになったいきさつを語った。

「それ、どんなプロジェクト？」とマックスは訊いた。

ザバティーニは自分のこめかみをつついた。「思考をコントロールする。CIA。秘密のプロジェクト。馬鹿な人間を支配するための」

「思考をコントロール？」

「そう」とザバティーニ。

「それで？」とマックスは尋ねた。「それってうまく行くの？」

「行くわけない、アホ！　だから私、CIA出て、CBS放送に移った」アイスティーをすすると、ザバティーニは続けた。「全部でたらめ。ただのあほくさいトリック。魔法なんてない。お前の父親、戻ってこない。お前にできること、なにもない。さ、わかったらここの勘定払って！　もう出たい。便所行きたい」

マックスは声を詰まらせながら訊いた。「ほんとうに、なんにもできないの？」

ザバティーニは首を振った。「できない」それから勘定書を指でつついた。「金」

マックスは驚いて、その小さな紙切れに目をやった。本当に払わなければならないのだろうか？　普通なら、大人が全部払ってくれるものだ。まるで伝染病を恐れるかのように、そっと勘定書をつまむ。そして言った。「こんなにたくさん、持ってないよ」

「なんだって？」ザバティーニが金切り声を上げた。「私をここに食事に連れてきておいて、金がない？」

「僕が連れてきたんじゃないよ」とマックスは言った。

「お前の思い付きだろうが！」

「だってパンケーキが食べたいって、そっちが言ったんじゃないか」

「当たり前だ！　パンケーキが食べたくないやつなんているか？　私はいつもパンケーキ食べたい。パンケーキと女」

「でも、こんなに払えないよ」

ザバティーニはマックスをじっと見つめ、こう言った。「私の問題じゃない」

そしてザバティーニは立ち上がり、悠々とレストランを出ていった。残されたマックスは、これからどうしようかと考えた。所持金は五ドルそこそこ。とても足りない。数秒間、悶々と考えた挙句、なんとかなりそうな唯一の方法を取ることにした。

心臓が口から飛び出そうだった。ウェイトレスに目を向ける。そしてウェイトレスが背を向けた隙を突いて、マックスは合成皮革張りのソファから飛び降りると、全速力で出口のガラスドアへと走った。

だが、ドアまではとてもたどり着けなかった。ウェイトレスの両手が、マックスの肩をがしっとつかんだのだ。

「どこ行くの？」ウェイトレスが訊いた。きつくつかまれて、肩が痛かった。

マックスは真っ赤になった。「あの……ちょっと外の空気を吸いにいこうかと……」

「まずはお勘定を済ませてもらわないと」ウェイトレスが言った。「あのおじいさんは？」

マックスはタイル張りの床に視線を落とした。「帰った」

「帰った？　じゃあ、君が払ってくれるの？」

マックスはしどろもどろになり、口をぱくぱくさせた挙句、最後には正直に打ち明けた。「お金が足りないんだ」

「あらまあ」とウェイトレスが言った。

その声には皮肉な響きが込められているような気がした。

「ローストビーフのサンドウィッチとパンケーキを食べておいて、お金がないとはねえ。ご両親はどこ？」

マックスは、自分が家出をしてきたこと、その理由は、いまでは引退したマジシャンに、両親に愛の魔法をかけるよう頼むためであることを説明した。だがウェイトレスはほんの数秒耳を傾けただけで、あとはもう聞いていなかった。そして店長を呼んだ。店長というのは、もじゃもじゃ眉毛の骨ばった中年男で、キャンターズ・デリのロゴ入りの黄色いTシャツを着ていた。尋問が始まったとたん、マックスは落ちた。そして母親の電話番号を吐いた。マックスは店長の事務室に人質として監禁された。部屋は古い写真や書類の山でいっぱいだった。そんな山のひとつに、古めかしいダイヤル式の黒い電話機が載っていた。どうやらキャンターズ・デリでは時が止まったままのようだ。店長がその電話でマックスの母の電話番号を回し、マックスに受話器を渡した。母は一度目の呼び出し音ですぐに出た。

「もしもし？」その声にはパニックの響きがあった。

「マム、僕だよ、マックス」

母が息を吐く音が、はっきりと聞こえた。怒っているのだろうか？　それとも安心した？

「どこにいるの？」母は金切り声で尋ねた。「心配でどうにかなりそうよ！　ただじゃすまないからね！」

「キャンターズにいるんだ」マックスは言った。

「キャンターズ？」信じられないという声で、母が怒鳴った。「いったいキャンターズでなにしてるの？」

「ローストビーフサンドを食べた」マックスは説明した。「それから、パンケーキも」

母が落ち着きを取り戻すまでに、数分かかった。母は怒りで震えていた。マックスは二週間の外出禁止を言い渡された。「インターネットもテレビもなし！」そう言った後、母はキャンターズの店長と身代金受け渡しの詳細を詰めた。そして、すぐにキャンターズに来て、勘定を払い、人質を連れ帰ることで合意した。店長が再びマックスに受話器を渡したが、母はすでに切った後だった。マックスは受話器を戻すと、老いぼれマジシャンを呪った。

15　美しい嘘

　サーカスの世界が当初考えていたよりもずっと厳しいことを、モシェはすぐに悟った。それでも、サーカスでの生活は楽しかった。移動生活と仲間たちが好きだった。ただときに、夜中や日の出前の静寂のなかで、父の顔が目に浮かんだ。あの孤独で哀れな男がプラハの町をさまよい歩き、いなくなった息子を捜す光景が。そこでモシェは父に手紙を書いて、彼のもとを去ったことを謝った。だが同時に、自分自身の人生を探していたこと、そしてそれを見つけたことも報告した。ユダヤ教を永遠に捨てて、自分に定められた道を歩んでいることを。

　その言葉が父にとってどんな意味を持つのか、モシェは理解していなかった。ラビである父がこの世界において真実であり、正しいと信じるものすべてを、息子は捨ててしまった。息子はあらゆる善の核心に背き、神の光を心から追い払ってしまった。手紙を受け取ったライブルは、手を震わせ、目に涙を浮かべながらそれを読むと、魂の奥底からの叫び声をあげて、その場にくずおれた。その目と心に、暗い深淵が開いた。何週間にもわたって、身を引きちぎられるように息子の身を心配した挙句のこの棄教宣言ほど、胸に痛いものはなかった。手紙が届くまでのあいだに、ラビは煩悶のあまり老け込み、白髪になっていた。そしていま、手を狂ったように神経質に動かして手紙を破り、幾千もの細かい紙屑にすると、ストーブで燃やした。自分にはもはや息子はいない。ライブルはそう悟っていた。

一方のモシェは、国際色豊かな新しい生活を楽しんでいた。サーカス団には、男爵とその助手であるユリアのほか、音楽隊員が四人に、もぎり係であり、料理と洗濯も引き受けるアルント夫人、煙草ばかり吸っている気難しいピエロのジギー、アルコール中毒の女曲芸師ヒルデ、皮肉なことにレーヴィチュという名を持つライオン使い《レーヴェ》、そして、ほかの者がやりたがらない様々な下働きをこなす「芸術家」ホルストがいた。

そこに加わったのがモシェだった。日に日にユダヤ人らしさを失っていくユダヤの少年。いわば庇護者となったユリアが、モシェに膝の抜けたズボンと古いフロックコートを与え、髪を切ってくれた。それまで聖典のページをめくることにしか使われてこなかったモシェの華奢な手は、硬く、タコだらけになっていった。モシェにはそれがとても誇らしかった。馬糞をスコップで掬うたびに、筋肉が痛んだ。だが数か月もしないうちに、プラハからやってきたユダヤ人少年の面影は、どこにも見いだせないほどになった。モシェは大きく、逞しくなり、自分に自信を持つようになった。もはや少年ではなく、ひとりの男だった。

ただひとつ、フォン・クレーガー男爵の気に入らない点があった。名前だ。「モシェってのはどうも……どうも変だな」

モシェは肩をすくめた。「でも、そういう名前なんです」

「名前なんて空疎なもんだ。意味なんてない。それでも大事なんだ。すべての本質だ。モシェ・ゴルデンヒルシュっていうのはなあ」クレーガー男爵はそううなった。「いったいどういう名前なんだ」

「僕の名前です」モシェは少しばかり気後れしつつ答えた。

ふたりは、クレーガーの部屋として使われている箱馬車のなかにいた。マホガニー張りの大きな箱馬車だ。内部にはストーブと、毎日中身を空けねばならない個人用のトイレまであった。フォン・クレーガー男爵は、柔らかな赤い肘掛け椅子にゆったりと腰かけて、パイプを吸っていた。ユリアがストーブに火を入れている。炎がクレーガーの仮面に反射する。クレーガーは紅茶のカップをかきまぜ、氷砂糖をひとつ口に入れて嚙み砕くと、音を立てて紅茶をすすった。この男ほどの砂糖好きに、モシェは会ったことがなかった。

「お前の名前は、お前の真実の姿だ」クレーガーが言った。「観客がお前について知る最初の情報だ。名前は、お前がなりたいお前、真のお前を表すものでなきゃならん」

「僕はモシェ・ゴルデンヒルシュです」

「いや、違う。お前がこのサーカスに加わったのは、もうモシェ・ゴルデンヒルシュでいたくなかったからだろう。お前はどんな人間にでもなれる。ただ問題は——なにになりたいか、だ」

そんなことは、これまで考えたこともなかった。ユリアに目をやる。炎で温まった美しい顔に。自分はなにになりたいのか？　ユリアの恋人になりたい——それははっきりしていた。だがその方面では、これまでなんの進展もなかった。どうやって進展させればいいのかも、見当がつかなかった。そこでモシェはこう答えた。「わかりません」

「なら考えろ！」クレーガーがモシェを怒鳴りつけた。「いつまでも馬糞掃除ばかりしていたいわけじゃないだろう？」

モシェは首を振った。「奇術師になりたいです」

ユリアが微笑んだ。

「奇術師なあ」クレーガーは眉間に皺を寄せた。「ピエロはどうだ？」

モシェは首を振った。「師匠みたいになりたいんです」

クレーガーは、モシェをなだめるように微笑んだ。「なるほど。俺の弟子になりたいのか」

「はい」

クレーガーはモシェに、硬貨を一枚投げてよこした。モシェはそれを受け止めた。

クレーガーはうなずいた。「もう一度」

クレーガーが何度か硬貨を投げ、モシェは毎回それを受け止めた。

「悪くない」クレーガーが言った。「手を見せてみろ」

モシェは両手を突き出した。クレーガーはその手をつかんで、モシェを自分のほうへ引き寄せた。そして、モシェの指と掌を、荒々しい手つきで調べた。「ま、いいだろう」うなるようにそう言うと、クレーガーはモシェの体を突き放した。「今日のところはこれくらいにしておこう。お前の望みについては考えてみる。だがな……」ここで人差し指を突き立てると、クレーガーは言った。「それはつまり、お前の名前を決めるのは俺だってことになるんだぞ」

モシェが戸惑って見つめるのに気付いたクレーガーは、説明した。「身分の高い騎士が、忠実な家来の名前を決めるっていうのは、昔からのしきたりなんだ」

「そうなんですか？」そんな話は聞いたこともなかったモシェは、そう言った。

「なんだか俺の部屋に、反抗の匂いがするようだが？」

「なにも匂いませんけど」モシェは言った。

「お前、まさかボリシェヴィキじゃないよな？」

モシェは首を振った。

クレーガーがうなずいた。そして、「足を揉んでくれ」とユリアに声をかけた。ユリアは、クレーガーがふんぞり返っている肘掛け椅子の横に跪くと、右の乗馬靴を引っ張って脱がせようとした。かなり力のいる作業だったが、ついに意志の力が勝ち、乗馬靴はかぽっという快い音とともにクレーガーの足を離れた。箱馬車のなかには匂いが漂ったが、それは反抗の匂いではなかった。

「なにかペルシアの名前がいいな」考え込みながら、クレーガーが言った。

「ペルシア？」モシェは訊き返した。「どうしてペルシアなんですか？」

「もうすでにペルシアの姫がいるからさ」クレーガーは答えた。「姫の頭の弱い異母弟ってのはどうだろう」

モシェはなにも言わなかった。頭の弱い異母弟になりたいかどうか、わからなかった。

「なあ友よ、俺たちは奇妙な時代に生きてる。ナチスが去年選挙に勝った」

その話は、モシェも聞いたことがあった。いまがユダヤ人にとって都合のいい時代でないことはわかっていた。あらゆるところに反ユダヤのプロパガンダがあり、誹謗中傷があった。だが、このサーカスにいる限り、モシェは安心していられた。まるで、外の世界に手出しなどされようがないかのような気がしていた。

「ナチスの奴らは、自分たちをアーリア人種の子孫だと思ってる。ペルシア出身の」

「本当にそうなんですか？」モシェは訊いた。

「もちろん違う。奴らはただの教養のない田舎者だ。だが、俺たちの客でもある。客が自分は王族の末裔だと言うなら、王族の末裔なんだ」

モシェはうなずいた。観客が望むものを与える、それが自分たちの仕事だ。

「だがな」クレーガーは続けた。「本物のペルセポリスの王族は、まさにここにいる。この部屋にな」

「誰ですか……？」

クレーガーは、この場の全員を包み込むように大きく腕を動かすと、「俺たちだ」と言った。「俺たちはアーリア人だ」

モシェは呆然とクレーガーを見つめた。

「俺たちは魔術師だ。そうだろう？」とクレーガーが言った。「そして世界最初の魔術師は、ペルセポリスの大祭司マギ（イラン西部から興ったメディア王国の祭司階級）だ」

それを聞いて、モシェはうれしくなった。ほんの数分で、頭の弱い異母弟から大祭司に昇格だ。

「俺たちはその子孫だ。少なくとも気持ちの上では。俺たちは神の言葉を伝える人間、永遠の真理の守護者だ」

「そうですね」モシェは興奮していた。「でも、真理ってどんな真理ですか？」

「嘘の真理さ」

「どうして嘘が真理になるんですか？」

「どうしてなっちゃいけない？　人間っていうのはな、騙されたいと熱望する生き物なんだ。なにかより大きなものを信じたいと思ってる。だが我々はそんな奴らに、少し小さめのものを与えてやる。だからこそ、奴らは戻ってくるんだ。魔術っていうのは、素晴らしく美しい嘘なんだよ」

＊

数日後――魔法のサーカスはヴュルツブルクで興行中だった――、モシェはライオンの檻を掃除していた。ライオンのルートヴィヒは、歯のほとんど抜けた年寄りで、長年囚われの身として生きてきたいまでは、次の昼寝がいつできるかにしか興味がない。突然モシェは、半月男が檻の向こうからじっとこちらを見つめているのに気付いた。

「やあ、小僧」半月男は言った。はだけたままのシャツから、巨大なバラ色の腹が突き出ている。仮面がかすかな月の光にうっすらと輝く。半月男はパイプをふかしながら、軽くよろめいていた。

「はい？」モシェは返事をした。

「ちょっと来い」半月男が命じた。モシェはスコップを左手に持ったまま、急いで檻を出た。まだ夜明け前、始まったばかりの一日は灰色で、雲に覆われていた。おそらくクレーガーはいま起きたばかりで、それ相応の二日酔いなのだろう。近くの森でカラスが鳴く声がした。風が服をはためかせる。

「今日は何曜日だ？」半月男が訊いた。

「土曜日です」モシェは答えた。

「土曜に檻の掃除をするのは、お前の信仰に反することにならないか？　聖なるサバトだろう？」

モシェは肩をすくめた。「信仰なんてありません」

半月男が微笑んだ。どうやらモシェは正しい答えを返したようだ。「跪け」と半月男は言った。

モシェは半月男を見つめ、何度かまばたきした。

「跪け！」半月男は突然怒鳴った。「俺はお前の主人だぞ！」

気圧されたモシェは、硬く冷たい泥の地面に膝をついた。

「スコップをよこせ」半月男が言った。

モシェは言われたとおりにした。半月男はスコップを持ち上げると、モシェの頭のすぐ近くで構えた。モシェは動揺した。いったいこれはどういうことだろう？　僕の頭を殴るつもりだろうか？　もしそうなら、どうして？

「俺の言うことを繰り返せ」半月男が厳かな声で言った。「魔術師《マギアー》として、私は誓います……」

「魔術師《マギアー》として、私は誓います……」モシェは半月男の言葉を繰り返した。

「……限りある命を持つ者には、魔法の秘密を決して漏らさないことを……」

「限りある命を持つ者って？」

「やかましい、黙って繰り返せ」半月男が命じた。

モシェは従順に復唱した。

長い誓いが終わると、半月男はもったいぶった仕草でスコップを持ち上げ、それでモシェの両肩と、最後に頭を軽く叩いた。歓喜の笑顔が、モシェの顔いっぱいに広がった。自分はいま、この泥のなかで、魔術師階級に列せられたのだ！　魔術師《マギアー》になったのだ！

「これからは……」そう言いながら、半月男は銀のフラスクを取り出すと、口にもっていき、一口飲んでげっぷをした。「……お前の名前はザバティーニだ。この名前で世に知られるようになるんだ」

「え？」

「ザバティーニ」半月男は繰り返した。「サバトと同じ綴りだ。後ろに〈イーニ〉をつけて、最初のSをZに替えただけ。悪くないだろ？」

「よくわかりません」モシェはつぶやき、頭をかいた。

「黙れ！」半月男が怒鳴った。「素晴らしい名前じゃないか。輝かしい名前だ！　それにペルシア風の響きだ」

「師匠がそうおっしゃるなら……」

「もちろんそうおっしゃるさ、この間抜けが」半月男はそう言うと、スコップを泥に放って、よろめきながら遠ざかっていった。

以後〈ザバティーニ〉という名で世に知られるようになるモシェ・ゴルデンヒルシュは、いまだに泥のなかに跪いたままだった。

16　信仰者

ザバティーニは老人ホームに歩いて戻った。あの頭の足りない子供におごらせたおいしいパンケーキにもかかわらず、気分は憂鬱だった。ザバティーニは人生に倦んでいた。八十八年も生きてきた大ザバティーニ。体は目に見えて衰えたとはいえ、頭は以前と少しも変わらずしっかりしている。ザバティーニにとって一番の失望は、それだった。体の裏切りだ。足首はまるで重りをつけられたようで、関節という関節は古い蝶番のようにきしむ。どこもかしこも痛く、こんな体を引きずりながら生きていかねばならないのは、苦行以外のなにものでもなかった。もううんざりだった。ガスの元栓は、うっかりひねったわけではなかった。ここ最近の楽しみといったら、ウィスキーとテレビのクイズ番組くらいのものだ。ほぼ一日中酔っぱらっている。この先の人生に、これ以上なにが待っているというのだ？　せいぜい失禁と癌くらいのものだろう。

しかしこの瞬間、キング・デイヴィッド・シニアハイムのロビーでは、不快な驚きがザバティーニを待っていた。所長のロニーが受付に座って、ザバティーニをじっと見つめていたのだ。ロニーは一枚の紙を振って見せた。

「今日のあのガスはなんだったんだ？」皮肉な口調でロニーが尋ねた。

「ほっとけ」ザバティーニは言った。声をかけようなどとする人間に対する、いつもの答えだ。

「ドアは弁償してもらうぞ！」とロニーが言った。

「私、生きてるだけで、奇跡みたいなもの！」ザバティーニは怒鳴った。そして、キング・デイヴィッド・シニアハイムをガスの「故障」で訴えると脅した。だがロニーは顔色ひとつ変えず、壊れたドアを弁償するよう言い張った。というのも、誰かがガスオーブンの元栓を取り外したことがわかったのだという。ロニーはあからさまな疑念を持っていた。

「私、ただ元栓回しただけ！」ザバティーニは言い訳した。

「いや、取り外したんだ！」

「あのプラスティック、勝手に落ちた。それが私のせい？」

ロニーが、先ほど手に持って振っていた紙をカウンターの上に置いた。退去通告だった。新しい住まいを探すための猶予は、二十四時間。

ザバティーニはその書類を、ぐったりした手で払いのけた。とにかくほっといてくれ――心に浮かんだのは、それだけだった。足を引きずりながらバンガローへ戻ると、ドアを叩き付けるように閉めようとした。だがそこには、もはやドアはなかった。床にはまだ、細かな木片が散らばっていた。ザバティーニはウィスキーの瓶をつかむと、倒れこむように肘掛け椅子に腰を下ろした。

死にたい、と思いながら、ウィスキーの瓶に口をつけた。

＊

妊娠当初の懸念とは裏腹に、息子のマックスがこの世に誕生した日は、デボラの人生で最も幸せな日だった。デボラの陶酔状態は、部分的には病院でもらった錠剤のせいでもあった。だがそれは、文字通り部分的にすぎなかった。分娩は恐れていたほどつらくはなかった。そして最後に、看護師が赤ちゃんを腕に抱かせてくれた。どこかの誰かの赤ちゃんではない。デボラの赤ちゃん。マックス・コーン。最初の戸惑いは、新生児の皺だらけの赤い顔を目にしたとたんに、深く温かな誇らしさに変わった。それまで抱いたことのない感覚だった。さまざまな点で、デボラはマックスの登場に対して精神的な準備を整えてはいなかった。マックスはある日突然登場して、デボラの生活を一変させてしまった。とはいえ、生まれてしまったものはしかたがない。それにデボラもハリーも、マックスを愛していた。最初のうちは、なにもかも比較的簡単だった。もちろん、真夜中に泣きわめく乳児に叩き起こされるのはつらい。だが少なくとも、なにを要求されているかはわかった。おむつを替えねばならないか、乳をやらねばならないかだ。しばらくたつと、現実の赤ん坊とは似ても似つかないおとなしそうな赤いほっぺの赤ちゃんの写真がパッケージに載った離乳食の瓶を開けて、中身をプラスティックのスプーンで苦労してすくい、不機嫌に口を引き結ぶ小さなマックスに食べさせることが仕事になった。

　マックスが生まれる二週間ほど前に、ハリーとデボラは結婚した。式は簡素だが、意外にも感動的だった。マリブにある修行場《アシュラム》からは、海岸を見渡せた。ふたりは野原に用意された伝統的なフッパー（ユダヤ教の結婚式で用いられる天蓋）の下に立った。陽光が降り注ぎ、柔らかな風がそよいでいた。デボラは膨らんだ腹を簡素な白いドレスに包んだ。どことなく七〇年代を思わせる、裾に房のついたドレスだ。デボラとハリーはふたりとも「誓います」と言い、その後グルが、ふたりが夫婦になったことを宣言すると、こう付け加えた。「オン・マニ・パドメ・フム」(六字大明呪。仏教の陀羅尼のひとつ)

デボラは仏教徒を自称してはいたが、自分が本当は何者なのかは、はっきりと理解していた——ビバリーヒルズ出身のユダヤ人だ。父は歯科医師で、富裕層の歯をより白く、よりぴかぴかにし、歯並びをより美しくすることで財を成した。子供時代は、ビバリーヒルズの決して生活が厳しいとは言えない界隈で育った。これ見よがしに誇示される富と、強烈な社会的同調圧力のまっただなかで。家庭は保守的だった。デボラが東洋の宗教に熱中したのはおそらく、厳格なしつけへの無意識の反抗だったのだろう——デボラは高い壁に囲まれた、肉用と乳製品用に別々の冷蔵庫のある、城のような家で育ったのだ。

たとえブッダを信じていようと、マックスが生まれた瞬間、その子をユダヤ教徒として育てるのは、デボラにとって当然に思われた。もしかしたら、少しだけ極東の神秘主義の要素を付け加えることはあるかもしれないが。ハリーとデボラは町の東側に移り住んだ。ラ・シエネガ・ブルヴァードの向こう側、社会的に別の階層が住む地域だ。そこでふたりはマックスが通うユダヤ教の幼稚園を見つけた。夫婦はふたりとも、わが子に安定した、それなりに伝統的で宗教的な家庭を与えたいと考えていた。デボラの母は、夫として父親としてのハリーの資質にまったく信頼を置いていなかったが、それでもホロコーストを生き延びた人間の息子だという点では認めていた。ホロコーストの生き残りは、ロサンジェルス西部のユダヤ人コミュニティーにおいては、一種の貴族階級に相当する。生き残りの子孫と結婚する——それは、言ってみればケネディ一族と結婚するようなものだった。

デボラとハリーの結婚生活は、当初は驚くほど順調だった。ハリーはデボラを大切にし、献身的に幼いマックスの面倒を見た。ハリーは朗らかで心の温かい人間で、一緒に暮らすのは楽しかった。若いころにはミュージシャンになるという夢を抱いていたが、その夢は破れた。そしていま、ハリーは大人になった。なんといっても、家族を養わねばならないのだ！　法学部を出た後、コマーシャルや映画に使う楽曲のライセンスを扱う小さな会社に職を見つけた。若い夫婦は、デボラの両親からの多額の援助を得て、アットウォーター・ヴィレッジに家を買った。デボラは〈オーム・スウィート・オーム〉という名の小さな店《ブティック》を開いた。店の営業は順調で、ハリーもキャリアを積み重ねていた。

いま振り返れば、幸せな数年間だった。デボラはいま、後悔にさいなまれつつそう思う。いったいなにが間違っていたのだろう？　と自問する。

もしかしたら、幸せな結婚生活を送るためには、なにか秘訣があるのかもしれない。もしそうだとしても、デボラとハリーはその秘訣を知らなかった。デボラは結婚式の日を思い出す。太平洋上にきらめき舞っていた幾千もの陽光、海岸に打ち寄せ、盛り上がりきったところで砕けて飛び散った波。まるで彼らの幸せのようだ。彼らふたりの人生のようだ。

最後にはなにひとつ残らなかった。

誰がいつマックスを迎えにいき、再び送り返すか、という取り決めのほかには。古いジープ・チェロキー——マックスを妊娠することになったのはこの車の中だった——を延々と運転して、ロサンジェルスのコンクリートジャングルを抜け、グティエレスの弁護士事務所に通うほかには。幸いなことにグティエレスは忍耐強い人間で、彼の事務所でなら、デボラは心ゆくまで泣くことができた。それは一種のセラピーだった。グティエレスのほうも、いつでもハンカチを用意していた。それも商売のうちなのだ。

＊

マックスとひどい喧嘩をした後、デボラは謝ろうと、彼の部屋のドアをノックしてみた。だが返事はなかった。きっとすねてるんだ、とデボラは思った。そしてキッチンに戻って、数本のアロマキャンドルに火をともすと、二十分間瞑想した。それから大きな声でマックスの名前を呼んだ。改めてドアをノックしてもなんの反応も返ってこず、デボラは徐々にうんざりしてきた。そこでドアを勢いよく開けた。

「ちょっとどういうつもり……」そう言いかけ――口をつぐんだ。

マックスはどこにもいなかった。開いた窓の前で、カーテンが湿った風に揺れていた。デボラの頭のなかに、警報が甲高く響き渡った。まずは家じゅうを捜し、それからガレージ、そして表の通り、最後には近所中を捜しまわった。

デボラは幼いころ、近所の住人が芝刈り機に手を挟んでしまったのを見たことがあった。芝刈り機はそのせいで止まったが、手を挟んだ本人は、まだモーターが動いていることに気づいていなかった。芝刈り機が息を吹き返すようすを、デボラは麻酔にかかったかのように呆然と、だが恍惚と見つめた。近所の住人は、指を二本失った。二本の指が宙を飛ぶ光景を、デボラはいまでもはっきりと覚えている。二本のバラ色のソーセージのような物体が、群青色の空に舞い、最後に芝生の上に着地したのを。男の妻が指を拾って、氷の上に載せた。救急車が来て、大量に血を流す男と指とを病院に運んだ。病院で、指は再び手に縫い付けられた。それ以来、近所の男の手には傷が残り、指はうまく動かすことができなくなった。あの光景を目にしたときの感覚を、胃の奥深くで生まれた嫌悪感を、デボラは決して忘れることはないだろう。

いまデボラは、あのときと同じ感覚を抱いていた。いや、もっとひどい。いま芝刈り機に手を突っ込んでいるのは、デボラ自身だった。息子が消えた。体の一部をもぎ取られたのと同様だ。

デボラはハリーに電話したが、ハリーはいつもどおり、まったくなんの役にも立たなかった。ハリーの背後では大勢の人の声がしていた。バーにいるのだろうか？　それともレストラン？

「どこにいるの？」デボラは訊いた。

「関係ないだろう」

「マックスがいなくなったの。そっちに行ってる？」

「こっちに来てるわけがないだろ。今日はお前の番だぞ」

「どっかに行っちゃったのよ。家のなかにいないの。どこにいるわけ？」

「知らないよ」ハリーの声もついに心配げになった。「どうしてもっとちゃんと気を付けてなかったんだ？」

本格的な喧嘩になる前に、デボラは、もう切らないと、すぐに警察に電話する、と言った。ハリーは、できるだけ早くそちらへ行くと約束した。

警察に電話をかけたが、とりあえず心配することはない、捜索願は二十四時間たった後でなければ提出できない、最悪の事態を予測するにはまだまだ早すぎる、と言われただけだった。そう言われても、少しも安心できなかった。デボラにとっては、最悪の事態を予測するのに、早すぎるということはなかった。もう一度近所を捜してみようと決めた。もしかして、さっきはなにか見逃したかもしれない。デボラは今回は近所中の家のドアをノックしてまわったが、マックスの居所は誰ひとり知らなかった。

それからいくらもしないうちに、ハリー・コーンがやってきた。

「こんなに長い間、なにやってたのよ？」デボラはハリーを怒鳴りつけた。

「おい、そんな言い方あるかよ」ハリーも怒鳴り返した。

「息子がいなくなったっていうのに！」デボラはつっけんどんに言った。「どこにいたのよ？」

ハリー・コーンは愛人——悪名高きヨガ・インストラクター——というのが愛人の名前だ——とレストランにいたのだが、もちろんデボラには言わなかった。エリノア——との夜は、あまりうまく運んだとは言えなかった。ハリーはエリノアに、君のところに引っ越すのはどうだろうと尋ね、エリノアはそれを聞いて、かたくなに黙り込んだ。よくない兆候だ。エリノアの手を握って、これから一緒に生きていけるね、と言おうとすると、エリノアは手を引っ込めた。氷の沈黙。デボラが電話してきたのは、その数秒後だった。失敗に終わりそうなエリノアとのディナーを早々に切り上げることができて、ハリーはむしろ嬉しかった。そして会計をして、かつての我が家へと向かったのだった。

ふたりはデボラの車で、マックスが好きな場所をすべて当たった。遊び場、映画館、コミックショップ。だがマックスは見つからなかった。

絶望に打ちのめされて、ふたりは家へ戻ってきた。そのとき電話が鳴った。

かけてきたのはマックスだった。フェアファックス・アヴェニューのキャンターズにいて、勘定を支払えずにいるという。息子を数分にわたって怒鳴りつけていると、キャンターズの店主が電話をかわった。とにかく一刻も早く店に来て、息子さんを連れて帰ってくださいよ、そもそも——いったいどんなしつけをしたらこんな悪ガキに育つんです？

デボラは、人生でこれほど安堵したことはなかった。

そして、悪ガキにはたっぷり思い知らせてやると誓った。

＊

帰り道、マムとダッドはひとことも口をきかなかった。両親とも、まるで漫画の『ソー』に出てくる氷の巨人のように、むっつりと黙り込んでいた。マックスは心の底から、ここではなくてどこか別の場所に行ってしまいたいと思った。たとえば、おばあちゃんのところでもいい。あそこでさえ、ここよりはましだ。できれば、瞬間移動《テレポート》の技を使ってどこか遠くへ行ってしまいたい。そうできたらいいと思うことは、しょっちゅうあった。マックスは瞬間移動を、すごくクールな超能力だと思っていた。どうして現実の科学が漫画の予言にまったく追いつけないのか、不思議でならなかった。オンラインのロールプレイングゲームでやるように、火の玉を振り回す能力もほしい。そうすれば、学校の先生に投げつけてやれる。それに、両親にも。

マムがエデンハースト・アヴェニューで左に曲がった。車がついにガレージ前に着くと、マムは突然怒鳴り始めた。「いったいなに考えてたの?」

「お母さんの質問に答えなさい」ハリーが言った。珍しく両親が一致団結している。

マックスはうつむいて、謝罪の言葉らしきものをつぶやいた。いまこそ火の玉の出番なのに。

「最悪の事態も考えたのよ」マムが言う。「死んじゃったんじゃないかって思ったんだから!」

死んでたらよかったのに、とマックスは思った。

両親とも、どうしてマックスが家出したのかとしつこく問いただした。マックスは説得力のある答えを返せないまま、口ごもった。両親は矢のように質問を浴びせかけてくる。いったいキャンターズでなにをしていたのか？　店中のものを食べ尽くす気ででもいたのか？

結局マックスは、本当のことを打ち明ける羽目になった。「魔術師を捜しに行ったんだ」

父と母は、戸惑いの視線を交わした。

「魔術師？」デボラが言った。「いったいどうして？」

マムが玄関ドアを開け、三人はそろって家に入った。昔と同じだ、とマックスは苦々しく思った。

マックスは、ダッドのレコードのこと、大ザバティーニを捜し出すまでのことを語った。愛の魔法のことは、言わずにおいた。マムは、まるでマックスが正気を失ったとでも言いたげな目で見つめてきた。ダッドは惨めを絵に描いたようなようすで、ソファにへたりこんでいた。マムがキッチンに行って、冷蔵庫を開けると、皿を取り出した。

「夕ご飯、食べなさい」疲れ切った声でそう言う。

マックスはすねたまま、冷たくなったマッシュポテトをつついた。

デボラはマックスをベッドへ行かせると、未来の元夫の隣に腰を下ろした。ふたりとも、息子の行動がさっぱり理解できなかった。だがふたりとも、罪悪感にさいなまれていた。すべてがふたりの離婚と関係があることは、はっきりしていたからだ。でも、いったいどうして魔術師なのだろう？

マックスが部屋のドアからふたりの会話を盗み聞きしていることに、どちらも気づかなかった。

父が帰っていった後、マックスはベッドに横になり、途切れがちな落ち着かない眠りに落ちた。

＊

翌日、マックスは最悪の気分で校庭のベンチに座っていた。計画は失敗だ。大ザバティーニは結局、偉「大」でも寛「大」でもなかった。愛の魔法が使える日は決して来ないのだと、諦めるしかない。

マックスはちょうど、子供時代の夢が厳しい現実にゆっくりと、だが確実に道を譲る年頃だった。去年、重大な発見に打ちのめされたところだ——サンタクロースはいないという発見に。すべては真っ赤な嘘で、サンタクロースの正体は実のところ、馬鹿みたいな扮装をしたダッドだったのだ。長いあいだ、怪しいとは思っていた。サンタクロースがダッドに似ているところがあるのは、否定しようのない事実だったからだ。身振り、声、同じ匂いのアフターシェーヴローション。それに、サンタクロースが来るとき、ダッドが一度もその場にいたことがないのは、どう説明すればいいというのだ？　去年、マックスがクリスマスの時期に——ユダヤ人家庭も、クリスマスというテロから完全には逃れられない——両親の部屋のウォークインクローゼットを開けたとき（ケージを掃除しているあいだに逃げたウサギのフーゴーを捜していた）、ちょうど赤い上下と白い髭を手にしたダッドに出くわしたのだった。

この精神的な打撃にもかかわらず、マックスはいまだに、日常生活よりもより真実に近いなにかを信じたいという願望を持っていた。非合理的な世界を振り捨てるのは難しかった。そして、両親の仲が悪くなるにつれて、ますます非合理の世界にのめりこんでいった。日常生活がトランプで組み立てた家のようにあっさり崩れ落ちるのを見て、心の平安を信仰に求めたのだ。マックスの内面は、ふたつに引き裂かれていた。信仰者マックスと、懐疑者マックスに。傷だらけのレコードと、妙な匂いを発散させる不機嫌な老人にすべての希望を託したのは、信仰者マックスだった。そういう人間は、マックスが最初ではない。一生のあいだこの状態から抜け出せない人間もたくさんいる。マックスもまた、目覚めるのが怖かった。子供時代が決定的に終わりを告げるのが。もう少しのあいだ、まどろみ、夢を見ていたかった。嘘という温かな毛布にくるまれていたかった。起き上がって、冷たい床を素足の裏に感じたくはなかった。いまはまだ。反証がどんどん積み上がっていくにもかかわらず、マックスは不可能にしがみついた——不可能を信じていた。

ミリアム・ヒュンがやってきて、マックスの隣に座った。そして、お弁当の食パンをちぎって、リスに投げてやる。

「元気?」ミリアムが訊いた。

マックスは肩をすくめた。ミリアムとおしゃべりする気分ではなかった。ミリアムのなにかが、マックスをそわそわさせる。それにミリアムはときどき、急に怒り出すことがある。たとえば、前にジョーイが、北朝鮮にも冷蔵庫はあるのかと質問したとき、ミリアムはジョーイを「クソ馬鹿野郎」とののしった。ミリアムの家族はソウル出身だし、ソウルというのは世界でも一番クールな——そして一番冷蔵庫だらけの——町のひとつなんだ、と。

けれど今日のミリアムは、仔羊みたいに穏やかだった。「ダッドとマム、元気?」ミリアムは訊いた。

いったいどんな答えを期待しているんだろう?「わかんない」マックスはそうつぶやいてはぐらかした。

ふたりは黙ったまま、上機嫌でパンを食べるリスを見つめていた。おばあちゃんは、この愛らしい小動物を、いつも「ふさふさのしっぽがついたネズミ」と呼んで貶める。

「うちのマムに言われたんだよね、なんとかしてマックスに気分転換させてあげなさいって」

マックスはあいまいな唸り声を出しただけだった。ところがその直後、自分がこう言うのを聞いて、驚いた。「ダッドがいなくて寂しい」声は弱々しかった。認めるのは難しかった。特にミリアム・ヒュンの前では。

ミリアムがマックスの手を取った。マックスは抵抗しなかった。そんな自分にも驚いた。

やがて、ミリアムが言った。「リスにあげるパン、ある？」

17　無から生まれるなにか

魔法のサーカスは諸国を巡った。ドイツのバイエルン地方、オーストリア、ハンガリー、そして最後にザグレブへ寄ってから、再びドイツへ戻ってきた。モシェ・ゴルデンヒルシュにとっては、苦労の多い歳月だった。半月男は厳しい師匠だったのだ。だが自分でも驚いたことに、モシェは優秀な弟子だった。それまでの人生で、なにかに優秀だったのは、初めてのことだった。

最初に、半月男はモシェを誰もいないサーカスのテントへと連れていった。そこで赤いハンカチを取り出すと、自分の手をくぐらせた。三度目にくぐらせたとき、ハンカチは青に変わった。「変身」という名の術だった。「瞬間移動」という術もあった。物体がひとつの場所から別の場所へと移動するものだ。それにもちろん、「浮遊」もあった。物体が宙に浮くというものだ。これは、モシェの目には最も美しく、最も謎めいたトリックだった。宙に漂うアリアナ姫に恋をした瞬間は、決して忘れることができない。

さらに、「創造」があった。半月男が空気を手でつかんだと思った瞬間、突然その手には紙でできた花束が握られていた。「この術は」と半月男は説明した。「無からなにかを生み出すものだ」その反対が「消失」だった。これは物体が虚空に消え去ってしまうか、見えなくなってしまうというものだ。半月男ことクレーガーは、公演ごとにユリアが入る巨大な旅行用トランクを開けて、モシェになかを覗かせた。

裏地のほかにはなにも見えない。「なにも入ってません」

「そうだ」とクレーガーは言った。そしてトランクのなかに紙製の花束を入れると、いったん蓋を閉じて、再び開けた。

花束は消えていた。

モシェは目をしばたたいた。「どうして?」と尋ねる。

半月男はトランクのなかに手を入れた。すると突然、その指が二重に見えた。

「鏡だ」モシェは言った。

半月男はうなずくと、鏡を後ろに倒した。「トランクの蓋に、もう一枚のはね蓋が隠されてる。片面は鏡だ。トランクが閉まると、鏡は自動的に落ちる。そうすると、鏡には裏地しか映らない。だから、空っぽに見える」

「そうだったんですか」モシェは言った。夢から覚めた心地だった。ひとたびトリックを理解してしまえば、あらゆる魔法は消え去る。

「だがな、ほんとのところ、これは奇術なんかじゃない。ただの道具だ」半月男は嘲るようににやりと笑った。「こういうトランクは、誰にだって買える。真の奇術っていうのはな」半月男はこう続けた。「壮大な見せ物だ。幻想だ。究極の娯楽だ」

「剣を使うやつは、どうなってるんですか?」モシェは尋ねた。

半月男は毎晩のように、ステッキのなかに仕込んだ剣を抜いて、トランクに突き立てている。だが、誰かが怪我をすることも、血が流れることも決してない。半月男はモシェに、二本のまったく同じステッキを見せた。そのうち一本には本物の剣が入っていた。もう一本の剣は刃がなまっていて、半月男が掌で軽く押すと、するすると柄のなかに収まった。「刃を出し入れできるんだ」と半月男は言った。「公演では、本物の剣で紐を切って見せる。これが証明になる。で、トランクに突き立てる直前に、ステッキを取り換える。ケープを直すふりをしてな。本物の剣のほうは、トランクの後ろに隠すんだ」

*

モシェは数多くのトリックのみならず、師匠の半月男が「奇術の歴史」と呼ぶものをも学んだ。そして、舞台奇術の起源が古代メソポタミアにさかのぼることを知った。当時のメディア王国にマギという部族があった。「魔術師《マギアー》」という言葉は、そこに由来するのだという。マギは祭司階級で、それが、舞台奇術と宗教との混交という、その後何世紀にもわたって続くことになる不幸な伝統の始まりだった。

半月男はモシェに、死者を蘇らせることができると主張した古代エジプトの予言者の話をした。「大昔から続く嘘だ。人間の歴史の最初っから、神官やら予言者やらは、永遠の命の秘密を知っているだのなんだのと主張してきた。俺たちの持ちネタのひとつさ。俺たちが二度目の人生を約束してやれば、観客は必死で働いて稼いだ金を、喜んで払う。一番いいのは、いまの人生よりも楽な人生を約束してやることだ。そうじゃなけりゃ、予言者もぺてん師もみんな失業だ」

とはいえ、古代エジプトの予言者は、この主張のせいで危うく命を落とすところだった。というのも、予言者の不思議な力のことを伝え聞いたファラオが、自分の目でそれを確かめてみたいと言い出したからだ。ファラオは予言者に、この場で奴隷数人を殺してみるから、生き返らせてほしいと頼んだ。だが予言者は、なんとかファラオに思いとどまらせ、代わりに鴨を使って生き返りの術を披露した。それに――言い伝えによれば――牛をも生き返らせたという。

「たぶん、うまいタイミングで生きた鳥と死んだ鳥を入れ替えたんだろうさ」

「でも牛は？」モシェは疑問を口にした。

「大きさは問題じゃない。フーディーニにいたっては、象を消したことだってあるんだからな」

「ほんとですか？」

「ニューヨークの舞台で」半月男は言った。「ベッツィーって名前の象だった」

　半月男は、「奇術の黄金時代」のことを語って聞かせた。十九世紀、理性と技術革新の新時代が幕を開けると、奇術の内容もまた変わっていったのだという。イタリアの奇術師バルトロメオ・ボスコのような男たちのおかげで、奇術は安っぽい迷信とはどんどんかけ離れたものになっていった。ボスコは、「誠実な奇術」を信じていた。新たな時代の奇術師は、神秘主義ともぺてんとも無関係であろうとした。奇術師は純粋に人を楽しませ、驚かせる存在であるべきとされた。それ以上でもそれ以下でもなく。舞台奇術師が宗教的な救済者を演じた時代は、永遠に終わりを告げることになった。有名な奇術師の多くが、もともとは職人の出だったのだと、半月男は説明した。おそらく黄金時代における最も有名な奇術師であろうジャン・ウジェーヌ・ロベール＝ウーダン《Houdin》は、時計職人の息子だった。ウーダンの波乱に満ちた生涯――そしてその名前――に、彼の死後、エーリッヒ・ヴァイスというひとりの若者が影響を受け、のちに奇術の歴史始まって以来の輝かしい大スターに上り詰めた――それがハリー・フーディーニ《Houdini》だ。「この男には、これ以上の説明はいらない」と半月男は言った。「フーディーニが破ることのできない鍵はなかった」

　突然モシェは、故郷プラハの錠前師のことを思い出した。そして、あの男はいまどうしているのだろうと考えた。それに、父は？　捨ててきた人間たちの顔は、モシェの夢に何度も繰り返し現れるのだった。

＊

　二年のあいだ、モシェは半月男の弟子として暮らした。そして、舞台奇術とは物語を語る一形式にほかならないことを学んだ。どのトリックも、ひとつのドラマだった。奇術師——すなわち語り手——は、第一幕で観客の期待を盛り上げておいて、第三幕でその期待を満たすと同時に、ひっくり返して見せる。真のトリックが展開する場所は、常に観客の頭のなかのみであることを、モシェは悟った。肝心なのは、手技や道具のからくりによって作り出される変化ではない。感情の変化なのだ。その際重要なのは、正しい言葉を選ぶことだ。ほとんどの場合、言葉は少なければ少ないほどいい。

「舞台奇術師《ツァオバラー》が恐れるのはたったひとつ」半月男は、蔑むようにそう言った。

　モシェは師匠を見つめた。すでに夜も更け、半月男はソファにだらしなく寝そべっている。

「魔術《ツァオバライ》だ」半月男は言った。「魔術師《ツァオバラー》が魔術を恐れるってわけだ。だから俗っぽい寄席芸とおしゃべりに逃げる」

　半月男はモシェに、最良の嘘をつく方法とは、嘘をつかないことだと教えた。「本当のことしか言うな。そういうわけにいかないときは、黙ってろ。たとえばお前が、手に持っているのはなんの変哲もないただのシルクハットです、と言えば、客は怪しいぞと思う」

「で、それからどうすればいいんですか？」モシェは訊いた。

「口を閉じておけばいい」半月男は言った。「シルクハットを掲げたまま、黙ってるんだ」

モシェはうなずいた。

ついに、自分のいるべき場所にたどり着いた。故郷にたどり着いた。モシェはそう感じていた。確かに、いまだにサーカスの動物たちの糞の始末が仕事ではあったが、半月男は弟子の修業期間の最後に、ほかのサーカス団員と一緒に観客の前に立つ機会を与えてくれた。ただひとつだけ、禁じられたことがあった。「本物の舞台奇術」を披露することだ。この特権は、半月男ひとりのものだからだ。モシェは、「魔法のピエロ」として舞台に立った。一目で道化だとわかる間抜けな衣装——シルクハットに、大きすぎる靴、そして赤い水玉模様の水泳パンツ——をつけて。観客席のあいだを足を引きずって歩きながら、カードの奇術や、ちょっとした手品で観客の興味をつなぎとめた。客たちはモシェを嘲笑った。ときどきピーナッツが飛んできた。ときにはビール瓶まで。だがモシェには、そんなことは気にならなかった。人々の軽蔑に、モシェの心は鋼のごとく強靭になっていった。

だがある晩は、少々勝手が違った。サーカスはヘッセン地方で興行していた。町の名前はギーセンで、フランクフルトの北にある。サーカスは午後、白鳥池のほとりの野外催事場にテントを張った。地元民は粗野な人たちで、どちらかといえば無愛想な人間の多いヘッセン地方のなかでさえ悪名高かった。粗野であると同時に、彼らは自分たちの知識欲を勘違いしており、少しでもぺてんの香りがするものには、大いなる不信の念を表明した。大部分が農民で、傲慢で頑固だった。だが、農民でない者たちは、さらにたちが悪かった。彼らは知識人だったのだ。

地元のナチス突撃隊員たちもまた、魔法のサーカスを見にやってきた。この数年で、ドイツ国内の雰囲気はあからさまに変化していた。ナチ党は毎日のように新たな党員を獲得し続けていた。彼らの主張——すべての責任はユダヤ人にある——が非常に愛されていたためでもあるし、党が特に党員の選り好みをしなかったためでもある。乱暴者だろうが泥棒だろうがサディストだろうが、誰もが入党を許されるのみならず、両手を広げて迎えられた。党のなかは同類だらけで、そういった者たちにとっては居心地がよかった。だがそうでない真面目で立派なドイツ人もまた、時流に乗り遅れまいとした。党は持たざる者に対して、彼らに本来ふさわしい未来を約束した。彼らは負け犬ではなく支配者なのであり、やがては蝶になるさなぎなのだと。民族主義者、国粋主義者、学生、学者、農民、工場労働者、法律家、商人——誰にとっても、党にはなんらかの魅力があった。党は、彼らが長年待ち望んでいた答えだったのだ。

ギーセンの突撃隊員たちは、自身の傲慢さに酔っているかのようだった。おまけにビールにも酔っていた。疑り深くてほろ酔い——一番やっかいな類の観客だ。彼らはピエロのザバティーニが転ぶのを見て大喜びで、それゆえことあるごとに積極的に手を出した。モシェは、彼らが通常の客のようにピエロの披露する芸を喜んでいるのではないことに気づいた。彼らはモシェを痛めつけることで喜んでいた。彼らのユーモアは残酷だった。突撃隊員たちは、モシェをまるでサッカーボールかなにかのように小突き回した。モシェはやがて恐怖を覚えた。涙がこみ上げてきた。突然、分厚いピエロの化粧の下を見透かされ、ユダヤ人であることを知られるのではないかと感じた。

そのとき、閃きが訪れた。この危機を脱出する方法がわかった。

モシェはひとりの突撃隊員の腕をつかんだ。そして唇を震わせ始め、男の顔を無表情でじっと見つめた。

「なんだよ?」男は言った。ぶよぶよと脂肪のついた、頬の赤い男で、頭はほぼ剃り上げている。不愉快そうに仲間を見まわしている。モシェは長いあいだそのままでいた。そして、今度は全身を震わせた。ほかの突撃隊員たちが、一歩あとずさりした。

モシェは唐突に、びくりと一度体を痙攣させた。まるでたったいまトランス状態から目覚めたかのように。

「なんだってんだよ?」男が再び訊いた。

モシェは穏やかに、ありったけの同情をこめた目で男を見つめ、身を乗り出すと、男の耳にささやいた。「一年以内に、お前は死ぬ」

男は悲鳴を上げて、飛びのいた。顔は死体のように真っ青だ。モシェはきびすを返すと、観客席のあいだを抜けて、テントの外へ出た。誰もモシェを引き留めようとはしなかった。

外に出るやいなや、モシェは歓声を上げて、こぶしを天に突き上げた。やったぞ。あの男にすさまじい恐怖を植え付けてやった。あんなつまらないトリックにひっかかるなんて、とても信じられない。モシェの予言など、村一番の阿呆の放言となんら変わらない。それなのに、あの男は信じた。この自分、モシェ・ゴルデンヒルシュは、突撃隊員を恐怖と戦慄に陥れてやったのだ!

そのとき、背後で声が聞こえた。

「あいつらになにしたの?」

ユリアがテントから出てきた。白いドレスの上に、毛皮のマントを着ている。季節は冬の終わりで、広場には雪が積もっていた。ユリアのドレス、ユリアの肌は、かすかな月の光に輝いて見えた。その美しさは、モシェの目をくらませるほどだった。氷のような夜の空気にユリアの吐く息が見え、モシェはユリアに触れたいと切望した。

ユリアが煙草に火をつけた。

「嘘の予言をしてやったんだ」モシェは答えた。

「予言なんて全部嘘じゃん」ユリアが言った。

モシェはうなずいた。「でもあいつはそんなこと知らない」

「なにを言ったの？」

「もうすぐ死ぬって」

ユリアが笑い声をあげた。「で、あいつ、真に受けたわけ？」

「そうみたいだよ」モシェはユリアに近づいた。たったいまの成功に勇気づけられて、もうひとつ予言をしてみた。「夜が明ける前に、君は僕に恋をする」

ユリアがモシェに微笑みかけた。「最初に会ったときから、恋してたよ」

それは明らかな嘘ではあったが、快い響きだった。

「へえ」モシェは途方に暮れた。なんということだ！　うれしかったが、同時に混乱してもいた。それなら、どうしてこれまでなにも言ってくれなかったんだろう？　どうしてこんなに長い間、僕を苦しめ続けたんだろう？　「それって……」モシェは口ごもった。「……いいよね？」

「うん」ユリアは言った。「いいね」

モシェはあたりを見回した。十匹はくだらないウサギたちが、雪野原を駆け回っている。分厚い冬毛に包まれて、なにやら妙に忙しそうだ。

ユリアが期待を込めた目で見つめてきた。その瞳が、これまでになく大きく、深く見えた。まるで大海原のよう。そしてモシェは泳げない。いつ溺れてもおかしくない。

突然、モシェは恐怖を覚えた。

ユリアが主導権を握った。モシェは自分の手になにかを感じた。見下ろすと、ユリアのほっそりした手が、モシェの手の上に置かれていた。

ここで口づけすべきなのではないかという考えが、ゆっくりと浮かんできた。

これまで誰かに口づけたことは一度もなかった。どういうふうにやるのか、誰も教えてはくれなかった。父はいつも、とうに干からびたタルムードの教えを説くばかりだったし、半月男は鳩を消す方法にしか興味がない。

モシェはほんの十七歳で、こんな場面でどうするべきなのか、まったくわからなかった。だがユリアのほうは二十歳で、次になにがどうなるべきか、はっきりと図面を描くことができた。ユリアは煙草を一口吸うと、煙がふたりの顔にかからないよう、横を向いて吐いた。それから、モシェのふさふさした黒髪を指ですき、頭を引き寄せて、口づけた。

顔を離すと、ユリアは手の甲で口を拭った。

「よかった」途方に暮れて、モシェは言った。いまだにユリアの煙草の焦げ臭い味を唇に感じていた。

ユリアは肩をすくめた。「本当はもっといいはずなんだけど」

「え」モシェはそれを、自分に対する断罪だと受け止めた。

「あんた、がっちがちなんだもん」ユリアが言った。「やり方、教えてあげるよ」

煙草を投げ捨てると、ユリアは授業を始めた。

18　マックスと魔術師

午後、マックスが家に帰ると、庭の芝生に置かれたデッキチェアで、大ザバティーニが眠っていた。すぐ隣にはトランクが置いてある。ザバティーニはアロハシャツを着ていて、大音量でいびきをかいていた。

マックスは――控えめに言って――戸惑った。学校が終わった後、マムの店に寄って、宿題をしながら退屈な二時間を過ごしてきたところだった。〈オーム・スウィート・オーム〉は、あまり居心地がいいとは言えない場所だ。マックスの興味を引くものがなにひとつない。あるのは家具や服や遠いアジアのガラクタばかり。マムは客の相手をしなければならず、マックスには構ってくれなかった。いつものことだ。だから宿題を終えると、自転車で家に帰ってきた。そうしたらこれだ。

マックスは年老いたマジシャンに近づいた。

「あのお」

答えはない。そっと肩を揺すってみる。反応なし。また死んじゃったんだろうか？　さらに強く揺さぶってみた。するとザバティーニはびくりと震えて、うめき声をあげると、目を開いた。

「なに？」怒りの声で、ザバティーニは言った。

「寝てたから」

「だからなに？　私、落ち着いて寝ることもできない？」

「うちの芝生でなにやってるの？」

「寝てる」ザバティーニは優雅な身のこなしで、シャツから目に見えない埃をはらった。

「僕の家が、どうしてわかったの？」マックスは訊いた。

ザバティーニはマックスに微笑みかけた。それは、長年の舞台で磨き上げられた微笑みで、大人の男の魅力と少年のいたずらっぽさの完璧な混交だった。「私、マジシャンか、マジシャンでないか？」ザバティーニはここでお辞儀をし――ようとして、うめいた。

「大丈夫？」マックスが訊いた。

「首が」食いしばった歯のあいだから、ザバティーニは声を絞り出した。「攣った。動けない」

マックスは老人の体を支えながら、そろそろと家のなかへと連れていった。そして、ソファに横になるのに手を貸した。

ザバティーニは安堵の息をつくと、首をさすった。「素晴らしい。夢のソファ。リモコンどこ？」

マックスはリモコンを取ってきて渡してやった。

「もっとクッションが必要」ザバティーニが告げた。「首のために」

マックスはマムの寝室に駆け込んで、クッションを取った。リヴィングに戻ると、ザバティーニは震える指で、リモコンのボタンをいじっていた。

「これ、どうやってつける？　プレイボーイ・チャンネル見たい！」ザバティーニが言った。「女が見たい」

まるで、見たい女たちがいまにもリヴィングに入ってくるのではないかと言いたげに、ザバティーニはあたりを見まわした。だが、代わりに目に入ったのは、とびきり醜悪な絵だった。デボラが家族の激しい反対を押し切って、ドアの脇にかけたものだ。黒いビロードを背景に、ピエロの顔が浮かんでいる。ピエロの頬には一粒の涙。苦しそうな微笑みが、真っ赤に塗った唇に浮かんでいる。ピエロの白い顔は、黒いビロードの背景から、見る者のほうへと浮かび出てくるようだ。マックスにとっては不気味な絵だが、マムにとっては言葉で言い表せないほど意味のあるものらしい。マムはこの絵の芸術的な価値よりも、感情に訴えかける力のほうを懸命に擁護した。子供のころから、この絵を部屋に飾っていたのだという。

ザバティーニは嫌悪を込めてその絵を見つめた。そのとき、ある閃きが訪れた。「〈ジャンボズ・クラウン・ルーム〉、行ったことあるか?」とマックスに訊いた。

マックスは首を振った。

「ハリウッド・ブルヴァードの店。ウィノナ・ブルヴァードの角。プレイボーイ・チャンネルよりずっといい」

「ピエロ《クラウン》がいるの?」

「いるか!」ザバティーニが言った。「いるの、裸の女、おっぱいのでっかい」

マックスは赤くなった。

「天国」ザバティーニが続ける。「女とウィスキー」そこでふと言葉を切った。「どうして飲み物ない?」

マックスはキッチンに駆け込むと、水道の水をコップにくんで、客に運んだ。

ザバティーニは怒りを爆発させた。「私、魚に見えるか? 私、飲みたい言った! ウィスキーだ！」

「うち……うち、ウィスキーはないんだ……」マックスは恐る恐る言った。

「ウィスキーない？」ザバティーニは、たったいま一生の恋の相手が別の男と結婚したと聞いたかのような顔で、マックスを見つめた。

マックスは首を振った。

「クソ」ザバティーニが言った。だが突如、顔を輝かせた。「さっき店を見た。通りの角。蒸留酒とかそういうの、売ってる店。私の財布に、金入ってる。ウィスキー買ってこい。それかビール買ってこい」

「僕にビールなんて売ってくれないよ」マックスは言った。

「なんだと？」

「未成年だから」

「そんなこと、見ればわかる」ザバティーニは言った。「でも、飲むのお前じゃない。私」

「アイスティーならあるよ」マックスは言った。

「アイスティーほしくない」ザバティーニが怒鳴った。「それに、どうしてテレビつかない？」

マックスはザバティーニの手からリモコンを取り上げると、テレビをつけた。

ザバティーニの顔に笑顔が広がった。「やっとついた」とため息をつく。

ザバティーニはしばらくクイズ番組を見ていたが、やがて腹が減ったと言いだし、食事を要求した。マックスはキッチンへ行った。冷蔵庫には、まだ紙パックに入ったパニール・マサラがあった。

数日前、マックスとマムは、近所のインド・スーパーマーケットに行った。そこにはインド料理のビュッフェとフラットスクリーンのテレビがあって、一日中アイシュワリヤー・ラーイやシャー・

ルク・カーンのド派手なダンスがかかっている。マックスは皿にパニール・マサラを盛ると、少しのあいだ電子レンジにかけた。そして、ザバティーニの目の前のカウチテーブルにうやうやしく置いた。ザバティーニは年寄りとは思えないほどもりもりと食べ、そのくせ、残り物しか出さないなんて、と文句を言った。ついにマックスは勇気を振り絞って、一時間前から気になっていたことを尋ねてみた。「どうしてうちに来たの？」

ザバティーニは驚いたようすでフォークを置いた。「お前が呼んだ」

「僕が？」

「そう、お前。それとも、ここ、他に誰かいるか？」

「いないけど」

「そうだ！」ザバティーニは勝ち誇ったように言うと、パニール・マサラを再びフォークに盛って、口に入れた。米粒がいくつかアロハシャツに落ちて、貼りついた。

「僕、呼んでなんかいないけど」

「ビール、あるといいのに」ザバティーニが責めるような口調で言った。

マックスはため息をついた。この老人のせいで、頭がどうにかなりそうだ。いったいうちになんの用なんだろう？　いや、それより大切なことがある――マムが帰ってくる前に、どうやって追い出せばいいんだろう？

ザバティーニがフォークを置くと、げっぷをした。そして、こう言った。「私に愛の魔法、やってほしい言っただろう？」

マックスは戸惑いつつ、ザバティーニを見つめた。「え？」

「永遠の愛。私のレコードにあるやつ」

「それで来てくれたの？」

ザバティーニはうなずいた――攣った首が許す限り。「だから来た。うぇいうぇんの、うぁああああい」その声は、再びドラキュラのような響きになった。「レコード、こうだった、そうだろ？でも聴けない、そうだろ？」

「だめなんだ」マックスは言った。「えっと、うん、そうなんだ。聴けないんだ」

「な」ザバティーニがにやりと笑った。「だから来た」

マックスは喜びのあまり、飛び跳ねたいくらいだった。「ほんとに？」

「ほんと。お前の両親、もう一度恋するように」

マックスはザバティーニに駆け寄って、抱きついた。これまで子供をかわいいと特には思ったことのない老マジシャンは、まるで犬の糞を踏んだかのような顔になった。そして、「もういい」と言った。「そういう大袈裟、やめろ」

「ほんとに助けてくれるの？」

「ほんと。私の名前ザバティーニなのと同じくらい、ほんと」

マックスはふいに考え込んだ。「でも、ザバティーニって本当の名前なの？　老人ホームにいたあの男の人は、そんな名前の人はいないって……」

「第一」ザバティーニがマックスをさえぎった。「あそこ老人ホームじゃない。生き生きシニアの生活共同体」

「わかった」

「第二、あの男、あれは牛と同じ。脳みそからっぽ。大間抜け」

「どうして？」マックスは訊いた。「あの人がなにしたの？」

ザバティーニは、努めてさりげない顔を保った。マックスには話すつもりのないことだが——大ザバティーニことモシェ・ゴルデンヒルシュは、今朝キング・デイヴィッド・シニアハイムを追い出されたのだ。

ロニー——あんな男でも所長ではある——がザバティーニを追い出した。バンガロー112号へまっすぐやってくると、まだ肘掛け椅子でうとうとしていたザバティーニを叩き起こし、目の前に退去通告を突きつけたのだ。

「でも、それじゃ私、どこに住めば？」ザバティーニはそうロニーに哀願した。

「ここ以外のどこかだ」ロニーの答えはそっけなかった。

ザバティーニの所持品は、ほとんどが差し押さえられた。もう長いあいだ家賃を滞納していたからだ。ガス漏れは、樽を溢れさせた最後の一滴だったというわけだ。こうして老人は、ついに退去せざるを得なくなった。

そういうわけで、八十八歳のザバティーニは、今朝以来、正式に宿無しとなったのだった。何時間かバス停のベンチに座って、吸殻を鳩たちに投げつけ続けた後、ふと思いついた——昨日の馬鹿なガキ！　愛の魔法のことを訊きにきたあの坊主！　あそこまで馬鹿な子供の親なら、やはり馬鹿に違いない。そして馬鹿一家はどこかに住んでいるはずだ。

ザバティーニはキング・デイヴィッドに戻ると、そっとロビーを覗いた。幸運なことに、そこは無人だった。受付カウンターにロニーはいない。ザバティーニはそっと忍び込んだ。なんと、少年は律儀にも訪問者リストに名前と住所を記入していた。

こうして、この世にもはや誰ひとり頼る者のいないザバティーニは、アットウォーター・ヴィレッジのマックス・コーンを訪問することにしたのだった。

「ねえ、ほんとに、マムとダッドがまた好きになるようにできると思う?」少年が、期待に満ち満ちた顔で尋ねてくる。

「もちろん」ザバティーニは少し気分を害した声で答えた。「私、大ザバティーニ。すごい魔法かけられる。偉大な魔法!」

「でも昨日、魔法なんてないって言ってたじゃん」

そんなことを言ったのか? なんと馬鹿なことをしたものだ! ザバティーニはとりあえず魅力的な微笑みを作った。そして言った。「夢、信じるなら、夢のままで終わらない」

19　子供の骨

一九三七年秋、魔法のサーカスは、ぬかるんだ田舎道をゆっくりと北へと向かった。ゴスラーで何度か公演した後――おぞましい町だとモシェは思った。おまけにナチスだらけだ――、ブラウンシュヴァイクに移り――北のパリと呼ばれるだけあって、ずっとましな町だ――、さらにハノーファーまで北上した。全体的に、モシェはニーダーザクセン地方が好きになれなかった。土地はあまりに平坦で、空は低く、おまけにレンガ造りの建物だらけ！　故郷プラハの、天に向かってすっくと伸びる建築物がなつかしかった。チェコ人は天を目指す、とモシェは思った。けれどニーダーザクセン人は土に張り付く、と。

だが、ようやくこの土地にたどり着いたと喜んでいる者がひとりだけいた。団長の半月男だ。この雨ばかり降る町が、半月男には快適そのものらしかった。そしてある晩、うれしそうに氷砂糖をなめながら、この地で冬を越すことにすると宣言した。男爵を名乗る偽貴族である半月男は本物の貴族に弱く、ハノーファーの領主一家のサーカスご訪問という栄誉に与ることを期待していた。やがてサーカス団内に、なんとブラウンシュヴァイク公爵エルンスト・アウグスト三世殿下が直々にサーカスをご訪問になるという噂が広まった。この噂は、おそらく半月男の熱望から生まれた根も葉もないものに過ぎなかったが、それにもかかわらず、テントには「公爵様の特別席」が用意された。

だが公爵はいっこうに姿を見せず、座席はいつまでも無人のままだった。

モシェ・ゴルデンヒルシュとユリア・クラインは、そんな半月男に隠れて、本物の情事を持つようになっていた。関係を持ってすぐに、ユリアはモシェを手放せなくなった。モシェ少年はユリアにとって、快適な気晴らしだった。モシェはユリアを崇め奉っており、ユリアは崇め奉られるのが嬉しかったのだ。サーカスのテントの裏でこっそりと口づけをしたり、偶然を装って指先を触れあわせたり。たまに、ほんのつかの間ではあっても、ユリアはモシェを愛しているのではないかと思うことさえあった。もちろんそんなはずはない、この少年は自分にとってただの暇つぶしに過ぎないと、わかってはいた——とにかく、これ以上は考えずにおくことだ。だがモシェのほうは、ふたりの関係をもっとずっと真剣にとらえていた。モシェにとってユリアはすべてだった。モシェは幸福の絶頂におり、若者特有の際限なき楽観主義も手伝って、この幸福が終わることなど決してないと信じていた。すべてがより芳しく香り、より美味に感じられた。空気、水、そしてとりわけ秘密の口づけ。

モシェの人生は劇的に変化した。精神的にも肉体的にも、愛を知ったのだ。特に肉体的な愛は気に入った。それまでは、己の想像力と、それを助ける左手しかなかった。ところが、いま生身の女が——それも、なんと素晴らしい女だろう！——実際に、己の意思で、自分のような人間と寝てくれる……モシェはいまだに信じられなかった。

だがときどき半月男が、夜、ユリアを自分の箱馬車に呼んだ。そんなときモシェは嫉妬に狂いながら、スコップを手に外にたたずみ、箱馬車のなかの熱で曇った明るい窓をじっと見つめるのだった。だが幸いなことに、ユリアの半月男訪問は、決して長くはかからなかった。半月男にはもはや持久力がなく、遅くとも半時間後には、ユリアは箱馬車から出てきて、速足でモシェの横を通り過ぎ、水汲みポンプへ行って体を洗うのだった。

モシェとユリアをつなぐ秘密に気づく者は、誰もいなかった。休演日である毎週月曜日、ふたりは別々の方向へ出かけ、数時間後に遠くのカフェや公園で待ち合わせた。ふたりは何時間も散歩をした。ときには、真夜中にサーカスのテントに忍び込んで、愛し合った。

最初に愛し合ったのも、テントのなかだった。

そのときモシェは、ちょうどライオンの檻を掃除しているところだったが、突然、誰かに見つめられていることに気づいた。目を上げると、ユリアが檻の前に立っていた。外は暗く、その日の公演はとうに終わっていた。ユリアの目は、いたずらをたくらむ子供のように輝いていた。ユリアは人差し指を口に当てて、モシェに微笑みかけた。モシェはスコップを足元に落とすと、檻を出た。

ユリアがモシェの手を取り、「来て」と言った。「いいもの見せたげる」

モシェはおとなしくついていった。ユリアはモシェを、いつもどおり空っぽの「公爵様の特別席」に連れていった。モシェは戸惑いながら、あたりを見回した。

「なんにもないじゃないか」

「ううん、あるよ」ユリアが言って、地面に敷き詰められたおがくずのなかへとモシェを誘った。

モシェの裸体を見ると、ユリアは赤くなった。「あんた、ほんとにユダヤ人なんだ」

モシェはうなずいた。恥ずかしかった。だがユリアはただ微笑んで、身を乗り出すと、モシェに口づけた。

＊

しばらく前から、半月男の行動はどんどん予測不能になっていた。酒を飲みすぎ、飲むと特に怒りっぽくなった。ハノーファーの貴族に無視されているせいだろうか？　ある日モシェは、自分の横を駆けぬけていったユリアの頬が赤く、目に涙が溜まっているのを見て、後を追った。

「どうしたの？」

「ほっといて」ユリアはささやき声で言った。

モシェは途方に暮れて、あたりを見まわした。テントの入口に、仮面を光にぎらつかせて、半月男が立っていた。酒瓶を口に持っていくと、よろよろと歩きだす。

「あいつが……？」モシェは訊いた。

「うるさい！」ユリアが鋭くたしなめた。「あんたには関係ない」

だが、関係はおおありだった。それに、半月男がユリアを殴ったのは、このときが初めてではなかった。ユリアがモシェにそれを打ち明けたのは、ふたりでサーカスのテントから遠く離れた野原で、輝く星空の下に寝転んでいたときのことだった。限りない夜空を眺め、いくつもの遠い世界に思いを馳せながら、どこかほかの場所でなら、ふたりでよりよい人生を送ることができるのではないかと考えていた。ふたりは、行ってみたい憧れの町の名前を次々に口にした。マドリッド、ローマ……

「パリ」モシェは言った。

ユリアが失望の表情でモシェを見つめた。「ちょうど言おうと思ってたとこなのに」

モシェはうなずいた。ほんの一瞬、本当にユリアの心が読めるような気がした。愛とはそういうものなのかもしれない――誰かを自分自身と同じくらい、いや自分以上によく知ること。心の奥ではモシェは、ユリアの自分に対する気持ちがはかないものであることを感じ取っていた。ユリアのいくつものささいでなにげない身振りや言葉が、それをはっきりと表していた。ユリアの心はモシェのものではなく、ユリアひとりのものなのだ。モシェはそれを感じ取り、苦しんだ。ユリアの愛を独り占めするための愛の呪文があればいいのにと思った。だが、そんなものはない。

「そうしよ」ユリアが言った。「ここから逃げてさ、パリに行こ」

「パリか。どうかな……」

「なによ?」

第一に、ユリアもモシェもフランス語が話せない。第二に、最近ではドイツから出国するのは難しくなっている。それなら、ベルリンのほうがいいのでは? ふたりはすぐに意見の一致を見た。少しずつ、計画は具体的な形になっていった。ハノーファーから列車でハンブルクまで出て、そこでベルリン行きに乗り換える。ユリアが、ベルリンのダンツィガー通りにふたりの部屋を借りるあてがあると言った。残る問題は金だけだった。これからは節約をして、十分なだけの金を貯めようということになった。節約し、慎重でいようと。

数日後、モシェは自転車で、動物園の近くにテントを張っているサーカスへと帰るところだった。ハノーファーの町を横切るライネ川まで来ると、岸辺に警官の一団がいるのが見えた。道端には一台の囚人護送車と、乗用車が数台停まっている。ゴム長靴を履いてトレンチコートを着た肥満体の男が、岸辺の泥のなかを歩いていた。あちらこちらを指さしては、短く吠えるように命令を発している。どうやらこの男が一団の長らしかった。きっと警部だろう。この不思議な光景が、モシェの興味をかきたてた。そこで自転車を降りると、木に立てかけて、少し離れたところから一団を見物した。きっとここでなにか事件があったんだ、とモシェは思った。警部は機嫌が悪そうだった。部下たちはそろって真っ青な顔をしている。まるでなにか恐ろしいものを見たかのように。

モシェは考え込みながら、自転車に戻った。だが、またがる前に思い留まった。ふとあることを思いついたのだ。木の横にしゃがむと、モシェは待った。

長くはかからなかった。やがて警部がもうひとりの刑事とともに車に向かい、乗り込んだ。ほかの警官たち数名も、何台かの自動車に分乗して去っていった。

モシェは自転車に飛び乗ると、用心深く彼らの後をつけた。

外の空気はすがすがしかった。顔にあたる冷たい風が心地よい。不可能などないと思えた。確かに突拍子もない計画ではあったが、いまのモシェは自由で恐れ知らずだった。

警部の車は、とあるカフェの前で停まった。

モシェは素早く自転車を降りると、藪のなかに隠して、カフェに入った。警部はまだ車のなかにいて、運転席の刑事と話している。モシェは入口近くにある空きテーブルの隣の席を選んだ。そして、空きテーブルが特別居心地よく見えるように、二脚の椅子の配置を整えた。それから再び隣のテーブルに腰を下ろす。フックにぶら下げてあった新聞を取って、めくった。幸いなことに、今日は清潔なスーツを着ている。髭はきれいに剃ってあるし、小粋な帽子もかぶっている。新聞から目を上げると、ちょうど警部が店に入ってくるところだった。ひとりだ。同僚のほうは、車でどこかへ立ち去ったのだ。

警部は店内を見回すと、モシェの隣の空きテーブルに目を留め、そこへ向かい、腰を下ろした。そこで警部はモシェの視線を感じ取った。

モシェは目をそらすと、つぶやいた。「すみません。お邪魔するつもりはありませんでした。警部殿」

「え？」警部が訊いた。

「ぶしつけにじろじろ見るつもりはなかったんです」

「私が警部だってこと、どうしてご存じで？」

「だって、警部さんでしょう？」モシェは無邪気に尋ねた。

「そうだが」警部は言った。「でも、どうしてわかるんです？」

モシェは一瞬考え込むそぶりをした。視線を舐めるように相手の顔に這わせる。

「目です」しばらくたってから、ようやくモシェは言った。「目でわかるんですよ。あなたは正義を求める人間だと」

警部は戸惑ったようだった。「どうしてわかるんです？」再びそう訊く。

モシェはただ秘密めかして微笑み、再び新聞に目を落とした。半月男の言葉を思い出していた
——口数は少ないほどいい。

「あんた、心霊術師ですか？」警部が尋ねた。

モシェは首を振った。

「霊媒ってやつですか？」

「いえ、そういう類の者じゃありません。僕はただの……」

ただの、なんだろう？　ここで真実を言うべきだとでも？　自分は予言者のふりをしようとしているサーカスのピエロだと？　まさか。

「大学生です」結局モシェはそう言った。

「へえ」と警部が言った。「専攻はなんですかな？」

「あれこれかじっているところです」モシェははぐらかした。「まだはっきりとは決められなくて」

警部はうなずいた。「ああ、よくわかりますよ。私もそうでしたからね。まったく方向性が定まらなくてね」

それがいつのことなのか、モシェは尋ねそびれた。警部は、モシェの「秘密」を教えてほしいと言い張ったが、モシェはなにも明かさなかった。内気なふりをして、特別なことではない、ただときどき「予感」のようなものがあって、「いろいろなこと」がわかるだけだ、と言った。

「殺人犯を捜していらっしゃるんでしょう？」モシェは無邪気に言った。

「こりゃ驚いた！」警部が叫んだ。「あんたみたいな人には会ったことがない！」

モシェは新聞を掲げて見せた。「いえいえ、ちょうど記事を読んだところなんですよ」

見出しにはこうあった。〈殺人鬼、またしても現る！〉

警部が笑い声をあげた。

ここでモシェは目を閉じると、両手で頭を抱えた。「今日は川でなにかを探しましたね」苦しそうにあえぎながら、そう言った。

「それは新聞には書いてない！」警部が叫んだ。「ついさっきのことなんだから！」

「申し上げたとおり……ときどき、いろいろなものが、なんというか、感じられるんですよ」モシェは、集中するふりをした。「あなたはなにかを探していた……なにか……おぞましいものを……」

警部がこの先を続ける助けになるような言葉を発してくれるのではないかと期待しながら、さらにぶつぶつつぶやき続けた。長くはかからなかった。警部もまた、その他大勢の人間と同じ――すなわち、だまされたいのだ。

「骨のことですね！」警部は叫んだ。

「それだ！」

「いや、骨が見つかったんですよ……でも、どうしてわかったんですか……」警部は首を振った。

「驚いたな。まったく信じられん」

モシェは謙虚に目を伏せてみせた。

すると警部が立ち上がり、モシェに手を差し出した。「私、ライトナーといいます」と自己紹介する。「ハノーファー警察刑事部のエーリヒ・ライトナー警部です。ひとつよろしく！」

モシェも立ち上がると、差し出された手を握った。そのとき初めて、警部がナチス党員のバッジをつけていることに気づいた。

一瞬ためらったが、モシェは親愛の情をこめて、握ったライトナーの手を振った。

＊

半時間後、ふたりはライネ川の岸にいた。靄の立ち込める寒い日だった。警官たちは立ち去った後で、彼らの足跡だけがぬかるみに残されていた。岸辺の葦は、人の足に踏まれて倒れていた。モシェには、この寒々とした光景のすべてが灰色の影から成り立っているように思われた。鶴の群れが空を飛んでいく。威風堂々と、淡々と。鷲と仔羊の歌を思い出して、モシェの胸はちくりと痛んだ。そして、自分はさきほどの警部との握手で自分の運命を定めてしまったのだろうか、自分もまた、まもなく母のように死ぬことになるのだろうか、と自問した。

「なにか感じますか？」ライトナー警部が、興奮したようすで尋ねた。

もちろんなにも感じない。「なんの骨だったんですか?」努めて専門家風に、モシェは質問した。

「子供の骨ですよ」警部が暗い声でささやくように言った。

「なるほど、だからか」モシェは言った。

「え?」

ライトナーのほうを見ず、視線をぬかるんだ地面に向けたまま、モシェは言った。「痛みを感じるものですから」

警部は深く感銘を受けたようだった。モシェも同様だった。あまりに簡単にことが運んだせいだ。自分はたったひとりの観客を相手に、一流の芸を披露してみせたのだ。

「手を貸してもらえませんか」警部が言った。「殺人犯を捕まえるのに、手を貸してください」

モシェは考えるふりをした。そしてうなずいた。

20　闖入者

　ザバティーニの屈辱は、留まるところを知らなかった。マックスというあの少年は、ガレージに段ボール紙を敷いて、毛布を持ち込み、ザバティーニにそこで寝るように言ったのだ。なんでも、とりあえずは母親にザバティーニの存在を知られないことが大切なのだという。そういうわけで、大ザバティーニはまるで野良犬のように、ガラクタの山の陰で夜を過ごすことになったのだった。世界的芸術家であるこの自分が！　自分はベルリンの最高級のレヴュー劇場に出演した。後には、ニューヨークやアトランティック・シティ、それに西海岸全域をツアーした！　ラスヴェガスでは、熱狂したファンたちが群がってきたものだ！　最高級のホテルに宿泊してきた！　なのにこのざまはどうだ？　ザバティーニは寝返りを打ち続けた。コンクリートの床の上では、快適な姿勢など取りようもない。おまけに、この歳で。ほかの者たちは、晩年をぜいたくに過ごしている。羽根布団に寝て、座っているだけでおいしい食事が出てきて、孫たちのふっくらした頬と介護士のふっくらした尻をつねりながら暮らしている。なのにこの自分だけが、こんな苦しみに耐えねばならないとは。いったい自分がなにをした？　ガレージは暗くて埃っぽい。いたるところに箱や家具や諸々のガラクタが積まれている。ドアから冷たい風が吹き込んでくる。

ネズミがいるのではないかと、ザバティーニは思った。いても不思議ではない。いまよりさらに悪い結果が待っていることだってあり得るのだ。実際、待っていたのは思ったよりも悪い結果だった。ネズミの姿こそ見えなかったものの、ザバティーニは尿意を催したのだ。ため息をついて、疲れた目をこする。避けられないものを先延ばしにしても意味がないことはわかっていた。ここ数年、膀胱がすっかりあてにならなくなった。ザバティーニは懸命に体を起こすと、うめきながら、薄暗がりのなかを手探りで進み、家のなかへと通じるドアを開けた。そして主寝室の隣にあるバスルームへ忍び込むと、トイレの蓋を上げた。用を足し終わると、水を流し、回れ右をした。そのとき、汚れた衣類を入れた籠が目に入った。一番上にパンティが載っている。なんと！　女性の下着は、常に美しい思い出を呼び起こす。ザバティーニはパンティを手に取ると、顔に押し当てた。目を閉じる。その香りは、ザバティーニを数十年前の小さな屋根裏部屋へと連れ戻した。再び目を開けると、そこはもうタイル張りのバスルームではなく、ベルリンの屋根裏部屋だった。目の前にユリアの姿があった。ザバティーニを、ザバティーニだけを見つめている。ザバティーニに微笑みかける。ザバティーニだけに。ユリアの髪はくしゃくしゃで、灰色がかった緑の瞳には、陽光のかけらが反射している。その微笑みは、年老いたザバティーニの心を温めてくれた。ユリアはザバティーニの手を自分の手に包み込んだ。細く華奢な指に。そしてユリアは、甘い嘘を囁きかけてきた。

「愛してる」

その思い出にはあまりに真実味があり、ザバティーニは周りのすべてを忘れた。そもそも、忘れてなにが悪い？　もはや会いたいと思える人は誰ひとりいないのだ。友人も敵も、皆死んでしまった。ザバティーニは最後の生き残り、とうに過ぎ去った時代の孤独な遺物だった。人生という列車は、終点に近づきつつある。そしてほとんどの乗客が、すでに降りた後だ。ザバティーニに残されたのは過去のみ。過去はザバティーニの忠実な伴侶であり、聖遺物であり、すべての源、すべての痛みなのだった。

＊

ハリーが出ていってからというもの、デボラはよく眠れなかった。繰り返し同じ夢を見ては、うなされた。その夢のなかでは、デボラはひとりでボートに乗っている。日暮れ時で、場所は湖の上。あたりにはなんの物音もない。生き物の気配はどこにもない。すべてが静まり返っている。デボラは見捨てられたような孤独を感じる。ボートは波に揺れる。デボラは思いどおりにボートを操ることができない。進路を決めることもできない。野生の植物が生い茂る岸に沿って、ただ漂っていく。植物の合間から、いくつもの廃墟が顔を覗かせている。石の壁、倒れた柱、朽ち果てたアーチ形の門。ひとつの文明が滅び、残ったものは自然の手に委ねられたきりだ。デボラは岸へ向かおうとする。だがうまくいかない。風が繰り返しボートを押し戻すのだ。デボラは岸から離れていく。かつてないほど遠く。

突然、目が覚めた。廊下から物音が近づいてくる。デボラは耳を澄ませた。やはり聞こえる。なんの音なのか、見当もつかなかった。マックスだろうか？　部屋を見まわしてみる。マックスは隣に寝ている。最近のマックスは不眠に悩まされており、しょっちゅう真夜中に寝室へ忍び込んできては、デボラに体を押し付けて眠る。

窓ガラスを柔らかく叩く雨の音が聞こえる。そのとき、トイレの水を流す音がした。デボラは飛び起きた。突然、恐怖を覚えた。侵入者だろうか？　それ以外になにがある？　アライグマ？　アライグマはいつも夜中に、家の前のゴミ箱をあさる。だが音は外から聞こえてくるのではない。デボラは半開きのドアから覗いてみた。

バスルームに明かりがついている。

手探りで携帯電話をつかんだ。そして緊急通報番号にかけた。女性の声が応答した。

「家のなかに誰かがいるんです」デボラはささやいた。

通報センターの女性は、デボラに名前と住所を尋ねた。デボラは訊かれたことに答えた後、きっと強盗に違いないと言った。いや、それどころか、強姦魔かも？　よく聞く話だ。通報センターの女性は、デボラに落ち着くように言い、警官がそちらへ向かっていると告げた。

「落ち着け？」デボラは相手に嚙みついた。「うちのなかに誰かいるんですよ！」

「自分から行動を起こしたりは絶対にしないでください！」女性が言った。

「あんたに指図されるいわれはない！」デボラはそう答えて、電話を切った。腹が立っていた。もはや恐怖も不安も跡形もない。デボラにとっては、珍しいことではなかった。かっとなりやすい性格なのだ。幼いころ、年長の少年のひとりが、デボラの母が昼食に持たせてくれたサンドウィッチを奪おうとしたことがある。デボラは怒り狂い、自分よりずっと強いその少年につかみかかった。そしてその顔のど真ん中にこぶしを叩きこんだ。少年は鼻血を出した。その結果、ふたりとも校長室に呼ばれた。少年は居残りの罰を受けたが、デボラは証拠不十分でお咎めなしだった。華奢な少女ががっしりした少年をこれほどの目に遭わせたなどとは、誰にも信じられなかったのだ。デボラが怒りにとらわれると、その怒りの前にほかのすべてはかき消されてしまう。自分の身の安全を考えることさえできなくなる。デボラは壁の戸棚を開けると、箒とペッパースプレーで武装した。ペッパースプレーはいつも鞄に入れて持ち歩いているものだ。

思い知らせてやる！　とデボラは思った。そして決然と、だが忍び足で廊下を進んだ。

バスルームのドアは、半開きになっていた。デボラは右手に箒、左手にペッパースプレーを構えて攻撃の体勢を取ると、深呼吸して、一瞬目を閉じた。それからすさまじい音とともにドアを蹴り開けると、バスルームに飛び込んだ。箒を槍のように構えたまま。すべてはあっという間だった。バスタブの縁に腰かけた老人に気づいたときには、すでにその頭に箒を振り下ろしていた。そして左手が矢のように飛び出して、老人の顔にペッパースプレーを吹き付けていた。

老人は痛みに悲鳴を上げ、空っぽのバスタブのなかへ背中から倒れた。そしてそのまま、仰向けになった亀のように大の字になった。あえぎながら、懸命に目をこすっている。燃えるような痛みが引くまでには、数分かかるはずだ。やはりペッパースプレーの威力はすごいと、デボラは実感した。

「誰？」デボラは訊いた。

老人はうめくばかりだ。痛みのせいで、顔を涙で濡らしている。体は震えている。口をぱくぱくさせるが、言葉は出てこない。老人の左手――なんとなく歪んでいるように見える――がつかんでいるものが目に入った。デボラのショーツだ。

「私の下着でなにしてんの？　この豚野郎！」デボラは怒鳴った。「どうやって入ってきたの？」

ザバティーニは涙が引くまで瞬きを繰り返した。そして、ヘッドライトに照らされた鹿のような目で、デボラを見つめた。目と頭の痛みが徐々に引いていくにつれて、これがどれほど恥ずかしい状況かがわかってきた。箒を手に目の前で仁王立ちになっているこの荒ぶる獣のような女は、一目見た瞬間からとても魅力的だと思ったが、だからといって事態が好転するわけではない。とはいえ、パンティの強烈な芳香に、すでに興奮を誘われていた。そこにこの燃えるような目だ！

ザバティーニはもう一度、大声でうめくと──今回のはちょっとしたアドリブだ──、体を起こして、まるで入浴中であるかのようにバスタブのなかに腰を下ろした。それからズボンのポケットをさぐって、心臓の薬を取り出すと、一錠を舌に載せ、四苦八苦しながら飲み下した。デボラの目は、男が彼女の下着を背中に隠し持ったままでいるのを見逃さなかった。空いたほうの手で、男はほとんど禿げ上がった頭をかくと、顔を赤らめた。

「これはこれは、こんばんは」男は小声で言った。奇妙ななまりがある。

「ここでなにしてんの？」デボラは嚙みつかんばかりに言った。

「いやあ、痛かった！」男は責めるように言う。

「ふん、こんなもんじゃ済まないからね。まだ攻撃は終わってないんだから。あんた誰？」

老人はお辞儀らしき仕草をした。「わたくしは大ザバティーニと呼ばれております」と言う。「今後ともどうぞお見知りおきを、若奥様」男は両手を差し出すと、これまでの職業生活で常に役立ってきた目つきをデボラに投げかけた。その目はこう言っているようだった──私が嘘をつくように見えますか？

「私のパンツでなにしてんの？」

ザバティーニは両手をぱっと開いて見せた。なにも持っていない。

「パンツ？」無邪気な声で、ザバティーニは訊いた。「パンツとは、いったいなんのことですか？」それから、これみよがしの大げさな仕草で、アロハシャツの袖をたくしあげる。「どう？　袖にも、なにも隠してません」

デボラは混乱した。この男は確かに下着を持っていたはず。はっきりとこの目で見た！　老人の皺だらけのしなびた腕に、薄れた刺青があるのが目に入った。なにかの記号か数のようだが、もはやほとんど読み取れない。

それでもデボラは、それがなにを意味するかを知っていた。

「真夜中にうちのバスルームでなにしてんの？」

「いやあ……」ザバティーニは口を開きかけ、困ったように微笑んだ。いったいなにを言えばいいと言うのだ？　老人ホームを追い出されたこと？　デボラはいまだに、脅すように箒を手に持っている。自分の次の言葉が、ことの行方を左右するのだ。

「我々のこの世界は、魔法のような場所！」ザバティーニは言った。「胸のなかでまどろむ夢と我々とを隔てるのは、ほんの薄いヴェール一枚」ザバティーニのなまりは、どんどん強くなっていった。痛みをこらえながら、なんとかバスタブから這い出ようとする。「そこで、若奥様」ザバティーニは続けた。「とくとご覧あれ！」片足をバスタブから出すことに成功した。「私がここに来たのは」厳かに告げる。「変えるためです、あなたの人生」

「ふざけんな」デボラが警告した。「警察がこっちに向かってるんだからね」

ちょうど体を起こしたところだったザバティーニは、哀願の目でデボラを見つめた。「私、世界で最も偉大なエンターテイナーのひとり」その言葉には、あまり説得力があるとは言えなかった。

「マム！」そのとき、背後から声が聞こえた。「やめて！」

デボラが振り返ると、マックスがバスルームの入口に立っていた。髪はあちこちに跳ね、パジャマは皺くちゃだ。

「僕のせいなんだ」マックスが言った。

「どういうことなの？」デボラは訊いた。

マックスはうなだれて、自分の足元を見つめた。「この人、マジシャンなんだ」

「なにシャンですって？」

「あのマジシャンだよ。ダッドのレコードの」

「あのマジシャン？」不信感のこもった声が出た。

「証拠を見せるよ」マックスは言った。そして自分の部屋に駆けこむと、数秒後にレコードを持って戻ってきた。「ほら！」ザバティーニの横に、レコードのジャケットを掲げて見せる。

ザバティーニは、ジャケットの写真と同じ微笑みを作ろうと努力した。

マックスは、母が写真と実物の相似に納得したと感じたところで、手を下ろした。

「それで、そのマジシャンがここでなにしてんの？」デボラが訊く。

「昨日の夜、初めて会ったんだ」マックスは言った。「フェアファックス・アヴェニューにある老人ホームに住んでるんだよ。この人と一緒にキャンターズに行ったんだ」

「私、すべて説明しましょう」ザバティーニは言って、咳ばらいをした。「こちらのマックスくん、私を訪ねてきました。私を捜していたのです」話しながら、傷ついた体が許す限り素早く、だが慎重にバスタブから出る。膝が震えていたが、ついになんとかまっすぐに立つことができた。ここでザバティーニは、捻じ曲がった腕を持ち上げた。それは、何十年も昔、古いシナゴーグの屋根裏で父親が見せてくれた仕草のグロテスクなパロディだった。かすれた弱々しい声で、ザバティーニは告げた。「私は、大ザバティーニです！」それからデボラのほうへ手をのばすと、言った。「お耳の後ろに、なにを隠してますか？」

デボラが振り向くと、驚いたことに、ザバティーニの手のなかに突如としてデボラのショーツが現れた。

「おやおや！」ザバティーニは大声で言った。「ずっと奥様のお耳の後ろに隠れていたみたいです！」

マックスが感動の面持ちで拍手した。

ザバティーニはお辞儀をした。「ありがとうございます、紳士淑女の皆様方」

その瞬間、ドアを叩く大きな音がして、声が響いた。「開けてください！　警察です！」

ザバティーニは蒼白になった。

「ああもう！」デボラは舌打ちすると、リヴィングへ駆け込んだ。マックスが続く。

玄関ドアを開けると、制服を着たふたりの警官がいた。ひとりは若い黒人女性で、髪をきっちりとひっつめている。もうひとりは年配の白人男性で、太鼓腹だ。

「お電話をもらったもんでね」男性警官のほうが言った。

「ええ……」デボラはつぶやいた。心を決めかねていた。「その、泥棒だと思ったので……」

「で？」女性警官が訊いた。「なかに誰かいるんですか？」

「いいえ」デボラは首を振った。「っていうか、その、いるにはいるんですけど。うちのバスタブに」

ふたりの警官は、疑わし気な視線を交わした。そして、家のなかに入って、見て回ってもいいか、と尋ねた。確認しておくに越したことはないから、と。

デボラはあいまいにうなずくと、脇へどいて、ふたりを通した。警官たちは、美術館を訪れた客のように、家のなかを見てまわった。手は革ベルトに置いたままだ。デボラはふたりをバスルームへ案内した。ザバティーニはまだバスタブの縁に腰かけていた。そして、ふたりの警官を輝くような笑みで迎えた。

太鼓腹のほうが、デボラに尋ねた。「こいつですか？」

デボラはうなずいた。

「あんまり危険な男には見えんな」太鼓腹が言った。

「物音が聞こえたから……その、怖くなって。だから電話したんですけど……」

「私、すべて説明しましょう」ザバティーニが言った。

「じゃ、聞かせてもらおうか」太鼓腹が答えた。

ザバティーニは警官たちに、マックスが昨日老人ホームへ自分を捜しにやってきたことを話した。そしてそこから先、ゆっくりと、だが確実に、創作へと移っていった。ザバティーニは語った。自分がマックス少年にすぐに深く強い好意を抱いたこと、マックスから家に来てほしいと頼まれた――いや、頼まれたどころではない、哀願されたこと。なぜなら……

なぜなら……ええと、理由はなんだったか？

警官たちは次第に苛立ち始めた。黒人のほうが、ザバティーニに身分証明書を見せるように命じると、情報を確認するために、それを持って車へと戻った。そして数分後に戻ってくると、この老人は明らかに無害な存在だと告げた。前科なし。性犯罪者でさえない。その声にはかすかな失望が混じっていた。「逮捕命令も出ていません。きれいなもんです」

「小児性愛者かも」デボラは言った。

女性警官が肩をすくめる。「かもしれませんけど、記録はありません。そういう輩は、ほとんどの場合、どこかで記録に残るものなんですけど」

デボラはうなずいたが、まだすっかり安心したわけではなかった。

警官ふたりが、ザバティーニを左右から挟むように立った。太鼓腹のほうが、毛むくじゃらの巨大な手をザバティーニの肩にめりこませた。「よし、じいさん。とにかくここを出ていこう」

ふたりはザバティーニを降りしきる雨のなかへ連れ出し、パトカーのほうへと向かう。

「その人をどうするんですか？」デボラは玄関口で訊いた。

「とりあえず今夜は留置場に泊まってもらいます。ほかのやつらと一緒に」女性警官が答えた。「家宅侵入罪ですからね。明日になったら判事の前に出頭させて、それからどうなるかはまだわかりません」

突然、ザバティーニが警官たちの腕を振りほどいた。そして弱々しい足取りでデボラのほうへ一、二歩踏み出すと、なんとも意外な行動に出た――跪いたのだ。

「お願い！」ザバティーニは懇願した。「刑務所、行きたくない！」

「そう騒ぐな」太鼓腹が、落ち着き払った声で言った。「お涙頂戴はやめろ。無駄だ」

だがまさにそのお涙頂戴こそ、ザバティーニが意図するところだった。デボラの脚に取りすがり、ザバティーニは泣き始めた。「私、老人、刑務所耐えられない！」

デボラは真っ赤になり、あたりを見回した。この騒動で近所の人たちが目を覚まさないことを祈った。すすり泣く老人に取りすがられるなど、恥ずかしいこと極まりない。

「もう、わかったから」疲れ切ったデボラは言った。「訴えたりしないから。今日はうちに泊まってもいい。でも明日になったら、さっさと出ていってよ」

「ありがとう、マム！」マックスが叫んで、デボラに抱きついた。

デボラはひきつった笑みを返した。

ふたりの警官は失望の視線を交わした。

21　忍び寄る闇

ライネ川の岸辺で、モシェ・ゴルデンヒルシュはエーリヒ・ライトナー警部と契約を結んだ。モシェは「相談役探偵」として、その特別な能力を生かしてハノーファー警察に協力し、報酬として一週間に三十ライヒスマルクを受け取るというものだ。一財産と言える金額だった。特にモシェにとっては。それゆえモシェは、報酬をできる限り長期間受け取ることができるよう、殺人犯が永遠に捕まらないことを祈った。いずれにせよ自分は、殺人犯の逮捕を妨げるために、力の限りを尽くすつもりだった。握手で契約を確かなものにした後、ふたりは警察車両で署へと向かった。

「そういえば、お名前はなんと？」車内でライトナーが尋ねた。

「ザバティーニです」モシェは答えた。

「それ、いったいどこの名前です？」

「ペルシアです。テヘラン生まれなんです」すでにこの質問に備えていたモシェは、悠々と答えた。

「どこですって？」

「ペルシアですよ」モシェは答えた。

「まさか!」警部は楽しそうに膝を叩いた。「ペルシアとはね! なんと、すごい人に会ったもんだ!」

「ペルシア人がアーリア人の起源だということ、ご存知でしたか?」モシェは言った。

「ほう? じゃ、これ以上のアーリア人証明書はないってわけですな!」ライトナーは吹き出した。そして、こう言った。「悪く思わないでほしいんですが、私は人種問題にはそれほど興味がなくてね」

「そうなんですか?」

ライトナーは首を振った。「政治にはうといんですよ。アーリア人だの、ユダヤ人問題だの、そういう最近のいろんな御託には」

「でも」モシェは慎重に反論を試みた。「党員なんでしょう」

「ああ、そりゃ仕方がないからですよ。党に入らないわけにはいかない。国家公務員が党員じゃないとなったら、どんなことになるか。そうでしょ? それに、別に総統に異議があるわけじゃない。なんともすごいお人だ。でも、我々下々の者は……」ライトナーは肩をすくめた。「ま、私は自分の仕事をするだけです。それ以外のことは知ったこっちゃない」

モシェはうなずいた。ライトナーが最近の政治動向の熱烈な信奉者でないことは、モシェに有利に働くかもしれなかった。彼がモシェの出自に疑念を抱く可能性も低くなるかもしれない。

「それで、我が国へいらしたのはどういうわけで?」ライトナーが訊いた。

「両親が、革命のせいで国を出なければならなくなって」とモシェは言った。

「革命?」

「二〇年代です。ボリシェヴィキの」

ライトナーはうなずいた。「なるほど、騒ぎを起こすのはいつもボリシェヴィキどもだ」

「革命は潰されましたが、そのときには両親と私はもうパリに移住した後でした」嘘は、自分でも空恐ろしくなるほど楽に出てきた。自分という人間を新たに創造しなおすのは楽しかった。

「それで、いまはここにいらっしゃるわけですか」ライトナーは言わずもがなのことを言った。

「いまはここにいます」

署の前で車は停まった。ボリシェヴィキに追われたペルシア人を名乗ってはいても、窓の前に翻る鉤十字を見ると、自分が本当は何者なのかを否応なく思い出して、モシェの心はざわついた。

ふたりは建物のなかに入り、机の前に座ってなにかをタイプライターに打ち込んだり、煙草を吸ったりしている機嫌の悪そうな署員でいっぱいの陰気な部屋をいくつも通り抜けた。それ以来モシェは、多くの憂鬱な時間をこの建物で過ごすことになった。とはいえ、少なくともライトナーとは気が合った。陽気な性格で知性の足りないライトナーは、一般的な刑事像からはかけ離れた人物だった。ライトナーはモシェと話をしたがり、モシェも積極的に話題を提供した。ライトナーはモシェに捜査書類を見せた。ハノーファーでは、子供の連続殺人が起きていた。死体はどれも惨い傷を負っていた。傷つけられた小さな体を写した目の粗い白黒写真を見て、モシェは衝撃を受けた。いまのところ、警察はなんの手掛かりもつかんでいない。モシェは、全力で協力すると約束した。

金を稼げるようになったので、モシェはとある引退した女教師の家の小さな一部屋を間借りした。その部屋でこっそりとユリアに会うことができるようになり、さらにライトナー警部にも、そこを住所として届け出た。モシェは嘘の世界に生きていた。まず、警察に嘘をついていた。それに、ユリアと関係を持つことで、半月男にも嘘をついていた。さらに、サーカスの同僚たちにも嘘をついていた。ハノーファー警察で仕事をしていることを知られるわけにはいかなかったので、しょっちゅう町へと出かける言い訳として、ハノーファーのきれいな少女と恋愛しているということにしてあったのだ。それは、嘘と欺瞞の無限の輪舞だった。嘘をつくこと自体は簡単だったが、時間がたつにつれて、頭に入れておかねばならない物語とその経過は、とんでもない数になっていった。すべてを記憶しておくのは大変だったし、犠牲も伴った。さらに、死体安置所を訪れなければならないのもつらかった。ライトナーはよく、モシェを安置所へ連れていった。モシェはそこで、小さな子供の死体の上に手をかざし、恥知らずで役立たずのさらなる嘘を語るのだった。死体安置所は寒く、ホルムアルデヒドの匂いがした。腐った果物を思わせる、吐き気を催す甘い臭いだ。自分もまた時がたてば消えゆく存在なのだと気づかされるのは、楽しいものではなかった。それに、死体安置所では、よく父のことも思い出した。そして、生きている人間たち、死んだ人間たちに対する自分の裏切りに、心が重くなるのだった。

さらに、犯人につながるなんらかの徴候や足跡をひねり出すのは、どんどん難しくなっていった。「暗い力を感じる」や「秘密の核心にはあなたが思うより近づいている」といったお決まりの文句は、時間とともにその威力を失っていった。モシェが唯一本当に感じるのは、ライトナーの肩にかかる圧力だった。これまでに六人の子供が死体で見つかっているにもかかわらず、警察はなんの手掛かりもつかめていない。警部は絶望的になればなるほど、いっそうザバティーニを頼るようになった。

そういうわけで、モシェは尋問や労働者居住区への夜中の手入れなどに、頻繁に付き合わされる羽目になった。ライトナーはモシェに、重労働で疲れた体を休めている真夜中に叩き起こされて戸惑う労働者の額に、手をかざすよう頼む。最初のうちはモシェも、何の抵抗もなく、彼らの「無実を感じる」と言うことができた。だが世間の圧力が増すにつれて、より頻繁に「不快感」を表明するようになった。すると、それほどの根拠もなしに、労働者たちは簡単に逮捕されていった。モシェは、彼らの身にその後なにが起こるのか、知りたくはなかった。

ある夜、モシェはよく知った小さな店へと連れていかれた。そこは、モシェがしょっちゅう買い物をする青果店だった。店の上階にある住居から、無骨な太った男が連れてこられた。新たな容疑者であることは明白だった。幸いなことに、青果店の主人はモシェのことを覚えていないようだった。

目の下に黒い隈を作ったライトナーは、モシェが店に足を踏み入れると、笑いかけた。そしてモシェを脇へ連れていって、なにか感じるかと尋ねた。

モシェは重い足取りで店主に近づき、額に手をかざした。男はわけがわからないという顔でモシェを見つめている。モシェは、なにを言えばいいのか見当もつかなかった。いつものお決まりの文章を繰り返すのは気が進まない。繰り返しも度が過ぎれば危険だ。とはいえ、なにか言わないわけにはいかない。モシェは目を閉じた。

「どうです？」ライトナーが訊いた。

モシェはなにも思いつかなかった。頭に霧がかかったようだ。店主の額から手を離すと、モシェはライトナーを見つめた。

「どうなんです？」ライトナーが訊いた。

モシェは再び、半月男の忠告を思い出していた。なんといえばいいかわからないときには黙っていろ、というものだ。そこでモシェは、誰にも気づかれないほどわずかに首を振っただけで、悄然ときびすを返した。

ライトナーはザバティーニの沈黙を、容疑者の罪が認められた証だと受け取ったようで、「連れていけ！」と命じた。

青果店の店主は、車へと引きずっていかれた。上階では妻と子供たちが窓辺に立って、泣いていた。車に押し込まれる直前、店主はモシェに絶望の視線を投げかけた。モシェは耐えられず、地面に目を落とした。初めて良心の呵責を感じた。そして、こんな茶番はできるだけ早く終わらせようと決めた。

いったい、これからどこで野菜を買えばいいのだろう？

22　誰がカディーシュを唱えてくれる？

翌朝、デボラ・コーンが起きると、ザバティーニはすでに朝食の席でマックスと向かい合っていた。カードのトリックを披露している。

「おおお、出ました」ザバティーニは、わざとらしい巻き舌で、一枚のカードを掲げて見せた。

「ハートのクイーン」

そう言いながら、デボラに向かって片目をつぶって見せる。デボラは呆れて天を仰いだ。マックスは輝くような笑顔で手を叩いている。息子のこれほどうれしそうなようすは、もう長い間見たことがなかった。

一方ザバティーニは、悔しさに歯軋りしながらも、この少年のことが好きだと認めないわけにはいかなかった。少なくとも、多少は好きだ。ものすごく好きなわけではないが、多少は。そもそも、子供という生き物自体が好きではない。だがこの少年は、ある種の憂鬱な空気をまとっている。昼も夜も、メランコリックな色に染められている。それはザバティーニもよく知る空気だった。それにマックスは、年齢の割には賢かった。確かに鼻もちならない知ったかぶりの小僧ではある。だが、最初に思ったような馬鹿ではなかった。ふたりは朝食の席で、あれこれ語り合ったのだった。それは相手を知るための慎重な探り合いだった。へえ、〈ザンコー・チキン〉によく行く？　私もだ！〈ジャンボズ・クラウン・ルーム〉のすぐ近くだし。あそこのガーリックソース？　素晴らしい味だ、そう思うだろ？　ニンニクなしの人生なんて、どのみち意味ないもんな。そんな具合の会話だ。

「マム！」マックスが叫んで、カードを掲げた。「いまの見た？」

デボラはあくびをしながら首を振った。「朝ご飯を食べなさい」

ザバティーニはデボラを無遠慮に見つめた。そして、ああ、と思った。素晴らしい女、香《かぐわ》しい女だ。「おはようございます、奥様」囁くように言う。

「ねえマム」マックスが言った。「ジャンボズ・クラウン・ルームって知ってる？　大ザバティーニさんがね……」母のギョッとした視線に気づいて、マックスは口をつぐんだ。

デボラは、どこまでも悪意なさげな表情を装っているザバティーニをにらみつけた。ザバティーニは咳ばらいをすると、自らの魅力を発揮しようと努めた。「尊敬すべき奥様、お宅にはもしかして、コーヒーがありませんか？」

デボラは眉を上げた。「コーヒー？」この場で、本気でそんなことを言っているのだろうか？　厚かましい！

「さようで」ザバティーニが続けた。「炒った豆で作る、黒くて熱い液体のことです。ミルクなし、砂糖入り、お願いします」それからマックスに顔を向けて、再び片目をつぶって見せた。「夜のように黒く、秘密の口づけのように甘く！」

確かにザバティーニは、デボラに一目も二目も置いていた――昨夜の箒の一件に強い感銘を受けたのだ。だがそれでも――いや、むしろだからこそ――デボラは昨夜、ザバティーニのエロティックな夢に火をつけた。歳を取り、ペニスが錆びついてくるにつれて、あらゆる卑猥なもの、いかがわしいものが、ますます彼の生きる糧となっていた。ときにはそのせいで、ほとんど眠れないことさえあった。昨夜ザバティーニは、書斎のソファベッドで朝まで過ごすことを許された。なんという天の恵み！　とはいえ、ザバティーニはほとんどずっと、悶々と寝返りばかり打って過ごした。首と頭が痛かったし、妄想にも苦しめられた。ようやく眠りについたのは、夜明けの直前だった。

「私はあなたの召使じゃありません」デボラは聞く者の背筋を凍らせるような小声で言った。

マックスはその声をよく知っていた。嵐の前の危険な静けさだ。割って入るべきときだった。

「僕がコーヒーいれるよ！」そう言うと、椅子から勢いよく立ち上がった。「いれ方、知ってるんだ」

ザバティーニは不穏な空気を感じ取った。痩せても枯れても読心術師だ。だが、朝の明るい光のもとでなら、安心していられた。少なくともこの少年は、すでに自分に心酔している。こうなっては、母親も自分を放り出すわけにはいかないだろう。デボラの内なる炎、その情熱的な気性――ザバティーニはこの炎の女神にすっかり魅了されていた。デボラが今朝は髪にまだ櫛を入れていないことも、寝不足で顔が腫れぼったいことも、気にならなかった。むしろ逆に、今朝のデボラは家庭的な雰囲気を醸し出しており、それがザバティーニをさらに惹きつけた。これまでずっと、ザバティーニは愛の狩人だった。放浪者であり、愛から疎外された人間だった。ごく平凡な日常生活は、手の届かないものだった。おまけに、一生を他人になんらかのトリックを披露して過ごしてきた。いわばプロの嘘つきだ。そして、その一生が終わりに近づきつつあるいま、ザバティーニが美しい嘘をつくことのできる相手は、もはや誰もいなかった。ザバティーニが一番後悔しているのは、あと腐れのない人生を送ってきたことだった。自分のことにばかりかまけて、他人のことは気にかけてこなかった。そしていま、周りには誰もいない。ザバティーニはひとりきりだった。

「はっきり言っとくけど」デボラが言った。「私はあんたが誰なのか知らないし、よりによってどうしてうちにやってきたのかも知らない。あんたが留置場じゃなくて、うちのソファベッドで寝られた唯一の理由は、昨夜が雨だったことと、あんたが警官の前で私に恥をかかせたことなんだからね」

「昨夜のこと、永遠に感謝捧げる所存」ザバティーニは猫なで声で言った。「でもいま朝、太陽輝いてる、私コーヒー飲みたい」

それはほとんど命令に聞こえた。デボラは、他人《ひと》にこれをしろ、あれをしろと指示されることに耐えられない性分だ。それもよりによってこの男に。この老いぼれに。まずはパンティの香りを嗅いだ挙句に、今度はコーヒーの香りまで嗅ごうというのか？

「そろそろ出てって」デボラは言った。

マックスが母をまじまじと見つめた。口がぽかんと開く。魚そっくりだ。それからマックスは言った。「ママ、お願い」

「なによ？」デボラは意地になって訊いた。「夜は明けたでしょ。外を見てみなさい。明るい朝じゃないの！」

ザバティーニは衝撃を受けてマックスを見つめた。人を思い通りに操れない事態には、慣れていなかった。きっと選んだ口調が間違っていたのだろう。

マックスはマムを、これまでさんざん訓練済みの哀願の目で見つめた。「ねえ、憶えてる？　誕生日には、なんでも僕の好きなものをくれるって言ったよね？」

デボラの顔から、わずかに厳しさが薄れた。

「僕、次の次の土曜日の誕生日パーティーで、ザバティーニさんにマジックをしてもらいたい」マックスは言った。「〈ミッキーズ・ピザ・パレス〉で」

デボラは、震える手で朝食のコーンフレークをスプーンですくい、口に運んでいる舞台奇術師を、不信感もあらわに見つめた。ザバティーニは、いたずらを見つかった子供のようにスプーンを下ろすと、デボラに苦笑いをして見せた。

「『タンタンの冒険』全巻が欲しいんじゃなかったの?」デボラはマックスに訊いた。

「うん」マックスは認めた。「でもそれとは別に、大ザバティーニさんにも、誕生日パーティーに来てほしいんだ」そして老人のほうへと頭を向けた。「昔はすごく有名だったんだよ」

「そうです! 有名でした!」ザバティーニは突然興奮状態になって叫んだ。「いや、〈でした〉じゃない、いまも有名!」

「風船で作った動物を会場にくくりつける係?」皮肉な口調でデボラは言った。

「観客は私を求めている!」ザバティーニが断言する。

デボラの懐疑的な視線は、老人から息子へと移り、また戻った。「そもそも、どうやってこの人を見つけたの?」マックスにそう訊く。

「ハリウッド・ブルヴァードのマジック・ショップに行ったんだ。そしたら店の人が、ザバティーニさんがどこにいるか教えてくれた」

「で、どうしてこの人を捜しにいったのか、そろそろ教えてくれる気はないの?」

マックスはテーブルのコーンフレークに視線を落とした。

「マックス?」デボラは呼びかけた。

マックスは腕を組むと、ようやく口を開いた。「誕生日のプレゼントは、大ザバティーニさんがいい！」

デボラの頭のなかで、歯車が回り始めた。まず最初にレコード、それから家出……そして今度はこの化石同然の老人。いまだに理由はわからなかったが、息子が真剣なのは明らかだった。このまま自分が意地になっていたら、マックスとのあいだに戦争が勃発するのは明らかだ。じゃあ、譲歩したらどうなるだろう？

デボラは息子の前にしゃがむと、その手を取った。「本気なのね、マックス？」

マックスはうなずいた。「ほんとにちょっとのあいだでいいんだ。お願い、お願い、お願い」

父親そっくりの頑固者だ、とデボラは思った。とはいえ、少なくとも警察はすでにこの老人の身元を調査して、問題ないと判断した。前科なし——なんと素晴らしい人物像！　家に他人を置くのは、まったく気が進まなかった。だが、ひとつだけ認めざるを得ないことがあった。今朝のマックスが幸せだということだ。ほんとうに久しぶりに。この老人の傍にいるのが、うれしいようだ。なぜかはさっぱりわからないながら。

デボラは片頬を上げて歪んだ笑みを作ると、ため息をつき、判決を言い渡した。「わかった。この人には書斎で寝てもらう。でも誕生日までよ。そこで終わり」

「ありがとう、マム！」マックスは大喜びで叫んだ。小さな腕でデボラを抱きしめ、頬にキスをする。

「さ、急ぎなさい」デボラは言った。「バスに遅れちゃうよ」

マックスはリュックサックをつかむと、スクールバスに間に合うようにと、家から走り出ていった。玄関ドアを叩きつけるように閉めたせいで、壁が振動した。その後ろ姿を、デボラとザバティーニは窓から見送った。マックスは、ちょうど角に停まった黄色いバスに乗り込む。ドアが閉まり、バスは去っていった。

ふたりきりになるやいなや、デボラはザバティーニへの攻撃に転じた。キッチンの包丁を手に取ると、それを老人の胸に突き付ける。

「奥様、お気を付けて」ザバティーニは不安げな微笑みを浮かべて言った。

デボラは改めて、ザバティーニが書斎に泊まるのは来週土曜日のパーティーまでであること、その後は一分たりとも家には置かないことを宣言した。一分たりとも！　ばかげたトリックはなし！　それからデボラは、この家で暮らすにあたっての規則を説明した。そこにはデボラの下着に決して触らないことも含まれていて、ザバティーニは失望した。デボラは包丁をちらつかせながら、規則にひとつでも違反すれば、それがどれほどささいなものであろうと、この包丁を尻にぶっ刺してやると宣言した。ひとつだけ、憶えておきなさい――私はあんたを信用してないからね。

「いったいどうなってるわけ？　うちになんの用？」デボラは訊いた。

ザバティーニはため息をついた。「コーヒーはどうなっていますか？」

「そんなの後でいい」デボラは言った。「どうしてうちにいるの？　息子になにを吹き込んだの？」

「なにも」ザバティーニは言った。「息子さんが、私を捜しにきて、つきまといました」

デボラの手に握られた包丁がザバティーニを不安に陥れ、そのせいで彼の英語は再びひどくなまり始めた。ザバティーニはたどたどしく、「アクティヴなシニアのライフスタイル」を楽しんでいたところ、災いの種となる少年がシニアハイムに現れたのだ、と語った。「キング・デイヴィッドというハイム、まさに宮殿、おわかり？」その宮殿を、残念ながら追われる羽目になった。それというのもマックスのせいだ。マックスは、大ザバティーニが何十年も前に宣伝のために制作したレコードにご執心だった。レコード制作は、当時ザバティーニのエージェントを務めていたベニー・

シマンスキ――いまは故人だ――のアイディアだった。それは八〇年代初頭のことで、当時ザバティーニのキャリアはすでに失速を始めていた。シマンスキは、レコードを作ることで、まだ子供の誕生日パーティーやバル・ミツワーなどに呼んでもらう機会ができるのではないかと言った。その数年前から、ザバティーニのテレビ出演はどんどん減っていたし、ディズニーランドでの定期出演も突如終わりを告げた。それはザバティーニが控えめに言っても平凡なショーを終えた後、舞台裏の物置で、ズボンを下ろした姿で、ミッキーマウスの衣装を着た女性従業員と交わっているところを見つかった後の出来事だった。なんとも決まりの悪い事件だった。

この大失敗の後、ザバティーニは東海岸へ戻り、数か月のあいだアトランティック・シティのカジノに出演した。稼ぎはよかったが、この出演契約もいつしか終わりを告げた。そこでザバティーニは再びカリフォルニアに腰を落ち着けた。少なくとも気候は東海岸よりずっとましだ。どうせ貧乏なら、太陽が輝く場所で暮らしたかった。ザバティーニは西海岸が好きだった。特に春のジャカランダの香りと、夏のレモンの木の香りが。それに、隣家の庭からいつも盗んでくる熟したアヴォカドも大好きだった。ヨーロッパ大陸出身のザバティーニにとって、だだっ広いだけで中心となるべき旧市街もないロサンジェルスは町とは思えず、荒野と同様だった。だがまさにそれが刺激的だった。古いユダヤ人墓地やシナゴーグの廃墟は、この町にはいくら探してもない。一九四五年以前を思い出させるものは、なにひとつなかった。

それにロサンジェルスには、〈マジック・キャッスル〉があった。西海岸一の歴史とステイタスを誇る舞台マジッククラブで、偉大な才能を持つ出演者たちで有名であると同時に、観客に提供する料理のまずさで悪名高かった。ザバティーニは長年、マジック・キャッスルおよび〈アカデミー・オブ・マジカル・アーツ〉の創始者であるミルト・ラーセンと交友があった。〈アカデミー・

オブ・マジカル・アーツ〉は、遅れてきた思春期のまっただなかにあるかのようなマジシャンたちの、一種のボーイスカウトクラブだった。ザバティーニに言わせれば素人集団だ。それでも六〇年代当時、アカデミーに受け入れられることは、ザバティーニにとって名誉だった。ミルトの兄ビルは当時CBSテレビのプロデューサーで、フェアファックス・アヴェニューとサード・ストリートの角にあるテレビ局に大きなオフィスを持っていた。そして、ザバティーニにときどきテレビ出演の機会をくれた。たとえば〈ジュディ・ガーランド・ショー〉もそのひとつだ。

ロサンジェルスに戻って数か月たったある晩、ザバティーニはミルトとビルとともに、ビバリーヒルズの〈チェイスンズ〉へ食事に行った。天にも昇るほど美味なステーキを出す店だ。そこでミルトが、マジック・キャッスルの正式な雇われマジシャンになる気はないかと尋ねた。ステーキ代を払う余裕さえなく、ラーセン兄弟がおごってくれることを密かに期待していたザバティーニにとっては、もちろん願ったりかなったりの提案だった。

マジック・キャッスルはハリウッド・ヒルズにあり、なにごとも過剰なアメリカを象徴するような馬鹿馬鹿しい施設だった。一九〇八年に建てられた偽ヴィクトリア様式の建物は、少しばかりホラー映画に出てくる幽霊屋敷を思わせる。六〇年代初頭、舞台マジシャンであり、敏腕ビジネスマンでもあったミルト・ラーセンが、荒れ果てた屋敷を買い取って修復した。キャッスルは最初から――そして今日でも――プライヴェートなクラブであり、訪問資格があるのは会員とその招待客のみだ。料理は人間性に対する犯罪にも等しいが、舞台マジシャンにとって、そこはまさに楽園だった。そこには知り合いがいて、自分の居場所があり、家賃を稼ぐことができた。入口はフクロウの像に見張られており、「ひらけゴマ！」の言葉で、木製の本棚が動いて、クラブの内部へと通じる秘密の通路が開く。なかには当時としては非常に豪華だったバーがある。活気にあふれていて、酔っぱらった客や儲け話を探すマジシャンや、ぴちぴちの服を着たウェイトレスたちがひしめき合っている。マジック・キャッスルは常に薄暗い。この雰囲気もまた幻想の一部だった。訪れる客たちに、壮麗なヴィクトリア時代の雰囲気を提供していた――太陽が燦々と降り注ぐカリフォルニアのど真ん中で。絨毯は柔らかく、色は赤、いたるところに真鍮のシャンデリアがぶら下がっている。マジックショーを上演するのは、舞台を備えただだっぴろい大広間と、大きなサロン、それに〈クローズアップ・ギャラリー〉と呼ばれる小さな部屋だ。このギャラリーで披露されるものこそがマジックの至高の形式だと、ザバティーニは思っていた。だが、マジック・キャッスルの心臓ともいうべき場所は、地下室だった。そこには世界中の本が集められている。テーマはたったひとつ――マジックだ。この図書室の奇術関連本コレクションは、世界で最も大規模なもののひとつだった。

マジック・キャッスルは、友情や敵対関係が生まれる場所であり、虚栄心の強い出演者たちの日常であるバカ騒ぎ、輝かしき成功、幾多のささやかなドラマの背景となる場所だった。厨房の裏の部屋や廊下には、ヴィクトリア時代を思わせるところはもはや少しもなく、魅力といえば精神病患者の収容施設のそれだった。実際、キャッスルは根本では精神病患者の収容施設となんら変わりがなかった。厨房の裏が、マジシャンたちのたまり場だった。裸電球の下、明るい緑色に塗られた壁の前で、マジシャンたちはまずいが無料の食事で元気をつけ、陰口をたたき合い、出番に備え、ウェイトレスを口説いた。

長年のあいだ、キャッスルはザバティーニにとって真の故郷だった。特に、彼のマジシャンとしての黄金時代がすでに色あせた後は。とはいえ、マジック・キャッスルから支払われるわずかな給料では生活できず、かといってほかの仕事はもはやほとんど見つからなかった。エージェントであるベニー・シマンスキ――不格好な小男で、葉巻をくわえ、サンセット・ブルヴァードとラ・シエネガ・ブルヴァードの角に構えた合板張りの事務所で、王侯のようにふんぞり返っていた——にとっても、ザバティーニに出演の機会を見つけるのは、どんどん難しくなっていった。ザバティーニはもはや、どこにも売れない存在だった。時代遅れだったのだ。そういうわけで、ある日ザバティーニはノース・ハリウッドのレコーディングスタジオに赴き、レコードを制作することになったのだった。

だが、そのレコードの売り上げも芳しくはなかった。

「お前のそのとんでもないなまりのせいだ」ベニーは言った。「忌々しいナチス野郎みたいに聞こえるんだよ」

実際、ザバティーニの英語は、流暢とはとても言えなかった。だから、途方に暮れた微笑みとともに、肩をすくめることしかできなかった。おそらく、ザバティーニの没落は、もはや止めようがなかったのだろう。レコードに吹き込んだ「最大のトリック」をもってしても。

こういったことすべてを、ザバティーニはデボラ・コーンに語って聞かせた。そして、二十年後のいま、マックス少年が突然登場して、レコードにある魔法の呪文のひとつを披露してほしいと頼んだ、というわけだ。

「呪文って、どんな?」デボラは訊いた。ザバティーニの哀愁漂う物語を聞いたいまとなっては、怒りはどこかへ消えてしまっていた。徐々に全体像が見えてきて、この老人に同情を覚えた。結局コーヒーもいれてやった。別に親切心からではない。ただ、常識を備えた人間なら誰でもそうであるように、デボラもまた、朝には熱いコーヒーが目の前のテーブルにあってほしいからだ。

「呪文というのは」ザバティーニが言った。「永遠の愛の呪文です」

デボラは驚いた。「そういうのは、マックスにはまだ少し早いんじゃゃ?」

ザバティーニは思わず笑った。「マックスのための呪文、違います」と言う。「奥様のためです」

「私の？」デボラはすっかりわけがわからなくなった。「どうして私のためなの？」

「奥様と、ご主人のためです」ザバティーニは言った。「私、聞いた話ですと、おふたりは離婚する、でしょう？」

デボラは用心深くうなずいた。

ザバティーニは目の前のコーヒーカップに目を落とした。カップのなかには自分の頭の輪郭が映っている。「息子さん、とても不幸です。おふたりがまた一緒になるの、望んでいます。もう一度一緒になること」

デボラは黙り込んだ。

ザバティーニが語り続ける。「マックスくん、私が愛の魔法をかけると、信じてます。あなたとご主人、また恋をすると信じてます。そして、もうひとりぼっちじゃなくなると」

デボラはキッチンの床を凝視していた。そろそろまた掃かないと、と急に思った。もう長いあいだ掃いていない。

「それで？」ようやくデボラは声を出した。「あなたは実のところどうしてここにいるの？　本当にマックスのせいなの？」

ザバティーニはため息をついた。「いえ。私、追い出されました。シニアハイムから。あのハイム、私にはもったいないと言われて。そしたら、マックスくんに会いました。それで、いまここにいます。ほかに行くところありません」

「でも、自分でもわかるでしょ」デボラは言った。「こちらにとっては少し、なんていうか、不気味な話だって。息子が急にあなたみたいな……その、ご年配の方と一緒に現れたら」

ザバティーニはうなずいた。「笑わないでほしいですが、実は私もそう思ったことあります」ここでコーヒーを一口。「でも私、不気味じゃありません。ただひとりぼっちなだけ。マックスくんと同じ」

なんて顔をしてるんだろう、と、ザバティーニの目を覗き込んで、デボラは思った。それは幼い少年の目だった。大ザバティーニではなく、幼いモシェ・ゴルデンヒルシュの。

「私、家族いません」ザバティーニは言った。「誰もいません」

泣きたくなかったので、ザバティーニは顔をそむけ、キッチンに視線を漂わせた。時計が時を刻み、陽光が一筋射しこんで、キッチンの床に陽だまりを作っていた。宙に漂う埃が見えた。

「私、死んだら」ザバティーニはつぶやいた。「私のためにカディーシュ唱えてくれる人、いません」

23　魔法のサーカスの終焉

やがて、子供たちを殺した犯人──ハノーファーの獣と呼ばれていた──捜しは、ついに終焉を迎えた。だがそれは、モシェが考えていたような終焉ではなかった。ある日、尋問と嘘の予言で午後を過ごし、いつも以上にぐったりして、ピエロの衣装に着替えるためにサーカスに戻ると、「芸術家」ホルストがテントの前で待ち構えていた。夜が来て、外はすでに暗くなっていた。出演者たちは公演の準備をしており、最初の観客がのんびりとテントに入り始めていた。

「男爵がお前に会いたいってさ」ホルストが言った。

「どうして？」

だが答えはなかった。ホルストは黙ったまま出演者用出入口を通り、テント後方のカーテン前までモシェを連れていった。「さあどうぞ」ホルストはそれだけ言うと、かすかにうなずいて、去っていった。

モシェは落ち着かなかった。なにが待っているのか、見当もつかなかった。カーテンの向こうに足を踏み入れると、化粧台の前に半月男が座っているのが見えた。

半月男は仮面をつけていなかった。

その顔は、どこからどう見ても普通だった。なんの痕もない。小さな傷跡ひとつない。そこにあるのは、傷ひとつない健康な肌だった。

「なんだ？」モシェが見つめているのに気付いて、半月男が訊いた。

「顔……」モシェは、用心深く口を開いた。

「顔がどうした？」

自分が馬鹿みたいな気がして、モシェはうつむいた。「師匠の顔、傷があるんだと思ってました。戦争でついたのが」

「俺が一度でも自分からそう言ったことがあるか？」半月男が訊いた。

モシェは一瞬考え、それから首を振った。

半月男は再び鏡に目を戻し、化粧を続けた。「最高の嘘は」と言う。「真実だ」

モシェはうなずいた。

「この話が出たついでといってはなんだがな……」半月男がうなるように言った。「お前と話さなきゃならんことがある」

半月男は立ち上がると、モシェのほうに向きなおった。わずかにふらついている。酔っているのだろうと、モシェは思った。仮面をつけていない半月男を見るのは、不思議な気がした。

「なんですか？」モシェはおずおずと尋ねたが、答えの見当はついていた。モシェとユリアの情事のことを聞きつけたに違いない。

そのとき半月男が、剣を仕込んだステッキで突然モシェの顔を突いた。鋭く激しい痛みが走り、モシェは膝をついた。目に涙が溢れてきた。

「この豚野郎が」半月男が怒鳴った。「俺に知られないと本気で思ってたのか？」

半月男は再びモシェを突こうとした。

「男爵」そのとき、声が聞こえた。

モシェも半月男も、同時に振り向いた。

入口にはホルストがいた。「男爵、公演が……」

半月男は息を荒げた。それから腕を下ろすと、なんとか自制心を取り戻した。ふらつく半月男にホルストが手を貸して、マントを着せた。半月男は仮面をかぶり、最後にシルクハットを手に持った。

「後で話そう」そうモシェに告げると、半月男はサーカスの舞台に出ていった。

モシェは楽屋にひとり取り残された。痛む顔を呆然と撫でさすりながら、半月男がいつもの口上を述べ、観客が拍手するのを聞いていた。

再び立ち上がるまでに、かなりの時間を要した。なんとかピエロの衣装に体を押し込むまでには、さらに長い時間が必要だった。いつの間にか、すでに四番目の演目が始まっていた。ライオンのルートヴィヒと猛獣使いレーヴィチュの演目だ。ちょうど楽屋を出ようとしたとき、半月男がトランクのトリックに使う二本目のステッキが、化粧台に立てかけられているのが目に入った。不審に思って、モシェはそれを手に取ると、中に仕込んだ剣を抜いてみた。そして掌を使って刃先を柄のほうへ押した。刃は縮んで、柄のなかに収まった。つまりこれは偽の剣だ。それが意味するところはたったひとつ、半月男が開演前にこのステッキをいつもの場所に隠さなかったということだ。ということは、半月男がいま舞台で持っているのは、本物の剣のみなのだ。突然、モシェは吐き気を覚えた。もしこのままトランクのトリックが始まれば、半月男はうっかりユリアを傷つけてしまう。

モシェは舞台袖のカーテンに駆け寄り、隙間から舞台を覗いた。半月男とペルシアのアリアナ姫は、演目を次々にこなしている。なにもかも、いつも通りに見えた。

そしてついに、そのときが来た。ユリアが軽くお辞儀をして、トランクのなかに入る。観客は皆、期待に満ちて首を伸ばしている。本物の剣を仕込んだステッキを握る半月男の手が覚悟を決めたように落ち着いているのを見て、モシェは不意に悟った。あの剣をトランクに刺すつもりなのだ。

楽団がファンファーレを演奏し始めるなか、半月男はトランクを閉じた。そして剣を抜いた。観客が息を詰める。

その瞬間、モシェはカーテンを押し開いていた。ピエロのザバティーニの姿で、無様な鬨の声を上げながら飛び出すと、舞台へとよろめき出た。観客席がざわつく。半月男が振り返った。剣がスポットライトを反射して輝いている。

「どういうことだ」半月男が囁いた。

モシェは答えず、滅多に出ない勇気を、それもあまり賢明とは言えない勇気を振り絞って、半月男に体当たりした。

半月男は驚いて叫び声を上げ、ふたりはおがくずのまかれた床に転がった。

観客席に不安げな空気が流れた。ぱらぱらと拍手の音が聞こえた。ピエロと魔術師との奇妙な取っ組み合いに、笑い声をあげる者もいた。

「虫けらめ！」半月男が怒鳴った。「殺してやる！」

その言葉どおり、半月男は次第に優勢に立ち始めた。モシェを振り払うと、剣を手にして、モシェに向かって振りおろした。モシェは四つん這いで、精一杯敏捷に逃げた。半月男はよろめきながら、舞台の端から端までモシェを追いかけまわした。モシェはようやく立ち上がった。ふたりはともに、動きを制限されていた。半月男のほうは酔っていたし、モシェはふにゃふにゃのピエロの靴を履いていたからだ。トランクの前まで来たモシェの耳に、ユリアがなかから蓋を叩く音が聞こえた。「なにやってんの？」と叫んでいる。

半月男がすぐ背後に迫っていた。モシェはテントを支える柱に飛びつくと、登り始めた。観客が大笑いする。剣を持った追手から逃れようとして、太い木の柱を不器用に上るピエロの図は、確かに滑稽だった。半月男は今度は、まるで木こりのように剣を柱に振り下ろしている。ところが手元が狂って、縄を切ってしまった。

「しまった」半月男がつぶやいた。その瞬間、サーカスのテントのかなりの部分が、ゆっくりと崩れ始めた。ここにいたってようやく、勘の鋭い観客のなかに、これが演目の一部でないことに気づく者が出てきた。テントの布に覆われてしまった観客もいて、大声で文句を言い始めた。笑い声がやんだ。

モシェの目に、大混乱のなかで、舞台を照らしていた灯油ランプが一台ひっくり返るのが映った。燃える灯油が息を呑むほどの速さでおがくずを呑み込み、火がついた！　真っ黒な煙がもくもくと立ち昇る。観客席から悲鳴が上がった。座席をひっくり返して、観客は皆立ち上がった。悲鳴は膨れ上がり、大恐慌となった。まるでサッカーの試合での喚き声のようだった。炎はすでに柱を舐めており、気づくとテントの布が燃えていた。

モシェはおがくずのなかに飛び降り、床に叩きつけられて、転がった。炎に取り囲まれていたが、怪我はしていない。いまのところは。

起き上がると、あたりを見回した。

「消すんだ！　この馬鹿が！」半月男が叫んで、燃えるカーテンを引っ張った。分厚い生地を床へと引きずり下ろすと、足で踏んで火を消そうとする。だが無駄な努力だった。モシェはトランクへと走っていき、蓋を開けた。なかではユリアがうずくまっていた。汗だくで、息が荒い。目は恐怖で見開かれている。

「逃げるんだ！」モシェは叫んだ。「早く、早く！」

モシェは上を指さし、そこに炎を見たユリアは悲鳴を上げた。煙はどんどん濃くなり、すべてを覆ってしまう。空気が熱く、呼吸が苦しい。モシェの目に涙が浮かんだ。観客たちは恐慌状態で、数少ない出口へと殺到している。烏合の衆と化して、互いを押しのけ合っている。子供たちの泣き声が聞こえる。その声は甲高く、恐怖で裏返っている。女たちは悲鳴を上げ、男たちは怒鳴っている。テントの外の檻のなかでは、動物たちが吠えている。ピエロのジギーと猛獣使いのレーヴィチュが、バケツを持って走ってきた。

「あたしらも手伝わなきゃ」ユリアが言った。

モシェは呆然とユリアを見つめた。手伝う？　モシェはただただこの場から逃げたいばかりだった。だがそれでも、弱々しくうなずいた。ユリアが正しいとわかっていたからだ。とはいえ、この瞬間、とても消火を手伝う気にはなれなかった。モシェはあたりを見回した。半月男の姿はどこにも見えなかった。ただ剣だけが床に落ちている。モシェはそれをつかむと、テントで作った壁に向かった。

「早く！」ユリアに呼びかける。

ユリアも察して、モシェの後に続いた。ふたりは力を合わせて、テントの分厚い布を剣で引き裂いた。一部の観客が、そこに可能性を見た。いくつもの手が引き裂かれた布をつかみ、引っ張った。穴は徐々に大きくなっていった。そこに人がどんどん集まってきた。床に倒れる者、彼らを踏み越えていく者。結局大勢が、外へと逃げることができた。

そのなかには、モシェとユリアもいた。

テントのなかで燃える人間たちの悲鳴が、モシェの耳に響いた。

＊

皆が総出で、一晩中働いた。井戸から燃えるテントまで、全員が一列に並んでバケツリレーをした。モシェはバケツを手渡したり、炎に水をかけたりと奮闘したが、火が小さくなるようすはなかった。ホルストがなんとか動物たちを避難させた。ずいぶんたってから、ついに消防隊がやってきた。夜が明けるころ、火事はようやく鎮まった。

魔法のサーカスは、もはや見る影もなかった。

サーカスのテントは全焼したし、観客席に置いたベンチも柱も炭になった。動物すべてと、団員のほとんどは生き残った。ただアルコール中毒だったヒルデだけが、苦しい最期を迎えた。おそらく、酔っぱらっていて逃げ遅れたのだろう。九人の観客が炎の犠牲になった。彼らの焼け焦げた死体――いまだに炎を避けるように腕を顔の前に持ち上げている――が回収されたのは、午後になってからだった。死者のなかには、ふたりの子供も含まれていた。

半月男は、まるで地中に呑み込まれたかのように、姿を消していた。

朝の光のなか、モシェとユリアは所持品をふたつのトランクに投げ込み、逃げ出した。地面はいまだに熱く、あちこちにまだ煙が立ち昇っていた。ふたりはしっかりと手をつないで、森へと駆け込んだ。後ろは振り返らなかった。罪と恥とが、ふたりを前へ前へと追い立てていた。だがそこには同時に、危ういところで死から逃れた人間の、熱く奔放な喜びもあった。

24　道化人形劇

マックス・コーンが学校から帰ると、大ザバティーニはいなくなっていた。代わりに、ベージュ色のパンツスーツを着た厳しい顔つきの黒人女性が、キッチンテーブルの前に座っていた。髪は完璧に整えてあり、控えめな服装は、ほとんどが白人のクライアントたちに安心感を与えるという目的のために選ばれたものだ。女性の左隣にはマムが、右隣にはダッドがいた。

「よう、相棒」ダッドが言った。

女性の服装にもかかわらず、マックスは安心とはほど遠い気分だった。なにかがおかしい。どうしてダッドがいるんだろう？　それにこの女の人は誰だ？「ハイ、ダッド」マックスは小声で挨拶した。

「私、スーザンっていうの」女性が言った。「会えてうれしい」そう言って、手を差し出す。

マックスはその手に触れなかった。リュックサックの紐をぎゅっと握ったままでいた。

「スーザンはね、力を貸してくれるのよ」マムが言った。

「私たちみんな、力になりたいの」スーザンが言った。

「力になるって？」マックスは訊いた。

ダッドが咳ばらいをすると、立ち上がった。そしてマックスの前にかがみこんだ。スーザンの指示だ——子供と話すときは常に同じ目の高さで。

「スーザンは心理学者なんだ」ダッドが言った。

ドクター・スーザン・アンダーソンがうなずいた。そしてマックスに笑いかけると、やはり目の前で膝を突いた。マックスは怪しいと思った。心理学者というのは、他人を精神病院に押し込める人のことだというのは、よく知っている。たとえばミリアム・ヒュンのおばさんみたいな人を。ミリアムのおばさんは、ある夜、下着姿で家を出て、車がびゅんびゅん走る通りに駆け出していった。怪我はしなかったけれど、結局それが終わりの始まりになった。ほんの数日後に、「施設」に連れていかれたのだ。いま突然、マックスは、自分の身にも同じことが起きるのではないかという恐怖にとらわれた。これからの展開が目に浮かぶ。拘束着、電気ショック、木の器で出てくるまずいオートミール——〈カッコーの巣の上で〉の世界。スーザンという見知らぬ女は、しきりになにか話しかけてきたが、マックスはほとんど聞いていなかった。ただ凍り付いた顔で、彼女をじっと見つめていた。やがてスーザンは、これ見よがしのため息をついて、ダッドとマムのほうを向いた。そして、子供特有の「魔法の思考」について説明を始めた。話しながら、何度もマックスのほうに輝くような笑顔を向ける。だがその視線にはうさんくさいところがあると、マックスは感じた。

「じゃあ、ちょっと想像してみて」スーザンがマックスに言った。「いま、人形劇を見ているところだとするでしょ」

マックスは、あいまいにうなずいた。

「舞台には箱が二つあるの」スーザンが続ける。「さて、ここで、人形のカスパールが舞台に出てくる」

マックスは再びうなずいた。カスパールの人形劇のことなら知っていた。まだうんと小さかったころ、両親がダウンタウンにある人形劇場に連れて行ってくれたことがあった。劇場はかつての倉庫を改装したもので、陸橋の下にあった。マックスには暗くて惨めな場所に思えて、どうして大人はいつも自分をこんな嫌な場所に連れてくるのか、理解に苦しんだ。とはいえ、劇が始まるとすぐに、色鮮やかな衣装を着たおかしな人形たちに夢中になったものだ。

「カスパールは、ビー玉を持ってる」スーザンが言った。「そして、一つ目の箱にそのビー玉を入れる。そして舞台から出ていく。すると今度はグレーテルが舞台に出てきて、一つ目の箱を開けて、ビー玉を取り出すと、二つ目の箱に入れて、舞台から出ていく。そのあと、カスパールがまた出てくる」

ここでスーザンは、マックスの両肩に手を載せると、じっと目の奥を覗き込んできた。マックスはなんだか不安になった。

「さあ、マックス。カスパールがビー玉を探すとしたら、どっちの箱を開けると思う?」

「二つ目」とマックスは答えた。「当たり前じゃん」

その答えはどうやら間違いだったらしく、スーザンはマックスの肩から手を離すと、呆れたような顔をした。「君みたいな大きい子なら、わかるはずなんだけどな」スーザンが言った。「カスパールは一つ目の箱を探すはずでしょ。だって、グレーテルがビー玉を二つ目の箱に入れたところは見てないんだから」そう言ってスーザンは、マックスの両親に、お気の毒です、とでも言いたげな目を向けた。「この年齢の子供には珍しいことです。一般的に言って、カスパールが二つ目の箱を探すと答えるのは、自閉症の子供だけです」

マムの顔が衝撃に歪んだ。「自閉症？」

スーザンは首を振った。「ご心配なさることはありません、ただ……」

マムがスーザンの言葉を遮って、「マックス！」と厳しい声で言った。「頑張ってちゃんと考えなさい！」

「でもさ、マム……」マックスは不平を言った。「ビー玉は二つ目の箱に入ってるじゃないか」

「でも、カスパールはそのことを知らないでしょ」不自然な明るい声で、スーザンが説明した。すでに忍耐力が切れかけているように見える。心理学者というのはそう簡単に動揺しないものだと思っていたマックスは、驚いた。

「カスパールは全部を知ってるわけじゃないんだから」スーザンの説明は続く。「ビー玉は一つ目の箱にあると思っているはずでしょ」

「でも、一つ目の箱にはないじゃん」マックスは言い張った。

スーザンが苦笑した。「もちろんないわよ。でも、カスパールはそれでも一つ目の箱を探すはずじゃないの」

「どうして？」マックスは訊いた。

「それが理屈にかなってるからよ！」

「どうして理屈にかなってるの？　だってビー玉はそこにはないじゃん！」

「確かにないわよ、でもね……」

「じゃあカスパールがバカなんだ！」マックスはそう怒鳴って、さらに、そんなくだらない粗筋の人形劇は見たことがないと付け加えた。

両親は、絶望感がありありと表れた視線を交わした。セラピーは、ふたりが期待していたのとは違った方向へ流れていこうとしている。

スーザンが両親のほうへ向き直った。「マックス君の年齢の子供ならほとんどが、人間は間違った思い込みを抱くこともあるという事実を理解しているものです。ビー玉が二つ目の箱にあることはわかっていながら、同時に、カスパールがビー玉は一つ目の箱にあると信じていることも理解できるものなんですが」

「でも、ビー玉があるのは二つ目の箱だろ！」マックスは言い返した。

デボラが立ち上がって、息子に近づいた。「ただのたとえ話でしょ。スーザンはね、家族の問題を私たちがうまく解決できるように、助けてくれるのよ」

「問題ってビー玉のこと？」マックスは訊いた。

「問題っていうのは、離婚のこと」マムが言った。

マックスの怒りが、とうとう爆発した。「家族の問題ってのは」そう叫んで、人差し指をダッドに突き付ける。「ダッドがマムと僕を捨てて出て行ったことだろ！　それが問題なんじゃないか！」

マムがその場をなんとか取り繕おうとして、無理やり微笑みを作った。「私たち三人みんなに手助けが必要だって、ダッドも私も思ってるの。あなたがどれほどつらい思いをしてるかはわかってる。でも私たちみんな、力になりたいだけなの」

スーザンはノートにメモを取っていた。まるで学校の先生みたいだ。スーザンがそのノートを閉じてテーブルに置いたのを、マックスは悪いことが起きる前兆だと思った。そのとき、急に思いついた。

「ザバティーニさんはどこ？」マックスは訊いた。

マムとダッドが目を見合わせた。

「もうここにはいない」マムがはぐらかした。

「え？」マックスは驚愕した。

「マムがザバティーニさんと喧嘩を始めてね、それでザバティーニさんが出て行ったんだ」そう説明したダッドの声に、どこか満足げな響きがあるのは聞き逃しようがなかった。

「ちょっと、私のせいだって言うの？　あの男は私にいやらしいことをしようとしたんだから！」

「だからフライパンで殴りつけたんだろ」

ここで再びスーザンが割って入った。「忘れないでくださいよ」なだめるようにそう言う。「平安の島。平安の島ですよ」

マムはスーザンをにらみつけると、マックスが使えば死刑だと常々脅されている汚い言葉を吐き捨てた。マックスは真っ赤になった。スーザンもだ。だがスーザンのほうは、怒りのせいだった。ダッドは思わずにやりと笑った。マックスはまたしても、大人の振る舞いには普通の人間とは別の規則があるらしいことを再認識した。

「いいかげんにしてください！」スーザンが大声で言った。小鼻がぴくぴく痙攣している。「深呼吸して。ふたりともです。いますぐに！」

マムが口を開け、情けなくあえいだ。

「息を止めて、十数えて」スーザンが命令する。

マムはしょんぼりとうなずくと、息を止めた。だが一、二秒で再び口を開け、あえぐ。

「煙草の吸いすぎだな」ダッドが意地悪く言った。

スーザンがうなずく。「煙草は肺の機能を損ないますからね」

「あんたに言われる覚えはない！」マムがスーザンを怒鳴りつけた。

マックスは左足を床に叩きつけながら、叫んだ。「ザバティーニさんはどこだよ！」

ダッドは肩をすくめただけだった。マムが言った。「知らない。なんにも言ってなかったから。ドアを叩きつけて、出ていっちゃった。すぐに戻ってくると思ったんだけど。ごめんね」

そこにスーザンが割って入り、子供に必要以上に迎合するのは不健全だとデボラをたしなめた。デボラは、必要以上に迎合なんてしたかしら、と反論した。少なくとも息子からは、厳しすぎるといつも非難されているんですけど。だがスーザンは、こういう困難な時期には、子供には規律としっかりした支えが必要なのだと言った。それがあってこそ、環境の変化に適切に対応することを学べるのだと。

「どうして黙って行かせちゃったんだよ？」ふたりの議論を遮って、マックスは言った。「どこに行っちゃったの？」

「もう私たちには関係ない」マムが言った。「あんなろくでもない男」

「それに詐欺師でもある」ダッドが付け加えた。

「あなたは、あの男がバル・ミツワーに来てくれなかったから怒ってるだけでしょ」マムがそっけなく言った。

「まさか」ダッドが真っ赤になった。「くだらないバル・ミツワーなんてくそくらえだ。ザバティーニだって！」

「幼稚な言い合いはおやめなさい」スーザンが割って入った。「息子さんには確固たる父親像が必要なんです。父親がしっかりと人生の舵取りをしているところを見せなくては」

今度はマムが笑う番だった。「舵取り！」嘲るように吐き捨てる。

「黙れ！」ダッドがマムを怒鳴りつける。

「幼稚な言い合いはやめなさい！」スーザンが繰り返した。「幼稚な振る舞いについて、さっき話したことを忘れたんですか？」

突然、マックスの目に、玄関脇の壁にかかった絵が飛び込んできた。黒いビロードを背景に浮かぶ悲し気なピエロの顔。

マックスは稲妻のごとくきびすを返すと、キッチンから走り出た。リュックサックを床に投げ捨て、玄関ドアを開けて、外に飛び出した。

「ザバティーニさん！」マックスは叫んだ。「ザバティーニさん！」

一瞬だけ振り返ると、ダッドが玄関ドアから走り出てくるのが見えた。そのすぐ後ろにマムも続いている。ふたりとも怒っているようだった。ものすごく怒っている。

「すぐに戻れ！」ダッドが怒鳴った。

だがマックスは、戻ることなど考えなかった。家の前の芝生には、自転車が倒れている。ひとっ飛びでそこまで行くと、自転車を起こして、飛び乗った。

ダッドはほんの二メートル後ろまで迫っている。「ここにいろ！　出かけるのは許さん！」と叫んでいる。

だがマックスはペダルを踏んだ。ほんの数秒で、追手を大きく引き離した。ダッドもマムも、体を鍛えているとはとても言えない。ヨガをしていようといまいと。一方のマックスはBMXの自転車に乗れば、水を得た魚のように自由に動ける。段差のある歩道のへりを越えて、通りに飛び降りるのだって朝飯前だ。

「マックス！」マムの絶望の叫び声が聞こえた。

目指すはハリウッド・ブルヴァードとウィノナ・ブルヴァードの角。マックスは力の限りペダルを踏んだ。心臓がばくばくする。風が髪を乱す。通りを爆走するマックスの姿は、すぐに両親からは見えなくなった。

＊

マックスに追いつくのは無理だと悟ると、デボラはあえぎながら立ち止まり、髪をかきむしった。「またこんなことに」とつぶやく。

デボラとハリーは即座にジープ・チェロキーに乗り込むと、息子の追跡に乗り出した。自転車なのだから、まだそれほど遠くまで行ったとは思えない。

「右だ、右に曲がれ！」ハリーが怒鳴る。

「わかってるって！」デボラが悪態をつく。

だがマックスの姿はどこにも見えない。

深い沈黙に包まれたまま、ふたりは近所じゅうを捜してまわった。デボラの頭のなかには、無数の思いが渦巻いていた。店の仕事に時間を取られて、マックスのことをないがしろにしてきた。離婚手続きを進めて、同時に息子のケアをして、さらにいつも通りに店をやりくりするなんて、とても無理だ。忙しすぎる。デボラ自身のスピリチュアル面での成長も止まってしまっている。ジープ・チェロキーのダッシュボードには小さな仏像が置いてあって、デボラは駐車場所を見つけなければならないときには、いつもその像に助けを求める。いまもやはり、仏像に向かって短い祈りを唱えた。そういえば、もうずいぶん瞑想をしていない。

ハリーもまた、ぼろぼろだった。今朝は会社が目の回るような忙しさだった。それに、母を医者に連れていくと約束してあった――母は常に医者に行きたがっている――ので、エンシノまで迎えにいって、はるばるパサデナまで送っていった。パサデナに、母の信頼する医者の診療所があるのだ。耳から毛の生えた、おしゃべりな年寄りのイスラエル人医師。道中では、自分の至らない点や失敗の数々を母から延々とあげつらわれる羽目になった。ようやく診療所で母を降ろすと、心理学者との約束の時間に遅れないよう、大急ぎでデボラのもとに向かった。そしていま、未来の元妻が運転する車の助手席に座って、またしても消えた息子を捜している。これ以上事態が悪化することなんてあるんだろうか、とハリーは自問した。

突然、デボラの表情が晴れ上がった。

「あの子がいそうなところ、わかった!」と叫ぶ。

「どこだよ?」ハリーは皮肉な声で答えた。

「ジャンボズ・クラウン・ルーム」

「俺たちの息子が? ストリップクラブに行ったって?」

デボラはうなずくと、ハンドルを急旋回させた。そしてサンセット・ブルヴァードのほうへと戻った。道々、朝食の席での会話のことをハリーに説明した。それに、ザバティーニがどうしてもこのストリップクラブを訪れたいらしく、フライパン殴打事件の直前にもその名を口にしていたことを。マックスがそこで見つかる可能性は低いが、試してみる価値はある。

「きっと見つかるさ」ハリーはそう言って、デボラの手に自分の手を重ねた。

だがデボラは自分の手を引っ込めると、「触らないで」と言った。

25　ベルリンでの世界的名声

長い旅を経て、モシェとユリアはついにベルリンにたどり着いた。列車での旅は、モシェにとってまったく新しい体験だった。外の世界が車窓を流れ去っていくのを、魅入られたように眺め続けた。ふたりとも、ハノーファーという街、半月男、そして燃えて灰になった魔法のサーカスをあとにすることができて、安堵していた。モシェは、死体安置所で過ごしたいくつもの長い夜を思い出していた。これからは、もう二度と子供の死体を見ずにすむ。苦労して稼いだ金だ。その金で、ユリアとともに、新しい生活を始めるのだ。ふたりを乗せた列車は、ゆっくりと大都会ベルリンに入っていった。モシェは幼い子供のように、窓ガラスに鼻を押し付けた。列車はアンハルター駅に滑り込み、がたんと一揺れして止まった。線路の上に煙が溜まって、視界を遮っていた。乗客たちは席を立ち、トランクや旅行鞄を抱えて昇降口に向かう。モシェはユリアの手をしっかりと握った。生まれ変わったような気分だった。

列車を降りたふたりは、出口を探してあたりをきょろきょろと見まわした。雑踏に押されるように、キオスクの前を通り過ぎた。そのときふとモシェの目に、〈シュテュルマー〉紙の第一面が飛び込んできた。

「ちょっと待って！」モシェはユリアに言った。

見出しにはこうあった。「獣、逮捕！」モシェは新聞をつかむと、広げた。第二面に、ニーダーザクセンの大管区長官と握手をするライトナー警部の写真があった。ふたりの男は所在なげに突っ立って、カメラに向かって不自然な笑顔を見せている。モシェはキオスクの売り子に硬貨を差し出した。

「なに？」ユリアが苛立ちのにじむ声で訊いた。

「ほら」モシェはユリアに新聞を差し出した。記事には、「獣」と呼ばれた犯人はクラウス・Kという名の目立たない屑鉄売りだと判明したことが書いてあった。〈シュテュルマー〉によれば、「おそらく共産主義者であり、ユダヤ人である」とのことだった。悪人とくれば、必ずそうだというわけだ。記事には、クラウス・Kはすぐに自白したとも書かれていた。それが、容疑者が勾留されている房の天井近くに取り付けた棚の上に、被害者たちの頭蓋骨を、あたかもずっと容疑者を見つめているかのように並べたおかげであるのは明白だった。頭蓋骨は内側から赤い電球で照らされている。それに、尋問の際には、容疑者の性器をむき出しにして、革紐で打つことも忘れなかったのだろう。クラウス・Kが有罪判決を受け、まもなく処刑されることは、最初からすでに決定事項だったのだ。

モシェは新聞をたたむと、コートのポケットに突っ込んだ。それからユリアの手を取った。

ふたりは路面電車で、ユリアの友人ベアーテが暮らしているダンツィガー通りへ向かった。モシェはベルリンに圧倒された。これほど大きな街は、見たことがなかった。故郷のプラハよりも大きかったし、プラハよりずっと発展していた。どこもかしこも人と車だらけ。いたるところに電気式の街灯や、ネオンサイン、色鮮やかな広告がある。乗客を満載にした二階建てバスが、街路樹に縁どられた華やかな大通りを走っていく。モシェは大都会から生まれる交響曲を全身で浴びた。いたるところで鳴るクラクション、人の怒鳴り声、罵り声。

ダンツィガー通りに着くと、ふたりは緑色の建物に入り、階段を上った。五階で、ユリアが呼び鈴を鳴らした。扉が開いて、カールした短い黒髪の、がっちりした若い女が現れた。

「ちょっと、なに、信じらんない!」女が叫んだ。

女友達ふたりは互いの腕に飛び込んで、楽しそうに笑い声をあげた。だがベアーテはモシェに対しては、どことなく不信感をたたえた顔つきで挨拶した。そしてモシェを上から下までじろじろと見てから、ようやく差し出された手を握った。

もちろん、とベアーテは言った。ユリアも相手の人も、とりあえずはこの屋根裏部屋に泊まればいいよ、と。だが、特にうれしそうには見えなかった。そこはベアーテが両親と同居している住居だったが、両親も反対はしないだろう、とのことだった。「でも、二、三日だけだよ!」とベアーテは厳しい口調で付け加えた。

ふたりの新しい住まいは、狭くて埃っぽい屋根裏の小部屋だった。マットレスがひとつ置いてあり、窓から見えるのは隣の建物の屋根のみだ。だがそこは、モシェには天国にも思われた。モシェがハノーファーで稼いだ金で、ふたりは服と食器と、コーヒーを沸かすための小さなガス調理器を買った。牛乳は窓際に置いた。というのも、屋根裏部屋はどこもかしこも寒かったが、窓際は特に凍えるほどだったからだ。

モシェは毎日、近所のキオスクへ行って、新聞を買った。そして、クラウス・Kの裁判の経過を追った。司法はぐずぐずしてはいなかった。比較的短い裁判を経て、クラウス・Kは死刑判決を受け、首をはねられた。そしてニーダーザクセンじゅうの親が、再び安らかに眠れるようになったのだった。クラウス・Kの頭蓋骨は、知的好奇心にあふれた若者たちが退廃的な変質者の頭の構造を研究できるようにと、ゲッティンゲン大学に寄贈された。党にとっては、この件はプロパガンダの輝かしい勝利だった。〈シュテュルマー〉紙には次のような記事が載った。「紳士淑女の皆様方、これが我らの新しいドイツにおける〈正義〉なのです。犯罪者、ユダヤ人、共産主義者は、用心することだ！」

お世辞にも頭がいいとは言い難いライトナー警部が、本当に真犯人を捕まえたのかどうか、モシェにはまったく確信がなかった。だがドイツ民族はほっと安堵の息をつき、それ以降、殺人は起こらなかった。とある記事で、モシェはライトナーの談話を読んだ。

「ザバティーニという名のペルシアから来た有名な霊媒の力がなければ、犯人をこれほど早く突き止めることはできなかったでしょう。世間はこういった捜査手法には眉を顰めるかもしれません。ですが警察は、たとえそれがどれほど突拍子もないものであろうと、あらゆる痕跡を骨身を惜しまず追うのです。ザバティーニ氏は、我々に驚くほど正確な情報を提供してくれました。それが最終的に犯人をつきとめることにつながったのです。ザバティーニ氏は我々に、暗い力の存在について頻繁に警告し、犯人は我々が考えているよりも近くにいると、繰り返し教えてくれました。犯人が情報屋として頻繁に警察に協力していた人物だったという事実を考えれば、ザバティーニ氏の予言が驚くほど正確であったことがわかります」

驚くほど正確ね、とモシェは思った。そして何度かまばたきすると、新聞を置いた。世間と同じように、モシェも驚いていた。

*

後から振り返ってみれば、ユリアとベルリンで過ごした時間は、モシェの人生最良の時代だった。最初の数日は町じゅうを歩き回って探検するか、部屋のなかで愛し合った。夜になると近くの居酒屋へ行って、ビールとちょっとした食事を楽しんだ。ほんの数日のはずだった屋根裏部屋滞在は、すでに三週間を越し、ベアーテは繰り返し、早く自分たちの家を探して出ていってほしいと辛辣に言った。だがそれには、まずは仕事が必要だった。

ある日の午後、ユリアがモシェをフリードリヒ通りにあるヴィンターガルテン劇場へと連れていった。

「ここでルーディと知り合ったんだ」ユリアは言った。半月男が自分の人生から消え去ってからというもの、ユリアは彼をいくつもある芸名では決して呼ばなくなっていた。死後の彼は、ただの「ルーディ」だった。

ヴィンターガルテン劇場でふたりは、コヴァルチクという名の太った男に面会した。コヴァルチクは、小型犬にチョコレートボンボンを与えているところで、ユリアとモシェが舞台裏の細長い事務室に入ると、その犬が狂ったように吠え始めた。

「こら、シュトロルヒ！」女のような弱々しい声で、コヴァルチクが犬を叱った。それからにやりと笑うと、ギシギシ音を立てる肘掛け椅子から億劫そうに立ち上がり、ユリアを抱擁した。その抱擁はほんの少し長すぎるように、モシェには思われた。それからコヴァルチクは、力のこもらない手でモシェと握手をしたが、目は合わせようとしなかった。

ユリアは、ここにいる若い男はザバティーニといって、偉大な読心術師であり、自分はその助手なのだと説明した。そして、仕事を探していることも。コヴァルチクはザバティーニに、芸のさわりを見せてほしいと言った。事前に準備をしてきたモシェは、簡単なカードの奇術とちょっとした読心術を立派に披露して見せた。

さらに、超能力の証として、〈シュテュルマー〉紙の記事も持参していた。ハノーファー警察からのお墨付きは、コヴァルチクに強い印象を与えたようだった。

こうしてザバティーニとその助手は、仕事を得た。当分は試用期間だ。コヴァルチクは別れ際に、ユリアの背中を撫で――手がほんの少し下まで行きすぎのように、モシェには思えた――、モシェは再びその力ない手を握って、契約を確かなものにした。

*

ヴィンターガルテン劇場に初出演する直前、モシェは緊張のあまり、いまにも吐きそうだった。だが、ユリアとともに、堅実なプログラムを準備してあった。半月男のもとでの厳しい修業、ピエロの衣装を着てひょこひょこ走りまわった屈辱の数か月が、ついに報われるときだ。モシェは注意深い弟子だった。よく学び、練習し、汗をかき、苦しんだ。いまのモシェは、なにが観客に受けて、なにが嘲りのブーイングをもたらすかを、以前よりずっとよく理解していた。酔っぱらった突撃隊のごろつきとの一件以来、どんな奇術よりも読心術を優先すべきだという信念は、どんどん固まっていった。半月男が教えてくれた奇術の多くは、いまのモシェにはあまりに原始的に思われた。カードの奇術は月並みだし、小道具を使った奇術は子供だましだ。そういうわけで、モシェとユリアは、読心術師として舞台に上がることに決めた。モシェはターバンを用意して、故国を追放されたペルシアの王子になりすますことにした。

実際のところ、ふたりの新しいショーは、驚くほど単純なものだった。モシェは半月男の忠告をよく憶えていた。奇術師は不安になればなるほど口数が多くなる、というものだ。そこでモシェは、その逆を行こうと決意した。そして、照明を落とした舞台に目隠しをして座り、じっと黙っていた。ユリアが、観客になにか個人的な持ち物を出してくれるよう頼む。そしてユリアがなにも言わずとも、モシェは毎回、その持ち物がなんなのかを当てることができた。

ショーは大当たりして、〈大ザバティーニ〉の出世が始まった。そう、モシェはザバティーニに〈大〉を付け加え、自分を〈大ザバティーニ〉と呼ぶようになっていた。モシェとユリアは完璧なチームだった。舞台上でも、舞台裏でも。ふたりの調和は完璧だった。昼も夜も、どの公演でも。

だが、例外もあった。ある晩、ユリアとモシェは、出番前に喧嘩をした。ふたりの後に出番となる若い司会者――恐ろしいほど美男で、金髪をうしろに撫でつけている――がユリアに色目を使うのに、モシェは楽屋で気づいた。おまけにユリアのほうも男に、媚びるように微笑みかけたではないか。モシェはユリアに詰め寄り、ユリアはモシェを、見栄っ張りで嫉妬深いと罵った。

「たまに誰かに笑いかけるくらい、あたしの自由でしょ。それとも、それさえ禁止ってわけ？」

もちろん、禁止などできなかった。だがそれでも、モシェには気に入らなかった。ときどき、眠れない夜には、ユリアが自分のもとを去っていくところを想像した。そんなことになったら、生きていけない。自分がユリアを愛しているのと同じように、ユリアも自分を愛してくれているのかどうか、モシェにはまったく確信がなかった。この世には常に、人を愛する人間と、人に愛させる人間がいることを、モシェはすでに学んでいた。ユリアは、人に愛させる側の人間だ。それがモシェをさいなんだ。特に、ユリアはモシェの秘密を知っているのだから、なおさらだった。そう、モシェがユダヤ人であることを知っているのは、ユリアただひとりだった。ユリアは——意図的であろうとなかろうと——決してモシェを裏切りはしないだろうが、それでも、モシェがユリアの手中にあることは変わらなかった。モシェの心のみならず、命までもが、ユリアの手に握られていた。

その晩、ユリアはモシェの嫉妬心を罰した。観客のひとりで、サイズの合わないきついスーツを着てはちきれそうになっている太った男から財布を受け取ったユリアは、わざと間違った合言葉を発したのだ。モシェは目隠しをしたまま舞台の上で立ち上がり、自信たっぷりに、ユリアが手にしているのはハンカチだと告げた。観客席に動揺が走った。

「違うよ」太った男が言った。「ハンカチじゃない」

まず、くすくす笑いが起こり、続いて大爆笑になった。モシェは屈辱を味わった。

出番の後、モシェは楽屋で、ユリアをこてんぱんになじった。ユリアはモシェの向かい側の化粧台に座って、煽情的なポーズで細い煙草を吸っていた。灰色がかった緑の瞳が、氷のように冷たくモシェを見つめていた。それからユリアは煙草をもみ消すと、ひとことこう言った。「ああいうことをすると、ああいうことになるんだよ」

とはいえ、喧嘩はその晩のうちに終わった。モシェが嫉妬したことに、ユリアは少し気をよくしてもいたのだ。それに、本番でモシェを失敗させるのは、楽しかった。モシェのほうも、やはり失敗からある意味で利益を得た。というのも、あることを思いついたのだ——自分のみならず、誰もがどれほど愛に頼って生きているかを思い知ったのだ。僕たちはみんな愛を必要としてる、とモシェは思った。呼吸をする空気のように。家へ帰る途中、モシェは考え込んだ。愛の魔法というのはどうだろう？　と思った。そうすれば、モシェのショーは、ほかのどのショーとも決定的に違う、特別なものになるだろう。

その後、ベアーテの屋根裏部屋で、ふたりはある種の怒りをもって愛し合った。欲望と怒りと不安に駆り立てられるように。ふたりとも不安だった。国はどんどん狂気へと突き進んでいく。嵐の予感があった。

やがて、汗まみれで疲れ切ったふたりは、月光の中に横たわり、一本の煙草を分け合った。ユリアはモシェを「小さなユダヤの坊や」と呼んで腕に抱き、翌日の夜にユリアが生まれ育ったシュパンダウ地区へふたりで行こうと告げた。

「どうしてシュパンダウへ？」モシェは訊いた。

「行けばわかるよ」

モシェは興味を持った。だがそこで、モシェの思いはユリアから遠く離れたところへと漂っていった。子供のころと同じように。胸に置かれたユリアの手は、もはや遠くにしか感じなかった。ユリアがモシェの耳元で、愛しているとささやいたとき、モシェはほとんど聞いていなかった。

モシェは、愛の魔法のことを考えていた。

＊

シュパンダウで、ユリアはモシェを連れていくつもの狭い街路と灰色の裏庭を抜け、一軒の小さな印刷屋の扉を叩いた。

「子供のときからの知り合い」と言う。

扉が開いた。目の前に立っていたのは、長い髭とぼさぼさの髪を生やした痩せた男だった。手巻きの煙草を口の端からぶら下げ、饐えた汗の悪臭を漂わせている。ユリアは男を「フリートヘルム」、モシェを「友達」と呼んで互いに紹介した。

それから、回りくどい言い方で、「友達」が書類を必要としていると説明した。ふたりはしばらくのあいだ言葉を濁しながら会話していたが、やがてモシェも、フリートヘルムが何者なのかを理解した。書類の偽造屋だ。後からユリアは、フリートヘルムが共産主義者であること、もう長いあいだ地下活動のために書類を偽造していることを教えてくれた。

「友達には、アーリア人種証明書とパスポートがいるんだ」やがてユリアが、ついにはっきりとそう言った。

フリートヘルムはうなずいた。その目は神経質そうに、何度も窓のほうをちらちら見ていた。指は長く優雅だ。モシェが常々、偽造者の指はこうだろうと想像していたとおりの指だった。やがて、値段が取り決められた。ぞっとするほどの値だったが、選択の余地はなかった。

数日後、ユリアがモシェの新しい書類を受け取ってきた。モシェは感動して、ユリアを嵐のように激しく抱擁した。モシェがまだ一言も口にしないうちに、ユリアは「どういたしまして」と言った。

ザバティーニとして手に入れた新たな書類のおかげで、モシェは住居を探すことができるようになった。パスポートの「以前の居住地」の欄にはテヘランと記載されており、それが、これまでベルリンに住民登録をしていなかった理由となってくれた。ほどなくモシェとユリアは、屋根裏部屋から出ることができた。ベアーテも心から安堵した。モシェがユダヤ人であることは知らなかったが、なにかがおかしいと感じてはいたからだ。屋根裏部屋での最後の数日は、雰囲気も重苦しかった。ベアーテは、奇妙な客のせいで近所の人間に通報されるかもしれないと恐れていて、呼び鈴が鳴るたびに、警察が急に訪ねてきたのではないかと縮み上がっていたのだ。だからモシェは、ユリアとともに自分たちだけの住居に引っ越すことができてほっとした。ふたりが入居したのは、ベルリン西部の、目抜き通りクーダムにほど近いファザーネン通りにある、小さいけれど瀟洒なアパートだった。賃貸契約に署名を終えると、モシェはユリアを腕に抱いて、空っぽの部屋をぐるぐると旋回し、寄木張りの床の上で喜びの踊りを踊った。ユリアは微笑み、されるがままになっていた。

ほんの数か月で、大ザバティーニはベルリンじゅうにその名を轟かせるようになった。町中がザバティーニの話題でもちきりだった。ザバティーニは一日に二度、ヴィンターガルテン劇場を満席にした。モシェは、ペルシアの王子という新たな自分を、非常に慎重に創り上げた。由来の判然としないなまりで話す習慣をつけ、「燃えるようなオリエントの視線」を毎日鏡の前で練習した。ペルシア語の単語もいくつか暗記した——ザヴィニー広場の書店で辞書を買って。どの公演も、何年も前にシナゴーグの屋根裏で父が見せた、招くように大きく腕を回す仕草で始め、同じ仕草で締めくくった。そして最後には深くお辞儀をして、「イストガエ・ガタル・コジャスト！」と言う。それは一番のお気に入りのペルシア語だった。この文章の醸し出す旋律が好きだった。神秘的な響きがある。モシェは誰にも——ユリアにさえも——この文章の本当の意味を教えなかった。

ヴィンターガルテン劇場で何百回と公演を成功させた後、大ザバティーニはウーラント通りに自身のサロンを開いた。自宅のあるファザーネン通りから歩いてほんの数分の場所だ。サロンは、弁護士事務所ばかりが入っている建物の四階にあった。モシェはその空間に、ペルシア絨毯とインドの家具を置いた。遠くチベットで使われている鈴《りん》——本当のところは、鮮やかな色を塗って本来の用途を隠した尿瓶——も、欠かすことのできない装飾だ。玄関扉に取り付けた真鍮の板に、サロンの開店時間が刻まれてはいたが、実のところ、夜にはいまだにヴィンターガルテン劇場に出演していた。劇場同様サロンにも客が押し寄せるようになるまで、それほど長くはかからなかった。開店から一週間がたとうとするころ、最初の客である女性が扉を叩いた。ザバティーニは、彼女がまるで釣り針にかかって暴れる魚であるかのように、即座にサロンに引っ張っていった。女性はシュメックヴィッツに住む主婦だった。エプロンドレスを着た、痩せて神経質そうな女性で、生きていることに常に恐縮しているような雰囲気を漂わせていた。彼女の用件は、飼い猫のアドルフが逃げたことだった。ザバティーニは猫の名前を聞いて戸惑った。最近では動物界までもが政治に染まっているのだろうか？　話を聞くと、女性は屋根裏部屋に住んでいるとのことだった。ということは、おそらくアドルフはいまごろ、シュメックヴィッツの家々を屋根から屋根へと徘徊しているのだろう。ザバティーニは目を閉じると、精神を集中させるふりをした。そして震える声で、アドルフがもうすぐ祖国たる帝国へ戻ってくるのが感じられる、と告げた。決して大胆な予言ではない。というのも、ザバティーニは猫のことはよく知らなかったが、空腹のことなら熟知していたからだ。アドルフの胃が空腹でよじれるのは、時間の問題だった。実際、小さな愛らしい総統閣下は、飼い主がわざわざ彼のために用意した魚の骨の誘惑に抵抗することができなかった。数日後、シュメックヴィッツの主婦は再びザバティーニのもとを訪れ、大げさに礼を述べると、たっぷりと謝礼を支払った。

　少しずつ、悩みを抱えた人々がザバティーニのもとを訪れるようになった。浮気をしている人妻、ギャンブル中毒の銀行員、体は健康そのものの神経症患者——誰もがザバティーニに助言を求めた。ザバティーニは、彼らの心理という鍵盤を弾きこなす巨匠だった。客の多くは常連となった。やがて、国家社会主義ドイツ労働者党《ナチス》党員たちもやってくるようになった。党が愚か者の集まりであることを考えれば、そのなかでも最も党に忠実で最も信じやすい客たちがサロンへとやってきたのも、決して驚くべきことではなかった。党の活動の内容は、結局のところ神秘主義と心霊主義であり、彼らの指導者は、欺瞞と陰謀にかけては大ザバティーニをはるかに上回る才能の持ち主なのだから。

ペルシアの予言者の名声は、留まるところを知らなかった。そして、ときたまザバティーニをいかさま師だと暴いてやろうという懐疑派がやってくることがあれば、ザバティーニはすぐに気づいて――それにはある種の勘が必要なのも事実だ――、「悪い気」を感じるという理由でサロンへの入室を拒否した。党員のなかでも、より階級の高い者たちが、ザバティーニの助言を求めるようになった。茶色い制服を着た突撃隊のいかつい連隊指導者までもが、ザバティーニのサロンでさめざめと泣いた。やがて、ザバティーニのサロンを訪れるのは、ベルリンの上流中の上流の人々になった。誰もが大ザバティーニに未来を予言してもらいたがった。そしてザバティーニには、人が聞きたいことを言い、人が最も恐れていることを指摘する本物の才能があった。

ザバティーニにとって、ベルリンは享楽の園だった。まるで、合理性と科学的進歩の時代の後に、再び非理性が最新流行になったかのようだった。ドイツの首都ベルリンは神秘主義の楽園であり、奇跡を起こす治療師、占星術師、催眠術師、水晶玉を覗き込む者からタロットを読み取る者まで、あらゆる種類の予言者のメッカだった。いまではモシェは、自分にタナハとタルムードを叩きこんでくれた父親に感謝するようになっていた。ヘブライ語の能力と、数秘術やカバラについての知識を織り込むことで、ザバティーニの価値はさらに高まったからだ。太古の書物のなかの重要な文章を簡単に噛み砕いた表現に変えて用いることで、信じやすい人間たちに、異国情緒あふれるたわごとを吹き込み、心地よい世界を創り出してやることができた。たっぷりと飾りをつけたターバンと、歩調とともになびくローブを身につけたザバティーニは、世界中の誰にとっても、まごうことなきペルシアの貴人であり、『千夜一夜物語』から抜け出してきた人物であり、アーリア人種の末裔だった。ザバティーニが実際にはラビの息子であるなどとは、誰ひとり疑ってもみなかった。新たな身分に関する蜘蛛の糸のように張り巡らされた嘘に守られながら、ザバティーニは、ますます激しくなるユダヤ人への迫害を、ただ傍観していた。なにも感じることなしに。

「第三帝国」の首都であるベルリンにいながら、モシェ・ゴルデンヒルシュの生活は快適そのものだった。最上流階級に属する一握りの人間には、金など有り余っており、ほとんどなんの意味も持たないほどだった。モシェは次第に、馬鹿馬鹿しいほど法外な謝礼金を要求するようになった。というのも、値段が高ければ高いほど人は喜んで払うものだということに、ほどなく気づいたからだ。金は通りに落ちている。ユリアとモシェは、ただかがんでそれを拾いさえすればよかった。そこでふたりは、できる限り深くかがみこんだ。町で最高級のレストランで食事をし、選ばれた上流の人々と交わり、最もステイタスの高いパーティーに招待された。ほどなくモシェは、性倒錯ショーやストリップショーなどのいかがわしい舞台が持つ秘められた刺激や、コカインの誘惑などを知るようになった。とはいえ、モシェの抱える秘密は重く、正体を見破られるのではないかという不安は、常に心のどこかにあった。自分が――サロンで披露する堅実な読心術にもかかわらず――決して奇術師のなかで最も革新的でもなければ、最も才能溢れる存在でもないことに、モシェは薄々気づいていた。だがいまこの瞬間には、才能のあるなしなど、なんの違いももたらさないようだった。正直に言えば、モシェはむしろ平凡な手品師であり、自分の演目をきちんと遂行することはできても、最後の高い壁に挑もうという――すなわち、自身の芸術を深め、新たなアイディアを発展させ、未知の領域へと踏み出そうという――心意気はなかった。モシェは、すでに馴染んだものに安住する奇術師だった。だが、それのなにがいけない？　なんだかんだ言っても、それでうまく行っているのだ。いくつかの手堅いトリックで、空恐ろしいほどの名声と富をつかんだ。なぜ、さらなる努力をする必要がある？　客たちは、ザバティーニの足元にひれ伏している。ザバティーニの信奉者たちにとって大切なのは、彼ら自身の魔法への渇望のみだった。

＊

ファザーネン通りにあるモシェとユリアの住居は、シナゴーグのすぐ近くだった。後に水晶の夜と呼ばれるようになるその晩に、ほかの多くのシナゴーグ同様、燃やされた場所だ。十一月のその晩は、モシェにとって生涯忘れることのできないものとなった。ヴィンターガルテン劇場での公演後、ユリアとともにタクシーで帰宅する途中、炎が見えた。モシェの心臓はぎゅっと締め付けられた。魔法のサーカスが炎のなかに消えたあの夜のことを思いだしたのだ。

シナゴーグの前には、野次馬たちが集まっていた。突撃隊の茶色い制服を着ている者も多かったが、皆がそうではなかった。一家総出で来た人たちも、老人たちもいた。子供たちがよく見られるようにと、母親たちが抱き上げている。

「ユダヤ人にさよならを言いなさい」ひとりの女性が、幼い娘にそう言った。その声は、まるで童謡を歌って聞かせているかのようだった。

「さよなら、ユダヤ人」女の子は従順にそう言うと、手を振り、天使のような笑い声をあげた。

うん、さよなら。モシェは突然、気分が悪くなった。父のこと、自分が子供時代のほとんどを過ごしたシナゴーグのことを考えた。少なくとも、プラハに暮らす父には、ナチスの手は及ばないだろう。ユリアが、真っ青になったモシェを素早く腕に抱いた。そして、「家にまだシャンパンあったよね？」とわざとらしく快活に言った。モシェはうなずいた。喉がからからだった。タクシーは通りの人混みのせいでなかなか進まない。車窓から、サロンに頻繁に通ってくる若い突撃隊員の姿が見えた。

モシェはその男になんとはなしに笑いかけ、手を振った。男は近寄ってくると、窓ガラスを叩いた。モシェは窓を開けた。

「これは予言できなかっただろ？」突撃隊員はそう言った。

モシェは首を振り、「確かに」と言った。「予言できませんでしたね」

ようやく自宅に着いた。ふたりは階段を上り、シャンパンの栓を抜いて、愛し合った。ベルリンは燃えていた。少なくとも、ベルリンの一部は。モシェはその夜、ほとんど眠れなかった。通りから聞こえてくる騒音や叫び声、窓ガラスの割れる音や嘲り声を無視しようと努めたが、無駄だった。自分がその場にいるような気がした。外の通りに。苦しみ、迫害されるほかの人たちのところに。

翌日、ヴィンターガルテン劇場で出番前に着替えているときも、まだ神経が立って、呆然としていた。僕になにができるっていうんだ？　モシェは自分にそう言い聞かせた。僕は大ザバティーニだ。これから出番だ。僕は舞台に出る。

なにがあろうと。

26　クラウン・ルーム

大ザバティーニは、ショートパンツといつものアロハシャツの上に、トレンチコートを着ていた。雨が降りだした場合に備えて。ここ南カリフォルニアでは滅多に雨など降らないが、万一ということもある。額には青あざができている。デボラ・コーンのフライパンが命中した場所だ。ザバティーニはいま、ジャンボズ・クラウン・ルームのバーに座って、舞台の上で不器用なストリップを披露する若い黒人女性を眺めている。ジュークボックスからは、エディット・ピアフが流れている。ストリッパーは退屈そうで、なにかほかのことに気を取られているように見えた。だがザバティーニには、そんなことはどうでもよかった。女の裸体の眺めは、いずれにせよ祝祭だ。飲んでいるのはハイネケン。もっと強い酒を頼む金がないからだ。これからどうすればいいのか、見当もつかなかった。どこに行くあてもない。無一文。だがそれさえ、この瞬間にはどうでもよかった。ザバティーニはほろ酔いで、そのせいか、舞台の上の若い女性のところに転がり込めるのではないかと考え始めていた。気の利いた台詞をいくつか言って、マジックを少し見せてやれば……ザバティーニはいま、男にとって典型的な錯覚に陥っていた──チャンスがあるに違いないという思い込みに。

そして、大多数の男同様、ザバティーニもまた、女を誘うために口を開く勇気はなかった。拒絶されるより辛いことなど、まずないからだ。あるとしたら、思い切り振り降ろされたフライパンの痛みくらいだ。

ストリップクラブのドアが開き、一筋の明るい日の光が、室内を一瞬照らした。不愉快極まりない。まばらな客――全員が情熱的な酒飲みで、しかもそれが一目でわかる――は、そろってホラー映画の吸血鬼のようにびくりと震えた。

マックス・コーンがストリップクラブに入ってきた。

カウンターの後ろに立つバーキーパーの女が――豊満な胸の、老年にさしかかりつつある金髪女で、体じゅうに水夫顔負けの刺青がある――、磨いていたリキュールグラスを置くと、マックスを怒鳴りつけた。

「ガキはお断り。ここは大人の店だよ！」

マックスは女を、「お腹をすかせた子犬」と自ら名付けた、同情をひくための哀れっぽい視線で見つめた。そして、「おじいちゃんを捜してるんです」と言った。

ザバティーニはビール瓶をテーブルに叩きつけるように置くと、怒りのあまり息を荒げた。そしてマックスに向かって怒鳴った。「そこのレディが言ったこと、聞こえないか！　帰れ！」

「黙りな」バーキーパーがザバティーニに向かって怒鳴った。

「おじいちゃん！」マックスが呼びかけた。

バーキーパーがザバティーニを、非難がましい目でにらみつける。

「私の孫じゃない」ザバティーニは言った。「知らない子供」

バーキーパーは布巾をカウンターに置くと、マックスに歩み寄った。「ご両親はどこ？」と訊く。

「喧嘩してるんだ」マックスが言う。

「どうして？」

「僕のことで。マムとダッド、離婚するんだ。それで、僕がもうあんまり悩まないようにって、心理学者を呼んできたんだ。だから僕、逃げてきた。おじいちゃんのところへ！」

水夫なみの刺青を施したバーキーパーの胸は、とろけそうになった。いつの間にかストリッパーは出番を終えて、おぼつかない足取りで舞台を降りようとしていた。不格好なごついハイヒールを履いているせいで、うまく歩けないのだ。だが、こういう靴は男受けがいい。ほかのいろいろな不愉快なものと同様に。

ザバティーニは大きな拍手をして、「ブラヴォー！」と叫んだ。「ブラヴィッシモ！」

拍手をしたのは、ザバティーニひとりだった。

ジュークボックスから、次の歌が流れ始めた。ゲイリー・ライトの〈ドリーム・ウィーヴァー〉だ。ストリッパーはモーニングガウンを羽織ると、マックスとバーキーパーのほうへ近づいた。

「ヘイ、坊や」完全にプロフェッショナルな口調で、ストリッパーは言った。「こんなところでなにしてんの？」

「おじいちゃんを捜してるんだって」バーキーパーが、親指でカウンターの端を指した。「あそこのじいさん」

「すぐに連れてきたげる」ストリッパーが言った。

ストリッパーが自分に向かって歩いてくるのに気付いたザバティーニは、慌ててコートのポケットを叩いて、Gストリングに挟もうと、一ドル札を探した。

「いいかい？」期待を込めて、ザバティーニは訊いた。

「やかましい！」ストリッパーが言い捨てた。「孫が来てるよ」

「孫じゃない」ザバティーニは反論した。

バーキーパーが刺し殺さんばかりの視線を投げて、「ちょっと、そこの！」と怒鳴った。「孫連れて、出ていきな。いますぐ。ごたごたはごめんだよ」

「私、金払ってる客」少しばかり途方に暮れて、ザバティーニは言った。

「もう客じゃない。出ていきな」

＊

店のドアを出たとたん、ザバティーニはマックスを怒鳴りつけた。「全部お前のせい！　私、天国にいたのに、追い出された！」そう言って、足音も荒く歩み去った。「いい加減に、ほっといてくれ！」

マックスは最初、気圧されたように突っ立っていたが、やがてザバティーニの後を追って走り始めた。そして、サンセット・ブルヴァードで追いついた。「ザバティーニさん！」と呼びかける。

ザバティーニは振り返り、マックスを突き飛ばした。

マックスはよろめき、歩道に尻もちをついた。「ちょっと！」と叫ぶ。

マックスは飛ぶように起き上がり、ザバティーニに体当たりした。老人と少年は、もみ合いになった。とても優雅とは言えない喧嘩だった。むしろ、〈ゴジラ対モスラ〉の最終対決を思わせる取っ組み合いだ。だがいくらもたたないうちに、ザバティーニがマックスをなんとか抱えこんで、尻を叩き始めた。

「このしつけの悪いガキが！」と罵りながら。

「僕のこと、置いていっちゃうなんて！」マックスが叫んだ。「ほかのみんなと同じじゃないか！」

「当たり前の報い！」ザバティーニが怒鳴った。「このクソガキ！

「クソじじい！」

マックスは老人の向う脛を蹴飛ばした。ザバティーニはうめきながら、片足で飛び跳ねる羽目になった。痛みが引くと、ザバティーニは捻じ曲がった腕でマックスに殴りかかった。マックスは巧みに攻撃をかわしたが、その拍子にゴミタンクにぶつかった。すさまじい音を立てて、タンクが横倒しになった。ポテトチップスの袋、空のコーラ缶、使用済みコンドーム、食べかけのピザなどが、歩道に散らばった。ザバティーニはピザの箱につまずいて、転んだ。だがなんとか起き上がり、次の攻撃に備える。マックスはもう、こちらに向かって突進してくるところだ。

その瞬間、アディダスのジャージに身を包み、金鎖をじゃらじゃらさげた太ったアルメニア人が五人、割って入ってきた。〈ザンコー・チキン〉の店の前で煙草を吸っていた男たちだ。その巨大な腹からは想像もつかない敏捷さで、五人はザバティーニとマックスを引き離した。男たちは、戦いで鍛え上げられた戦士の一族の最後の生き残りだった。はるかアルメニア王国の時代の、遠くチグリス川とユーフラテス川の岸辺においても、現代におけるここ〈リトル・アルメニア〉においても、決して敵に回していい相手ではない。

「おい、クソ野郎、子供に手を出すな！」男たちのひとりが怒鳴った。

二人目が、怒り狂うザバティーニ老人を羽交い絞めにした。男にとっては朝飯前だ。三人目のアルメニア人が、マックスをフックグリップで押さえつける。

「なんだよ！」マックスが怒鳴った。

ザバティーニとマックスは、男たちの手から逃れようと暴れたが、どうにもならず、互いに怒鳴り合った。そのとき、アルメニア人たちが全員、ぐるりと首を回した。〈ザンコー・チキン〉のガラスドアが開いて、小柄でがっしりした体格の、無精ひげを生やした毛むくじゃらの男が出てきた。染みだらけのカーキ色のズボンに、アンダーシャツ、ベレー帽といういで立ちで、男は煙草に火をつけた。

「なにごとだ?」男が威厳に満ちた口調で尋ねた。

アルメニア男たちは口々に、アルメニア語で事情を説明し始めた。マックスもザバティーニも、目の前にいる男の正体に気づく由もなかった——そう、彼こそは誰あろう、レバノン人とアルメニア人の血を引く移民の誇り高き息子、シリアへの死の行進を生き延びた祖先を持つ、〈ザンコー・チキン〉のオーナーにして、ハリウッド東部におけるソロモン裁きの最高権威、ヴァルタン・イスカンダルその人であった。状況を聞いたイスカンダルは、美味なるガーリックソースの故郷であるザンコー・チキンの聖なる入口前での暴力沙汰は容認しがたいと宣言した。ザバティーニもマックスも、この男の放つ権威のオーラを本能的に感じ、受け入れた。そしてふたりとも、おとなしくなった。

ここでイスカンダルは、判決を下した。

「お前」ザバティーニに向かって言う。「小さい子供、もうぶたない。ただし子供がクズなら別……」

「まさにこいつはそのク……」ザバティーニが言いかけたが、イスカンダルは片手を上げて、彼を黙らせた。

「この子供クズ違う。私それ見た。この子供ただのバカ。クズとバカ違う」

ザバティーニはうなだれた。この男の言うとおりだ。

「それからお前」イスカンダルは、マックスのほうを向いた。「年寄りにちょっかい出さない。敬愛の念持つ！」

ザバティーニは、賛意を表してうなずいた。マックスはじっと足元に視線を落としている。

「抱き合う！」イスカンダルが命じた。

ザバティーニとマックスは、嫌悪に満ちた目でお互いを見つめた。

「抱き合う！　さもないと、もうチキンない――二度とない」

ふたりは、嫌々ながら抱き合った。〈ザンコー・チキン〉は、ロサンジェルスに欠かすことのできない店だ。ふたりのどちらも、残りの人生を有名なガーリックソースがけグリルチキンなしで過ごしたくはなかった。

「よし」イスカンダルはそう言うと、シャワルマの様子を見に、店に戻っていった。

＊

それから数分後、ザバティーニとマックスは、サンセット・ブルヴァードとノルマンディ・アヴェニューの角にあるバス停のベンチに座っていた。

「ごめんなさい」マックスが言った。「クソじじいなんて言って」

「私も悪かった」ザバティーニが言った。「でも、ちょうど大事な話し合いの最中だった。なのにビールも最後まで飲めなかった」

「どうしてなんにも言わずに出ていっちゃったの？」マックスが訊いた。

「お前のお母さんに殴られた。フライパンで」ザバティーニはため息をついた。「私が彼女を愛してるから」

「ママを?」マックスは信じがたい思いで訊いた。ママを誰か男の人が愛するなんて、あり得ない。もちろん、ダッドは別だけど。

「まったく」ザバティーニが言った。「愛っていうの、やっかい! 人を狂わせるだけ」

マックスはうなずいた。ミリアム・ヒュンのことが頭に浮かんだ。老人の言葉には、物事の核心が含まれているように思われた。

ザバティーニがマックスのほうにかがみこんだ。「お母さん、私が悪い影響を与えるって言った。お前を不幸にするって」しばらく口を閉じた後、こう付け加える。「お前を不幸にしたくない。だから出ていった」

「でも、全然違うよ」マックスは言った。「ザバティーニさんは、僕のこと、幸せにしてくれるのに」

その瞬間、ザバティーニは、かつて一度も抱いたことのない不愉快な感情に襲われた——感動したのだ。生涯のほとんどを舞台の上で過ごしてきた老マジシャンにとって、口に出すことがそのまま本心だなどという人間がいることは、にわかには信じがたかった。

マックスがザバティーニの手を取った。ザバティーニはされるがままになっていた。ふたりとも、なにも言わなかった。

＊

マックスの両親が見つけたのは、そんなふたりだった。ベンチに座って、手をつなぐふたり。デボラとハリーは、ジープのなかで戸惑いの視線を交わした。

「嫉妬してるんでしょ」デボラが言った。「あのじいさんに」

「俺が？」ハリーが言った。「まさか。どうして嫉妬なんてしなきゃならない？」

「あのじいさんはあんたの息子の傍にいて、息子を支えてる。あんたにできてるとは思えない芸当だから」

「くだらん」ハリーは小声でそう言っただけで、それ以上挑発には乗らなかった。

ふたりはもう何か月ものあいだ、闘い、いがみ合い、喧嘩してきた。いま残っているのは、疲労感のみだった。深い虚無感。息子を捜しながら、ふたりはまたしても離婚の理由をほじくり返した。とはいえデボラにとっては、理由は明白だった——ヨガ・インストラクターだ。

ハリーのほうも、自分を性的にも感情面でもないがしろにしたという、もう何百回目になるかわからない非難を繰り返した。「ちゃんと理由があるんだよ」ハリーは言った。「どうして俺があんなに脆かったか、どうしてあんなことをする気になったかには」

「確かにね」デボラは答えた。「あんたが豚野郎だからでしょ」

デボラは、ヨガ・インストラクターのエリノアとは少しだけ面識があった。エリノアは〈オーム・スウィート・オーム〉の掲示板に、ヨガのクラスを宣伝するためのビラを貼りに来たことがあるのだ。そのときのデボラは、夫があのふしだら女に引っかかるなどとは夢にも思わなかった。そもそも、健康のためにヨガをやってみたらどうかとハリーに勧めたのは、デボラ自身なのだ。健康！　聞いて呆れる！　何週間も、デボラはなにも知らずにいた。ある晩、帰宅したハリーから、見知らぬ甘い香水の香りが漂っているのに気づくまで。ハリーはデボラの異端審問にも劣らぬ厳しい視線と尋問とに耐え切れず、すべてを自白した。デボラは、車に轢かれたような気分だった。思わぬ衝撃、一瞬の無重力感、そしてアスファルトへの激しい落下。

あれから何か月もたった。そしていま、ハリーとデボラは、ただただ疲れていた。ふたりとも戦争を耐え抜いたが、勝者はいなかった。もう話すことなどなにもなかった。

ふたりはバス停の横に車を停めた。ザバティーニが、太陽のもとに出てきたトカゲのように目をしばたたいた。そしてハリーの姿を見ると、マックスに向かって訊いた。「この変な男、誰？」「変はどっちだ」ハリーは泣き出しそうな声で言い返した。

27　真夜中の訪問者

一九三九年一月、ユリアとモシェはコンラディ＝ホルスターの店で、新しい「魔法のトランク」を注文した。ヴィンターガルテン劇場でのショーを始めてからずいぶんたっており、そろそろ少し変化が欲しいところだった。愛の魔法に関しては、まだ決め手となるアイディアが足りなかったので、ふたりはかつての「消える姫」のショーを付け足すことに決めた。魔法のサーカスでの最後の夜の出来事があったせいで、ユリアを説得するのは楽ではなかった。だが結局ユリアは、モシェのために同意してくれた。

〈コンラディ＝ホルスター〉は、モシェがほかとは比べ物にならないほど好きな店だった。古めかしく気品溢れる店内には、革装丁の本や奇術の道具が所狭しと並んでいる。〈コンラディ＝ホルスター〉と名乗る老人、フリードリヒ・ヴィルヘルム・コンラート＝ホルスターは、舞台奇術の世界では一廉の人物だった。プロイセンの官吏の家に生まれたコンラディ＝ホルスターは、有名な奇術師であるのみならず、無数のトリックや奇術道具の発明者でもあった。職業人生の始まりは、百貨店だった。ハンブルクの百貨店〈ボルヴィヒ&ホルスター〉の共同所有者として、ホルスターは十九世紀の終わりに、奇術道具を百貨店に置き始めた。ところが、ハンブルクでコレラが流行し、感染を恐れたホルスターはベルリンへと移る。そしてシェーネベルク地区に自分の店を開いた。それは、ヨーロッパ大陸初の「奇術装置工場」だった。後に店はフリードリヒ通りに移った――ヴィンターガルテン劇場のすぐ近くという便利な場所だ。同業者のあいだでは、コンラディ＝ホルスターの名前は媚薬のごとき作用をもっており、店は「奇術のメッカ」として有名だった。

巨匠コンラディ＝ホルスターから直々に、自分たちだけのために作られた旅行用トランクを手渡されたモシェは、感銘を受けた。夕方の鈍い陽光が射しこみ、店の窓を黄色く染めている。「入ってみて」モシェはユリアに言った。

ユリアは一瞬ためらったが、すぐにトランクのなかに入った。モシェは蓋を閉め、再び開けた。ユリアは消えていた。このトランクが引き起こす目の錯覚は、鏡によるものではない。というのも、鏡にはひとつ致命的な欠陥があることを、モシェは学んでいたからだ――つまり、鏡には奇術師自身が映りこんでしまう可能性があるのだ。だから、今後ユリアが隠れるのは、さまざまな目の錯覚を利用して完璧に偽装された二重蓋の下ということになる。モシェは満足だった。

「ちょっと、どうなってんの？」ユリアがトランクのなかから訊いた。「そろそろ出たいんだけど！」

「完璧だよ。ただ、口を閉じててくれないと、うまく行かない。そんなにべらべら話されちゃ、幻想も台無しだよ」

抗議のつぶやき声が、トランクから漏れてきた。

「それに」とモシェは続けた。「このトランクは、内側からも開けられるんだ。君のために、わざわざそうしてもらったんだよ。上のほうを探してみて。どこかにボタンがあるはずだから」

数秒後、カチリと音がして、トランクが開いた。這い出してきたユリアを、モシェは抱きしめた。それからモシェは、コンラディ＝ホルスターに向き直り、「これで結構です」と言った。巨匠はただ黙ってうなずいた。その顔からはなにも読み取れなかった。

＊

数週間後、真夜中に住居の扉を叩く音がした。モシェは目を覚まし、朦朧としたまま飛び起きた。ノックの音はなかなかやまない。夜の静寂をリズミカルに切り裂く執拗な音だ。悪態をつきながら、モシェはベッドを出て、モーニングガウンを羽織ると、スリッパを履いた。ユリアがなにやら寝言をつぶやいた。モシェは扉へ向かい、覗き穴に目を近づけて、呼びかけた。「いったいどういうつもりですか？　どちら様？」

ノックの音が唐突にやんで、声が聞こえた。「こちらが何者かは、おわかりのはずですがねえ」

「わかるわけがないでしょう、どういうことです？　こんな真夜中に大きな音を立てるなんて、どこのバカかと思いますよ」

扉を勢いよく開けたモシェは、蒼白になった。本能的に、一歩あとずさる。大柄な親衛隊の男ふたりが、暗い廊下に立っていた。

ひとりが礼儀正しく帽子を持ち上げた。「ザバティーニさんですか？」

モシェはうなずいた。全身が硬直していた。

ふたりめの親衛隊員が、人差し指を立てて振りながら、言った。「あなたほどの予言者なら、ノックしてるのが誰かくらい、わかるはずでしょ？」

「いや」モシェは不愛想に首を振った。「そういうものじゃないんです」

「じゃ、どういうもの？」

親衛隊員との言葉のやりとりは始まったばかりだったが、すでにモシェは我慢できなくなっていた。「おふたりとも、すみませんが、こんな夜中にここまで来られたのは、読心術の奥義について議論するためではありませんよね？」

「我々はね」ひとりめの親衛隊員が言った。「でも、下に、ザバティーニさんとお知り合いになりたいという人がいるんですよ」

モシェは廊下に置かれた箪笥に向かうと、小さな銀の名刺入れから名刺を一枚取り出して、ふたりに差し出した。

「どうぞ。そのお友達に、サロンの開店時間にいつでもおいでくださいとお伝えください」

だが親衛隊員たちは立ち尽くしたまま、黙ってモシェを見つめるばかりだ。

いったい僕になにをしろっていうんだ？　モシェはそう思った。ふたりとも、モシェの名刺を受け取るそぶりもない。気まずい沈黙を破って、モシェは咳ばらいすると、まずは名刺を持った手を降ろし、それから視線を落とした。こういう類の男たちの目を、あまりに長いあいだまっすぐ見つめるのは、賢明でない気がしたのだ。まるで自分の顔から秘密が読み取られてしまうかのように感じられた。

「一緒に来ていただきます」モシェに近いほうに立つ親衛隊員が言った。

「いますぐにね」もうひとりが付け加えた。

モシェは震え始めた。寒さのせいばかりではない。「ちょっとなにか羽織ってきます」かすれた声で、そうささやく。真夜中に迎えが来て、強制労働収容所へと消えていった人たちの噂は聞いていた。

ふたりの親衛隊員は、モシェを先導して階段を降り、外に出た。冷たい風が吹いている。建物の入口前に、黒いリムジンが一台停まっていた。メルセデスだ。エンジンがかかったままで、不気味な音を響かせている。親衛隊員のひとりが、車のドアを開けた。モシェの心臓が、胸のなかで暴れまわった。自分はこれから連行されるのだと確信した。どこかの独房へ連れていかれて、それから……とても考えたくない。

「お乗りください」ひとりめの親衛隊員が言った。

モシェはうなずいたが、動けなかった。恐怖で足が地面に貼りついたかのようだった。

「なんにも起きやしませんって」ふたりめが言った。

そして優しく、だがきっぱりとモシェの体を押した。モシェは震える手でドアをつかみ、嫌々ながら乗り込んだ。

ドアが外から閉められた。モシェは後部座席に腰を下ろした。せわしなく視線を動かしたが、薄暗がりのなかでは、ほとんどなにも見えない。

やがて、向かい側に誰かが座っているのに気付いた。その男は、わずかに身を乗り出した。その拍子に、その顔が街灯に照らされた。

一瞬、モシェは自分の目を疑った。それから深呼吸して、満面の笑みを作ろうと試みた。少なくともこの点にかけてはプロだ。モシェはあらゆる不安を脇へと押しやった。今日この夜を乗り切ろうと思うなら、一世一代の仕事をせねばならない。

「こんばんは」モシェは親しみやすさを声に込めて、言った。

「こんばんは」男が鼻息混じりの声で言った。

それからふたりの男は、しばらく黙りこんだ。

「私がサロンを訪ねるわけにはいかないことは、わかってもらえるだろう」アドルフ・ヒトラーはそう言った。「ドイツの首相として、ドイツ国民の総統として、私がそういった場所にいるところを見られるわけにはいかない」

「なぜです?」モシェは不愛想に鋭くそう問い、その瞬間、舌を嚙み切りたくなった。もっと慎重にならなくては。間違った言葉ひとつで、首が飛びかねないのだ。とはいえ、口に出してしまった問いは、もうもとに戻せない。もはや後戻りはできない。そこでモシェは、そのまま突き進むことにした。「古代ペルシアの王たちも、賢者や予言者の助言を求めたものです」よし、少しはましだ。

モシェの頭には、さまざまな思考が入り乱れていた。これは残酷な冗談なのだろうか? この自分の正体を、ヒトラーは知っているのだろうか? ドイツの首相にしてドイツ国民の総統が、二流の予言者である自分に、いったいなにを求めているというのだ?

「でも、噂になってしまう」ヒトラーが言った。どうやら、ばつの悪い思いをしているようだ。

モシェは調子を合わせることに決めた。「総統閣下」――気が付くと、自然にそう呼びかけていた――「この世界の謎に真摯に向き合うのは、度量の大きさを示す証拠にほかなりません」

「いや、そのとおり!」ヒトラーは熱狂的に言った。そしてため息をついた。「だが、民にはそれが理解できないのだ」

モシェはうなずいた。「私はどうお力になれば?」と訊く。

「うむ、実は、尋ねたいことがある」ヒトラーは、少しばかり不安げに言った。

いまやモシェは、すっかり自身の役になりきっていた。自分は賢者だ。予言者だ。不安はなかった。自分はすべてを知っている。未来が見える。事物を超越した存在だ。根本では、目の前にいるこの悪い冗談のような男も、自分のところへやってくる阿呆どもとなんら変わらない。少なくとも、そうであってほしかった。

「なんでしょう?」モシェは訊いた。

「未来を見ることができるというのは本当か?」

モシェは話をうんと大きくすることにした。「未来とは」と始める。「常に変化し続けるものです。つまり、未来といっても、それはたったひとつの未来という意味ではありません。未来は、ひとつの石材から作られた建物ではないのです。時の流れのなかで、常に変化しながら繊細に伸びてゆく糸なのです。いまのご質問にお答えするならば、確かに私は、運命の恵みによって、ときにある種の——なんと申しましょうか——断片を感じ取る能力を授かりました」

「ほう?」ヒトラーが言った。すっかり気圧されている。

「はい。我々が生きているこの世界の輪郭は、ぼんやりと推測することしかできないのです」

「では、私のために予言をすることはできるかね?」

モシェは熟考するふりをした。鋭く息を吸い込み、それから威圧的な声で言った。「さあ、問うてください!」

「国際的なユダヤの陰謀が、いま我々の国家を戦争へと駆り立てようとしている」ヒトラーは語り出した。「だがそのことは、おそらくご存知だろうな」

いや、モシェは知らなかった。ここ何週間もささやかれている、戦争が迫っているという噂は、これまで信じていなかった。だがモシェは再びうなずき、少しばかり苛立っていることを表現して見せた。

「前線がふたつある戦争は、困難なものになるかもしれない」ヒトラーが言った。

「人類の歴史とは」とモシェは語り始めた。「ふたつの前線、ふたつの決断のはざまの気高き心の歴史です」

「やはりそうか！」ヒトラーはうなずいた。「気高き心！　ふたつの前線！」

「ザバティーニはそう申し上げます」モシェは尊大に付け加えた。

「さて、そこで私が知りたいのは……」ヒトラーは口ごもりながら、続けた。「ユダヤの陰謀は成功すると思うかね？」

モシェは混乱した。この男はなにを言っているのだ？「具体的には、なにに成功すると？」用心深く尋ねる。

「国家を戦争へと駆り立てることだ。決まっているだろう！」

「ああ、なるほど……」

モシェは無表情に総統を見つめた。自分を数秒のあいだ無言の衣で包む行為が間違いであったためしはない。それからモシェは、ヒトラーの両手を取った。「失礼」とつぶやきながら。

「いったいなんの真似だ？」ヒトラーは憤慨し、手を引っ込めた。

「総統閣下、ご質問にお答えするには、閣下を感じる必要があるのです」

ヒトラーは落ち着きを取り戻した。少なくとも一瞬は。これを宥和政策と呼ぶ。

「どうしてそれをすぐに言わんのだ！」ヒトラーはそう言って、自ら両手を差し出した。

ヒトラーの指はだらりと力がなく、冷たかったが、掌は汗をかいていた。モシェは目を閉じた。

そして震える声で、こう告げた。「あなたは大いなる平和をもたらすでしょう。これまで世界がまだ体験したことのない平和を。あなたの名前は、決して忘れられることがありません、総統閣下」

28　最後の舞台

一連の騒動が終結し、大ザバティーニは再びコーン家の客間に戻った。平和が訪れた。少なくとも、一種の休戦状態が。ザバティーニは、今後の長期的な身の振り方が決まるまで、滞在を許されることになった。デボラ・コーンもハリー・コーンも、この奇妙な老人と友情を結ぶところまではいかずとも、ある程度折り合いをつけた。とはいえ、特にデボラは、ザバティーニに批判的な目を向けるのをやめはしなかった。誰がそれを非難できるだろう？　ハリーはドクター・スーザン・アンダーソンに電話をかけて、助力への心からの感謝を述べた後、気まずさのあまり何度も口ごもりながら、今後の協力はもう必要ないと告げた。

ドクター・アンダーソンは気を悪くした。「息子さんにとって、健全とは言えませんよ」と言う。「もうすぐ十一歳なんですよ。ほとんどの子供は、その年ごろにはもう、あれこれのおとぎ話をまるまる信じる段階をとっくに過ぎているものです」

だが、ほとんどの子供と違っているのが、マックスなのだ。いまだにノイローゼに近い頑固さで、自分の思い描く夢にしがみついている。

「もう少しのあいだ、美しい夢を信じたままでいることが、そんなに悪いことですかね？」ハリーは言った。

「どちらとも言えませんね」とドクター・アンダーソンが答えた。「お父さんだって、息子さんの精神世界が迷信から成り立っているような状態はお望みじゃないでしょう。いつかマックス君も、魔法などというものが存在しないことに気づく日が来ます。そうなったら、お父さんが嘘をついていたことも明らかになってしまうんですよ」

ハリーは電話を切り、そわそわとキッチンを歩きまわっていたデボラに、ドクター・アンダーソンの言葉を伝えた。ハリーと同様デボラもまた、息子にわずかに残された、魔法をかけられた子供らしい時間を、奪いたくはなかった。何年か前、サンタクロースについても、今回とそっくりの会話を交わしたことがあった。魔法をかけられた子供時代。本当に、それほど悪いことだろうか？時が来れば決して避けられない失望から、否応なく大人になる瞬間から、息子をもう少しだけ守ってやりたいと思うのは、間違ったことだろうか？長い眠りからの目覚めは、短い眠りからの目覚めより困難なものなのだろうか？デボラとしては、マックスが永遠に幼い子供のままでいたとしても、いっこうにかまわなかった。生まれた直後、病院で自分の腕に抱いたマックスの姿は、決して忘れることがないだろう。小さく、ピンク色で、奇妙に見知らぬ生き物のようでありながら、同時に驚くほど親しい存在。もしかなうのなら、あの瞬間を永遠に留めておきたかった。その時のままに、時間になど手出しのできないスナップショットとして。だが最後に勝つのはいつも時間だ。いつの日か、マックス・コーンもまた大人になる。いつの日か、大学に進み、酒を飲み、運転免許を取得し、女と——ああ、神様、どうか男とではありませんように！——寝る日が来る。つらい話だ。

「でも、愛の魔法が効かないって気づいたらどうなるの?」デボラはハリーに問いかけた。「あの子は、あのじいさんが呪文をつぶやけば、私たちがまた一緒になると思ってる。そういうわけにはいかないって、気づいたらどうなると思う?」

心の奥底では、愛の魔法が効果を発揮しないだろうかと願っているハリーは、ただ肩をすくめただけだった。

ふたりは目を見合わせた。ふたりとも、途方に暮れていた。

*

ハリー・コーンはこれまでいつも、音を必要としてきた。幼いころから、あらゆる空白を音で埋めずにはいられなかった。静寂は信用ならない。思春期のハリーは、ロックミュージシャンになることを夢見ていた。だがそれには才能も努力も足りなかった。そもそも、がなり、大汗をかきながら舞台の上を走りまわるタイプではなかった。母親のローズルは息子に圧力をかけ、「うちの子ならなにかまともなことをしなくては」と言い張った。ハリーはいつものように圧力に屈し、エレキギターを棚の奥にしまいこんだ。ギターはそこで埃をかぶることになった。いまでもときどき、赤ワインを一、二杯飲んだときなど、ギターを取り出して弾くことがある。だが、かつては自分を解放してくれたその音は、いまでは、あまりにもあっさりと捨ててしまった夢を思い出させ、胸が痛むばかりだった。高圧的で支配欲の強い母親は、息子ハリーを根っからのいくじなしに育ててしまった。ハリーは法学部に鞍替えし、その後、音楽ライセンス専門の弁護士といういまの仕事は妥協できる線だ、と自分に言い聞かせた。少なくとも、毎日のように音に囲まれてはいる。だがその音は、ほかの者たちの音、成功した人間たちの音だった。

ハリーのなかにいまも生きるやんちゃな若者は、そう簡単におとなしくはならなかった。あまりに平穏な生活が続くと、なにかが突然ハリーのなかで主張を始める。それは、外へと躍り出ようとする本能であり、叫びだった。自分でもはっきり意識しないまま、ハリーはときにかなりきわどいドラマを求めた。静寂は破られねばならない。ヨガ・インストラクターのサイレーンのごとき呼びかけにあれほど簡単に応じたのも、それが理由だったのかもしれない。それに、彼女のしなやかさも。ハリーは、自分の浮気を本来なら恥ずかしく思うべきだとわかっていた。だが自分に正直になってみると、エリノアとの禁断の夜は、普段のなんの面白みもない平穏な人生における最も甘い体験のひとつだったことを、認めないわけにはいかなかった。自分に身を任せるエリノアの姿といったら……デボラとは正反対だ。デボラのコントロール癖は、ベッドのなかでも変わらない。ハリーは、裸で小さなアパートのなかを歩きまわりながら、こちらで少し、あちらで少しとストレッチをするエリノアの姿を愛した。エリノアの汗の味を、自分にキスするときの貪欲さを愛した。エリノアがいなくて寂しかった。緊張と、襲い掛かる罪悪感にもかかわらず、浮気は楽しかった。エリノアの腕のなかにいると、自分がこっそりとクッキーの缶に手を伸ばす子供になったような気がした。ハリーはエリノアのアパートでの午後の秘密の逢瀬を楽しんだ。それに、エリノアを食事に連れていくのも楽しかった。彼女と一緒にいるところを目撃されるという危険を楽しんだ。

だが、なにごとにもいつかは終わりが来る。エリノアにとって、ハリーはただの気晴らしに過ぎなかった。ハリーは、エリノアがたまたま失恋したてのところへ現れた。婚約者——全身に刺青を施した筋肉質の俳優だが、これといった成功には恵まれず、ダウンタウンのアーツ・ディストリクトでバーテンダーのアルバイトをしている——に捨てられたのだ。婚約者は、携帯のショートメッセージ一本で婚約を解消してきた。女たちに群がられて、身を固めてしまうのは間違いだと気づいたのだ。もうしばらくはビュッフェを楽しみたいというわけだ。

傷つき、屈辱感にまみれたエリノアは、突然男が欲しくてたまらなくなった。自分が男から求められる魅力的な女であることを証明したかった。そこに登場したのがハリーだった。ハリーもまた、誘惑に屈しやすくなっていた。何年にもわたる結婚生活のつけが回っていたのだ。ハリーは憂鬱で、人生の袋小路にはまったような気分だった。こうして、さまざまな要素が重なり合ったというわけだった。

だが、やがてエリノアは目を覚ました。私、いったいなにをしているんだろう？　と考えた。既婚者なんかと！　頭がどうかしてしまったのだろうか？　ハリーとの未来など見えなかった。ちょうどそのころ、ハリーのほうは不用心になり、ある晩、自宅のベッドに入る前にシャワーを浴びるのを忘れた。こうして、デボラが香水の匂いに気づくことになった。

ハリーは、安定した家庭というコンセプトを、これまで心から信じたことがなかった。母から習ったのは、内的な緊張は人間の自然な状態であるということだった。父を早くに亡くしたハリーは、文字通りのマザコンになった。安定した家庭などというものはテレビでしか見たことがなく、その結果、現実にそんなものがあるなどと本気では信じられなくなった。

そしていま、ハリーはすべてを失った。家族も、家庭も、妻も。

ゆっくりと、自分は本当はデボラを愛しているのだということに、ハリーは気づき始めていた。いまも愛している。改めて愛している。

けれど、もう遅かった。

＊

一方ザバティーニは、もう何年も味わったことがないほど、心から楽しい思いをしていた。認めるのはしゃくだが、あの頭の弱い小僧が、自分の哀しい生活を新しい方向へと導いてくれた。八十八歳という年齢を思えば、そんな出来事は決して当たり前とは言えない。なにしろ、カムバック直前なのだ！ ああ、どれほど舞台が恋しかったことか。拍手という快楽が、大勢の観客の視線が。とはいえ、カムバックまでに、まだ準備せねばならないことがある。ザバティーニは、デボラとともに買い物に向かうところだった。なにより、グレンデイル・ブルヴァードにあるデボラの店で、新しい衣装を見繕うつもりだった。晴れ舞台はもう明日に迫っている。場所は、バーバンクにある〈ミッキーズ・ピザ・パレス〉というレストランだ。買い物に向かう道すがら、ザバティーニは、ピッツェリアがこの自分ほどのクラスの芸術家にふさわしい場所だとは思えないと、疑念を表明した。

「マックスの一番好きなレストランなんだから」デボラが言った。「ぜったいにあそこがいいって言い張ってるの」

デボラの説明では、〈ミッキーズ・ピザ・パレス〉とはファストフードのチェーン店であり、その独自の特色から、子供たちの誕生日パーティーの会場として人気があるのだという。基本的に、コンセプトは素晴らしかった。〈ミッキーズ・ピザ・パレス〉は、休息を欲する親たちのための店なのだ。この店でなら、子供たちは脂っこいピザを食べ、巨大な遊び場で暴れまわることができる。さらに、小さな舞台があり、ネズミやリスやクマの着ぐるみを着た従業員たちが、ばかばかしい劇を披露する。子供のいない人間にとっては、〈ミッキーズ・ピザ・パレス〉は地獄だ。店には子供たちの喚き声が響き渡り、料理は客に対する侮辱としか思えず、着ぐるみの仮装をしたアルバイトの大学生や俳優の卵たちは、大人の目には、かわいらしいというよりむしろ不気味に映る。ところが子供たちにとっては、この店は天国だ。そして親たちにとっても。というのも、子供たちは一、二時間ですっかり疲れ果てて、あとはおとなしく眠るばかりというありさまになってくれるからだ。さらに、後片付けをする必要もない。ただ席を立って、戦場跡と化した店を去ればいいだけだ。

すべてを聞いたザバティーニは、深い懸念を抱いた。

だがデボラは、異論を許そうとはしなかった。「うちに住んでる限りは、私たちの言うとおりにしてもらうから」はっきりとそう宣言した。

ザバティーニは惨めな気分でうなずいた。まったく、冗談にもほどがある——リスの着ぐるみを着た人間だと？

デボラの運転で、ふたりは〈バラーズ・ハードウェア〉に着いた。金物屋だ。

ザバティーニは店主に南京錠はあるかと訊き、さらに、ふたりきりで少しだけ話がしたいと言った。ふたりは店の奥、デボラから姿が見えないところへと移動した。店主が専門の錠前師であることを知って、ザバティーニは切ない郷愁を感じた。

「それ、ちょうどいい」ザバティーニは言い、こう付け加えた。「実は、私、昔、ある錠前師を知ってた」

白髪交じりの口髭を生やし、半分剝げた頭に残りの髪を丁寧になでつけた太った店主は、感情の読めない顔でうなずいた。

「どの錠前も、ひとつの秘密」ザバティーニは言った。

「こっちは一日中時間があるわけじゃないんだ」店主が言った。「用はなんなんだ?」

ザバティーニは、必要としているものを説明した。店主は戸惑った顔で聞いていた。それから、一、二時間かかるが、できないことはない、と言った。

「勘定はあちらのご婦人」ザバティーニは、いまだに店の前に立っているデボラに視線を投げた。デボラは苦々しい顔で見返してきた。

次にザバティーニは、デボラを事務用品店へと引っ張っていった。そして店で、コンピュータを使わせてほしいと頼んだ。ネットサーフィンで探し出した写真をプリントアウトし、糊を使って鮮やかなポストカードを作った。

デボラは眉間に皺を寄せて、ザバティーニを見守っていた。こんなもののどこが「愛」だの「愛の魔法」だのと関係があるのか、さっぱりわからなかった。

ザバティーニが事務用品店での作業をようやく終えた後、ふたりは車でさらに三軒の店を回った。異常に暑い日で、交通量も増える一方だった。ザバティーニは空腹を訴えた。腹が減れば減るほど、機嫌が悪くなった。デボラはタコス・レストランに立ち寄り、ザバティーニにブリトーを買い与えた。ザバティーニはそれを貪るように食べた。そして食べ終わると、時計を見て、そろそろ錠前を受け取る時間だと言った。

残るは衣装のみだった。ふたりはグレンデイル・ブルヴァードのデボラの店に向かった。ザバティーニはいまだに機嫌が悪かった。大声で、ブリトーが胃にもたれると不平を言い続けた。

ところが、〈オーム・スウィート・オーム〉に足を踏み入れたとたん、ザバティーニはころりと機嫌を直した。店にすっかり魅了された。店はアジアのさまざまな雑貨で溢れていて、ザバティーニにベルリン時代を思い出させた。ペルシアの王子という新たな自己像を創り出したころを。これまでずっと、一度はペルシアへ行ってみたいと思ってきた。いや、できるならばもっと遠く、ファキールと象の国インドまで行ってみたかった。だが、望みがかなうことはなかった。いまとなっては、もう遅いだろう。この歳で下痢になったら命にかかわる。だがインドでは、下痢をする危険が大きいということだ。それでも、オリエントとアジアへの憧れは、決して消えることがなかった。デボラの店〈オーム・スウィート・オーム〉は、インドそのものではないものの、インドに次いで素晴らしい場所であることは間違いなかった。そういうわけでザバティーニは、ほろ苦い憧れと子供のような興奮で胸をいっぱいにして、店のなかを歩きまわった。

洋服掛けのひとつに、白いローブを見つけた。ザバティーニはユリアのことを思いださずにいられなかった。昔、プラハに来た魔法のサーカスで初めて目にしたユリア。全身真っ白な衣装で宙に浮いていたユリア。ローブに触れ、匂いをかぐと、思い出が波のように押し寄せてきた。これまで何万回となく考えてきたように、ザバティーニは再び、ユリアはいったいどうなったのだろうと思った。まだ生きているのだろうか？　戦争を生き延びただろうか？　結婚したのだろうか？　子供はいるのだろうか？　孫は？　ときには自分のことを思い出すことがあるだろうか？　昔、サーカスの舞台に上がり、震える手でユリアの白いドレスに触れたあの瞬間に、引き戻されたかのようだった。突然湧き上がったユリアへの憧憬は、体の痛みにも似ていた。あの瞬間を忘れたことはない。ユリアの匂いも。機会がありさえすれば、見知らぬ女の下着や服の匂いを嗅ぎまわるのも、それが理由だ。生涯、あの香りを探し続けてきた。まだ自分が幻想を持っていた時代に戻りたかった。まだ少年だったモシェ・ゴルデンヒルシュに。いま鏡に映るこの老いぼれではなく。

ザバティーニは深く息を吸って吐くと、一歩退いて、訊いた。「これ、着てみていいか？」

「ええと」デボラが言った。「それ、婦人用だけど」

ザバティーニは、殴られた子犬の目でデボラをじっと見つめた。

デボラはため息をついた。「好きにすれば」

試着室を出たザバティーニは、輝く天使になった気分だった。衣装は完璧だった。これが本当は婦人用だと気づく者などいないだろう。そしてザバティーニのほうでも、ユリアの傍にいると感じることができる。僕のユリア。鏡に映った自分を見て、ザバティーニは満足した。年齢のおかげで、メンタリストの役にある種の威厳が備わっている。続いてターバンを探しながら、突如ザバティーニは悟った。茶番の時代は終わりだ。くだらないまやかしや、細かい遊戯を見せるには、自分は歳を取りすぎた。自分はもっと深く、もっと単純な真実を求めている。半月男も言っていたではないか――あらゆる芸術は単純さを求めると。そうだ、ザバティーニのカムバックとなる舞台では、つまらないトリックなど披露しはしない。まやかしという意味でのトリックは。ザバティーニはただありのままのザバティーニとして舞台に立つのだ。幼い観客たちの手を優しく取って、真実という幻影の芸術へと導こう。ザバティーニは、再び舞台に立つ自分の姿を思い浮かべた。白いローブを着て、恍惚とした観客の前に立つ自分。確かに、〈トゥナイト・ショー〉に出るわけではない。ディズニーランドの舞台でさえない。だがザバティーニはいま、これまでずっと求め続けてきた場所への入口に立っているように感じていた――単純で純粋な自身の芸術への入口に。

もしかしたら、とザバティーニは思った。もしかしたら、デボラとハリーは本当にまた恋に落ちるかもしれない。

29　砂糖一キロ

一九四三年、連合軍によるベルリン空襲が始まった。十一月、モシェとユリアはほぼ毎夜のように、空襲警報によって眠りから叩き起こされるようになった。そして同じ建物内の住人たちと一緒に慌ただしく階段を降り、寒くて湿っぽい地下室に閉じこもって、遠い爆撃の音を聞いた。無数の爆撃に、住人たちの神経はずたずたになり、空襲が重なるにつれて、皆がぴりぴりと神経を張りつめるようになった。ただひとり、アパートの管理人であるレッテンバッハーという老婦人だけが、文字通り花が開くように輝きを増していった。いつも手作りのクッキーを地下室に持ち込み、皆に食べろと言って聞かない。戦争は、レッテンバッハー夫人に母性を発揮する場を与えたのだ。

モシェもまた、万一のための備えを始めた。爆撃、東部戦線のニュース、町に溢れる猜疑と告発の空気、追放と抑留の噂——予言者でなくても、見える未来は暗いものだった。モシェはグルーネヴァルトに小屋つきの菜園を買い、ユリアも自分も、もしものときにはそこへ逃げることにした。ふたりは小屋を間に合わせの家具で整え、毛布と食料を運び込んだ。住まいのあるシャルロッテンブルク地区が危険になった場合や、ふたりのうちどちらかに問題が起こるか、どちらかが家に帰ってこなかった場合、なんらかの理由でふたりが引き離された場合——そんなときには、ここで落ち合って、身を隠そうということになった。

　厳しい冬がゆっくりと春に場を譲ろうとするころ、空襲はさらに激しくなった。昼には米軍が、夜には英軍が爆撃するようになったのだ。

　八月、ザバティーニがヴィンターガルテン劇場に出演中、忘れがたい出来事があった。ザバティーニは、舞台を中断されるのが好きではなかった。爆弾に中断されるとなればなおさらだ。その日、読心術を披露している真っ最中、突然甲高い音が聞こえた。いまではなじみの音だ。経験から、現実的な危険はないことがわかった。爆弾の音が甲高いほど、爆発地点は遠い。屁と同じだ——静かなものほどたちが悪い。ザバティーニは立ち上がると、言った。「紳士淑女の皆様方、私は、我々皆の上に覆いかぶさる暗闇を感じます」観客が不安げにざわめき始めた。だがザバティーニはなだめるように両手を上げた。「ですが、この劇場にいる方が負傷することはありません」

　ザバティーニは正しかった。爆弾が落とされ、少し離れたところに落ちた。まるで空気が引き裂かれるかのような激しい音が響いた。地面が一瞬揺れたと思うと、明かりが消えた。皆が悲鳴を上げて、床に突っ伏した。埃が舞い上がった。再び明かりがついたとき、ザバティーニは微動だにせず、雄々しく舞台の上に立っていた。ゆっくりと、観客は立ち上がり始めた。そして、耳をつんざくような拍手が沸き起こった。劇場内に立ち込める安堵の雰囲気を、ザバティーニは手で触れられそうなほどはっきりと感じた。ザバティーニはお辞儀をし、拍手は怒濤のように盛り上がった。

　それは、ザバティーニの最後の栄光の場面のひとつだった。それから間もなく、ベルリン市から夜間外出禁止令が出て、すべては終わりを告げた。ベルリン交響楽団を除くあらゆる公開の催し物が禁じられた。ヴィンターガルテンは無期限閉鎖となり、窓はベニヤ板でふさがれた。モシェは、公演用の道具を持ち帰るために、最後にもう一度劇場を訪れた。衣装に、旅行用トランク。ベニヤ板の隙間から、陽光が射しこんでいた。憂鬱な気持ちで、モシェは観客席を歩きまわった。肩にユリアの手が置かれた。ふたりとも、無言だった。

ヴィンターガルテン劇場を出ると、モシェはあたりを見わたした。近隣の建物の多くは、瓦礫と化していた。ベルリンは傷跡だらけだった。戦争が首都までやってきたのだ。かつては集合住宅だった建物の瓦礫の山の陰に、ひとりの少女がいた。十五歳くらいだろうか、少女は木のスツールに腰かけて、チェロを弾いていた。その目は閉じられている。風が少女の赤い髪をなで、チェロの響きを廃墟となった街へと運んでいく。やがて、少女は歌い始めた。それは胸を引き裂かれるほど美しい歌声で、モシェは思わず立ち止まった。そしてユリアの手を握った。

さすらう者のように夜が私を覆い、
石の上に枕しても
夢のなかでさえ私は求めてやまない。
主よ、御許に近づかん！

＊

ある冷たい灰色の朝のことだった。「ちょっと散歩に行ってくる。一時間くらいで戻るよ」モシェは、まだまどろんでいるユリアにそう言うと、頭にキスをした。もう何時間も眠れないまま横たわっていたので、少し新鮮な空気を吸いたかった。ユリアがなにかもごもごとつぶやいたと思うと、ベッドのなかで寝返りをうち、毛布を引き寄せて体に巻き付けた。モシェは部屋を出ると、そっと扉を閉めた。

ファザーネン通りの住居を出たところで、歩道を歩く黒いコートを着た男とすれ違った。モシェは〈カフェ・クランツラー〉に向かって歩き出した。麦芽コーヒー（戦時下で飲まれた代用コーヒー）を一杯飲もうと思ったのだ。数メートル行ったところで振り向くと、先ほどの男が後をついてくるのに気付いた。モシェは歩を進めて、角を曲がった。男はぴったりとついてくる。

モシェは不安になってきた。歩調をどんどん速めて、通りから通りへと歩きまわった。グロテスクな焼け野原となり、現実と非現実が隣り合わせで存在するベルリンの街を。市民は皆、それぞれ可能な範囲で日々の仕事に従事していた。そして、明らかな事実を無視しようと努めていた。夜ごと警報がうなるたびに、街がその住民ごと、さらなる血を流しているという事実を。ベルリンという街の様相は、根底から変化していた。かつては堅固で決して崩壊などしないと思われたもの――壁や家々――は、本当は脆かったことが明らかになった。モシェが何年ものあいだ観客たちに見せてきた幻想となんら変わらないほど。石も鋼も、もはや信用ならないまやかしに過ぎなかった。それは、モシェがかつて見たなかで最も強烈なトリックだった。ある瞬間には確かに存在したものが、次の瞬間にはもう消えているのだから。ひとつの街区の通りがまるごと消え去り、二度と現れることはない。運河には膨張した死体が浮かんでいる。それなのに、観客たちは、まるですべてが芝居であり、どれもこれも現実ではないかのように振る舞っている。モシェは、この悪夢のような光景のなかを、追い立てられるように歩き続けた。心臓が激しく鼓動していた。なにひとつ本物だとは感じられなかった。不安だった。どんどん足を速めたが、追跡者は歩調を合わせて、まるで幽霊のようにぴったりついてくる。

やがてモシェは力尽きた。呼吸は荒く、額を汗が流れ落ちる。ゲームにはもううんざりだった。そこで、戦法を変えることにした。モシェは振り返ると、「誰だ？」と呼びかけた。「なんの用だ？」

男が立ち止まり、帽子を持ち上げた。

モシェははっと息を呑んだ。まさか、と思った。あり得ない。

ゆっくりと、男は近づいてきた。少し足を引きずっており、ひび割れたアスファルトを叩き、引きずる靴の音が響いた。男はいつの間にか、帽子を左手に持ちかえていた。

不安でたまらなかったが、モシェは足を大きく開いて立ち続けた。西部劇のガンマンのように。

「おはようございます」冷たい微笑みを浮かべて、モシェは言った。

「おはよう」半月男が言った。

＊

数分後、モシェ・ゴルデンヒルシュとルーディ・クレーガーは、クーダムにあるカフェ・クランツラーで、世界を股にかけるふたりの紳士然として、麦芽コーヒーを飲んでいた。あたかも世界がまだ存在するかのように。カフェはこれまでのところ、幸運にも爆撃に持ちこたえていた。ほとんどの窓はベニヤ板でふさがれていたが、なかにはまだ割れていない窓ガラスもあった。

半月男は擦り切れた古いスーツを着ていたが、サイズが大きすぎて、だぶついていた。すっかり痩せ細ってしまったようだ。それに、もう仮面もつけていない。シャツの襟から出ている首に、傷跡が見える。この男の全身はどんな眺めなのだろうと、モシェは考えた。

「どうやってあそこから脱出したんですか?」モシェは言った。「あのテントから」

「テントを支える柱の一本が燃えて、体の上に落ちてきた」半月男は語り出した。「それで足を一本やられた。おかげで兵役不適格だ。悪いことばかりじゃない」半月男はあたりを見まわすと、コーヒーをかきまわした。「砂糖があるといいんだがな」唐突にそう言う。

半月男はいつも甘いものに目がなかった。モシェは肩をすくめた。「配給制ですからね。しかたありませんよ。でもきっと、最終勝利はまもなくです」

「ものすごく痛かったよ」半月男は言った。「きっと想像もできんだろう。死ぬと思った」

「でも生き延びたじゃないですか」

「ああ」半月男は言った。そして黒い手袋をはめた手で、木のテーブルをコツコツと叩いた。「ふたりの男が柱を持ち上げてくれて、逃れることができたんだ。ふたりは着ていたマントを俺の体にかぶせて、火を消してくれた。それから外に運び出してくれた」

モシェは、なにを言えばいいかわからなかった。そこでまっすぐに半月男の目を見つめた。「あの火事は、ご自分のせいです」

ルーディ・クレーガーは薄く笑うと、コーヒーカップに口をつけた。「俺の見方は違う」そしてクレーガーはモシェに、自分の生きる目的はいまやただひとつだと言った——復讐だと。

モシェの背筋に寒気が走った。

半月男は、虫も殺さぬ様子で穏やかに語り続けた。何年も、相応しい瞬間を待ち続けてきた。復讐をしっかり味わいたい、だから留めの一撃は適切な瞬間に刺さねばならない、と。「俺は生き延びた。そして、生涯かけて築いたすべてが燃えて灰になるのを見る羽目になった。おまえのせいで」

「ユリアを刺し殺そうとしたじゃないですか」モシェは憤慨して言った。

「あいつは裏切った」半月男は言った。「だから罰を受けて当然だった」

「僕はユリアを守ろうとしただけです」

「たいそうな騎士道精神だな」半月男は身を乗り出して、粉末乳を少しコーヒーに入れた。「だがもっと悪いのは、お前が俺の演目を奪ったことだ」

「一部だけでしょう」モシェは小声で言った。

「一部だけでしょう」半月男はおどけるようにモシェの口真似をした。そして言った。「だから俺は、お前を破滅させる」

「どうやって？」モシェは軽い調子で尋ねた。だが、すでに恐怖で喉を締め付けられるようだった。

「簡単なことだ」半月男が言った。「法律を知っているだろう」椅子の背にもたれる。「ユダヤ人を引き渡した者は、砂糖をもらえる。まるまる一キロだ」

　モシェは、走ってここから逃げ出そうかと思った。Sバーン《都市鉄道》の駅まで走ろうか。たまにではあるが、まだ電車は来る。

　そのとき、半月男が窓の外にいる誰かを手招きした。モシェは振り向いた。ふたりの男がカフェに入ってきた。そして礼儀正しく帽子を持ち上げ、微笑んだ。

「ハイル・ヒトラー！」ひとりが言った。

「ハイル・ヒトラー！」もうひとりが言った。

「ごきげんよう」モシェは言った。

　ふたりの紳士は、ゲシュタポのブラインホルムとフランケだと自己紹介した。

「あなたが、あのザバティーニと呼ばれている方ですか？」ブラインホルムが訊いた。背の高い痩せた男で、脂じみたスーツを着ている。

「はい」モシェは答えた。

「あなたを逮捕します」

「理由をうかがってもいいですか？」

「人種恥辱の罪です」フランケが、見るからに楽しげに答えた。「一緒に来ていただきます」フランケはブラインホルムより小柄だが、身なりは彼よりよかった。髪は赤みがかっており、スポーツマンのような体つきだ。

「なんとおっしゃいました？」モシェは言った。

「我々のもとにもたらされた情報によれば、あなたはアーリア人女性と関係を持っているとか」

「それがなんです？　私もアーリア人です。ペルシア出身です。人種証明書だってお見せできますよ」モシェは、慌ただしく上着のポケットをさぐった。指が震えていた。証明書を見つけると、もたもたと広げて、ふたりに差し出した。

ブラインホルムとフランケは、証明書を検分した。それからフランケが言った。「これは偽造されたものですね。我々の情報によれば、あなたはユダヤ人だ。名前は……」そこでメモ帳を取り出して、ページをめくる。「……モーゼス・イスラエル・ゴルデンヒルシュ」

「モシェと呼んでくだされば結構です」喉がからからだった。「みんなモシェと呼びます」

「最後にひとつだけ質問がある」半月男が言った。

モシェは彼をじっと見つめた。

「ヴィンターガルテン劇場でやっていた、あの沈黙の奇術だ。観客が手渡した物がなにかを当てる」半月男は言った。「どうやってやったんだ？」

モシェは半月男の目をまっすぐに見つめたまま、黙っていた。ユリアのことを考えていた。モシェが帰ってこないのを怪しいと思って、打ち合わせどおり菜園の小屋へ逃げてくれることを祈った。

「来てください」フランケが言った。

モシェは立ち上がった。

「心配するな、友よ」半月男が言った。「コーヒーは俺のおごりだ」

*

車に乗せられたモシェは、自分が総統と直接の知り合いであることを、このふたりのゲシュタポの紳士に知らせることを思いついた。

「ほう？」フランケが皮肉な声で言った。「総統閣下と？」

「そうです」モシェは答えた。「私は、閣下の霊的な相談役なんです」

ブラインホルムとフランケは、楽しげな視線を交わした。これまで耳にしてきたユダヤ人たちの大胆不敵な嘘のなかでも、これは群を抜いている。

「お願いです」モシェは言った。目に涙が溢れてくるのを感じた。「どうか、総統官邸に電話させてください」

延々と懇願し続けた結果——車はいつの間にかプリンツ・アルブレヒト通りのゲシュタポ本部に到着していた——ブラインホルムとフランケはついに折れて、モシェに電話をかけることを許した。ふたりとも、面白い場面が見られるのではないかと期待してもいた。モシェは震える指で、メモ用紙に書いて渡された番号を回した。すると電話はすぐにつながった。最近ではもうそれも決して当たり前ではない。モシェは、総統と話をさせてほしいと頼んだ。「大ザバティーニから電話だと伝えてください」ブラインホルムとフランケは、にやにや笑いながら見ている。だが受話器の向こうの女性は、電話を総統まで通そうとはしなかった。モシェは懇願し、最後には怒鳴りさえしたが、女性は動じなかった。そして、そういう指示ですので、を繰り返すばかりだった。やがて、フランケが唐突に電話機のフックを押さえ、電話は切れた。モシェの手から受話器が取り上げられた。

「もうこのへんでいいだろう」フランケが言った。

モシェはその場に崩れ落ちた。涙がとめどなく流れ落ちた。「ああ、神よ」モシェはうめいた。「どうか、どうか、どうか頼む……」

ブラインホルムとフランケが、モシェの腕をつかんで立ち上がらせた。それからふたりは、モシェを事務室から引きずり出した。ゲシュタポ本部の廊下をすれ違う職員たちは、皆が目をそらした。彼らには関係のないことなのだ。

モシェは階段を下りて、地下室へと連れていかれ、そこで二日にわたって拷問された。フランケとブラインホルムほか、モシェを痛めつけ、尋問した男たちは、なによりもまず、モシェのアーリア人の愛人の身元を知りたがった。だが、彼らはそんなことはとうに知っていると、モシェには確信があった。彼らはすべてを知っていながら、それでも尋ねているのだ。もちろん理由はある。彼らはモシェに、心の底から愛する唯一の人間を裏切らせたいのだ。

やがてモシェは、拷問に屈した。「ユリア」モシェは叫んだ。「名前はユリア・クラインだ」話してなんの害がある、と思った。こいつらはどうせもう知っているんだ。だが彼らは、その後もモシェを痛めつけるのをやめなかった。名前はほんの序章に過ぎなかった。「その女はどこにいるんだ?」男たちはそう怒鳴った。「どこだ?」すさまじい痛みに耐えかねたモシェが、隠れ家である菜園の小屋のことまで打ち明けるのに、数時間もかからなかった。

すべてが終わったとき、モシェの左腕はグロテスクに捻じ曲がり、使い物にならなくなっていた。それに、モシェの心のなかでも、なにかが永遠に壊れていた。

部屋から連れ出される前に、フランケがモシェにサインを頼んだ。彼もまた、何度かヴィンターガルテン劇場を訪れたことがあるという。「だからだよ」フランケは言った。「攻撃を左腕に集中させたのは」

モシェは黙って万年筆を受け取った。

「ザバティーニ、とサインしてくれ。モーゼス・ゴルデンヒルシュはもういないんだ」

モシェはうなずき、サインした。

ブラインホルムとフランケが、モシェを車へと連れていった。「すぐに駅に向かう」フランケが言った。「だがその前に、見せたいものがある」

＊

車はファザーネン通りで停まった。

「ユリアはどこです？」住居の鍵を開けるブラインホルムに、モシェは訊いた。

「心配するな」フランケが言った。「すぐに会える」

モシェは、旅に持っていくものをトランクに詰めることを許された。トーガ、ターバン、カード、奇術本も持っていくよう言われた。それに旅行用トランクも。まるで夢のなかをさまよっているかのようだった。拷問の日々の後に、もとの住居に連れてこられて、ほんの数分のあいだ、まるでまだ人生が存在するかのように振る舞うことを許されている。彼らがなぜ奇術の道具を持たせようとするのかは、わからなかった。

モシェは知る由もないことだったが、モシェを待ち受けている収容所司令官ジークフリート・ザイドルから、有名な奇術師ザバティーニは奇術道具とともに寄越すようにとの厳命が、ゲシュタポに下りていたのだった。

「急げ」ブラインホルムが言った。

モシェは最後にもう一度、住居を見まわした。もう永遠にここに戻ってくることはない。この住居にいる限り、心から安心していられたのに。自分は誰からも手出しされない存在だと思えたのに。

「ユリアはどこです？」モシェはもう一度訊いたが、答えはなかった。

住居を出たところで、同じ階に住んでいる管理人のレッテンバッハー夫人が、自分の住居の扉を開けた。いつもモシェにとても親切だった管理人だ。ときどき、ユリアとモシェに、手作りのケーキやクッキーを持ってきてくれた。

「ザバティーニさん、ご旅行ですか？」レッテンバッハー夫人は訊いた。

モシェは黙ったままうなずいた。

「もう戻ってきませんよ」フランケが言った。「この男はユダヤ人です」

レッテンバッハー夫人は両手で口を覆った。「なんですって。全然知らなかった」声に嫌悪感をにじませて、そう言う。「ほんとに知らなかった！　ほんとですよ、ペルシア人だとばっかり」

フランケが、構いませんよ、とばかりに手を振った。「無理もありません。ユダヤ人というのは、我々をだますものですから」

「捕まえてくれて、ほんとによかった」レッテンバッハー夫人が言った。「なんかおかしいって、ずっと思ってたんですよ。でも、ほら、ペルシア人だとばっかり」

「さようなら」モシェは言った。

レッテンバッハー夫人は返事をしなかった。モシェとふたりのゲシュタポ職員が階段に足をかけるやいなや、夫人は開けっ放しの扉からモシェの住居に入り込んだ。そして夫を呼んで、一緒に大ザバティーニ宅を略奪し始めた。家のなかのものをそのまま腐らせておくのはもったいない、というわけだ。お洒落なスーツも布団もなにもかも。

＊

モシェはクーダムに連れていかれた。そこにはかなり大きな人垣ができていた。ブラインホルムとフランケは車を降りると、人をかき分けてモシェを引っ張っていった。人垣の中央に、素っ裸のユリアが立っていた。

「ユダヤ人によって汚されたドイツのあばずれは、二度ときれいな体に戻ることはない。たとえアーリアの箒で掃除をしてもな」

ユリアの華奢な体は、傷や青あざだらけだった。寒さに震え、顔は恐怖と屈辱に歪んで、もとの面影はどこにも見られないほどだ。

周りに立つ野次馬たちは、ユリアをあざ笑い、汚物を投げつけていた。ユリアの首には、こう書かれた札が提げられていた。

わたしはこの界隈で最大のメス豚です

ユダヤ人に身を任せる女です

突然、ユリアが顔を上げ、ふたりの視線が一瞬出会った。ほんの数時間前に、痛みのあまりユリアの名を口にしたばかりのモシェは、恥ずかしさのあまりいたたまれない思いだった。だがユリアのほうは、目をそらすことなく、まっすぐにモシェを見つめた。口の端がぴくりと動いたと思うと、ユリアは背筋を伸ばした。抗うように、挑発するように。そして、軽くお辞儀をして見せた。まるで、いまでもアリアナ姫であるかのように。ヴィンターガルテン劇場の舞台の上で、大ザバティーニの隣に立っているかのように。

突然、モシェは肩をつかまれ、その場から引き離された。

「行くぞ」ブラインホルムが言った。「もうすぐ列車が出る」

モシェはグルーネヴァルト駅の十七番ホームに連れていかれた。

列車がホームに入ってきた。ブラインホルムとフランケも、モシェの車室にともに乗り込んだ。

列車には、特に風変わりな点はないように見えた。ドイツに暮らすユダヤ人であるモシェには、ある程度の快適な旅が許されていた。列車の行先は、テレジエンシュタット。

モシェがユリア・クラインに会うことは、二度となかった。

30 ミッキーズ・ピザ・パレス

公演会場であるバーバンクのピザレストランに着いたザバティーニは、抱いていた疑念が最悪の形で目の前にあることを思い知らされた。〈ミッキーズ・ピザ・パレス〉は、サン・フェルナンド・ロードのどこかみすぼらしい商店街の一角、大型ディスカウント・スーパーと韓国系ネイルサロンに挟まれた場所にあった。

「出演者専用出入口どこ？」ザバティーニは訊いた。

「みんな正面から入るの」デボラがきっぱりと言った。

ザバティーニは眉間に皺を寄せた。少しばかりスターを気取ろうかと思ったが、結局やめておいた。デボラは一筋縄ではいかない相手だ。すでに、今日の舞台に対して適切な額の出演料を交渉しようと試みていたが、デボラは、いまのところ寝る場所があるだけましだろうと、そっけなく言っただけだった。そして、いますぐ口を閉じなければ、状況はすぐにも変わりうるのだと、釘を刺した。そこでザバティーニは、仕方なく口を閉じたのだった。

デボラが先に立ち、その後にマックス、そしてぱんぱんに膨らんだ巨大な紙袋を提げたザバティーニが続いた。店の入口のガラスドアの横に、〈ミッキーズ・ピザ・パレス〉のロゴが入った赤紫色のポロシャツを着て、ベースボールキャップをかぶった少女が、不機嫌そうな顔で座っていた。

少女はマックスとその母の手首にスタンプを押した。そのスタンプが自分のほうに向けられたとき、ザバティーニは、まるで電気ショッカーを当てられたかのように、びくりと震えて飛びのいた。

「それ、いったいなに？」ザバティーニは質問した。

少女は、わざとらしく天井を仰いだ。「どの子供がどの家族の子かわかるようにするためのもの」少女は言った。メキシコのなまりがあった。

「どうして？」ザバティーニは不信感をこめて質問した。

「お宅のお子さんが知らない人間にさらわれてないか、最後にスタンプの番号で確認するの」

ザバティーニはまずマックス、それから少女に目をやった。そして、「なにが悪い？」と言った。「子供を連れていきたい人がいても、いいじゃないか。子供なんてたくさんいる」

そもそも、わざわざ自分の意思で他人の子供を手元に置きたいなどと思う人間がなぜいるのか、ザバティーニにはさっぱりわからなかった。子供を手元に置いてどうする？　子供はわめく。エサも水もいる。それに、一緒に公園に行って遊んでやらねばならない。それでもザバティーニは寛大な心で、少女にスタンプを押させてやった。

「最後に腕に番号付けられたの、アウシュヴィッツ」と語る。

少女は退屈そうにザバティーニに笑いかけ、鼻声で「へえ、すごい」と言った。

〈ミッキーズ・ピザ・パレス〉の店内は騒々しく、けばけばしく、照明は明るすぎた。かすかに濡れた靴下の匂いがする。最悪なのは子供たちだった。いたるところにうようよしていて、地球を攻撃しにきた宇宙人を思わせる。走り、這いずり、わめき、けたたましく笑う。ザバティーニはよく、長年子供の誕生日パーティーやバル・ミツワーで生計を立ててきたこの自分が、よりによって子供好きでないことを、運命の呪いだと思ったものだった。もうずっと昔のことだが、一度だけ父親になりかけたことがある。ラスヴェガスのショーガールと、短いながらその間だけは楽しい関係を持ったときのことだ。女は妊娠した。だが、ザバティーニがほんの少しだけ子供を楽しみにし始めたころに、流産した。入院先に見舞いにいったときに見た、彼女の死んだような目は、いまだに忘れることができない。そしてザバティーニは、これからもひとりで人生を渡っていこうと、自分を納得させたのだった。結果的には、それでよかったのかもしれない。

レストランと名乗るこの店の中央には、色鮮やかな梯子やプラスティック製のトンネルなどからできたジャングルジムがあって、子供たちがネズミのように群がっていた。さらに、甲高い音を響かせるヴィデオゲームや、サイケデリックな電動の動物もある。この店は、屋外にないという点を除けば、根本的には教会の縁日の縮小版にほかならないことを、ザバティーニは悟った。いたるところで光がまたたき、わめくガキどもがいて、ミュージックヴィデオが流れる巨大なモニタースクリーンがある。ヴィデオのなかでは、齧歯類の着ぐるみを着た人間たちが、不規則なリズムのラップ音楽に乗って飛び跳ねている。ザバティーニはまるで催眠術にかかったかのように、ネズミの着ぐるみを着た男がゴミ収集車の周りで踊る映像を眺めた。

地獄だ、と思った。自分はいま地獄にいる。

店は、かつてたった一度だけLSDをやったときのことを思い出させた。一九六九年のことだ。ザバティーニはフェアファックス・アヴェニューとサード・ストリートの角にあるCBSのスタジオでの出演を終えて、打ち上げパーティーに行った。パーティーは、ハリウッド・ヒルズの高級店で催された。長髪の男や女が、けばけばしいTシャツや破れたジャケット姿で、ジョイントやその他のクスリを回し合っていた。彼らの一世代上を代表するその場で唯一の人間として、かなりの居心地の悪さを感じていたザバティーニも、小さな白い錠剤を試してみないかと誘われた。「アシッド」だという。やってみるか？　疑念半分、好奇心半分で、ザバティーニはその錠剤を飲み下した。初めのうちは、なにも感じなかった。だが、二十分ほどたったころ、皆が座り込んでいる緑色の敷物が、知能を持ったタコの脚のようにうねりはじめ、自分やほかの客たちのほうへと伸びていくのが見えた。ザバティーニは、周りに座っている若者たちに、大喜びでそれを知らせた。叫び出す者、おののいて飛びのく者。敷物はその瞬間から危険地帯となり、誰も寄り付かなくなった。ザバティーニは、なぜ皆がそうも騒ぐのか、理解できなかった。そのとき、店の前にジャグジープールがあるのを見つけた。ザバティーニはパンツ一丁になると、泡を噴く温かな湯に体を浸した。プールのなかは、逞しく美しい裸の男たちと、その連れの巨乳女たちでいっぱいだった。ザバティーニはアシッド・トリップを楽しみ始めた。だがほかの者たちは、そうでもないようだった。ザバティーニは一同に、ナチスの絶滅収容所でのさまざまなエピソードを、嬉々として語って聞かせた。ああ、なんという解放の瞬間だったことか。ハイになって、美しい女たちでいっぱいのジャグジーに浸り、眼下に町を眺めながら、自分の体験を心ゆくまで語ることができるとは。突然、何年も抑圧してきたさまざまな場面が、ありありと蘇ってきた。自分を見つめる聞き手たちがどんどん混乱を深めていることには、まったく気づかなかった。共同墓地から毎日のように立ち昇っていた、鼻をつく甘い腐敗臭のことを話しているとき、若い女のひとりが突然叫び声をあげて、プールから這い出た。女は目に涙を溜めて、しきりに腕をこすっている。「それ、どっかやって！」女は叫んだ。「どっかやって！　虫！　虫！」

「お嬢さん、どうしました？」ザバティーニは無邪気に尋ねた。青白い肌と真っ赤なアフロヘアの若い男が、突然プールに嘔吐した。吐瀉物はジャグジーの小さな噴射口によって、プールの縁で泡立ち、湯のなかに広がっていった。タイタニック号の沈没の瞬間もかくやというパニックが発生した。皆が先を争ってプールから出ようとする。ザバティーニはプールを出ると、赤アフロの男に、君のような体たらくでは収容所では一日たりとも生き延びることはできなかっただろう、と言った。

「うるせえ、失せろ！」鋭い罵声が浴びせられた。

ザバティーニは、まるで平手打ちを食らったかのように感じた。若者たちは皆、嫌悪感と軽蔑に満ちた目でこちらを見つめていた。ザバティーニは自分を恥じた。自分はほかの者たちと同じではないのだ。戦争中や、それ以前の体験が、自分をアウトサイダーにしてしまった。人類という大家族のなかに、自分の居場所はないのだ。

ザバティーニは、バスタオルで体を包んで、よろよろとその場を離れた。庭の隅にある茂みをかき分けると、ゆっくりと小便をした。眼下に広がる町が見えた。ロサンジェルスは、色鮮やかな宝石を縫い込んだビロードの布だった。すぐにまた、幸せな気分が戻ってきた。ＬＳＤの効き目はなかなかのものだ、と思った。だが同時に、今後はもう手を出さないと誓った。どうやらクスリは、心のなかのあらゆるものを解き放ってしまうようだから。

〈ミッキーズ・ピザ・パレス〉のまたたく光と甲高い音楽のなかで、ザバティーニはいま、あのときの町の眺めを思い出していた。あのとき感じた高揚感を。そして、コーン母子がとうに先へ行ってしまっていることには、まったく気づいていなかった。デボラがせかせかと戻ってきて、ザバティーニの腕を取り、マックスの誕生日パーティーのために予約されたテーブルへとそっと誘った。そこには小さなプラスティック製のテーブルがいくつかまとめられ、色鮮やかな紙で飾り付けられていた。テーブルの上には、漫画に出てくる動物の形をした紙皿が置かれている。一番端には巨大な四角い茶色のバースデーケーキ。規格外の大きさのレンガのように見える。ただ、刺さっている蠟燭と、クリームらしきもので書かれた〈ハッピーバースデー、マックス〉の文字だけが、この物体の正体を推測可能にしていた。

マックスの親戚たちが大勢集まっていた。バーニー伯父に、その妻で気取り屋のハイディがいる。人の神経を逆なでする名人であるいとこたち、エスターとマイクとルーカスも一緒だ。マックスの級友たちも、テーブルの周りにひしめいていた。ジョーイ・シャピロとミリアム・ヒュンもいる。

「この人が、あの？」ジョーイが訊いた。

マックスは自慢げにうなずいた。

ザバティーニは軽くお辞儀をした。「大ザバティーニでございます。お見知りおきを」それから微笑むと、ミリアムの耳に手を伸ばした。「お嬢さん、お耳を洗ったほうがいいですよ」そう言って、突然手を開くと、そこにはミリアムの耳から取り出したかに見えるコインがあった。

ミリアムが嬉しそうに笑った。

ザバティーニは、何年も若返った気分だった。また観客の前に立っている。それも、特にマジックにうるさくはない観客だ。

「ダッドはどこ？」マックスが母に訊いた。

「わかんない」デボラが言った。「おばあちゃんを迎えに行って、一緒に来るって言ってたけど」

「マジック、いつ始める？」ザバティーニは訊いた。

「ダッドが来てから」マックスが言った。

ザバティーニはうなずいた。なにより大切なのは、仕込みだ。まずは店を横切って、舞台を検分に行った。舞台はかなり狭く、さらに左右の端に、実物をはるかに超える大きさのネズミのロボットがあり、拍子に合わせて手を振っている。生まれて初めてネズミにショーをかっさらわれるかもしれない、とザバティーニは思った。だが、舞台に上がってみると、すでに小さなテーブルが置いてあることがわかって、満足した。そのテーブルを舞台中央に移す。それから紙袋を開けると、数々の小道具を舞台の上に並べ始めた。蠟燭、メモ帳、カード、それにさまざまな大きさの木箱。

それからザバティーニは舞台を降りて、プラスティック製のテーブルについた。「これから、ピザ食べる」そう宣言したが、誰も関心を払ってはくれないようだった。ザバティーニは大皿からネズミの頭の形をした自分の紙皿へと、さまざまな種類のピザを取っていった。ジョーイ・シャピロが、どこか切なげな目でそれを見ていたが、やがてパスタを一皿持って戻ってきた。

ミリアム・ヒュンが、ザバティーニの捻じ曲がった腕を指して、訊いた。「腕、どうしたの?」

「ゲシュタポに拷問された」ザバティーニはピザを咀嚼しながら答えた。「パルメザン取って」

「どうして?」ミリアムが訊く。

「どうしてかといえば」ザバティーニは答えた。「ピザにはもっとチーズかけたほうが、もっとおいしいから」

「そうじゃなくて、どうして拷問されたの?」

ザバティーニは一瞬ミリアムを見つめると、肩をすくめた。「ナチスがしたい気分だったから」

ミリアムは、おろしたパルメザンチーズを入れたガラス容器をザバティーニに手渡した。「なんの理由もなく?」信じられないといった顔で、そう訊く。「ただ、したかったから拷問したの?」

「そう」ザバティーニは答えた。「ただしたかったから。見たい?」

ミリアムはうなずいた。そこでザバティーニは素早くあたりを見回すと、白い婦人用ローブの広い袖をたくし上げた。

ミリアムは悲鳴を上げた。ゲシュタポの男たちは当時、ザバティーニの腕の骨を何か所にもわたって折った。手首、下腕、肘。折れた骨は時とともに再びつながったが、一度も添木を当てなかったために、いま、腕は奇妙な瘤だらけの枝のように見える。ミリアムは、憑かれたように見つめている。そして、下腕にある白い傷跡を指すと、訊いた。「これなに？」

「ここにガソリンかけて、ライターで火つけた」ザバティーニはそう答えて、ピザにかぶりついた。

「バーベキューみたいに？」ミリアムが訊く。

「バーベキューみたいに」ザバティーニは答えた。

「こわい」ミリアムが言った。

ザバティーニは自慢げにうなずいた。そして、いきなり腕を伸ばして、ミリアムをつかもうとした。ミリアムは甲高い悲鳴を上げて、飛びのいた。

ザバティーニは笑った。「心配ない」と言う。「触らないから」

ところが、ミリアムの瞳は妙に爛々と輝いていた。「触ってもいい？」と訊いてくる。

「お好きに」ザバティーニは言った。

ミリアムは指でそっと傷跡をなぞった。まるで地図を読み解くかのように。

「やられたとき、痛かった？」ミリアムが訊いた。

「もちろん」ザバティーニはそう言って、ため息をついた。そろそろこの会話にうんざりしてきていた。本心を言えば、ゆっくりピザを食べたかった。「だから拷問なんだ」

だが、この話題に対するミリアムの興味は尽きないようだった。「でも、本当はどうしてやられたの？」そう尋ねる。「ね、ほんとのこと教えて」

「やつらは、私がすごく愛してる人、裏切らせようとした」

ミリアムは目に見えて憤慨し、大きな目でザバティーニをじっと見つめた。「それで？　裏切ったの？」

再びパルメザンの容器に手を伸ばしたところだったザバティーニは、一瞬、時間のはざまで凍り付いたかのように動きを止めた。それから容器をテーブルに置いた。そして目の前のテーブルを凝視した。

ゆっくりと視線を上げて、ザバティーニはミリアムを見つめた。

「ああ」そう言った声は空虚だった。その声は、ザバティーニの腕の焦げた皮膚よりもさらに大きな恐怖を、ミリアムにもたらした。

*

そのころデボラは、マックスの父ハリーに連絡を取ろうと奮闘していた。レストラン内には携帯の電波が届かないので、外に出て駐車場に移動し、そこからかけてみた。外は肌寒く、コートをぎゅっと体に巻き付ける。そしてマルボロ・ライトに火をつけた。

ようやくハリーが電話に出た。

「もしもし？」声に焦りがにじみ出ている。

「あんたの息子が」デボラは氷のように冷たい声で言った。「待ってるんだけど。みんな待ってるんだけど」

「わかってる、わかってるよ」ハリーは答えた。「すぐに着く。フリーウェイが渋滞してるんだ」

「急いで！」デボラはそう怒鳴ると、通話を終えた。しばらく駐車場のなかを行ったり来たりしながら、怒りに任せて煙草を吸い続けた。それから吸殻を地面に投げ捨てると、きちょうめんに踏みつけて火を消し、店に戻った。

観客たちは、大ザバティーニを求めていた。数人の子供たちが、リズミカルに手を打ち鳴らしながら、「マジック・ショー、マジック・ショー、マジック・ショー！」と大合唱している。

マックスは悲しい目でデボラを見つめた。「ダッドは？」

デボラは息子を抱きしめた。「もうすぐ来る。渋滞にはまってるんだって」なんとか笑顔を作ろうとした。「そろそろ始めたほうがいいかもね」

「でも、ダッドがいないと」マックスの声には、かすかにパニックの響きがあった。

「わかってる」デボラは言った。「もうすぐ来るから」

マックスはため息をつくと、ザバティーニにささやきかけた。「愛の呪文って、ダッドがいなくても効く？」

ザバティーニはストローをなめながら、「これ、セブンアップ」と言った。怒っている。「私、コーラがいい。どうして人生、思うようにならない？」それからマックスに向き直ると、「呪文、ふたりともここにいないと、効かない」と言った。

「でも、ダッドがいないんだ！」マックスの声は悲鳴になっていた。

「心配ない」ザバティーニはおおらかに言った。「これから私、ショー始める。時間かせぐ。お前の父親が着いたら、永遠の愛の魔法やる」

マックスには、なかなかいい計画に思われた。「オーケイ」と言った。

ザバティーニは最後にもう一度ストローを吸い上げると、ターバンのずれを直して、立ち上がった。そして両手を上げて、重々しくあたりを睥睨した。

「よい子の皆さん」その言葉を発した瞬間、ザバティーニは変身した。その声には自信と深みがあった。もはやよぼよぼの老人ではない――大ザバティーニの登場だ！　喧騒はゆっくりと引いていき、全員の視線がザバティーニに注がれた。

ザバティーニは、テーブルと椅子に囲まれて、白い婦人用ローブと銀色のターバン姿でそこに立っていた。状況が違えば、頭がおかしいと思われても無理はない。だがいまのザバティーニは、まるで旧約聖書に出てくる預言者だった。

ザバティーニは威厳に満ちた足取りで店を横切り、色鮮やかな照明に照らされた舞台へと向かった。依然として両腕を持ち上げ、手のひらを上に向けている。その姿勢のまま、子供たちの海を割って、ザバティーニは進んだ。その迫力に呑まれて、皆が道を空けた。

うめき声をあげながら舞台に上がると、ザバティーニは観客のほうを振り向いた。そして、「これから皆さんがご覧になるのは、マジックではありません」と言った。

その宣言は、子供たちのあいだに戸惑いと不安のざわめきをもたらした。皆が顔を見合わせた。マジックじゃない？　どういうこと？

ザバティーニは、皆を落ち着かせるように微笑んだ。「マジックなどというものはありません」そう言った。「あるのは、皆さんが心の奥深くに持っている、魔法の力です。私がこれからお見せするのは、メンタリズムという芸術です。皆さんの思考の力です」

子供たちは、魔法にかかったようにじっと耳を傾けていた。口上はうまくはまったようだ。

「思考の力は」ザバティーニは続けた。「超能力とは全く関係ありません。考えることは、誰にでもできます。皆さんがここでするべきことは、まさにそれなのです」

数人の子供たちが――特に四年A組の優等生たちが――拍手をした。ザバティーニはふと、初めてサーカスを見にいったときのことを思いだした。大昔のプラハで。いまここで、観客たちの幼い顔を見ながら、ザバティーニは、そもそも自分がこの道を歩んできたのはなぜだったのかを再認識した。自分は、観客の目が不思議そうに輝くのを見るのが好きなのだ。何十年も前の自分自身と同じように。

ザバティーニは腕を大きく動かした。その仕草が神秘的に見えることは、よく知っていた。ほんの一瞬のなめらかな動きが、観客に思い通りの効果をもたらすことを。ほんの駆け出しのころからもう、ショーの成否を左右する決定的な要素は腕をいかに動かすかであることを学んでいた。

こうしてショーが始まった。正直なところ、出だしはやや低調だった。ザバティーニの腕前は錆びついており、調子が戻るには時間がかかった。まず、ひとりの少女に、野菜を思い浮かべさせた。「どんな野菜でもかまいません」さらに、いくつものカードトリックを披露し、合間になにか深みのありそうな言葉をぶつぶつつぶやいた。だが、どちらかといえば平凡なそのショーを、観客たちは喜んで観賞してくれた。こうして、最初の二十分が過ぎた。

そのとき、入口のガラスドアが開いて、〈ミッキーズ・ピザ・パレス〉に新たな客が入ってきた。マックスは息を詰めて振り向いた。ダッドとおばあちゃんだ。果てしない安堵感に包まれた。そして再び舞台に向き直ると、二人目の主要人物がたったいま到着したことを、ザバティーニにどう知らせようかと思案した。

「来たよ！」マックスは小声で言い、大袈裟な笑顔を作って、ダッドのほうを指さした。

ザバティーニはうなずくと、誰にも気づかれないほどさりげなくウィンクをして見せた。

ダッドとおばあちゃんは足早にマックスのところへやってきて、彼を抱きしめた。

「座って！」マックスはダッドにささやきかけた。

「坊や」おばあちゃんが、その場にふさわしからぬ大声で言った。「お誕生日おめでとう」

「しいっ！」マックスはささやいた。

ダッドとおばあちゃんは、騒々しい音を立てて椅子に腰を下ろした。ザバティーニはふたりの新参者に、不愉快そうな視線を投げた。おばあちゃんが、ザバティーニの捻じ曲がった腕に目を止めた。その腕のなにかが、おばあちゃんの興味を引いたようだった。

「さて、次のトリックでは」ザバティーニは言った。「観客の皆さまのなかから、ふたりにお手伝いをお願いします。まずは——あなた！」そう言ってハリーを指す。

ハリーはうめき声をあげたが、マックスに懇願の目で見つめられ、仕方なく立ち上がると、舞台に上がって、巨大なネズミの左隣におとなしく立った。

「お若い方、お名前は？」ザバティーニが訊く。

「ハリー・コーン」ハリー・コーンは答えた。

ザバティーニはハリーに、なにか個人的な持ち物を手渡してもらいたいと言った。

「え？」ハリーが訊き返す。

「なんでもいいのです。いまお持ちのものをなにか、お願いします」ザバティーニはそう言って、催促の手を差し出した。「なんでもいいのです。ただ大切なものでさえあれば」

ハリーはポケットを探り、「携帯でもいいかな？」と訊いた。

本当はもっとなにかロマンティックなものを期待していたザバティーニだが、それでも鷹揚にうなずいた。このトリックを初めてベルリンで披露したときには、観客たちが手渡すのは、もっと美しいものだった。当時の人はまだ、愛の告白を刻んだ懐中時計を持っていて、ショーの後でその告白を読み上げることもできたし、イニシャル入りのカフスボタンやネクタイピンをしていたり、手の込んだ刺繍をほどこしたハンカチをポケットに入れていたりした。世界はいまよりもっと個性にあふれていた。それがいまはどうだ？　今日では誰もが同じメーカーのロゴが入った同じ携帯電話を持ちながら、自分は個人主義者だと主張する。

見るからに嫌々ながら、ハリーはザバティーニに携帯を手渡した。

ザバティーニはそれを高々と掲げて見せた。「これをよく見てください」観客にそう呼びかける。「後でまた姿を現します」そう言って、ザバティーニは携帯を小さな木箱に収めた。

それから、ふたりめの協力者を探して、観客たちを見回した。マックスの友人のほとんどが、まっすぐに手を挙げてアピールしている。ミリアム・ヒュンにいたっては、自分の席で飛び跳ねている。学校で正解を知っているときと同じだ——そしてミリアムはしょっちゅう正解を知っている。知りすぎている、とマックスは思っていた。

ザバティーニは時間をかけ、子供たちの懇願のまなざしを無視し続けた。それから、一番後ろに立って、携帯にメッセージを打ち込んでいたデボラを指した。

「そこのあなた！」ザバティーニは鋭い声で言った。

デボラは驚いてびくりと震えた。ああ、まだこれがあった。いまいましい「愛の魔法」。これで、なにもかもが明らかになってしまう。デボラは、マックスを再び失望させることを恐れていた。だが、この茶番に参加する以外に道はなかった。

「そう、あなた！」ザバティーニは大声でデボラに呼びかけた。「こちらに来て。運命はあなたを選びました」

デボラは椅子に置いた鞄に携帯をしまうと、嫌々ながら舞台へと進んだ。そして、未来の元夫からできる限り離れた場所に立った。

「さて、若奥様、お名前は?」ザバティーニが気取った声で言う。

「私の名前は知ってるでしょ」デボラは吐き捨てるように言った。

「はい」ザバティーニは答えた。「ですが、こちらの観客の皆さまに、お名前をお教えいただけませんか?」

「みんな知ってる。マックスのママ。デボラ・コーン。ほんとにこんなこと言わなきゃならないの?」

「ならないんです」ザバティーニは大まじめに言った。「ものごとを正しい名前で呼ぶことは、大切ですよ」

「私はものごとじゃない」デボラが不満げに言った。

「違います」ザバティーニが言った。「あなたは女神のごときデボラさんです」

「あとどれくらいかかるの?」おばあちゃんが苛立った声を上げた。

「かかるべき時間がかかります」ザバティーニの声に、少しばかり怒りが混ざった。観客に茶々を入れられることには、昔からずっと我慢がならなかった。

「急ぎなさい!」おばあちゃんが言った。「こっちは一日中暇なわけじゃないんだからね」

「落ち着いてください、奥様」ザバティーニは歯をくいしばりつつ、声を絞り出した。

「あんた、名前は?」おばあちゃんが訊く。

「そんなことは重要ではありません」ザバティーニは不愛想に手を振った。

「あら? 私の名前を訊いたときには、重要だって言ったじゃない」デボラが皮肉な口調で言った。

「はい」ザバティーニは、理解力の足りない子供に一足す一を教えるかのような口調で言った。

「あなたの名前は重要です。なんといっても、この魔法はあなたにかけるのですから」

ザバティーニは改めて腕を振った。と思うと、突然その手には火のついたマッチが握られていた。子供たちが感嘆の声を上げた。ぱらぱらと拍手が起こった。ザバティーニはマッチで、舞台の端に立てておいた蠟燭に火をつけた。「よい子の皆さん、私たちの人生には、決して忘れられない瞬間があります。私たちの記憶に刻み付けられ、私たちを永遠に変えてしまう瞬間が」

観客の緊張が高まってきた。

「これから、永遠の愛の魔法をお目にかけましょう」ザバティーニは両手を高く掲げた。「うぇいうぇんの、うぁあああい！」

マックスはぴんと背筋を伸ばし、椅子に座りなおした。あのレコードでは、ここから先は聞くことができなかった。ああ、神様！　ついに始まる！

マックスは息を詰めた。

「さて……愛とはなにか？」ザバティーニはそう問いかけ、観客をじっと見つめた。誰も動かなかった。誰も答えなかった。この阿呆どもが、とザバティーニは思った。魔法の問題点は、それを使っているうちに、人間に対する尊敬というものをきれいさっぱり失ってしまうことだ。なにしろ、人間はあまりに簡単に操られる。マジシャンほどこの世界に対する幻滅を激しく感じる人種はない。ザバティーニはもうしばらく待ってから、口を開いた。「私たちは皆、答えを知っています。愛とは、相手の心のなかの思いのすべてを感じることです。相手の心がどんな秘密を抱えているかを知ることです」ザバティーニは再び手を持ち上げた。「愛とは、相手の魂を、自分の魂よりもよく知ることです。愛は幻想ではありません。この世で最も真なるものです。愛あればこそ、人は生きるのです」ここでザバティーニは両手を広げた。「愛を創り出すことはできません。愛とは、あるか、ないか、そのどちらかです。私たちにできるのは、愛を感じることのみです。愛を目に見える形にすることです。もしあなたがたのあいだに」ここでザバティーニは、左手でデボラを、右手でハリーを指した。「愛か、それに似たものが残っているのなら、これからそれが目に見える形で現れるでしょう」

ザバティーニはデボラに近づいた。そして「失礼」と言って、自分の袖から銀の首飾りを取り出した。ひらりと大きく腕を動かして、それをデボラの首にかける。首飾りには、簡素な小型の南京錠がぶらさがっていた。デボラは戸惑いの目でそれを見下ろした。

マックスは爪を噛みながら、見つめていた。緊張で体がばらばらになりそうだった。

ザバティーニは舞台の奥から木の小箱を持ってきて、観客の前で開いて見せた。なかには、すべて同じに見える鍵が一ダースほども入っていた。舞台の照明を受けて、きらきらと輝いている。

「こちらの紳士は、ご婦人の心の鍵を見つけることができるでしょうか?」ザバティーニは意味深長に言った。「正しい鍵でなければなりません」

木箱に手を突っ込んで、無作為に三本の鍵を取り出すと、ザバティーニは一本ずつ、デボラの首にかかった南京錠に差し込んだ。どれひとつ、合わなかった。

「残念ながら、私はあなたの気高いお心を開くための鍵を持ち合わせていないようです」ザバティーニがそう言ってウィンクすると、デボラが暗い顔で睨み返した。それからザバティーニは、箱を持ってハリーに近づいた。「一本選んでください!」

ハリーはきまり悪げにうつむいたが、結局箱に手を突っ込んで——延々と迷った挙句——ついに一本を選び出した。

「素晴らしい」ザバティーニは喉の奥でうなった。一本の鍵を選ぶのにこれほど長い時間をかけたハリーに腹を立てていた。ショーの主役を奪おうとでもいうのか。手伝い志願者を舞台に上げると、よくこういうことがある。照明を浴びたとたんに、舞台人気取りになるのだ。おまけに、マジシャンを出し抜けると考える者さえいる！　彼らは、自分がどの鍵を選ぶか、どのカードを引くかで、なにかが変わるとでも思っているのだろうか。このザバティーニは、トリックの細部にいたるまで考え抜いているのだ。間違いなど起きる余地はない。ましてや、観客の前でマジシャンに恥をかかせてやろうなどと考える小賢しい出しゃばりの立ち入る余地など、あろうはずがない。「では、その鍵を私に渡してください。観客の皆さまにお見せできるように」

ハリーが手渡した鍵を、ザバティーニは両手で受け取ると、レッドカードを示すサッカーの審判のように、右手で高く掲げて見せた。厳しい目で舞台のへりを端から端まで歩いた後、ザバティーニは再びハリーに向き直ると、鍵を返した。

「なくさないように」と言う。「これまでにもう、たくさんのものをなくしてきたんですからね」

「よりによってあんたに言われたくないね」ハリーは鋭く言い返しながら、鍵を上着のポケットに入れた。「俺のソファベッドで寝てるくせに！」

「ちょっと待った、あのソファベッドはまだ私のものだけど」デボラが割って入った。「買ったのは私なんだからね、あのときイケアで――」

ザバティーニはバチンと手を打ち合わせると、「静かに！」と言った。「喧嘩をしていて、どうやって永遠の愛が成立しますか！」

ハリーはうんざりしたように天井を仰いだ。

ザバティーニは、今度はデボラのほうを向いた。そして「さて、都市をひとつ思い浮かべてください」と言った。「あなたにとって特別な意味のある都市を。心を動かされる体験をした都市を」

「わかった」デボラは急に元気になった。「それなら、パ——」

「黙れ、限りある命を持つ者よ！」ザバティーニは唐突にそう怒鳴って、後ずさった。「それ以上言ってはならぬ！　なにも言うな！」

デボラは呆然として口をつぐんだ。

「うまいトリックだ」ハリーが感心したように言った。「俺はこいつを黙らせるのに成功した試しがないってのに」

「静かに！」ザバティーニは再び怒鳴った。いい加減うんざりしてきていた。これまで数えきれないほど子供の誕生日パーティーに呼ばれてきたが、子供でさえ、このふたりほど子供じみた振る舞いはしなかった。「用意はいいですか？」デボラに尋ねる。

「あら、もうしゃべっていいの？」デボラが言った。

「必要ならば」ザバティーニは答えた。「ですが、決してその都市の名前を言ってはいけません」そして、デボラにメモ帳とボールペンを手渡した。「そこに書いてください。皆さんが読めるように、大きな字で」

デボラはペンを取り、メモ帳に書きつけた。予想どおり、「大きな字で」という指示によって、デボラはペンを強く紙に押し付けて書いている。書き終わると、デボラはザバティーニを見た。

ザバティーニは片手で額を押さえると、苦しそうな目で天井をにらみ、白目をむいた。そして声を震わせた。「都市の名前を書いた紙を破り取って、観客の皆さんに見せてください。ですが、私に見せてはなりません——それから、この人にも」隣でそわそわと足を踏みかえているハリーを横目で見ながら、ザバティーニはそう言った。

デボラはページを破り取ると、高く掲げた。マックスにもよく読めた。そこには「パリ」と書いてあった。

パリが両親の新婚旅行先だったことを、マックスは知っていた。それは真夏のことだったが、ふたりが滞在したのは「ロマンティックな」古いホテルで、エアコンがなかった。汗をかきかき、ふたりは大都会パリを、美術館から美術館へと徒歩で巡り、みすぼらしいビストロでたいしておいしくもない食事をした。パリは、ふたりが初めて大喧嘩をした町だった。ああ、花の都パリ！

「皆さん、読めましたか？」ザバティーニは観客に尋ねた。

「読めた！」子供たちが答えた。興奮した囁き声が広がった。マックスの心臓は胸のなかで跳ねまわっていた。ザバティーニから目をそらすことができなかった。この場にいる誰もがそうだった。ザバティーニはもはや弱々しい老人ではなく──魔術師であり、大祭司であり、古代メディア人の末裔だった。

「メモ帳を返していただけますか？　都市の名前を書いた紙は持っていてください」ザバティーニはデボラからメモ帳を受け取ると、テーブルに戻す際に、こっそりと盗み見た。それから索引カードを入れる小箱のもとへ向かい、蓋を開けた。そこには何枚もの観光絵葉書が、都市の名前のアルファベット順に並んで入っていた。手慣れた仕草で、ザバティーニはなかから三枚を取り出すと、観客に裏側を見せた。それぞれのカードに、ひとつずつ大きな数字が書いてあった。1、2、3。

ザバティーニは写真の面を下にして、ポストカードをテーブルに並べた。

そしてハリーのほうを向いた。意図的に、数秒の沈黙を挟んだ。静寂と沈黙のなかにこそ、最大の劇的効果があると知っているからだ。

それからザバティーニは、もったいぶった声で言った。「ここから一枚選んでいただきましょう」

ハリーはうなずくと、2番のカードをつついた。

ほう。これは予想外だった。普通なら、誰もがここで1番を選ぶものだ。1という数字のほうが、2よりも神秘的に思われるものなのだ。2はあまりに日常的なありふれた数字だ。だがハリーにとっては違う。断じて違うというわけだ！　大勢に順応しない人間という自分のイメージに酔っている。阿呆が、とザバティーニは思った。だがそんなことはおくびにも出さなかった。そもそも、自分にはどうでもいいことだ。なにしろ、伏せられたカードの表になにがあるのか、自分は知っているのだから。

「2番」大きな声で、ザバティーニは言った。「素晴らしい。ではそのカードを取って、裏返して、観客の皆さんにお見せください」

言われたとおりにしようとしたハリーは、その絵葉書の表を見て、一瞬息を呑んだ。デボラが不安げにハリーを見る。絵葉書を裏返して高く掲げたハリーの手は、かすかに震えていた。

観客が目にしたのは、エッフェル塔の写真と「パリ」の文字だった。

子供たちは唖然として口をぱくぱくさせた。それから、嵐のような拍手が沸き起こった。一番激しく手を叩いたのは、マックスだった。大人たちもまた戸惑っていた。特にデボラは、すっかりショックを受けたようだった。

「ねえ、あのマジシャンがなんて名前なのか、知りたいんだけど」おばあちゃんが再び訊いた。

ザバティーニはこの雑音を無視して、軽くお辞儀をした。それから、ふとなにかを思いついたという様子で顔をあげた。「しかし、愛は、お互いへと向かうもの」そう言って、納得顔でうなずく。「デボラさんがあなた愛しているなら、心から愛しているなら」今度はハリーのほうを向く。「あなたの考えを、つまり、あなたという人間の根底の軌跡を、推測すること、できるはずです。あなたのゴーレムを」

「え、なにを？」デボラが疑わしそうに訊いた。とにかく、そのゴーレムとやらが、変なものでないことを祈るばかりだ。

「あなたの目は、わたしが生まれるようすを見ました」ザバティーニはそう唱え始めた。「あなたの書には、すでにすべてが記されていました。我が日々は、まだ存在もしないうちから、すでに出来上がっていたのです」

効果は抜群だった。子供たちが盛大に拍手した。ただデボラだけは、戸惑った暗い目でハリーを見つめ、口をきっと引き結んでいた。逆にマックスは、耳まで真っ赤にして喜んでいた。

ここでザバティーニは、デボラを舞台中央の小さなテーブルへと導いた。こうして、デボラとハリーは向き合って立つことになった。ふたりの距離はほんの半メートルだ。両者のあいだに張り詰める緊張感が、手に取るようにわかる。ザバティーニは絵葉書をテーブルから片付けると、すべて同じに見える木箱を三つ置いた。木箱にも絵葉書と同じように、それぞれ1から3まで番号がついている。1番と2番の木箱は空だ。三つ目にはハリーの携帯電話が入っている。

「この三つの箱のひとつに、こちらの方の」ザバティーニはここでハリーを指した。「個人的な持ち物が入っています。では、ひとつ選んで」厳かな声で、デボラに言う。

デボラは1番の箱を指さした。

「素晴らしい！」ザバティーニはそう言って、嬉しそうに手を叩いた。「まず1番が除外されました」1番の箱を開けて、中身が空であることを観客に見せる。

デボラは不安げにうなずいた。ザバティーニは、いまや戦力外となった箱を片付けた。テーブルに残るのは2番と3番だ。これで確率は半々ということになる。

デボラは今度は2番を指した。

ザバティーニはその箱を開けて、さっと掲げ、なかになにも入っていないのを見せてから、これも片付けた。もはやなにも言う必要はなかった。観客はすでに理解している。残るのは3番のみだ。

デボラとザバティーニは、ともに3番の箱を見つめた。

声を低くして、ザバティーニは言った。「さて、では、これがあなたの選んだ箱ですね」

デボラは動かなかった。不安だった。

「箱を開けて！」ザバティーニが急に大声を出した。

デボラはびくりと飛び上がると、ぎこちない手つきで箱を開けた。そして震える手でハリーの携帯電話をつかむと、子供たちに掲げて見せた。

再び拍手が沸き起こった。マックスの手は、叩きすぎで痛いほどだった。目の前で繰り広げられる光景に、ただただ感動していた。

だが、まだまだ終わりではなかった。ザバティーニは今度は、ひとそろいのタロットカードを、まるで虚空から湧いて出たかのように、袖口から取り出した。子供たちが感嘆の声を上げた。そのタロットカードは、何年も前にブルックリンで買ったもので、絵はアール・ヌーヴォー風だった。ザバティーニは観客に、何枚ものカード——悪魔、太陽、愚者、死、運命の輪、などなど——を見せた後、ひとそろいを重ね、絵の面を下にしてテーブルの上に伏せた。

それから、タロットカードの持つ魔力について、独り言めいた講釈を垂れた。古《いにしえ》の知恵、未来の予見、人の心の洞察、云々。話しながら、テーブルの周囲をぐるぐるとまわり、何度もカードの上に手を置く。少々長ったらしい講釈だったが、効果はあった。

「では、ここでふたり一緒にカードを一枚引いてください」ザバティーニはデボラとハリーにそう言って、カードを手の中で扇形に開いた。「選ばれたカードが教えてくれます——おふたりが愛し合っているか」ここで、おどろおどろしい声で付け加える。「それとも、愛し合っていないか」

デボラとハリーは不安げに目を見交わした。

「同時に引いて」ザバティーニは言った。「ふたり一緒に」

デボラが一枚のカードに手を伸ばし、ハリーはその動きに従って、同じカードの逆端をつかんだ。

「では、カードを裏返して！」ザバティーニは命じた。「それから高く掲げてください！」

ふたりは一緒にカードを掲げ、絵を見せた。そこに描かれていたのは、固く抱擁するふたりの恋人たちだった。

そのカードに描かれた人間は、ふたりとも裸だった。とはいえ、性器は見えない。なんといっても、このショーは子供でも安心して見られるものでなくてはならないのだから。だが、絵のなかの女性の乳房はとてつもなく大きかった。当時ザバティーニがこのカードを買う際、決め手となったのはこの点だった。

「恋人のカード！」ザバティーニは叫んだ。

観客は大興奮だった。マックスは感動のあまり、涙をこらえるのに必死だった。

だがザバティーニはここで両手を上げて、観客を再び静めた。「残るはひとつ」大きな声でそう言う。「鍵です！」悠然とハリーに近づく。「まだ持っていますか？」

ハリーはうなずいた。ザバティーニは暗い目でハリーを見つめた。ハリーはもたもたとポケットから鍵を取り出したが、手を滑らせて、床に落とした。

マックスが飛び上がり、悲鳴を上げた。

「大丈夫だ！」ハリーがなだめるように言う。マックスは重たいため息をつくと、非難がましい目で父親をにらんだ。ハリーは膝をついて舞台の上を手探りし、ようやく鍵を見つけた。そして、誇らしげに高々と掲げて見せた。それから、塩の柱（旧約聖書で、神の言葉に背いて振り返ったロトの妻が塩の柱にされた）のように硬直して動かないデボラへと歩み寄った。

　ハリーの手が、デボラの首にかかった南京錠に近づく。

「どうですか？　鍵は南京錠に合いますか？」ザバティーニは訊いた。

「ちょっと待って……」ハリーはそうつぶやきながら、慎重に南京錠をつかんだ。そして鍵を差し込んで回した。錠がカチリと軽い音を立てた。

　南京錠は開いた。

「うぇいうぇんの、うぁあああい！」ザバティーニは声を轟かせ、腕を激しく振り回した。

　マックスが飛び上がり、歓声をあげた。ほかにも、もはや椅子に座っていられない子供たちが大勢いた。

「このふたりは」ザバティーニは続けた。「運命で結ばれています。ふたりの魂は永遠に結びついています。たとえ人生のさまざまな困難が、ふたりを引き裂こうとしても。ふたりの愛は、永遠に消えません！　ふたりはともに生きる運命なのです――この世界の始まりのときから！」

　クライマックスに、ザバティーニは袖口から一輪の赤い薔薇を取り出し、ハリーに渡した。ハリーがそれをデボラに手渡した。デボラもいまとなっては、感動しているように見えた。

　マックスは、自分の目が信じられなかった。効いたんだ。本当に効いたんだ！　マックスは飛び跳ねながら、いまだに手を叩いていた。ザバティーニがお辞儀をした。

　そのとき突然、マックスの背後でイライラした咳ばらいが聞こえた。

「あんた、名前は？」おばあちゃんが厳しい声で尋ねた。「いい加減に名乗りなさい」おばあちゃんは、自分の要求を無視されることに慣れていない。

ザバティーニはため息をつくと、言った。「大ザバティーニと申します」

「くだらない！」おばあちゃんが怒鳴った。「本当の名前を知りたいの」

ザバティーニはあいまいな微笑みを浮かべた。「このご婦人に本名を名乗るつもりはない。舞台の上では、自分は大ザバティーニ以外の何者でもない。もう一度お辞儀をすると、ザバティーニは腕を広げた。そして、はっきりと大きな声で言った。「イストガエ・ガタル・コジャスト！」

そのとたん、すさまじい悲鳴が上がった。そしてガタンという音が。皆が首を回しておばあちゃんのほうを見た。おばあちゃんが飛び上がり、その拍子に椅子を倒したのだ。

ローズル・コーンの顔は、シーツのように真っ白だった。空気を求めてあえぎ、口をぱくぱくさせている。その片手が伸びて、老マジシャンを指した。「駅はどこですか？」おばあちゃんは叫んだ。

ザバティーニは硬直し、おばあちゃんを見つめて、まばたきした。

「あなたなのね！《ドゥー・ビスト・エス》」おばあちゃんが叫ぶ。「あなたなのね！」

ザバティーニは、戸惑ってまばたきを繰り返した。まぶた以外の場所はぴくりとも動かない。

「ゴルデンヒルシュ」おばあちゃんが叫んだ。「モシェ・ゴルデンヒルシュね！」

おばあちゃんはザバティーニをよく見ようと、ゆっくり、よろよろと近づいていった。マックスは困惑したまま、祖母とザバティーニとを交互に見比べた。なにが起こっているのか、さっぱりわからない。

「あなたなのね！」おばあちゃんが再び言った。「信じられる？《イスト・ダス・ツー・ファッセン》」すでに舞台のへりまで来ていて、興奮のあまり震えている。「あたしよ！《イッヒ・ビンス》　あの列車に乗ってた子供《ダス・メトヒェン・アウス・デム・ツーク》」

ザバティーニの顔から色が引いた。両手を胸に——ちょうど心臓のあたりに——押し当てて、あえいだ。と思うと、床に倒れこんだ。

　マックスは椅子を蹴って、舞台へと駆けた。マムとダッドは、雷に打たれたかのように立ちすくんでいる。

「助けて!《ヘルフト・ミア》」ザバティーニがあえいだ。目玉が飛び出ており、両手は白いローブをつかんでいる。木の枝にしがみつく鳥の足先のように。

「死ぬ!《イッヒ・シュテルベ》」ザバティーニが言った。「痛い!《ゾルヒェ・シュメルツェン》　死ぬ!《イッヒ・シュテルベ》」

　いつの間にか舞台の上にたどり着いたおばあちゃんが、ザバティーニの横にひざまずいた。マックスの両親は突然、金縛りを解かれて目を覚ました。デボラが観客席の椅子の上にあるハンドバッグを指して、叫ぶ。「携帯!　救急車を呼んで!」

　ハリーが自分の携帯電話を上着のポケットから取り出して、三桁の番号を押した。

　マックスがザバティーニのもとにたどり着いたときには、その顔は真っ青で、痛みに歪んでいた。目は血走っている。ザバティーニはマックスの手を取った。

「手を握っててくれ」そうつぶやく。「怖いんだ」

　ザバティーニは、いよいよ最期の時が近づいたのを感じていた。これで永遠に幕が下りる。

「すぐに救急車が来る」ダッドが叫んだ。

　おばあちゃんがザバティーニのもう一方の手を握って、膝に載せた。ザバティーニはできる限りそちらに首を回した。

「ローズル。君なのか《ドゥー・ビスト・エス》」

　おばあちゃんの目に、急に涙が溢れてきた。ザバティーニを見ながら、うなずく。

「奇跡だ……」ザバティーニはささやいた。

そしてそのとたん、体をけいれんさせて、痛みに悲鳴を上げた。ザバティーニの手がマックスの手を離れ、床に沈んだ。マックスはパニックに陥った。

ザバティーニの動かない身体の左横では、実物をはるかに超える大きさのネズミが、いまだに手を振っていた。

31 シェヘラザードの別れ

テレジーン――ドイツ語では〈テレジエンシュタット〉――は、〈ユダヤ人の町〉で通っていた。そこには、ナチスが所有するなかで最も美しい強制収容所があった。壁とバラックはペンキを塗りたてだったが、これは少し前に赤十字が、第三帝国がユダヤ人のことも適切に扱っているかどうかを確認するために、収容所を訪問したからだった。だが、外国からの訪問団が満足して引き上げるやいなや、収容所は美しく友好的な顔とは別の面を見せるようになっていた。

長く辛い列車の旅の果てにこの収容所へ到着したザバティーニは、もはや放っておいてほしいと願うばかりだった。収容所はザバティーニの生まれ故郷プラハのすぐ近く、かつての軍の駐屯地にあった。列車で到着したモシェほか何百もの人たちは、小雨の降るなか、不安げに立ち尽くしていた。

最初の印象では、なにもかも、それほどひどくは見えなかった。建物は手入れが行き届いており、被収容者はひどく痩せこけてもいないし、暴力が行使されている気配もない――少なくともいまはまだ。

「そんなにひどいことにはならないかもな」入口前に佇む新入りのひとりが、そうささやいた。

「そうですね」モシェはそう答えたが、自分でもその言葉をあまり信じてはいなかった。自分の左腕を見るだけで、ナチスの意図は明らかだった。希望は危険だ。希望は幻想にすぎない。つい最近までモシェにとって日々の糧を稼ぐ手段だった幻想と、ほとんど変わらない。人は希望という藁にすがりつき、最後の息を引き取るまで、こう考え続けるのだ——そんなにひどいことにはならないかも、と。

だが驚いたことに、モシェはテレジエンシュタットに大いに温かく迎え入れられた。モシェと、同じ〈単位〉に属すほかの人たちが、〈処理〉されるのを待っているとき、アイロンをぱりっと当てた軍服に身を包んだ背の高いハンサムな男がやってきた。男は軍服を着たほかの男たちとなにか囁き交わすと、輝くような笑顔で、握手のために手を差し出しながら、モシェに近づいてきた。

「なんと、大ザバティーニさんではありませんか」見るからに嬉しそうに、その将校は言った。「ようやくお知り合いになれて光栄ですよ」

骨の髄までプロフェッショナルなモシェは、反射的に軽くお辞儀をすると、言った。「こちらこそ光栄です、司令官殿」

将校は同行者のひとりの脇腹を肘でつついた。「ほら、言っただろう、この人は真実を見通せるんだ」

つつかれた男がうなずいて、脇腹をさすった。

将校はモシェに向き直ると、こう尋ねた。「私がここの司令官だと、どうしてご存知なんです？」

もちろんモシェは知らなかった。ただ、男の自信に満ちた登場の仕方から推測しただけだ。それに、たとえ間違っていたとしても、それがなんだろう——経験からモシェは、ナチス党員が「司令官」と呼びかけられるのを好むことを知っていた。

だがモシェは、ただ肩をすくめて微笑むと、「申し訳ありません」と言った。「私の頭の奥の思考の道筋は、私自身にもわからないのです」

だが実のところ、モシェの頭の奥の思考の道筋は、かなり単純なものだった——失禁しそうなほど怖かったのだ。だが、ジークフリート・ザイドルというその司令官は、その日は寛大な心持ちだったようで、モシェの腕を取ると、収容所内を案内してまわった。ザイドル司令官が紳士的で文明的に振る舞えば振る舞うほど、モシェは恐怖を募らせていった。微笑みを浮かべる軍服の男には注意が必要であることは、これまでのさまざまな経験から知っていた。だがモシェは、何百回と舞台を踏んできた海千山千の奇術師だった。それゆえ、観客に自分の感情を隠す術は知り尽くしていた。それに、収容所の司令官におもねることが、害になるはずはない。ザイドルが自ら語ったところによると、彼は一度ヴィンターガルテン劇場でザバティーニの公演を見ており、いたく感銘を受けたということだった。そして、ザバティーニという奇術師の仕事とその出世に大いに注目してきたというのも、ザイドル自身が熱心な素人奇術師だったのだ。ザバティーニが実はユダヤ人であり、テレジエンシュタットに——ザイドルの王国に——移送されてくると知って、ザイドルは喜んだ。そしてゲシュタポ本部に電話をかけて、この類まれなる芸術家を、必ず奇術道具と一緒に自分のもとに送り込むようにと指示したのだった。

憧れの芸術家に、今度は自分が感銘を与える番だというわけだ。

ザイドルは自分の収容所に鼻高々だった。新しいおもちゃを自慢する子供のように。あれこれと説明したがり、モシェにこの地の歴史のさわりまで語って聞かせた。一七八〇年、テレジーンは皇帝ヨーゼフ二世によって、小都市の機能を持つ自給自足の要塞として造られた。ザイドルはモシェに、〈ユダヤ人評議会〉があるマクデブルク兵舎を見せた。さらに、中庭、バラック群、そして繊細とは言い難い警告として、要塞内のカタコンベにあるいわゆる〈死者の部屋〉も見せた。そこは「チフスで亡くなった不運な少数の人たち」が葬られている集団墓地だった。ひとつの墓穴に、三十五人。

地下トンネルのなかでモシェは、死体を積んだ手押し車を開いた墓穴へと押していく、痩せこけた被収容者たちを見た。ほかの被収容者たちが手押し車から死体を降ろして、青白い骨ばった身体を黒々とした穴へ放り込んでいく。墓穴の横のざらざらした石壁前にひとりのラビが立っていて、機械的に体を前後に揺らしていた。その唇は、震える声でカディーシュを唱えていた。

モシェの膝から力が抜け、胃がぎゅっと縮まった。ハノーファーの死体安置所で過ごした、いくつもの長い夜を思い出した。呼吸が重くなる。息を吸うたびに、よく知る大嫌いな甘い腐敗臭が、毒ガスのように体の奥深くに入り込んでくる。目に涙が溢れてきた。死体はモシェの目に、まるで糸を切られた人形のように映った。手足はグロテスクな角度で胴体から突き出ている。これじゃきっと痛いだろう、とモシェは思った。だが、痛いはずがない。彼らはすでに、痛みの彼岸にいるのだ。そう思うと、驚きが襲ってきた。そして恥が。この人たちひとりひとりの死が、モシェを恥じ入らせた。自分が生きていることを恥じ、すべてがうつろいゆくことを恥じ、この人たちひとりひとりのかけがえのない人生と、未来のさまざまな可能性のすべてが失われたという計り知れない事実を恥じた。この人たちは、どんな人間だったんだろう？　もし通りで出会っていたとしたら、どんな人間に見えただろう？　この人たちから未来を奪った盗人たちへの怒りが、モシェのなかで膨れ上がった。

そのとき、ザイドルが父親のようにモシェの肩に手を回して、墓地から連れ出した。「もしよければ」ザイドルはそう言った。「トリックをいくつか教えてもらえませんか？」
モシェは無理やりうなずくと、答えた。「喜んで、司令官殿」

＊

ザイドルは芸術の庇護者を気取りたがる男だった。テレジエンシュタットへ送られてきた者の多くは、学者、芸術家、音楽家などだった。なかには詩人もちらほらいた。彼らは創造的な生活を送るよう奨励された。収容所内には小さな公園、緑地、花壇、コンサートホールがあった。それらの目的はただひとつ――あからさまな事実を否定することだった。テレジエンシュタットが、死へと続く道への中継地点であるという事実を。ここに集められた知識人のほとんどは、遅かれ早かれ別の絶滅収容所へと移される。そこには公園もコンサートホールもない。そここそ、時の政権がその真の顔を見せる場所だった。モシェはすでにベルリンで、そんな収容所の噂を耳にしてはいた。だが大多数の者と同じように、モシェもまた目をつぶり、信じようとはしなかった。真実はあまりに苦く、それゆえ真実のはずはなく、真実であってはならなかったのだ。

その後の数日間で、モシェは収容所での日常生活を知っていった。たとえ花壇があり、コンサートがあっても、それは決して楽しい生活ではなかった。ザバティーニほどの名声を持つ人間にはふさわしくない生活だった。支給されるスープ――それをスープと呼べればの話だが――で、下痢をした。バラックで過ごす夜は地獄だった。モシェは他人のいる場所で寝るのが大嫌いだった。咳、鼻をかむ音、すすり泣く声、悩みうめく声、囁き声、体をかきむしる音――さらに、祈りの声まで聞こえる。そして恐怖。常につきまとう恐怖。モシェはほとんど目を閉じることさえできなかった。

ところが、到着からほぼ一週間が過ぎたころ、一杯のスープをもらうために列に並んでいたモシェに、奇跡が起こった。

モシェのすぐ前に、ひとりの年老いた男が並んでいた。ここにいるほとんどの人間と同じように、痩せこけている。いまにも倒れそうで、まるで長い歳月と多くの不公正という重荷を背負っているかのように、背中が丸まっていた。鬚は真っ白だ。モシェはその男を見つめた。本当だろうか？

「パパ？」ためらいがちに呼びかけてみる。

男はなんの反応も示さない。やはり人違いだろうか？

「パパ」モシェは少し声を大きくした。「僕のことがわからない？」

ゆっくりと、老人が振り向いた。その疲れた灰色の顔が、息子の姿を認めて晴れ上がったとき、モシェは目に熱い涙が溢れるのを感じた。

モシェは父を腕に抱いた。

ライブル・ゴルデンヒルシュは、ナチスがある日ドアを蹴破って、彼を住居から引きずり出したのだと語った。モシェは、錠前師はどうなったのかと訊いた。首を吊った、と父は話した。そして、錠前師の作った錠前は、すべて無用の長物になってしまった。ライブルの友人で、ヒトラーの熱心な信奉者だったギンスキー医師は、服にピンク色の三角形の印を付けることを強要され、それが命取りとなった。衆人環視のなかで親衛隊員たちに襲われ、蹴り殺されたのだ。

その話をしながら、ライブルは泣き出した。

この人は母のためには泣かなかった――モシェは苦々しくそう思った。でも、主治医のためには泣くんだな。

ライブルはモシェの痛めつけられた左腕を両手で包むと、言った。「かわいそうに……」

*

収容所の司令官ザイドルは、ときどきモシェを豪奢な執務室へとよんだ。そして蒸留酒をすすめ、モシェと奇術について語り合った。そんなときザバティーニは、自分の手持ちの技をいくつか披露するのだった。一度、ザイドルの党員バッジを消してみたことがある。ささやかな、しかし大胆な抵抗の試みだった。だがザイドルはただ笑って、高校生のようにお行儀よく拍手をした。モシェはそのうち、ザイドルに簡単なトリックを教え始めた。その際に注意したのは、一度にたくさん教えすぎないことだった。自分が生き延びられるかどうかが、ザイドルをいかに楽しませるかにかかっていることを、早々に悟っていたからだ。モシェは、『千夜一夜物語』に出てくるペルシアの王妃シェヘラザードだった。そしてザイドルは、夜ごとに別の女と結婚しては、夜明けに殺す悪い王だ。だがシェヘラザードだけは、物語を語って聞かせて、王を楽しませ続け、生き延びた。

こうして大ザバティーニは、テレジエンシュタット収容所にあるザイドルの執務室で、半月男から学んだ知識のすべてを命と引き換えながら、生き延びていった。知っていることはなにもかも司令官に伝授した。変身、創造、消失、瞬間移動、そして読心術。ザバティーニはトリックを教え、つまらない冗談に笑い、その代償として毎回、この地上での数日の時間を受け取った。父と過ごす数日の時間を。

*

こうして幾週もが過ぎた。寒く、つらく、悲しい数週間だった。ある日、ライブルが病気になった。多くの人と同様、チフスだった。モシェは力の及ぶ限り父の面倒を見た。死を目前にして、父と息子は失われた時を取り戻そうと努めた。

かつてリフカがそうだったように、ライブルもまた、我が子の腕のなかで死ぬという幸運に恵まれた。だがその死は、簡単でも楽でもなかった。それは夜、バラックのなかでやってきた。モシェは父の燃えるように熱い体を固く抱きしめていた。

ライブルは震えていた。「モシェ」と言う。「とても痛い」

モシェは唇に人差し指を当てて、「しっ！」と言った。まるで子供を相手にしているかのように。

「怖いんだ！」ライブルが叫んだ。

「怖がらなきゃならないことなんて、もうなにもないじゃないか」モシェは答えた。

「リフカはどこだ？」

モシェは一瞬黙り込んだが、それから言った。「家にいる。パパを待ってるよ」

父が泣いているのを見て、モシェは、この涙は母のためのものだろうか、それとも息子のためなのか、または父自身のため、すべての失われた時間のためなのだろうかと自問した。

「いつ会える？」熱に浮かされたライブルが訊いた。

「もうすぐだよ」モシェは言った。「本当にすぐ。もしかしたら、明日かも」

ライブルにはもはや明日はなかった。日の出とともに、モシェは父を〈死者の部屋〉へとかついで行き、自分を育ててくれた男の体が黒々とした穴に落ちていくのを見つめた。

いまやモシェは孤児だった。

＊

ザイドルとの奇術教室は続いた。引き換えに、モシェは毎回少しばかりの余命を得た。ザイドルはあまり才能のある生徒ではなかったが、それでも徐々に、ある程度は腕を上げていった。モシェの目には、ザイドルは子供そのものだった。得意げに笑い、手を叩き、わかりきったことを大発見だと思いたがる子供。だが同時に、唐突にものごとに対する興味を失い、なにかがうまくいかないと怒り出す子供。大ザバティーニは、辛抱強く落ち着いた教師だった。なんらかの感情を抱くことなど、とうにやめていた。そんな贅沢を自分に許す余裕はなかった。モシェは幸福でもなければ、不幸でもなかった。ただ生きていた。それだけだった。

まさにそれこそが、ザバティーニの真の名人芸だった。死のすぐ隣にあっても生き続け、殺戮に気づいていないふりさえすることが。

そしてある日、「東へ」移送されると告げられたときにも、モシェは驚かなかった。それがなにを意味するのかは、わかっていた。ザイドルがザバティーニに飽きたのだ。前回執務室に呼ばれたとき、司令官はつまらなさそうにしていた。モシェは必死になって冗談を言ったり、ふざけたりしたが、ザイドルはずっとうわの空で、ときどき机の上の書類をいじっていた。

というのも、モシェにはもう伝授できる秘密がなかったのだ。トリックは最後のひとつにいたるまで、ザイドルに教えつくしてしまった。もはやなにも残っていない。シェヘラザードは、最後の物語を語り終えてしまったのだ。モシェはわずかな持ち物を旅行用トランクに詰めると、運命に見放された何百人もの人間たちとともに、自分をこの世から消し去ることになる列車を待った。

32　最後の闘い

何時間たっても、新しい知らせはなかった。マックスは家族とともに、グレンデイル記念病院の待合室に座っていた。ザバティーニは救急搬送され、ただちに手術室へと運ばれたのだ。マックスは絶対にザバティーニについていたいと言い張ったが、ドクター・アラケリアン――馬のたてがみのようなすさまじい黒髪を持つ、がっちりした体格のアルメニア人女性医師――に、反論を許さない口調で、おとなしく外で待つようにと言い渡されてしまった。まだ詳しいことはなにもわからない、できる限りのことはするから、と。

ザバティーニの容態は危険だった。ときどき手術室の二重ドアが揺れて、なかの慌ただしいようすが垣間見える。老人の周りを、医師や看護師が取り囲んでいる。機械がピーという長い音を出す。よくないしるしだ――無数のテレビ番組で、マックスもそれくらいは知っていた。医師のひとりが、まるでザバティーニの胸の上を這うかのような仕草を見せている。ザバティーニの体に金属のパドルのようなものを押し当てて、合図を出す。するとザバティーニの体は、糸を引っ張られた操り人形のように、ぴくりと震えるのだった。ドアが再び閉まった。まるでテレビ番組の途中でコマーシャルが差し挟まれたかのように、ドラマは唐突に中断された。マックスは立ち上がると、そわそわと歩き回った。そして、身動きもせずに待合室のベンチに座り込んでいるおばあちゃんの傍へ行った。おばあちゃんはリノリウムの床をじっと見つめている。

マックスはおばあちゃんの隣に腰を下ろした。自分からすすんでそんなことをしたのは、ずいぶん久しぶりだった。

「おばあちゃん?」

おばあちゃんがマックスに気づいた様子を見せるまで、しばらくかかった。

マックスは咳ばらいをひとつすると、尋ねた。「ザバティーニさんを、どうして知ってるの?」

マムとダッドが顔を上げた。ダッドがおばあちゃんに体を寄せた。

「そうだよ。俺も知りたい」

おばあちゃんは、拒絶するように手を振った。しょっちゅうするお気に入りの仕草だ。「ふん……」とつぶやく。

「ママ!」いまにも泣きそうな声で、ダッドが言った。「頼むよ」

普段のマックスなら、ダッドのこんな口調には、とても耐えられない。そのとき、おばあちゃんが顔を上げて、ふたりを見つめた。その表情は、突然生き生きとして見えた。まるで、生まれて初めて周りの世界を知覚した赤ん坊のようだった。

「あの人はね、あたしの命を救ってくれたんだ」おばあちゃんはそう言った。

＊

医師や看護師が慌ただしく手術室に出入りするなか、マックスと両親は、おばあちゃんの傍へぐっと身を寄せた。

「水」おばあちゃんがハリーに言った。「水を一杯持ってきて。喉が渇いたよ」

ダッドは立ち上がって、給水機に向かった。そして紙コップに水を入れると、おばあちゃんに手渡した。おばあちゃんはその紙コップをベンチ脇のテーブルに置いて、そのまま見向きもしなかった。

「戦争が始まったとき」おばあちゃんは語り始めた。「あたしは生まれたばっかりだった」

「知ってるよ」ダッドが言った。「その話はよく聞かせてくれたじゃないか。たしかツィルンドルフとかいう……」

「そう」おばあちゃんは言った。「ドイツのバイエルン地方、ツィルンドルフ」

マックスは両足を伸ばした。この話ならしょっちゅう聞かされている。けれど、おばあちゃんの記憶はほとんどの場合、どこかスクランブルエッグに似ている——つまり、ぐちゃぐちゃなのだ。おばあちゃんがこんな風に集中して分かりやすく話したことは、これまで一度もなかった。

「戦争が始まって何年もたっても、あたしたちの暮らしてたツィルンドルフでは、ほとんどなんにも変わりがなかった。まだまだのどかだった」

「ママ」ダッドが言った。「水、飲まないの？」

「口を挟むんじゃない」おばあちゃんがダッドを怒鳴りつけた。「あんたは、あたしに最後まで話をさせてくれたことがないんだから！」

「ごめん」ダッドが言った。「続けて」

おばあちゃんは途切れた話の糸を再び手繰り寄せた。「なにもかもうまく行ってた。少なくともあたしのママは、いつもそう言ってたよ。運もよかったんだね、ご近所さんがとてもいい人たちで。あたしたちのために、たくさんの危険を冒してくれた。おうちの納屋に住まわせてくれたんだよ。あのころは、ユダヤ人は禁止されてたのに」

「禁止って？」マックスは訊いた。

「つまりね」おばあちゃんが続ける。「いきなりものすごくたくさんの法律ができて、ユダヤ人だってだけで、自動的にそのほとんどに違反することになっちゃったんだ」

「どうしてそんなことになるの？」マックスは訊いた。「ユダヤ人だってだけで、どうしてそれが悪いことになるの？」

おばあちゃんは肩をすくめると、水を手に取った。そのおかげで、劇的な間を作ることに成功した。

「ドイツ人ってのは、不可能を可能にする人たちだったんだよ」

おばあちゃんはここで水を一口飲むと、紙コップを置いた。

「あのころはね」と続ける。「ドイツ人はすごく貧乏でね。そんなときにヒトラーが現れて、こう言ったんだ。『ユダヤ人から金を取り上げればいい』ってさ。それで、ドイツ人は選挙でヒトラーを選んだ。そして、あたしたちからすべてを盗んだ。もう盗むものがなんにもなくなると、あたしたちをゲットーに押し込めた。その後は収容所に。それに、ドイツ人はほかの国にも攻撃をしかけた。ポーランド、フランス、ロシア。外国でも、全部盗んでやろうってね。あのころドイツ人は、カササギみたいなもんだった。光るものはなんでも掠め取った」

「それで、どうなったの？」マックスは訊いた。

「それで、みんな殺さなくちゃならなくなったんだ。盗みを働いておいて、盗んだ相手を生かしておくのは、賢いとは言えないからね」

「でも、おばあちゃんたちは無事だったんでしょ？」

「最初のうちはね。あたしたちを匿ってくれたご近所さんは、きちんとした人たちだったから。でももちろん、ただで匿ってくれたわけじゃないよ。パパがお金を払ってたんだ」

「へえ」マックスは言った。

「しばらくたったころ――あたしは五歳だった――、パパの、あんたのひいおじいさんの、お金が底をついて、ご近所さんに支払いができなくなった」

「それで？」

「それで、ご近所さんはゲシュタポのところへ行った。そしたらゲシュタポが、パパとママを密告したご褒美に、お金を払った」

「ゲシュタポってなに？」マックスは訊いた。

「ヒトラーの秘密警察のことだよ」ダッドが答えた。

「秘密エージェントってこと？」マックスは混乱した。マックスの知る限りでは、エージェントというのは正義の味方だ。ヒトラーは悪者だ。でもジェームズ・ボンドは正義の味方だ。ジェームズ・ボンドは絶対にヒトラーのために働いたりはしないはずだ。

「悪いエージェントだったのよ」ママが苦笑しながら説明した。

そうか、とマックスは思った。わかった。ジェームズ・ボンドだって、ときどき悪いエージェントに出会う。

「そういうわけで」おばあちゃんが続ける。「ゲシュタポが、あたしたちの隠れてた納屋にやってきたんだ」

「それで、出てこいって言われたの？」

おばあちゃんは首を振った。「違うんだよ。ゲシュタポは、あたしたちに納屋のなかに居続けてもらいたかったんだ」

「でも、おばあちゃんたちからいろいろ盗もうとしたんじゃないの？」今度こそすっかりわけがわからなくなって、マックスは訊いた。

「それはもう終わった後だよ。あの人たちは、あたしのパパからもうなにもかも奪った後だった。パパのお店もね。パパは時計職人だったんだよ」

「それでどうなったの？」マックスは訊いた。

「ゲシュタポは、納屋の扉をどんどん叩いた。ママはあたしを藁のなかに隠して、手であたしの口をしっかり塞いだ。あたしが声を出したりしないようにね。あたしたちはじっと静かにしてた。ゲシュタポは扉を叩きながら、こう言ったよ。『なかにいるのはわかってるんだ、ユダヤの豚野郎ども』って」

「でも、出て行かなかったの？」

「そう」おばあちゃんは言った。「出て行かなかった。あたしたちがいないと思えば、帰っていくんじゃないかって期待してたんだ」

「それで？　帰っていった？」

「いいや。ゲシュタポは納屋に外から閂をかけて、火をつけたんだよ」

マックスは衝撃を受けた。一瞬考えこんでから、口を開いた。「でも、死ななかったんだよね？」

おばあちゃんはうなずいた。「火がすぐ近くまで来たところで、パパが飛び上がって、叫んだんだ。『出してくれ、出してくれ！』って」

「それで？」

「ゲシュタポが納屋の扉を開けて、あたしたちは外に出た。それを見てたドイツ人はみんな、大笑いしてたよ！」おばあちゃんはそう言って、自分でも思わず微笑んだ。「ただ、ご近所さんだけは怒ってたね。納屋がすっかり焼けちゃったからね」

「そっか」マックスは、きちんとした人たちだったというそのご近所さんに、同情すら覚えた。彼らだって、生きていかなくてはならなかったはずだ。「それで、その人たちどうしたの？」

「ゲシュタポの偉い人に苦情を言ったんだ。そしてその人から、証書を書いてもらった。ドイツ人はそういうのが大好きなんだ、証書ってのが。まあ、それでもあの人たちの怒りは収まらなかったけどね。なにしろ、すごく怒ってたから」

「で、おばあちゃんは？」

おばあちゃんはため息をついて肩をすくめた。「パパとママはすごく怖がってた。だからあたしも怖かった。ずうっとテディベアを抱きしめてたよ。あたしたちは車に乗せられて、フュルトまで連れていかれた。そこの警察署まで。そこで待たされた」

「それで？」

「何時間かたった後、あたしたちと、ほかにもユダヤ人が何人か、バスに乗せられて、ミュンヘンまで運ばれた。それで、ミュンヘンから東へ移送されたんだよ」

33　トランク工場

ローズル・フェルトマンとその両親の受難には、終わりがなかった。まずはプラットフォームで何時間も待たされた。うだるような暑さで、しかも周りにはものすごく大勢の人がいた。誰もが自分の運命を待っていた。黙ったまま立ち続け、汗をかき、苦しんでいた。最初のうちは、お互いに言葉を交わす人たちもいた。だがしばらくすると、午後の暑さのなか、話し声はやんだ。もう誰もなにも話したくなどなかったのだ。ついに列車がやってきた。ローズルと両親は、窓にカーテンがかかった車室にあるふかふかの座席に腰を下ろした。

ダッハウで列車は速度を落とした。ローズルの両親は戸惑った。ダッハウ？　そこは、友人に会ったり、市場で買い物をしたりするために、ときどき訪れた町で、そんななじみの場所を列車で通り過ぎるのは、奇妙な気分だった。ローズルがテディベアに窓から外の景色を見せていると、列車は鉄条網に囲まれた場所で停まった。悪い徴候だ。それでもローズルの父は、もうこれ以上ひどいことにはならないと言い張った。もっとひどいことになる可能性もじゅうぶんにあるという事実を、認めたくなかったのだ。だが、ひどくなる可能性なら、運命は無尽蔵に有していた。

ダッハウには短時間停車しただけで、列車は先へと進んだ。旅の目的地は、ポーランドにあるオスヴィエチムと呼ばれる小さな町だった。旅は何日も続いた。それはフェルトマン一家にとって、それまでで最も不愉快で辛い数日間だった。ふかふかの座席は過去のものだった。ポーランドのとある小さな駅で、乗客たちは乗り換えをさせられたのだ。何百人もの同乗者とともに、ローズルとその両親もまた、家畜運搬用の貨車に詰め込まれた。皆がもう何日も体を洗っておらず、貨車のなかは体と恐怖が発散する匂いでいっぱいだった。用を足すことのできる唯一の場所は、貨車の隅に置かれた小さなバケツだった。貨車内の人たちは、そのバケツを〈ポーランド一の豪華便所〉と名付けた。悪臭は耐え難かった。

ほんの一、二時間で、バケツはすでに溢れかえった。ローズルもまた尿意を催した。ほかにどうしようもないと覚悟を決めて、森の木々のように立ち並ぶ人の脚のあいだをかき分け、バケツへと進んだ。テディベアはしっかりと胸に抱いていた。ようやくバケツの前に来たが、急に疑念が湧いてきた。ここでするの？　このまま？　バケツをまたいでしゃがむのがいいのだろうが、走る列車のなかでは、簡単ではない。それに、紙はどこだろう？　あたりを見回すと、人を寄せ付けない傲慢な表情の若い男が目に入った。巨大な旅行用トランクの上に腰かけて、貨車のなかの多くの人が着ているのと同じ縞模様の服の上に、擦り切れた黒いケープを羽織っている。男がローズルの視線に気づいた。

「なんだ？」そっけなくそう訊く。

ローズルはうつむいた。「なんでもない」とつぶやく。

だが男は、ローズルがバケツのほうを見ているのに気づき、事情を悟ったようだった。そして、立ち上がった。

「こちらへどうぞ、お姫様。玉座が待っておりますぞ」

ローズルは恐る恐るバケツに近づいた。バケツのまわりにはすでに、悪臭を放つ水たまりができている。蝿が飛びまわる音が聞こえて、ローズルは嫌悪感と懸命に闘った。男は着ていたケープを脱ぐと、それを掲げて周りの視線を遮ってくれた。

「さあどうぞ」男は言った。「僕も見ないから」

ローズルは男を見上げると、持っていたテディベアを差し出した。男はため息をつき、テディベアを受け取ってから、再びケープを掲げた。

「ありがと」ローズルはつぶやくと、爪先立ちで悪臭を放つバケツに近づいた。そしてパンツを下ろして、そっとスカートを持ち上げた。それからバケツをまたいでしゃがむと、目を閉じた。

「早くしてくれ」男がささやいた。「一日中時間があるわけじゃないんだぞ」

「ふうん」急かされるのが嫌いなローズルは、言い返した。「今日これからなにするの？　公園に散歩に行くとか？」

「いや」懸命に我慢強く、男は答えた。「でも腕が疲れるんだよ」

「あっ」ローズルは声を上げた。男の左腕が、なんだか変に見えるのに気付いたのだ。ローズルは急いでトイレを済ませた。

「紙、ある？」と男に訊いてみる。

「もちろん」男は答えた。「バラの香りのやつがいいか？」

「ごめん」ローズルはつぶやいた。そんな質問をした自分が馬鹿みたいだった。

ところが驚いたことに、男はポケットに手を突っ込むと、一枚の紙を手渡してくれた。それは一種のチラシだった。白い服を着て宙に浮かぶ女の人の絵が描いてある。それに、色鮮やかで大きな文字も載っていたが、ローズルはまだあまり字が読めなかった。ローズルは小声で、ありがとうとつぶやいた。

「終わった」拭き終わると、男にそう告げた。

「僕の人生だった」突然、男が言った。

「ごめんなさい、いまなんて？」ローズルは、ママが教えてくれたとおり、礼儀正しく尋ねた。

「そのチラシ。僕の人生だったんだ。これまでの僕のすべて。それがいまや……」突然、男の声はとても悲しげな響きを帯びた。

ローズルはなんと言っていいのかわからなかった。男の気をそらすために、質問をしてみた。

「そのトランク、なにが入ってるの？」

男は無理やりといった様子で微笑んだ。「自由への道だよ」

ローズルは両手を腰に当てると、生意気な口調で反論した。「そんなわけない。自由への道なんて、どうやってトランクに入れられるの」

「魔法なんだ」男は言った。「トランクのなかに入れば、ここから逃げられる」

一瞬ローズルは、信じそうになった。「じゃあ、どうして逃げないの？」と訊いてみる。

「僕は大きすぎる。トランクには入れない」

ローズルはうなずいた。筋は通っている。

「君はどう？」男は、喜びよりは悲しみの色の濃い微笑みを浮かべて、訊いた。「ここから逃げたい？」

質問をじっくり考え、ローズルは首を振った。「それは無理。ここにいて、ママとパパの面倒を見なきゃ」首を動かして、貨車の反対側の隅を指す。そこでは両親が疲れ切った様子で、板壁にもたれていた。起きているとも寝ているともわからない。干上がった水槽のなかの魚のように、口をぽかんと開けている。

「お兄さんのパパとママはどこ？」ローズルは訊いた。

「死んだよ」男が答えた。

「かわいそう」

「かわいそうなんて思う必要はないよ」男は言った。「そのほうがよかったんだ。僕たちはみんな、ここから逃げられない。自由なのは死んだ人だけだ」

「それと、このトランクに入れる人」

「そう、もちろんそうだね」それから、男はローズルに訊いた。「君のテディベアを自由にしてあげようか？」

ローズルはテディベアを見つめ、男に視線を移し、それからうなずいた。「うん、お願い」

これが自分の人生における非常に厳粛な瞬間であることを、ローズルは自覚していた。なにしろ、これからテディベアと別れることになるのだ。もしかしたら永遠に。テディベアは、生まれたときからずっとローズルを守ってくれた。だがこれからは、テディベアなしで生きていかねばならない。けれど、テディベア本人のためを思えば、そのほうがいい。ローズルは最後にもう一度ぬいぐるみを抱きしめると、男に差し出した。

「お別れのキスをしなよ」男が言った。

ローズルはテディベアのもじゃもじゃの頭にキスをした。そして決意のまなざしで言った。「テディは、準備ができたって言ってる」

男がトランクを開けた。なかは空っぽだ。覗きこんだローズルの目に映ったのは、内張りの布だけだった。ローズルは匂いに少し顔をしかめた。古い汗の少しかび臭い匂いだ。

「自由への道なんて見えないけど」ローズルは言った。

「よく見てて」男が答えた。

幼い少女とケープ姿の男の会話に、いままでは周りの人たちも耳を傾けていた。皆が首を伸ばして、ふたりを見ていた。男はローズルからテディベアをそっと受け取ると、トランクに入れた。それから蓋を閉じて、なにやら不思議な呪文を唱え始めた。男の目は閉じられている。と思うと、突然、深い眠りから目覚めたかのように、男はかっと目を見開いた。

「よく見てるんだよ」

男がトランクを開けると、テディベアは消えていた。ローズルは、笑っていいのか泣いていいのかわからなかった。こんなの、見たことない！

男がもう一度目を閉じ、眉間に皺を寄せた。そしてなにかぶつぶつ唱えた。

「なに？」ローズルは尋ねた。

男は目を開けると、言った。「テディは君の傍にいたいってさ」

その言葉とともに、男はトランクを閉じ、再び開いた——すると、テディベアが現れた！ローズルは歓声を上げた。テディベアを手に取り、ぎゅっと抱き寄せる。

見知らぬ男は微笑んだ。その微笑みには、今度はどこにも悲しみの色はなかった。「イストガエ・ガタル・コジャスト！」男は軽くお辞儀をしながら言った。

「イストガエ・ガタル・コジャスト」ローズルは男の言葉をなぞった。「それ、どういう意味？」

「ペルシア語だよ」

「だから、どういう意味？」

「本当に知りたい？」

ローズルはうなずいた。

男はしばらく考えているようだったが、やがてローズルのほうにかがみこむと、「まだ誰にも教えたことがないんだ」と耳にささやきかけた。

「ほんとに？」

「辞書に載ってたのを見つけたんだ。意味はね――すみません、駅はどこですか？」

ローズルは笑い声を上げた。「イストガエ・ガタル・コジャスト！　イストガエ・ガタル・コジャスト！」大喜びで何度も繰り返す。それから、再び質問した。「お兄さんの名前は？」

とっさに芸名を名乗ろうとしたモシェは、結局思い直して、言った。「モシェだよ」いくばくかの誇りを込めて、そう名乗った。「プラハのモシェ・ゴルデンヒルシュ」

「あたしはローズル」ローズルも名乗った。「ツィルンドルフのローズル・フェルトマン」

「お知り合いになれて光栄に存じます、お嬢さま」モシェは深くお辞儀をして、ローズルの手に口づけるしぐさをした。

ローズルは真っ赤になって、照れ笑いをした。「パパとママのとこに戻らなきゃ」

モシェ・ゴルデンヒルシュはうなずいた。

*

二日後、列車はオスヴィエチムに到着した。ドイツ人が「アウシュヴィッツ」と呼ぶ、神に見放された地だ。列車が速度を落とすと、貨車のなかの人々は、板壁の隙間から恐々と外を覗き、終着駅になにが待っているのか確かめようとした。

ぶかぶかのマントに身を包み、げっそりしたひとりの女が、貨車の人混みをかきわけて、モシェに近づいてきた。

「旦那様！」女はそう呼びかけた。「そこのお方！」

モシェは女に、なんの用かと視線で問いかけた。

「どうか助けてください」女が言った。

モシェは少しばかり軽蔑のこもったわざとらしい笑い声を上げると、「助ける？」と繰り返した。「どうやって？　自分自身のことさえ助けられないっていうのに」

機関車が蒸気を吐き出す規則的な音に、神経がずたずたになりそうだ。気分は重苦しく、ささくれ立っていた。この旅の終わりに待ち構えるのは決して善きものではないという予感があった。

女がさらに近づいてきた。体が触れそうな勢いだ。「娘を救っていただきたいんです」女は懇願した。「どうかお願いです」

女の背後には、幼い少女がいた。ローズル・フェルトマンだ。

モシェは再び女のほうを向いた。「どうしてです？　そんなことをして、僕になんの得があるっていうんです？」冷たくそう訊いた。

女は黙り込んだ。しばらくたってから、こう言った。「なにもありません……」声が裏返る。「差し上げられるものは、なにもありません……」

直後に女は意外な行動を見せ、モシェはたとえようもなく決まりの悪い思いをした。彼女はモシェの前に跪いたのだ。バケツのすぐ横に。そしてモシェの脚にしがみつくと、泣き始めた。「お願いします、どうか娘を救ってください、お願いします……そのトランク……」

モシェは途方に暮れて、あたりを見まわした。周りの人たちは、なにも見えていないかのように知らんふりをしている。誰もが自分自身の運命、自分自身の絶望で手一杯なのだ。いたるところに憂鬱な目、涙、祈り。女はいまだにモシェの脚にしがみついたまま、泣いている。「私にはもうこの世になにひとつ残っていません。お願いです。子供を助けてください！」

できる限り迅速にこの場を収めたかったモシェは、言った。「わかりました。やってみましょう」するとと女は、今度はモシェの手に口づけ始めた。モシェにとっては、泣かれるよりもさらに決まりが悪かった。

「ありがとうございます」女は重い息をつきながら言った。

モシェは手を引っ込めた。女が立ち上がり、娘を前に押し出した。

「こんにちは」ローズルが恥ずかしそうに言った。

「こんにちは、ローズル」モシェは答えた。「お母さんが僕に、君を自由にしてほしいって言うんだけど」

すると少女は首を振った。「ママと一緒にいたい」

そのとき突然、貨車がガタンと前方に揺れた。ローズルとその母親は、危うく転びそうになり、すんでのところで踏みとどまった。貨車のなかに、うめき声にも似た音が響いた。機関車が瀕死の獣のように息を吐いたのだ。

いつ扉が開いてもおかしくないことを、モシェは悟った。そこでトランクを開けると、言った。「入って。いましかない」

「お願い、ローズル」母が懇願した。「ママのためだと思って」

だがローズルは母親の胸に飛び込むと、細い腕でその首にしがみつき、泣き始めた。「やだ！」

と叫びながら。「ママと一緒にいる」

いつの間にか、ローズルの隣にひとりの男が立っていた。おそらく父親だろう。「ローズル！」男は怒鳴った。「お母さんの言うとおりにするんだ！」

「やだ！」少女は叫び、足を踏み鳴らした。

突然、ローズルの父は右手を上げると、娘の頬を打った。娘は呆然と父を見つめた。頬が赤く腫れていく。それからローズルは、すすり泣き始めた。

「早くしなさい！」ローズルの母が鋭い声で言った。

叱られて怯えたローズルは、おとなしく従った。そしてトランクのほうを向くと、中に入った。テディベアも一緒だ。

モシェはローズルのほうにかがみこむと、トランクを内側から開けるためのボタンを示して、説明した。それからこういった。「ローズル、よく聞いてくれ。動かないこと。なにがあっても、なにが聞こえても、絶対に動くんじゃない。声も出しちゃだめだ。それに、どんなことがあっても出てきちゃだめだ。わかったか？　出てきていいのは、完全に静かになって、なにも聞こえなくなってからだ」

少女は怯えた目でモシェをじっと見つめ、ゆっくりとうなずいた。そして、両親のほうを向いた。ローズルの父も母も、目に涙を溜めていた。父の顔からは、先ほどの怒りの痕跡はすっかり消えている。「愛してる」母が言った。

そんなふたりを、ローズルは大きな目でひたすら見つめるばかりだった。

モシェはトランクの蓋を閉めた。まさに最後の一瞬だった。というのも、その瞬間、扉が開けられたのだ。冷たい風が貨車のなかに吹き込んできた。その風からは、灰と、なにか甘ったるいものの匂いがした。その匂いの正体を、モシェはすぐに悟った。呼び声と、犬の吠え声が聞こえてきた。兵士たちが、なかの人たちを貨車から引っ張り出し始めた。貨車は徐々に空っぽになっていった。ローズルの両親は、モシェに最後の視線を投げると、貨車を降りた。

モシェの傍らを通り過ぎていく人たちは、少女の入ったトランクには目も向けなかった。なにが起きたかを見ていた人もいた。だが皆、自分には関係のないことだと思っているようだった。一部始終をしっかり見ていた年配の痩せたユダヤ人男性が、モシェの目をまっすぐに見つめ、かすかに微笑むと、うなずいた。モシェは安堵した。観客たちはトリックを見破った。だがそれを周りに明かそうとは思っていない。彼らは舞台を台無しにするつもりはないのだ。

貨車が半分ほど空になったころ、床にいくつかの死体が横たわっているのが見えた。厳しい旅を生き延びることができなかった年老いた人たちだ。誰もが当たり前のように、彼らの死体をまたいでいく。

モシェもトランクを持って、貨車を降りた。ローズルは痩せた少女だとはいえ、いまのモシェは弱っている。手のなかのトランクは重かった。

外はすでに日が暮れていた。ローズルにとってはまたとない幸運だ。光溢れる場所では、幻想は損なわれる。モシェは、何百もの哀れな人々と押し合いへし合いしながら、コンクリート敷きの荷降ろし場に立った。新たに到着した人々がその場から動けないよう、親衛隊員たちが行ったり来たりして牽制している。その向こうには犬たちと、武器を持った軍服姿の男たち、それに鉄条網が見える。親衛隊員たちが、到着した人々をふたつのグループに分け始めた。それがなにを意味するのか、モシェは即座に悟った。この数か月で、ナチスの考えることは見通せるようになっていた。だから、年寄り、弱っている者、非常に幼い子供が片方のグループに、まだある程度健康そうな者がもう片方のグループに行かされるのを、見逃しはしなかった。健康だということは、労働ができるということであり、労働ができるということは、もしかしたら生き延びる機会があるかもしれないということだ。モシェは、疲れている様子を見られないよう、トランクを地面に置いた。親衛隊員たちは、憑かれたように怒鳴っている。そのとき、貨車のなかからすでに目に見えて衰弱していたローズルの母が、黒い革手袋をはめた親衛隊員に、左に——年寄りと弱っている者たちのグループに——引っ張っていかれるのが見えた。夫がそれに続こうとしたが、親衛隊員は押しとどめた。

「お前はこっちじゃない」親衛隊員はそう怒鳴りつけた。

「お願いします」ローズルの父は言った。「妻と一緒にいさせてください」

「お前はこっちじゃない」親衛隊員はそう繰り返し、腕を振り上げた。

ローズルの父は親衛隊員の目をまっすぐに見つめ、穏やかそのものの声で言った。「妻の行くところに、私も行きます」

親衛隊員はその視線を受け止めきれず、振り上げた腕を下ろした。

ローズルの父は、「ありがとう」とささやくと、黙り込んだ親衛隊員の脇を通り抜けて、左へ、妻のもとへと向かった。妻は、まるで理性をなくしたのかと問うかのように、そんな夫を見つめた。

モシェは、その親衛隊員が軍服のポケットから携帯用のウィスキー容器を取り出して、ぐびりと一口飲むのを見た。その目つきは残忍そうでありながら、同時にぼんやり濁っている。それから親衛隊員は、仕事の続きに取り掛かった。殴り、怒鳴りながら、人ごみをかき分けて進み、選別を続けていく。

親衛隊員が目の前まで来たとき、モシェは恐怖のあまり息を詰めた。

「お前は右」親衛隊員が言った。それからふと下を向くと、モシェの足元にある巨大なトランクに目を留めた。「荷物はあっちだ」そう言って、五メートルほど離れたところにある、鞄やトランクや婦人用ハンドバッグの大きな山を指した。「名前を書くのを忘れるな。後から受け取れるように」

囚人服姿の痩せこけた被収容者が、モシェにチョークを手渡した。モシェはトランクに〈ザバティーニ〉と書いた。そして、名前の下に勢いよく線を引いた。ヴィンターガルテン劇場での公演後、ファンにサインをしたときのように。

「ザバティーニ？」親衛隊員が言った。「なんだその変な名前は？」

「ペルシア人なんです」モシェは言った。

「なにを言ってる、ユダヤ人だろう」

「ペルシア出身なんです」モシェは言い張った。「ペルシア人はアーリア人種です」

「お前はユダヤ人だ」親衛隊員が言った。「つまりゴミだ。それ以上の価値はない。忘れるな」

モシェは途方に暮れてうなずいた。

「言え」親衛隊員が命じる。

「僕はゴミです」モシェは言った。

「お前に生きる資格はない」

「僕に生きる資格はない」

「よし」親衛隊員は急に、生徒になにか有意義なことを教えた教師のような顔になって、にやりと笑った。それから手で合図を出すと、先ほどの痩せた囚人が、モシェのトランクを持ち上げ、ほかの荷物のところへ引きずっていった。その重さに、囚人はうめいた。

モシェはあたりを見まわした。ローズルの両親が、左の列から、息を詰めてことの成り行きを見守っている。囚人がトランクを運ぶのに苦労していることは、親衛隊員の目にも留まったようだった。

「そのトランクの中身はなんだ？」親衛隊員が怒鳴った。

「なにも」モシェは言った。「持ち物はすべて取り上げられましたから。このトランクは古い型で、重いんです」

親衛隊員は疑り深そうな目でモシェをにらむと、「開けろ！」と囚人に命じた。

モシェは、コンラディ＝ホルスターの作った仕掛けがいつもどおり機能しますようにと祈った。そして、ローズルの両親のほうを見ないよう、自分を懸命に抑えた。

囚人は、留め金にてこずった。寒さで指がかじかんでいるのだ。

「とっとと開けろ！」親衛隊員が再び言う。声には、苛立った危険な兆候がある。

「はい」囚人は答えた。恐怖のあまり体を震わせながら、留め金をいじる。だがトランクはなかなか開かない。

親衛隊員の堪忍袋の緒が切れた。ピストルを取り出すと、囚人の頭を撃った。その場の騒音と人声に紛れて、射撃音はほとんど聞こえなかった。囚人は壊れた人形のように地面に倒れた。頭には巨大な穴が開いている。トランクに血が飛び散っていた。

親衛隊員はのしのしと近づいてくると、トランクをこじ開けた。

モシェは目を閉じた。

神よ。親愛なる神よ、どうか、どうか。

心臓が飛び出そうだった。もしローズルが見つかれば、彼女も自分も死ぬ。

モシェは目を開けた。

親衛隊員がトランクのなかを覗きこんでいた。あたりは暗く、親衛隊員は酔っていた。それが幸いした。親衛隊員は首を振った。

「空じゃないか」少しがっかりしたような声だった。

それから親衛隊員は、別の囚人をふたり呼びよせた。ふたりは死んだ囚人の体を持ち上げ、すでに死体が山積みの手押し車の上に放った。親衛隊員はトランクを閉じると、モシェを右の列へと押しやった。

そのときになってようやく、モシェは思い切ってローズルの両親のほうへ再び目を向けた。ふたりの目には、安堵の色があった。

親衛隊員が笛を吹き、選別は終わった。新参者たちは、整然と分けられた二つの列になって、歩き始めた。モシェの目に、ローズルの両親が手をつないでいるのが見えた。ふたりはそのまま角を曲がって、姿を消した。

自分もやはりその場を立ち去る前に、モシェは最後にもう一度、トランクに目をやった。トランクは誰の注意も引かず、ほかの荷物とともに、ひっそりとそこに置かれていた。

34　生者たち

手術室のドアが開いて、ドクター・アラケリアンが出てきた。手にしたカルテに視線を落としていたが、やがて顔を上げた。

コーン一家は、ドクターをじっと見つめた。おばあちゃんを除いて。おばあちゃんは、いびきをかきながら眠っていた。のけぞらせた頭を背後の壁にもたせかけて。ハリーはベンチに寝そべっており、デボラはマックスの手を握っていた。

ほんの十五分前、マックスとマムはついに、あの日マックスが部屋の窓から家出をするきっかけとなった喧嘩について、話をしたのだった。ふたりが投げつけ合ったひどい言葉について。あれからふたりとも、その話題はできる限り避けてきた。だがさきほど、デボラは息子を抱きしめて、ささやいたのだった。「あんなこと言って、ほんとにごめんね」

マックスは母の胸に顔をうずめて、言った。「僕のほうも、ごめん」

少し離れて座っていたダッドは、この美しい光景を、いら立ちと同時に感動を覚えつつ見つめていた。そして、自分も少しだけデボラににじり寄ってみた。だがデボラはハリーに背を向けた。

ドクター・アラケリアンが咳ばらいをした。

「ご家族ですか？」と訊く。

マックスとマムは、不安げに目を見交わした。

「違います」結局、デボラは正直にそう答えた。「家族とは言えません。あの人は、うちの家族の親しい友人です。うちに泊まっていただいていました。ご本人には存命の家族はいません」

「なるほど」ドクター・アラケリアンは言った。

「ザバティーニさんの具合、どうなんですか？」マックスは訊いた。

ドクター・アラケリアンは肩をすくめた。「なんとも言えません。いまのところ容態は安定していますが、まだ危険な状態であることには変わりがありません。峠を越してはいないんです。患者さんは集中治療室に移しました。お歳を考えると……」

「会えますか？」デボラが訊いた。

「残念ながら、面会は許可できません」ドクター・アラケリアンは言った。「安静にしていてもらわなくてはならないので」

「安静？」おばあちゃんが目を覚ました。「この病院では、安静ってどういう意味で使ってるんだい？」怒っている。「あの人、もう何時間も横になりっぱなしじゃないの」おばあちゃんは立ち上がると、ハンドバッグをつかんだ。「さあ行くよ」

「集中治療室はどこですか？」デボラが訊いた。

ドクター・アラケリアンがエレベーターを指す。「三階です。でも、面会時間はもう終わっています。患者さんには安静が必要なんですよ」

「ごちゃごちゃうるさいね」おばあちゃんが言った。「あたしに会ったら喜ぶよ」

「さっきママに会ったから、心臓麻痺を起こしたんじゃないか」ハリーがまぜっかえした。

こうして少々揉めはしたが、結局ドクター・アラケリアンは、五分間の面会を認めた。おばあちゃんの鉄の意志の前には、ベテラン医師といえども無力なのだ。患者を絶対に興奮させてはならない、と医師は念を押したが、厳しい状態にあるザバティーニにとって、独りではないと知ることがきっと助けになるだろうと、認めてはいるようだった。

一行はエレベーターで三階へ向かった。ドアが開くと、薄緑色に塗った壁に額入りのモネのポスターが掛かった廊下がのびていた。ドクター・アラケリアンがザバティーニの病室へと案内してくれた。

ザバティーニはベッドに横たわっていた。体には何本ものチューブやケーブルがつながっている。モニターが規則的にピッピッと音を立てている。ザバティーニの意識は戻っていた。コーン一家が病室に入っていくと、首をそちらへ動かした。まるで死にかけた亀のように見える。ザバティーニは弱々しく微笑んだ。

「モシェ・ゴルデンヒルシュ」おばあちゃんが言って、ベッドに近づいた。「あたし、まだお礼を言ってなかった」

ザバティーニは疲れたように手を振り、「いや」と言った。「いいんだよ」

「この人がいなかったら」おばあちゃんがきっぱりと言った。「あたしはいまごろ生きてない」そして、ハリーとマックスを指す。「ということは、あんたたちも生まれなかったってことになるんだよ、坊ちゃんたち！」

マックスの耳には、それはまるで脅迫に聞こえた。うなずき、ただ「うん、おばあちゃん」と言うことしかできなかった。

ザバティーニがおばあちゃんを手招きした。「できれば……」話し出したとたんに、咳き込む。

「できれば、枕を振ってふわふわにしてくれないか？」

「これだから男って！」おばあちゃんはうめくように言うと、ため息をついた。そしてザバティーニの頭の下にある枕をそっと引っ張り出して、振った。それから、ザバティーニの頭を再び枕に戻す。「あたしたちがいなかったら、なんにもできない生き物なんだから」そう言いながらも、おばあちゃんがザバティーニの世話を焼くことができて少しだけ喜んでいるのが、マックスにはよくわかった。

おばあちゃんは椅子を引き寄せると、ザバティーニのベッドの傍らに腰かけた。ふたりはどこまでも不思議そうな表情で、互いに見つめ合った。ザバティーニはローズルの顔に、いまだにあのときの幼い少女の面影を、そしてローズルはザバティーニの顔に、貨車で出会ったあの痩せたハンサムな若い男の面影を見ていた。

「生きていたなんて！」ザバティーニがささやいた。

おばあちゃんはうなずき、ハンカチを手に取ると、一粒の涙を拭いた。「あなたが収容所を生き延びたなんて、思いもしなかった」

「生きていることが、それだけでもう、ひとつの祈りなんだ」ザバティーニが言った。

「え？」

「父がいつもそう言ってた」ザバティーニは小声で言った。

おばあちゃんはそっとザバティーニの手を取った。ザバティーニはされるがままになっていた。

「あのあと、どうなった？」ザバティーニは訊いた。

おばあちゃんは大きく息を吸い込むと、眼鏡を押し上げた。「あのとき、あたしはトランクのなかに入って……」

「そう、あのトランク」ザバティーニが微笑みを浮かべて、おばあちゃんの言葉を遮った。

「自由への道」おばあちゃんが言った。

35 トリック

ローズル・フェルトマンは、少しも自由になった気がしなかった。トランクに入れば魔法のトンネルが開いて、そこを通ってどこか別の場所へ、新鮮な空気と太陽の光に溢れる場所へ行けるとばかり思っていた。それなのに、暗くて狭苦しいトランクに押し込められている。まるで棺桶だ。二重底は体の上にある。いまではローズルも仕組みを理解していた。できる限り体を縮める。そして、息遣いを落ち着かせようとする。まるでかくれんぼだ。いま大切なのは、ここにいると知られないこと。外からは、怒鳴り声、大きな呼び声、犬の吠え声が聞こえてくる。大混乱だ。トランクが持ち上げられる感覚があり、それから地面を引きずられていくのがわかった。ローズルは両手と両脚をトランクの側面に当てて、できる限り体を浮かせ、全身に伝わる揺れを少しでも減らそうとした。トランクはやがてどこかに置かれ、それからしばらくはなにも起こらなかった。外から人の話し声が聞こえた。

突然、誰かがトランクをいじり出した。ローズルは怖くなった。思わず悲鳴を上げそうになったが、すんでのところで両手を口に当てて、唇を引き結んだ。声を出すなと、モシェ・ゴルデンヒルシュは言っていた。それから、また人の声が聞こえ、今度はバンッという音がした。ローズルは縮みあがったが、なんとか平静を保った。歯を食いしばって、声を出さずにいた。自分にこんな粘り強さがあるとは、夢にも思わなかった。トランクの傍らになにかが倒れる音がした。人だろうか？ではなかった。

突然、トランクが開いた。冷たい空気が流れ込んでくる。鳥肌が立ったのは、寒さのせいばかりではなかった。ローズルは固く目を閉じて、自分は目に見えない存在なのだと念じ続けた。少なくとも、目に見えない存在になれますように、と。そして、どうやらローズルは、本当に目に見えない存在のようだった。というのも、ほんの一瞬後に、トランクは再び閉じられたからだ。ローズルはほっとして、そっと息をついた。それからしばらくは、なにも起きなかった。笛の音が聞こえ、人声や物音はどんどん遠ざかっていった。永遠とも思えるほどの時間がたった。手足がしびれてきた。腕と脚がかゆくなってくる。背中が痛い。頭のなかで、自分はどこか別の場所にいるのだと想像した。ツィルンドルフで父がいつも寝る前にしてくれた、いろいろなお話を思い浮かべた。いい妖精や親切な小人たちのお話だ。なんとか気を紛らわせなければならない。物音を立てたり、間違った動きをすれば、ここにいるのを知られてしまう。それはローズルにもわかっていた。いつの間にか、恐怖と疲労とでくたくたになって、ローズルは短く浅いまどろみに落ちていった。

突然トランクが動いて、ローズルは飛び上がりそうになった。だがすぐに、落ち着いて静かに呼吸しようと努めた。汗をかいていたが、額を流れるその汗は、冷たく感じられた。腕にも脚にも、もう感覚がなかった。トランクは乱暴に引きずられたと思うと、なにかの上に載せられた。手押し車だろうか。ローズルの体は不自然に斜めに傾いた。思わずうめき声を上げ、すぐに後悔した。

ローズルは知る由もなかったが、実はこのとき彼女はもう、直接の危険にはさらされていなかった。親衛隊員たちは遠くに行ってしまい、別の作業をしていた。いまトランクを運んでいるのは、収容所の囚人たちだった。手押し車はきしみながら、ガタゴトと動き始めた。ローズルは、パパとママはどこだろう、いつ会えるのだろう、と考えた。考えていると、涙が出てきた。だが歯を食いしばって耐えた。かくれんぼを続けなくちゃ。なにがあっても！

やがてトランクとその貴重な中身は手押し車から降ろされ、再び人の手でどこかへ運ばれていった。そして、どすんと地面に降ろされた。今回はあらかじめそれを予測していたローズルは、手足を突っ張って体を浮かせ、うめき声もあげなかった。静かだ。遠くで人の声が聞こえる。またまぶたが重くなってきた。ふわふわと宙を漂う感覚にとらわれた。軽やかに、自由に。

どれほどまどろんでいたのだろう。やがて腕と脚があまりにも痛くて、目が覚めた。いまだに外からはなんの物音もしないので、ローズルは覚悟を決めた。狭くて居心地の悪い隠れ場所には、もううんざりだった。モシェ・ゴルデンヒルシュも言っていたではないか。周りが静かになったら、出てきてもいいと。ローズルは、思い切ってトランクを開けて、外を覗いてみようと決めた。片手でそっと二重底を持ち上げ、もう一方の手を伸ばした。手探りすると、蓋の合わせ目の隣に、モシェ・ゴルデンヒルシュが教えてくれたボタンがあった。そっと押してみる。トランクがわずかに開き、ローズルは外を覗いた。

ローズルがいるのは、荷物を積み上げた巨大な山の裾野のあたりだった。これほどたくさんの鞄とトランクが山積みになっている光景は、見たことがなかった。どの荷物にも、チョークで名前と数字が書かれている。あたりを見回すと、広いホールのようなところにいることがわかった。

ここ、どこ？　ローズルは自問した。あたし、どこに来ちゃったんだろう？　そこはまるで、工場のようだった。トランク工場だ。

レンガ壁と、板天井が目に入った。天井からはランプがいくつもぶら下がっていて、ホールをぼんやりと照らしている。ホールの中央には大きな机があった。その上に、開いた荷物が置かれている。

そのとき、物音がして、ローズルは大慌てでトランクの蓋を内側から閉じた。

ローズルはもはや見ることはできなかったが、囚人のグループがホールにやってきた。ふたりの親衛隊員が付き添っている。囚人たちは、山積みの荷物をひとつひとつ机へと運び始めた。そして、親衛隊員の厳しい監視のもと、荷物を開けて、なかをかき回した。服や価値のない物品は脇へと捨てられる。そして、現金、金、宝石はすぐさま、少し遅れてやってきて、大きな机の脇に置かれた小机の前に座った別の親衛隊員のもとへと運ばれる。親衛隊員は、目の前に広げた大きな帳面に、貴重品の記録を丁寧に記していく。ふたりの見張りは囚人に目を光らせてはいるが、同時におしゃべりもしていた。

見張りはローズルのトランクのすぐ近くにいた。会話の断片が聞こえてきた。話題はサッカーの試合の結果だった。ガタン、バタンと荷物が立てる音が聞こえてきて、ローズルは外でなにが起きているのか想像しようとした。ひとつだけ、確かなことがある——いまこの瞬間に、気づかれないようにトランクから出るのは不可能だということだ。ということは、またしばらく我慢しなければならない。でも、いつまでこのなかで耐えられるだろう？

そのとき、突然トランクが持ち上げられ、ローズルの心臓は跳ねまわり始めた。見つかったらどうなるんだろう？　そう自問する。殺される？　それとも、パパとママのところに連れていってもらえる？　そうだといいと思ったが、そんなことがありそうにないことも、わかっていた。

多分、殺されるのだろう。ローズルは目を閉じた。死んだらどんな感じなのだろうと、想像してみようとした。だが、なにも思い浮かばなかった。もしかしたら、二度と目覚めない深い眠りのようなものなのかもしれない。それなら、それほど悪くはない。いずれにせよ、もうすぐわかる。

数メートル運ばれていって、またどこかに降ろされた。そして、トランクが開いた。細くて骨ばった手が、二重底を手探りしていたと思うと、ひょいと持ち上げた。ローズルの目に、驚いている痩せこけた顔が映った。骸骨を連想させる顔だった。ローズルはその男がかわいそうになった。とっさに指を持ち上げて、自分の唇に当てた。

男の行動は機敏だった。開いたトランクの前に自分の痩せた体を移動させて、誰にもなかを覗けないようにした。それから古い毛布をつかむと、それをローズルの体にかけた。汚い毛布の下で、ローズルはできる限り体を縮めた。突然、足音が聞こえた。

「それはなんだ?」と言う声がした。

「なんでもありません」震える声で、男は言った。

「見せろ」

「古着ばかりです」

一秒、二秒、なにも聞こえてこなかった。それから、声がした。「続けろ、急げ!」

ローズルは、囚人の両手が自分の体にかかるのを感じた。毛布にくるまれたまま、まるでただの古着の束に過ぎないかのように、ローズルは囚人の手でトランクから持ち上げられた。それから、なにか柔らかいものの上に置かれた。服の山だ。さらなる服が上に積もっていき、やがてローズルは古着に埋もれた。何時間もトランクのなかで過ごした後では、天国のような心地よさだった。ローズルは少しだけ体を伸ばした。誰にも見られてなければいいけど。

やがて、ローズルは眠り込んだ。今回は、柔らかな古着のベッドの上で、深く穏やかな眠りに落ちていった。

なにやら動きを感じて、目が覚めた。いまだに古着の山のなかに埋もれたまま、ローズルは手押し車に載せられて、どこかへ運ばれていくところだった。車輪がきしむ音が聞こえる。新鮮な空気の匂いと、夜の冷たさを感じた。やがて手押し車は一方の端を起点に持ち上げられ、ローズルはまっさかさまに落下した。

思わず悲鳴を上げていた。とても抑えられなかった。なにも見えないまま、ただ落ちていくのを感じて、恐怖で息が止まりそうだった。ところが、着地した先は柔らかかった。

呼吸と、早鐘を打つ心臓の音をなんとか鎮めようとした。数分待ってから、古着の山をかき分けて上っていった。空気を求めて。

周りにあったのは、服や靴や残飯や糞尿だった。すさまじい悪臭がした。見回してみたが、誰もいない。はっきりとはわからないものの、どうやらゴミ捨て場にいるらしい……だだっ広い野原の真ん中に。遠くにサーチライトと鉄条網が見えた。そしてローズルは気を失った。

*

ローズル・フェルトマンが再び目を覚ますと、日が昇るところだった。夜中よりも気温が少し上がり、明けようとする一日の光が世界を照らしていた。やがて、物音が聞こえてきた。誰かがゴミの山を漁っている。心臓が止まりそうだった。

人の手が、ローズルの包まっている毛布をつかんだ。反応する間もなく、毛布がはぎとられ、ローズルは無防備なまま、震えながら、無慈悲な光のなかにさらけ出された。

そこにいたのは、ぼろぼろの服を着た男だった。男はローズルを見ると、驚いて後ずさりした。それから、がっちりとローズルの肩をつかんだ。男の表情はほとんど見えない。ローズルには、男はまるで黒い影のように思われた。男はローズルを抱き上げて、どこかへ歩き始めた。

ほどなく森の端に着いた。そこで男はローズルを乱暴に地面に降ろした。そしてしゃがみこんで、ローズルをじっと見つめた。男がなにか言ったが、理解できなかった。

だがひとつだけ、理解できたものがあった――男が差し出した手だ。ローズルはその手を取ると、導かれるまま、森に足を踏み入れた。

三十分ほど、ふたりはそうして歩き続けた。手をつないだまま。それから一本の小道へと曲がって、小さな村に着いた。村はこの時間、まだ眠っているようだった。

男は悪臭を放つマントをローズルの肩にかけた。そしてローズルをぎゅっと引き寄せて、小さな教会へと向かった。教会の隣には、白い漆喰を塗った二階建ての建物があった。男はその建物の扉を叩いた。返事はない。男はもう一度叩いた。さらにもう一度。何度も叩き続けて、ようやく扉が開かれた。

目の前には、黒い人影がいた。男とその人影は、彼らの奇妙な言葉で、なにごとかを慌ただしく囁き交わした。それからローズルは、乱暴に建物のなかに押し込まれた。背後で扉が閉まった。男はいなくなっていた。ローズルは黒い人影を見上げた。真っ黒な布で全身を包んだその人影は、まるでおばけのようだった。だが、布の下から足が見える。その足は革に覆われている。ローズルの見る限り、それは女性の履く靴のようだった。

おばけがなにか話しかけてきたが、ローズルには一言もわからない。するとおばけはローズルのほうにかがみこんだので、ローズルは初めてその顔を見ることができた。それは年老いた女性の顔だった。親切そうな目が輝いていた。首には銀の十字架がぶらさがっている。その人が微笑んだ。

ローズルは微笑み返した。

36　幕が下りる

「そしたら、その人が微笑んだの」おばあちゃんは言った。

話し終えると、おばあちゃんは病室をぐるりと見まわした。家族と老マジシャンは、黙ったままおばあちゃんを見つめていた。

ザバティーニがうなずいた。「その人は尼さんだったんだね？」

「そう」おばあちゃんは答えた。「村には小さな修道院があってね、古着を漁りに来た男は、あたしをそこへ連れていってくれたんだ。そして尼さんたちが、戦争が終わるまであたしを匿ってくれた。あたしは修道院で暮らしてたんだよ。尼さんたちはポーランド語を教えてくれて、信仰のことを説明してくれた」

ローズルはザバティーニを見つめた。現在はローズル・コーンとなったローズル・フェルトマンが生き延びられたのは、この男のおかげだった——この男と、その他たくさんの人たちの。ザバティーニは疲れているようで、再び枕にもたれかかった。

「ママとパパはどうなったの？」急に子供のような声で、ローズルは尋ねた。

ザバティーニは悲しげに首を振った。「あのふたりは、左の列に行かされた」

ローズルはうなずいた。それがなにを意味するのかは、わかっていた。

「僕が最後に姿を見たのは、ふたりがあの場から連れられていくときだった」絶望のまなざしで、ザバティーニはローズルを見つめた。「ふたりは手をつないでたよ」

しばらくの間、誰も言葉を発しなかった。

やがてローズルが、ほとんど聞こえないほど小さな声で言った。「ありがとう。あたしを救ってくれて」

ザバティーニは微笑んだ。

「いや」と言う。「君が僕を救ってくれたんだ」

＊

コーン一家が病院を出たのは、すでに真夜中過ぎだった。一家はデボラの車で、まずは〈ミッキーズ・ピザ・パレス〉に向かった。そこにハリーの車が停めてある。駐車場で、一家は二手に分かれた。ハリーは母親をエンシノまで送っていき、マムとマックスは家へ帰った。

「月曜日、学校に行かなきゃだめ？」期待を込めて、マックスは尋ねた。

「もちろん」マムが厳しさのにじむ声で言った。「行かなきゃだめよ」

「どうしてさ？」マックスは文句を言った。

「役に立つことを学ぶため」そう言ってから、マムは付け加えた。「あなたがマジシャンにならないため」

自宅で、ザバティーニが使っていた、いまは空っぽのソファベッドを見ると、マックスの胸は苦しくなった。ザバティーニがすぐにまた元気になることを祈った。

もうずいぶん遅い時間だ。ママがマックスをベッドに行かせ、おやすみのキスをした。「お誕生日おめでとう」そうささやくと、ママは明かりを消した。

マックスはすぐに眠りに落ちた。

＊

月曜日、学校へ行ったマックスは、さながらマフィア裁判のスター証人になった気分だった。突然、皆からもてはやされた。ジョーイ・シャピロは、ザバティーニがあのあとどうなったのか聞くのを、首を長くして待っていた。あれは、ジョーイがそれまで参加してきたなかで、間違いなく最もクールな誕生日パーティーだったのだ。

マックスは、救急車に同乗して病院に向かったこと、ザバティーニが手術室で命がけの闘いをするのを見守っていたことを話した。病院でのあの晩を、劇的に脚色して描き出して見せた。

「それから？」ジョーイが訊いた。

「それから」マックスは続けた。「ザバティーニさんの病室に行ったんだ」

マックスはジョーイに、ザバティーニが若いころに祖母の命を救ったらしいことを語った。ジョーイは深く感銘を受けたようだった。

休み時間には、ミリアム・ヒュンをはじめたくさんの生徒がマックスを取り囲んだ。なかにはマックスのまったく知らない子もいた。少なくとも今日一日は、マックス・コーンはスターだった。

放課後、ダッドが迎えに来て、ふたりは〈バハ・フレッシュ〉へ行った。マックスはケサディーヤを注文した。

ダッドがアタッシェケースからボールペンと一枚の紙を取り出した。

「なにしてるの？」マックスは尋ねた。

「リストを作るんだ」ダッドが言った。

「リストってなんの？」

「ザバティーニがおばあちゃんをトランクに隠してくれなかったら、いまこの世にいないだろう人全員のリストだよ」

リストには、七つの名前が並んだ。おばあちゃん、バーニーおじさん、いとこのエスター、マイク、ルーカス、そしてもちろん――マックスとダッド。

ダッドは小さく口笛を吹くと、プラスティック製の椅子にもたれかかった。「七人」と言う。「すごいな」息子の顔をまっすぐに見つめる。

マックスは肩をすくめると、アヴォカドを一切れ、口に放り込んだ。むかつくいとこたちがこの世にいることを、幸運だなどと呼んでいいものだろうか？

「お前と俺も入ってる。ザバティーニがいなかったら、俺たちは誰ひとり、生まれてなかった」ダッドが言った。そして窓から外を眺めた。ロス・フェリス・ブルヴァードのほうを。ダッドは、車がひっきりなしに走り、真昼の清らかに澄んだ光がボンネットやフロントガラスに反射するのを見つめていた。

＊

マックスが窓際に座ってヴィデオゲームをしていたとき、病院から電話がかかってきた。マムが受話器を取った。マムはついさっき離婚弁護士との面談から戻ったばかりで、ずいぶんぴりぴりして見える。帰ってくるやいなや、熱狂的に掃除を始めた。明らかに、なにかに悩んでいるしるしだ。

離婚届は、キッチンテーブルに置いてあった。まだサインはしていない。デボラの心はふたつに引き裂かれていた。ハリーとふしだらヨガ女との浮気を許すことはできない。けれど、マックスには、いつにも増していま、父親の存在が必要なこともわかっていた。それに、土曜日の晩、ハリーは息子のために駆けつけた——それだけは確かだ。とはいえ、ハリーとのあいだの信頼関係が修復不可能なまでに壊れてしまったいま、いったいどうやって結婚生活を立て直せばいいというのだろう？　デボラには時間が必要だった。

「いい知らせがあるんですよ」今朝、グティエレス弁護士が電話をかけてきて、そう言った。「裁判所が離婚を承認しました。こちらに書類があります。おふたりそろって今日の午後に離婚届にサインをすれば、それで終わりです」

それで終わり。

デボラは考え込んだまま、電話を切ったのだった。

そして午後、デボラは再びウッドランド・ヒルズまで町を横断して、グティエレス弁護士の事務所を訪ねた。部屋に入ると、ハリーはすでに来ていた。顔が真っ青だった。

「それでは、始めましょう」グティエレス弁護士が嬉しそうに言って、両手をパンと叩いた。

「いいね」ハリーは、少しもいいとは思っていなさそうな、気のない口調でつぶやいた。

デボラはただうなずいただけだった。

グティエレス弁護士が、角をきちんと揃えて書類を机の上に置き、万年筆を掲げて、「どちらからにしますか？」と訊いた。

ハリーとデボラは顔を見合わせた。どちらも動かなかった。

グティエレス弁護士の眉間に皺が寄った。

何度かぐずぐずとためらった後、結局デボラが離婚届を家に持って帰ることになった。そうすれば、落ち着いてすべてに目を通すことができるし、あとはサインして返送するだけでいい。

ところが、書類にじっくり目を通す代わりに、デボラは掃除の悪魔にとりつかれたのだった。黄色いゴム手袋をはめる。そろそろまた窓を拭かなければ。

電話が鳴ったのは、そのときだった。

マックスはゲームからちらりと目を上げ、マムが電話機に向かって歩いていくのを見た。一分後、マムはマックスのもとへやってきた。マックスはすぐに、なにかまずいことが起きたのだとわかった。マムをじっと見つめる。マムの表情も、電話がいい知らせではなかったことを物語っていた。

マムがゴム手袋を外した。

「なに？」マックスは訊いた。声が不安で震えた。

「いらっしゃい」マムが優しく言った。

マックスは立ちあがると、マムのところへ行った。マムがマックスを抱きしめた。

「話があるの」マムがそう切り出した瞬間、なにがあったのか、マックスは悟った。

＊

　大ザバティーニは、己の死を満喫していた。ザバティーニの死期が迫っていることを悟ったドクター・アラケリアンが、最後の数時間、患者にモルヒネを気前よく投与することを看護師に認めたのだ。患者を苦しませる理由はもうない。ザバティーニの心臓はあまりに弱っていて、いつ鼓動を止めてもおかしくなかった。モルヒネが血管のなかを流れ出すやいなや、ザバティーニは気分がよくなった。まるで生まれ変わったように、温かさと穏やかさを感じた。看護師がようすを見にきたとき、ザバティーニは、目の前にいるのはユリア・クラインだと思った。そして喜びに目を見開いた。弱々しく手を持ち上げ、短いうめき声を上げる。看護師が患者のほうにかがみこんだ。ザバティーニは幸せだった。ペルシアの姫が、戻ってきてくれた。いまザバティーニは時空を超えて、宙に浮いたユリアの体にかがみこみ、唇に口づけたあの瞬間へと戻っていた。こんどは、ユリアのほうが僕の上にかがみこんでくれている。目を閉じると、唇にユリアの唇を感じたような気がした。この世のなによりも甘く優しいもの。

「愛してる」ザバティーニはささやいた。

「え？」看護師が思わず声を出した。そして驚いて患者を見つめた。自分に向かって言ったのだろうか？　だがすぐに首を振った。死を前にした患者は、混乱したうわごとをつぶやくものだ。

　看護師の目の前に横たわっているザバティーニは、実際にはもうそこにはいなかった。まったく別の場所にいた。とても簡単なことだった。ただ、執着を捨てるだけでよかった。

　モシェはいまだに、その年老いた皺だらけの頬に置かれているのは、ユリアの手だと思っていた。

ユリアの目がモシェの目の奥深くを覗き込み、ユリアの唇が動いた。「全部、許されたんだよ」

これが死か、とモシェは思った。人生を許すこと、生きている者を許すこと。昨日も、今日もない。明日もない。

そこにあるのは静寂だった。平安だった。

ユリアの隣に、いつの間にか父と母がいた。そして驚いたことに、上階に住んでいた錠前師もいた。

両親が来てくれた。別れを告げに。三人そろって。

目に涙が溢れた。モシェは手をのばすと、「来てくれたんだね……」と言った。

死によって生《せい》の傷を癒したライブルが、息子の手を取った。生きていたころにはめったに見せてくれなかった、優しい仕草だった。錠前師は黙ったまま、感動した面持ちでモシェを見つめていた。

母は微笑んでいた。そして歌を口ずさんだ。素朴な、簡単な歌だ。

それは、赤ん坊のモシェを腕に抱いていたころから、母が口ずさんでいた歌だった。

空のずっとずっと高いところを
鷲が飛んでいく
自由に、悠々と
空のずっとずっと高いところを

ついにたどり着いた。長い長い旅の終着点に。プラハ生まれの幼いモシェ・ゴルデンヒルシュは、ひとつの海とひとつの世紀を越えて、我が家へと帰り着いたのだった。

37　世界とそのありのままの姿

モシェ・ゴルデンヒルシュには子孫がいなかった。生命保険で、病院の支払いと葬式代はなんとか賄うことができた。デボラとハリーは、モシェがユダヤ教の慣習に則ってきちんと埋葬されることを望み、そのために力を尽くした。

マムはマックスに黒いブレザーを買い、それを着なくてはだめだと言い張った。マックスは自分のブレザー姿を間抜けだと思った。ふたりは町を抜けて、フォーレスト・ローンの墓地へと向かった。フロントガラスには、〈葬儀〉と書かれた黄色いステッカーが貼られている。南カリフォルニアは晴れた暖かな日で、マックスの冷え切った心とは無慈悲なほど対照的だった。マックスは果てしない孤独を感じていた。

木々に囲まれた墓地の門に着いたマックスは、葬儀の参列者がほとんどいないに等しいことに気づいた。大ザバティーニの人生には、それほど多くの友人はいなかった。それにザバティーニは、遅かれ早かれほとんどの人間に背を向けてきた。父親に背を向けたように。一度も結婚せず、恋人の心を傷つけては去った。ザバティーニのことを覚えている者はほとんどいなかったし、別れを告げたいと思う者はさらに少なかった。マックスは、キング・デイヴィッド・シニアハイムの所長であるロニーが来ているのに気付いた。それにマジック・ショップのルイス。さらに、マックスの知らない、マジック・キャッスルの同業者やウェイターたちもちらほらいた。

マムが車を停め、ふたりは一緒に、無宗派の小さな礼拝堂に向かった。ダッドとおばあちゃんはすでに来ていて、ふたりを待っていた。ダッドは一番上等のスーツを、おばあちゃんは黒いワンピースを着ている。ミリアム・ヒュンとその両親もいるのを見て、マックスは驚いた。そして、自分がミリアムに会えてどれほど嬉しく思っているかに気づくと、さらに驚いた。

葬儀は簡素で短かった。正統派のラビは小柄で、もじゃもじゃの鬚をはやし、落ち着きなく目をきょろきょろさせていた。マックスとダッドとは握手をしたが、マムとおばあちゃんには手を差し出さなかった。女性に触れてはならないのだ。

マムはむっとしながら、差し出した手を引っ込めた。

参列者が席につく。木の椅子は硬く、座り心地が悪かった。

「我々が今日ここに集まったのは」ラビが語り出した。「別れを告げるためです。ええと……」ここで言葉に詰まり、カンニングペーパーに視線を落とす。

「ゴルデンヒルシュ」ダッドが助け舟を出した。「モーゼス・ゴルデンヒルシュです」

「そう」ラビが言った。「モーゼス・ゴルデンヒルシュ」ここで、規則どおりになにかヘブライ語でつぶやく。

青い作業服を着た助手が、裏の扉から棺——飾りのない松材の簡素な箱で、金属の台に載せられている——を礼拝堂内に運んできた。

「ああ、やってきました!」まるで長いあいだ待ち焦がれた客がようやく到着したかのように、嬉しげにラビが言った。そして、大きな声で宣言した。「死において我々は皆平等です。王子も乞食も」

棺は、ザバティーニほどの人間の人生を収めるには、あまりに小さく見えた。偉大なるザバティーニと、その人生のすべてが、これほど小さな箱に収められてしまうことが、マックスには悲しかった。

最後に残るものは、ほんのちょっぴりなんだな、と思った。

ラビが参列者に向かって、誰が棺を運びたいかと訊いた。ダッドとマックスは目を見合わせると、立ち上がった。

ふたりは台の冷たい金属に体を押し付けながら、礼拝堂の二重扉からまぶしい太陽のもとへと、棺を押していった。マックスが想像していたよりも重労働だった。

死んだ人を埋葬するって大変な仕事なんだな、とマックスは思った。

交通課の警官が着るようなギラギラした蛍光色の服に身を包んだ墓地の職員が、わざとらしいほどまじめな顔で近寄ってきて、道を指示した。

やがて一行は、空っぽの墓穴の前にたどり着いた。穴の横には、掘り返された土と、パワーショベルのようなものが見える。ふたりのメキシコ人労働者が、パワーショベルにもたれて、ささやかな葬儀を無関心な目で眺めている。

参列者が墓穴の周りに集まると、労働者ふたりは働き始めた。金属の台に歩み寄って、棺を持ち上げる。木の棺の底に二本の紐が渡され、その助けでザバティーニはゆっくりと、最後の安息場所へと降りていった。

行っちゃうんだ、と、暗い気持ちでマックスは思った。ザバティーニに別れを告げるのは難しかった。知り合ってからまだわずかだというのに、古くからの友人と別れるかのようだった。

棺が穴の底に到達すると、労働者は紐を外し、くるくると巻いた。ラビが祈禱書を取り出すと、再びヘブライ語で話し始めた。

そして最後に、英語で言う。「さて、善き魂であり、イスラエルの忠実な息子であるモーゼス・ゴルデンヒルシュに別れを告げましょう」

ダッドがスコップに土をすくって、棺の上にかけた。土は、窓を叩く雨のような鈍い音を立てた。次はマックスの番だった。それからマム、そしておばあちゃん、さらにほかの人たちも続く。

ラビが尋ねた。「誰がカディーシュを唱えますか？」

ダッドが咳ばらいをして、前に進み出た。緊張の面持ちでラビにうなずきかけると、タリット（礼拝時に男性が着用する肩掛け）をかけて——このタリットは、ザバティーニが来てくれなかったダッドのバル・ミツワーのときのものだ——、おぼつかない口調で、ヘブライ語の祈りを唱え始めた。やがてダッドの声はどんどん大きく、自信に満ちてきた。するとおばあちゃんが進み出て、唱和し始めた。それからマムが。それからバーニーおじさんが。ハイディおばさんと、三人の子供たちが。そして最後に、マックスも。

マムとダッドに目を向けると、ふたりは手をつないでいた。もう何か月もなかったことだ。

どうなっちゃってるんだろう？　とマックスは思った。

マムがマックスをちらりと見て、空いているほうの手を伸ばしてきた。マックスはその手を取った。左隣にはいつの間にかミリアム・ヒュンがいて、やはり手を伸ばしてくる。マックスはためらいつつ、その手も取った。女の子と手をつなぐなんて。だが、皆と一緒にカディーシュを唱えているうちに、どんどん気持ちが落ち着いてきた。こんなふうに穏やかな気分になったことは、もう長い間なかった。未来になにが待ち受けているかはわからない。けれど、いまひとつだけ、わかったことがあった——ダッドとマムは僕を愛してる。ふたりとも。そして、これからなにがあるとしても、僕はなんとかやっていける。

マックスは墓穴へと視線を落とした。ザバティーニがいまにも棺から出てくるような気がしてならなかった。まるで、すべてがただの幻想、ただのトリックに過ぎないかのように。けれど、幻想ではない。穴の底にあるのは、ただ土と暗闇のみ。それでも、そこにはめくるめく多彩な世界があった。

皆の声はどんどん大きくなり、空高く昇っていった。天国へと。生きている者たちの声、モシェ・ゴルデンヒルシュという人がいなければ、決して生まれることのなかった者たちの声。

青い空と、木々の梢のあいだで輝く太陽を仰ぎ見たマックスは、ザバティーニに命以上の恩を受けたのだと感じた。大ザバティーニはマックスに、この世界のあらゆる美しきものを贈ってくれた。それはトリックなんかじゃない——それだけはマックスにもわかっていた。

それは奇跡なのだった。

謝辞

あなたがこの本を閉じる前に、お礼を言わせてください。なによりもまず、親愛なる読者であるあなたに。時間と信頼をくださったことに、心から感謝します。

私の両親にも感謝します。私の子供時代にふたりが離婚したことが、そもそもこの物語を書くきっかけとなりました。ですが、その他の点では、ふたりは愛情に溢れる素晴らしい両親でした。ふたりの弟、ガブリエルとギデオンにも感謝します。ただそこにいてくれること、私が誇りに思える弟でいてくれることに対して。

私の生きてきた道をともに歩み、形作ってくれた多くの先生方にも感謝します。特にザールブリュッケンのローテンビュール・ギムナジウムでドイツ語を担当してくれたショル先生。それに、ロサンジェルス・シティ・カレッジのロンダ・ゲス教授からは、ジャーナリスティックなものの書き方のみならず、そもそものを書くとはどういうことなのか、多くを教わりました。

本書の原稿を見出し、ディオゲネス出版に推薦してくれたエルケ・コーズマイヤーにも心からの感謝を。さらに、この本が突然「故郷」となる出版社を持つことができたのは、なにより私の恐れ知らずの編集者マルゴー・ドゥ・ヴェックのおかげでもあります。本書の原稿がいまある形になったのは、彼女の賢明な助言があったからこそです。また、ディオゲネス出版の社長であるフィリップ・ケールに、特別な感謝を捧げます。彼は芸術家であり、常に私の物語を信じ、ためらうことなく大胆な賭けに出てくれました。それからもちろん、友人でありエージェントであるマーク・コラルニクにも感謝しています。

また、マジシャンたちにも感謝を捧げねばなりません。本書で名前を使うことを許可してくれたロサンジェルスのアンドリュー・ゴールデンハーシュ、さまざまな質問に答えてくれたブルックリンのアシュリー・スプリンガー、そして、物語のなかでのマジックのトリックと、マジックの歴史の記述とにリアリティを与えてくれた、シュトゥットガルトのオリヴァー・エーレンス博士。興味のある方は、彼のウェブサイトwww.zauberbuch.deでさらに詳しい情報を得ることができます。また、このテーマに関しては、ジム・スタインマイヤーの『象を隠す（*Hiding the Elephant*）』という本が大いに参考になり、多くのインスピレーションを与えてくれました。

最後に、最愛のリリーに心の底からの感謝を。君は僕の人生にもたらされた天恵です。

エマヌエル・ベルクマン

訳者あとがき

第二次大戦下、ひとりのマジシャンが極限状況で使ったトリックが、真の魔法に変わる――本書『トリック』は、「奇術」が生み出した「奇跡」の物語だ。

二十世紀の初頭、集合住宅の階段の踊り場に設けられた共同水洗便所が「現代の奇跡」だったころ、プラハに暮らす貧しいユダヤ教のラビの家庭に生まれたモシェ。早くに母を亡くしたモシェは、絶望のなか、あるときドイツから興行にやってきた「魔法のサーカス」を観る。そして、謎めいた「半月男」と美しい「ペルシアのアリアナ姫」に魅了され、自分の生きる場所はここしかないと直感する。スポットライトと観客の喝采のある場所。こうしてモシェは父のもとを飛び出し、それまでの人生と信仰を捨てて、サーカスに合流する。そして「半月男」のもとで修業を積み、やがて読心術師「ザバティーニ」として頭角を現していく。

それから何十年もの時がたった二十一世紀の初頭、アメリカ合衆国のロサンジェルスで、マックスという少年が、世界の終わりにも似た絶望のなかにいた。両親から、離婚することになったと聞かされたのだ。富裕なユダヤ人家庭の一人息子として甘やかされて育ったマックスの、人生初の試練だった。十一歳の誕生日を目前に控えながら、いまだに魔法を信じる夢見がちなマックスは、父の古いレコードコレクションのなかに、「ザバティーニ」なるマジシャンのレコードを発見する。そこには「永遠の愛の魔法」のかけかたが収録されていた。ところが、レコードには傷がついている。マックス少年は、「ザバティーニ」本人に会って魔法を教えてもらうしかないと思いつめ、家を飛び出す。

ようやく探し当てた「ザバティーニ」は、高齢者施設に暮らす、ケチでスケベで我がままな老人だった。両親に「永遠の愛の魔法」をかけてほしいというマックスの必死の頼みを、ザバティーニは、魔法などないと一蹴する。すべての魔法はトリックに過ぎないのか――

落ちぶれた往年の人気マジシャンと、両親の離婚を魔法で阻止しようとするナイーブな少年の出会い――このテーマから、実は本書を読む前の私は、ハートフルではあっても平板な物語を予想していた。たとえば、老人と少年はすったもんだの挙句に心を通わせ、少年の両親は仲直りし、老人は魔法を信じる心を取り戻す……といった感じのものだ。だが、その予想はいい意味で大きく裏切られた。

「二十世紀の初頭、ライブル・ゴルデンヒルシュという名の男がプラハに暮らしていた」という、おとぎ話のような文章で始まる物語は、全編を通してどこかおとぎ話の様相をまとっている。メランコリックな雰囲気の二十世紀中欧の物語と、ユーモラスで軽妙な二十一世紀のアメリカでの物語は、並行して交互に語られていき、片方での謎がもう一方で明らかになる、といった調子で徐々に互いに近づき、最後に融合する。マジシャンが極限状況で使ったトリックが生んだ結果が明らかになるクライマックスには、上質のミステリの謎解きを読んだようなカタルシスがある。

そのクライマックスに向かって、物語は緻密に構成されている。モシェがショーの締めくくりに使う謎の言葉、全盛期のベルリン時代に特注するマジック用の最新型トランクなど、なにげない細部がどんどん生きてきて、クライマックスにつながるさまは、まさに素晴らしいトリックを見るようだ。

さらに、クライマックス後の締めくくりの場面では、もうひとつの魔法がかかる。ネタバレをするわけにはいかないので、ここで具体的には書けないが、ザバティーニは確かに魔法をかけたのだ。ただし、マックス少年が当初望んでいたのとは相手も内容も異なる、少々わかりにくい魔法を。その魔法は、マックスのこれからの人生を支え続けてくれることだろう。私には、この最後の場面こそが、この物語のもうひとつの、そしてより重要なクライマックスであるように思われる。


本書『トリック』は、著者エマヌエル・ベルクマンにとって初めての小説だ。一九七二年、ドイツのザールブリュッケンにユダヤ人家庭の長男として生まれたベルクマンは、ギムナジウム卒業後、ロサンジェルスの大学で映画とジャーナリズムを学んだ。その後、フリーのジャーナリスト兼翻訳者として、惚れ込んだ街ロサンジェルスで暮らしてきた。

デビュー作の多くがそうであるように、本書もまた数奇な運命を辿って出版にこぎつけた。ベルクマンがこの作品を書き始めたのは、いまから十三年も前、二〇〇六年にさかのぼる。その一年前に離婚をして、心の傷を抱えていたベルクマンは、友人に本を書いたらと勧められたとき、書くことが癒しになるかもしれないと考えた。

思いついたテーマは、マジックだった。子供のころからマジックに魅せられていたうえ、元妻がマジシャンのアシスタントだったのだ。元妻は、本書にも出てくるロサンジェルスの〈マジック・キャッスル〉の舞台にマジシャンとともに立ち、脱出芸を披露していた。彼女を通して多くのマジシャンと知り合ったベルクマンは、映画や小説のなかで往々にして描かれるハンサムで謎めいた紳士ではなく、等身大の、「変人」で「自己中心的」でほとんどの場合「嫌なやつ」ながら、真の芸術家であることだけは間違いのないマジシャンの姿を描きたいと思った。

そしてマジックと同時に、愛について、愛の終わりについても、書きたいと思った。さらに、ユダヤ人であること、故郷を去って新たな地でアウトサイダーとして生きることについても。子供のころの自分を深く傷つけた両親の離婚についても書きたかった。

こうして二〇〇六年冬、物語のアウトラインを作ったベルクマンは、執筆に取り掛かった。「マックスとその両親の声をよりよくキャッチするため」に、英語で書いた。草稿はたった六週間で書きあがった。なかなかよく書けたんじゃないか——そう思ったベルクマンは、アメリカとドイツのさまざまな出版社に原稿を送ってみた。ところが、来るのは断りの返事ばかり。なんと数年にわたって、三十回以上断られたという。ついにベルクマンは出版を断念し、原稿を引き出しにしまって、忘れようと努めた。

そんなころ、不思議なめぐりあわせがあった。ドイツに暮らすベルクマンの父が、とある書店の店員に、息子が書いた小説の話をしたのだ。書店員は興味を持ち、原稿を読んでみたいと言ってくれた。そして、読み終わった原稿を、仕事でつながりのあったスイスのディオゲネス社の知人に渡してくれたのだ。

ある日突然、チューリヒからEメールをもらったベルクマンだが、断られることに慣れ過ぎていたため、驚きのあまり疑心暗鬼になり、あろうことか当初はそのメールを無視したという。だが幸いなことに、相手は諦めず、こうして『トリック』はスイスのディオゲネス社から出版されることになった。

出版が決まり、ベルクマンは英語で書いた原稿を一からドイツ語で書き直した。新たな章を書き足し、ドイツ語のリズムや語感に合わせて変更を加え、できあがったドイツ語版が、二〇一六年、ついに書店に並んだ。執筆を始めてから実に十年の時がたっていた。その後ベルクマンは、ドイツ語の「オリジナル」を改めて英語に訳した。つまり彼は、ひとつの小説を三回書いたことになる。

無名の新人の小説を大々的に売り出そうというディオゲネス社の決断は、大当たりだった。『トリック』は刊行後すぐに読者や批評家の絶賛を浴び、現在まで着々と版を重ねている。すでに十七か国語に翻訳されているほか、二〇一八年末には、国際ダブリン文学賞のロングリスト入りも果たした。今年四月のショートリストの発表が待ち遠しい。なにより私たち読者にとって、この愛すべき小説が著者の自宅の引き出しのなかに眠ったままで終わらなかったことは、大きな幸運だったと言えるだろう。


最後に、本書の主題であるMagie（マギー）について。ドイツ語のこの言葉には、魔法使いが使う「魔法」という意味も、奇術師が披露する「奇術」という意味もある。英語の「マジック」も同様だ。日本語では、カボチャが馬車に変わるような「魔法」と、あくまでショーである「奇術」とは別ものなので、なかなかぴんと来ないのだが、たとえばマックス少年がザバティーニを本物の「魔法」が使える「魔法使い」だと思い込むのは、彼のナイーブさばかりでなく、「マジック」「マジシャン」という言葉の二重の意味のせいでもある。

いずれにせよ、本書を貫く主題は「奇術」という意味でも「魔法」という意味でも、Magieであることに間違いない。ところが、本書のタイトルはMagieではなく「トリック」。人は不可能なはずの事象を現実に目にすると、子供に戻ると著者は言う。ほんの一瞬、奇跡を信じるのだと。そしてマジシャンとは、どれほど奇人変人であろうと、トリックを使って奇跡を生み出す真の芸術家なのだと。人の目を欺く「トリック」に一生を懸けたザバティーニが生み出す真の奇跡を、ぜひ堪能していただきたい。

翻訳に際しては、ディオゲネス社の要望に従って、二〇一六年出版の初版ではなく、二〇一七年出版の文庫版を使用した。どうやら著者は再度書き直しをしたようで、モシェの母リフカが歌う歌の内容をはじめ、ところどころに大幅な改訂が見られる。

日本語版『トリック』が世に出るまでには多くの方のお力をお借りした。特に、出版を快諾してくださった新潮社の須貝利恵子さん、東京から見て地球のほぼ裏側にあたる場所で仕事をする私に合わせて、ときに深夜にも編集にあたってくださった前田誠一さんに、厚くお礼申し上げたい。また、翻訳中には私からの度重なる質問に毎回快く答えてくださったのみならず、この「あとがき」のために、本書が生まれ、出版にいたるまでの経緯を詳しく書き綴って送ってくださった著者のエマヌエル・ベルクマンさんにも、心から感謝したい。

二〇一九年一月

浅井晶子

Der Trick
Emanuel Bergmann

トリック

著者
エマヌエル・ベルクマン
訳者
浅井　晶子
発行
2019年3月30日

発行者　佐藤隆信
発行所　株式会社新潮社
〒162-8711 東京都新宿区矢来町71
電話 編集部 03-3266-5411
読者係 03-3266-5111
https://www.shinchosha.co.jp

印刷所
株式会社精興社
製本所
大口製本印刷株式会社

乱丁・落丁本は、ご面倒ですが小社読者係宛お送り下さい。
送料小社負担にてお取替えいたします。
価格はカバーに表示してあります。

ISBN978-4-10-590157-8 C0397

CREST BOOKS
Shinchosha